以文学为业

一部体制史

［美国］杰拉尔德·格拉夫 著

童可依 蒋思婷 译

译林出版社

图书在版编目（CIP）数据

以文学为业：一部体制史／（美）杰拉尔德·格拉夫（Gerald Graff）著；童可依，蒋思婷译. —南京：译林出版社，2023.10
（艺术与社会译丛／刘东主编）
书名原文：Professing Literature: An Institutional History
ISBN 978-7-5447-9826-6

Ⅰ.①以…　Ⅱ.①杰…②童…③蒋…　Ⅲ.①世界文学－文学研究　Ⅳ.①I106

中国国家版本馆CIP数据核字（2023）第112820号

Professing Literature: An Institutional History. Twentieth Anniversary Edition
By Gerald Graff
Licensed by The University of Chicago Press, Chicago, Illinois, USA
Copyright © 1987, 2007 by The University of Chicago.
Simplified Chinese edition copyright © 2023 by Yilin Press, Ltd
All rights reserved.

著作权合同登记号　图字：10-2022-98 号

以文学为业：一部体制史　　[美国] 杰拉尔德·格拉夫／著　童可依　蒋思婷／译

责任编辑　张海波　刘自然
装帧设计　周伟伟
校　　对　戴小娥
责任印制　董　虎

原文出版　University of Chicago Press, 2007
出版发行　译林出版社
地　　址　南京市湖南路 1 号 A 楼
邮　　箱　yilin@yilin.com
网　　址　www.yilin.com
市场热线　025-86633278
排　　版　南京展望文化发展有限公司
印　　刷　江苏凤凰通达印刷有限公司
开　　本　652 毫米 ×960 毫米　1/16
印　　张　21
插　　页　4
版　　次　2023 年 10 月第 1 版
印　　次　2023 年 10 月第 1 次印刷
书　　号　ISBN 978-7-5447-9826-6
定　　价　78.00 元

主编序

在我看来,就大大失衡的学术现状而言,如想更深一步地理解"美学",最吃紧的关键词应当是"文化",而如想更深一步地理解"艺术",最吃紧的关键词则应是"社会"。不过,对于前一个问题,我上学期已在清华讲过一遍,而且我的《文化与美学》一书,也快要杀青交稿了。所以,在这篇简短的序文中,就只对后一个问题略作说明。

回顾起来,从率先"援西入中"而成为美学开山的早期清华国学院导师王国维先生,到长期向青年人普及美学常识且不懈地移译相关经典的朱光潜先生,到早岁因美学讨论而卓然成家的我的学术业师李泽厚先生,他们为了更深地理解"艺术"问题,都曾把目光盯紧西方"美的哲学",并为此前后接力地下了很多功夫,所以绝对是功不可没的。

不宁唯是,李老师还曾在一篇文章中,将视线越出"美的哲学"的樊笼,提出了由于各种学术方法的并进,已无法再对"美学"给出"种加属差"的定义,故而只能姑且对这个学科给出一个"描述性的"定义,即包含了下述三个领域——美的哲学、审美心理学、艺术社会学。平心而论,这种学术视野在当时应是最为开阔的。

然则,由于长期闭锁导致的资料匮乏,却使当时无人真能去顾名

1

思义:既然这种研究方法名曰"艺术社会学",那么"艺术"对它就只是个形容性的"定语",所以这种学问的基本知识形态,就不再表现为以往熟知的、一般意义上的艺术理论、艺术批评或艺术历史——那些还可以被归到"艺术学"名下——而毋宁是严格意义上的、把"艺术"作为一种"社会现象"来研究的"社会学"。

实际上,人们彼时对此也没怎么在意,这大概是因为,在长期"上纲上线"的批判之余,人们当年一提到"社会学"这个词,就习惯性地要冠以"庸俗"二字;也就是说,人们当时会经常使用"庸俗社会学"这个术语,来抵制一度盛行过的、已是臭名昭著的阶级分析方法,它往往被用来针对艺术作品、艺术流派和艺术家,去进行简单粗暴的、归谬式的高下分类。

不过照今天看来,这种基于误解的对于"艺术社会学"的漠视,也使得国内学界同西方的对话,越来越表现为某种偏离性的折射。其具体表现是,在缺乏足够国际互动的前提下,这种不断"自我发明"的"美的哲学",在国内这种信息不足的贫弱语境中,与其表现为一门舶来的、跟国外同步的"西学",毋宁更表现为自说自话的、中国特有的"西方学"。而其流风所被,竟使中国本土拥有的美学从业者,其人数大概超过了世界所有其他地区的总和。

就算已然如此,补偏救弊的工作仍未提上日程。我们越来越看到,一方面是"美学"这块领地的畸形繁荣,其滥造程度早已使出版社"谈美色变";而另一方面,则是"艺术社会学"的继续不为人知,哪怕原有的思辨教条越来越失去了对于"艺术"现象的解释力。可悲的是,在当今的知识生产场域中,只要什么东西尚未被列入上峰的"学科代码",那么,人们就宁可或只好对它视而不见。

也不是说,那些有关"美的本质"的思辨玄谈,已经是全不重要和毫无意义的了。但无论如何,既然有了那么多"艺术哲学"的从业者,他们总该保有对于"艺术"现象的起码敏感,和对于"艺术"事业的起码责任心吧? 他们总不该永远不厌其烦地,仅仅满足于把迟至十八世纪才在西方发明出来的一个词汇,牵强附会地编派到所有的中国祖先头上,甚至认为连古老的《周易》都包含了时髦的"美学"思想吧?

也不是说,学术界仍然对"艺术社会学"一无所知,我们偶尔在坊间,也能看到一两本教科书式的学科概论,或者是高头讲章式的批判理论。不过即使如此,恐怕在人们的认识深处,仍然需要一种根本的观念改变,它的关键还是在于"社会学"这几个字。也就是说,必须幡然醒悟地认识到,这门学科能为我们带来的,已不再是对于"艺术"的思辨游戏,而是对这种"社会现象"的实证考察,它不再满足于高蹈于上的、无从证伪的主观猜想,而是要求脚踏实地的、持之有故的客观知识。

实际上,这早已是自己念兹在兹的心病了。只不过长期以来,还有些更加火急火燎的内容,需要全力以赴地推荐给读者,以便为"中国文化的现代形态",先立其大地竖起基本的框架。所以直到现在,看到自己主持的那两套大书,已经积攒起了相当的规模,并且在"中国研究"和"社会思想"方面,唤起了作为阅读习惯的新的传统,这才腾出手来搔搔久有的痒处。

围绕着"艺术与社会"的这个轴心,这里收入了西方,特别是英语学界的相关作品,其中又主要是艺术社会学的名作,间或也包含少许艺术人类学、艺术经济学、艺术史乃至民族音乐学方面的名作,不过即使是后边这些,也不会脱离"社会"这根主轴。应当特别注意的是,不同于以往那些概论或理论,这些学术著作的基本特点在于,尽管也脱离不了宏观架构或历史脉络,但它们作为经典案例的主要魅力所在,却是一些让我们会心而笑的细节,以及让我们恍如亲临的现场感。

具体说来,它们要么就别出心裁地选取了一个角度,去披露某个过去未曾意识到的、我们自身同"艺术"的特定关系；要么就利用了民族志的书写手法，去讲述某类"艺术"在某种生活习性中的特定作用；要么就采取还原历史语境的方法，去重新建构某一位艺术"天才"的成长历程；要么就对于艺术家的"群体"进行考察，以寻找作为一种合作关系的共同规则；要么就去分析"国家"与艺术间的特定关系，并将此视作解释艺术特征的方便门径；要么就去分析艺术家与赞助人或代理人间的特定关系，并由此解析艺术因素与经济因素的复杂缠绕；要么就把焦点对准高雅或先锋艺术，却又把这种艺术带入了"人间烟火"之中；要么就把焦点对准日常生活与通俗艺术，却又从中看出了不为人知的严肃意义；要么就去专心研究边缘战斗的阅读或演唱，暗中把艺术当作一种抗议或反叛的运动；要么就去专门研究掌管的机构或认可的机制，从而把赏心悦目的艺术当成了建构社会的要素……

凡此种种，当然已经算是打开了一片新的天地，也已经足够让我们兴奋一阵的了。不过我还是要说，跟自己以往的工作习惯一样，译介一个崭新的知识领域，还只应是这个程序的第一步。就像在那套"中国研究"丛书之后，又开展了同汉学家的对话一样，就像在那套"社会思想"丛书之后，也开展了对于中国社会的反思一样，等到这方面的翻译告一段落，我们也照样要进入"艺术社会学"的经验研究，直到创建起中国独有的学术流派来。

正由于这种紧随其后的规划，对于当今限于困顿的美学界而言，这次新的知识引进才会具有革命的意义。无论如何都不要忘记，"美学"的词根乃是"感性学"，而"感性"对于我们的生命体而言，又是须臾不可稍离的本能反应。所以，随便环顾一下我们的周遭，就会发现"美学"所企图把捉的"感性"，实在是簇拥在生存环境的方方面面，而且具有和焕发着巨大的社会能量，只可惜我们尚且缺乏相应的装备，去按部就班地追踪它，去有章有法地描摹它，也去别具匠心地解释它。

当然,再来回顾一下前述的"描述性定义",读者们自可明鉴,我们在这里提倡的学科拓展,并不是要去覆盖"美的哲学",而只是希望通过新的努力,来让原有的学识更趋平衡与完整。由此,在一方面,确实应当突出地强调,如果不能紧抓住"社会"这个关键词,那么,对于作为一种"社会现象"的"艺术",就很难从它所由发出的复杂语境中,去体会其千丝万缕的纵横关系;而在另一方面,恰正因为值此之际,清代大画家石涛的那句名言——"不立一法,不舍一法",就更应帮我们从一开始就把住平衡,以免日后又要来克服"矫枉过正"。

刘 东

2013 年 4 月 24 日于清华园立斋

目 录

学者与批评家：1940—1965 年

理论的问题：1965—

二十周年版序言

在写作《以文学为业：一部体制史》一书时，我面临的挑战之一，就是不要让论点压倒了历史本身。我希望这本关于专业文学研究在美国的兴起的著作能使读者开卷有益，哪怕他们不同意我关于制度的弊病与改良的观点。我希望，待到那些引发本书写作的争论不复存在之时，仍有人阅读它。

让旁人来评判我的得失吧。但《以文学为业：一部体制史》显然是带有观点的历史叙述，目的是改变它所描述的那些制度。不出我所料，本书的许多评论者[1]都着眼于我的观点，即那些搅动学院文学研究的争论事实上具有教育潜力，而这种潜力往往被忽视，尚未得到开发。正如我时常抱怨的，文学研究者的观点分歧往往不为本科生所知，没有成为他们学习的对象。人们假定，学生应该知道他们的老师通过争论得出的结论——这些结论可能代表固化的知识——却不需要知道产生这些结论的争论，因为似乎只有专业人士才会对争论本身感兴趣。人们认为，课程大纲应该呈现经久不衰的杰作和真理。当转瞬即逝的地盘争夺战与深奥的争论烟消云散后，它们仍巍然屹立。人们还认为，激烈的争论会威胁到知识分子的团结与课程的连贯性，并且会干扰学生对文学的早期体验。我质疑所有这些观点。我认为，将文学研究描述为统一的、无分歧的活动，会损伤学界与知识，让很多学生一头雾水。

这一判断使我得出这样的结论：要在文学课程中获得连贯性，最好的做法是将这些争论本身（至少是那些最重要的）作为新的组织原则——简言之，借用我接下来一本书的题旨，"讲授冲突"。[2]教育家总是认为，要在课程大纲中取得一致性，就必须达成相当多的共识；但我认为，焦点清晰的分歧可以达到同样好，甚至更好的效果。

区块化分隔

在美国第一批施行院系制度的研究型大学兴起前，占据美国高等教育领域的是人文学院。由于绝大多数美国人都被高等教育排除在外，人文学院彼此达成了高度共识。旧的学院课程的一致性体现在，人们普遍相信希腊语、拉丁语、基督教与受人尊敬的上层阶级的社会价值观是良好教育的基础。相较于传统的人文学院，内战后兴起的研究型大学对待市民阶层的态度更为民主，对世俗领域对于真理的追求更为接纳，因此其所代表的观念和信仰也更多样。然而，这种新的多样性提出了新的问题：在当前为数众多的相争不下的群体中，哪个群体能代表大学的观点？新兴大学解决这个问题的方式是建立院系结构，院系之间通过新的领导机制——学院行政人员——彼此分离，以此维护稳定与和平。

这就是我所说的"领域覆盖式"学术组织模式[3]的兴起。每个院系都由一系列次级领域构成，都需要被"覆盖到"，首先由在新近成立的研究生教育系统中受过训练的教师覆盖，其次由上课的学生覆盖。正如我指出的，领域覆盖模式的优势在于"使（英语）系与学院课程大纲基本上实现自治"。

> 这一方案通过给每位教师分配一项公认的角色——覆盖特定的时期或领域——而塑造了一个系统，在这个系统中，教师仿佛自动驾驶仪一般执行他的工作，而无须对其目的与方法展开辩论。

领域覆盖的另一个相关的优势在于为院系提供"吸纳新观点、对象和方法的高度灵活性"，尤其是那些原本可能对惯性思维提出挑战的观点、对象和方法。

因此，一旦出现具有威胁性的革新——比如挑战了报导式"通才"的方法与设想的实证派"学究"；既挑战学究又挑战报导式批评家的学院"批评家"（新批评家）；最终，既挑战新批评家又挑战传统学者的女性主义者、后结构主义者、新历史主义者、酷儿理论家，以及其他反叛者——只需把新来者加入既有的领域，就能将其吸纳入院系。虽然在学术著作、期刊和院系会议里，可能出现令人难堪的冲突，但院系与课程的分割也隔离了争吵的派系，并使其冲突远离学生的视线。在多元主义的宽容态度下，守旧派与初生牛犊可以在课程的庇护下讲授水火不容的内容，而无须在万众瞩目之下兵戎相见。

然而，"区块化分隔"，借用劳伦斯·维斯的术语，其后果是使新式大学的课程由于缺乏一致性而受人诟病。人们往往将其归因于学术的专业化，但在我看来，罪魁祸首在于**课程**——我们往往把它看得过于理想。通过将课程大纲分解为由单个教师讲授，而非互相沟通后讲授的一系列课程，领域覆盖模式将一系列彼此关联的对话切割成不相关的碎片。在文学记者、有学养的读者和专业学者等内行人眼中，有关文学的探讨原本是有联系的对话，如此一来却被分割成不同的课程，大多数本科生并不了解它们之间的对话性关系。随着学生修习一门又一门的课程，仅有极少数非常优秀的学生才能感知到这些学术对话内部的连贯性。这些学生往往家境优渥，此前就在家中或是教堂里参与过智性讨论。

大学里的智性文化令人费解，并且渗透到了中小学系统中。中小学不知道如何帮助他们的学生为上大学做准备，并在进入大学后获得成功。最近，教育部部长玛格丽特·斯佩林收到的充满争议的报告——《领导力测试：测绘美国高等教育的未来》——至少在一个问题上切中了要害：高等教育没能弥合"高中与大学之间的糟糕衔接"，这往往导致"高中为学生上大学做准备并不合格"。[4]令人困惑的大学课程的影响甚至向下渗透，加剧了美国中学里贫富家庭孩子之间的"表现差距"。

3

这个问题近来受到热议。

倘若如我所言，要使智性文化具有连贯性，能为学生理解，就需要凸显人们的观点分歧，那么大学（和高中）的课程就需要依照我在最近一些论著中提及的那些大学与研究项目的成功经验，被重构为"学习团体"。[5]学习团体可以通过将课程与其他形式的合作教学相配对来构建，学生可以定期见证教师之间的互动和争论，由此，他们也会坦然加入知识分子的团体。在课程中创造这种俱乐部式经验的最可行办法是将通识教育课程与大一的写作课配对，因为后者不依赖于任何特定的题材，几乎可以与任何学科配对。

吉约里和雷丁斯

当然，也许有人会反对说，像我这样谈论"知识分子俱乐部"本身就很势利，会加剧不同家境的学生的表现差距。这既对又不对。在历史上，将有文化的人视为"俱乐部"的观点与社会排他性相关，但这个类比也完全可以用来拓展包容性，正如教育理论家弗兰克·史密斯的著作《加入文化俱乐部》所指出的。在史密斯看来，将文化视为俱乐部有助于我们理解学校为何失败。史密斯认为，从婴儿期开始，某些特定种类的学习——如何爬行、行走、吃饭、沟通——并不需要定期教导就会发生，因为儿童渴望加入他们身边会做这些事的人所代表的俱乐部。学习无处不在，唯独不在学校。这个悖论让史密斯深受震撼。他指出，学校教育之所以失败，是因为它们取代了类似俱乐部的社会经验。在俱乐部式的学习经验里，学生明白加入俱乐部的意义，而学校却用脱离语境的课程和项目取而代之。正如史密斯所言，将文化程度比作俱乐部会员身份——而不是某种神秘的、无法解释的精神联系——将有助于为学校教育的智性文化祛魅，明确民主教育的障碍。[6]

然而，将文化程度视为俱乐部身份的观念与阶级的傲慢和排他密不可分。约翰·吉约里在他1993年的著作《文化资本：文学经典形成的问题》中着重探讨了这一问题。该书引发了很多讨论，也值得人们关注。

吉约里受到皮埃尔·布迪厄著作的影响,并在其书中探讨了本书(他慷慨地引用了本书)所探讨的部分历史。但吉约里比本书更进一步,将文学教育置于外部的社会和经济语境中看待,讲述了文学作为"文化资本"的兴起和衰落。吉约里对历史的追溯早于本书,他的出发点是18世纪英格兰刚刚兴起的口语文学教育。当时,文学教育处于其巅峰期,对于刚刚兴起的资产阶级来说是一种重要的文化资本。然后,他探讨了文学教育在20世纪的边缘地位,随着"技术官僚"经济的出现,文学训练对于当今的社会精英而言变得无关紧要了。[7]

正如吉约里所言,技术官僚社会"使文学课程在社会中居于边缘地位",主要是因为它将大学本身变成了"培养新的技术管理专门人才的机构,其培养的人才仅具备技术和管理知识"。吉约里的出发点是20世纪80年代和90年代的经典辩论。他认为那些辩论聚焦于文学文本所涵盖的意识形态价值观念,这是舍本逐末。人们本应更关注这些文本如何经过了教育与教育之社会功能的筛选。简单总结一下,他的观点之一是,当人们争论学生应该阅读经典文学还是非经典文学时,真正的问题,即文学本身的价值已大为贬损,反而被忽视了。

吉约里的论点引发了如下问题:文学教育真的不再是文化资本了吗?毕竟,公司主管往往更愿意雇用具有人文学科背景的求职者,而不是工商管理硕士,因为前者拥有更高的写作水平、批判性思维和诠释技巧。吉约里大概预想到了这一反对声音,他指出,修辞学和写作课——而非文学研究——已蔚然成风,它们为"未来的技术官僚精英提供其专业所需的语言能力,仅此而已"。然而,这样的描绘既低估了写作和文学课,也低估了"未来的技术官僚精英"所重视的技能。在《文本的力量》一书中,罗伯特·斯科尔斯指出文学教育对于训练阅读和批判更广大的"文化文本",即制度、政治和大众媒体,起着至关重要的作用。[8]近来许多批评家也持有类似的观点。斯科尔斯关注的对象是公民而非工人。人们逐渐达成共识,随着"信息经济"的兴起,文学研究与人文学科所培养的诠释技巧、批判性思维和沟通技巧正变得越来越重要。社会对演说能力的需求,即在公众场合有力地说服大众的能力,不亚于"技术官僚"

领域对数学能力的需求，因为如果具有数学能力的人无法有说服力地运用语言来干涉政策，那么这种能力的效用就是有限的。

然而，即使我们承认吉约里关于文学教育已经丧失部分文化资本的观点，我们仍然要问，这种现象的原因是"技术官僚"不需要此种教育，还是文学教育者未能向大众证明自己工作的重要性？文学教育本身的不连贯是不是也应承担一部分责任，因为它未能成功说服大众它是有用的？倘若如此，便说明区块化分隔作为文学教育的组织原则，不仅使众多学生无法理解文学教育的意义，也使文学教育者在面临潜在的经济资源时未能有效地利用它们。

吉约里的一些观点似乎也指向了这样的论点。比如他认为，现代大学的院系结构是碎片化的，这与"技术官僚的精神生活构成"类似。吉约里所谓"智识生活的技术官僚式组织"很接近我在本书中所说的学术组织的领域覆盖模式，其结果便是区块化分隔。同样，我在本书中提倡增强课程之间的关联，以减轻不同领域之间的隔绝程度，而吉约里也提出要以一种经过整合的人文学科课程对抗技术官僚的世界观。吉约里既反对传统的庞大且单一的核心课程，又反对改革后分散且多元的课程。他认为，人文学科应当成为"整合的学习项目"。他使用安东尼奥·葛兰西的术语，认为一种民主的文化需要"集中的学校"，所有社会阶层都学习同样的学科和问题，而不是"不同成分的人群学习不同的课程""不同阶层的人上不同的学校"，两者皆是分化严重的社会的典型特征。

令人惊讶的是，吉约里认为后现代社会中大学内部的碎片化是令人担忧的，而已故的比尔·雷丁斯在他1996年的著作《废墟中的大学》中，却对这种碎片化表示热情的欢迎，认为它比过度的共识更好。[9]雷丁斯延续了让-弗朗索瓦·利奥塔在《后现代状况》中的观点，甚至将共识等同于"恐怖"。比如，他说"关于我们都说同样的语言的先入之见照亮了通往恐怖的道路"。确实，雷丁斯的著作充满智慧与雄辩，而且他并不排斥本土的与实用性的共识或共同语言。使雷丁斯感到困惑的是，从康德到哈贝马斯的启蒙运动和现代主义传统中关于"沟通的透明性"的普遍化元叙事。虽然如此，以雷丁斯的眼光来看，即便是我本人提出的围绕争议话题设置课程的观点，也会是一种新的共识，吉约里关于整合后的人文课程的观点同样如此。雷丁斯所担心的过度共识事实上可能性极小，而这种观点使他关于大学的看法过于居高临下且带有宿命论的色彩，不符合当今的真实情况。

由此，雷丁斯远离了"致力于大学改革的努力"，而满足于为"智性多样性"提供绿洲的官僚机构。雷丁斯将这种新的官僚体制称为"杰出大学"，这在根本上与吉约里的"技术官僚"大学是一样的。而"杰出大学"这个名称暗示了雷丁斯对这一问题的嘲讽态度。然而，雷丁斯最终仍然看好杰出大学，因为它给了他本人与其他人很大的发展空间。用雷丁斯的话来说，这样的机构"可以混合相当高的内部多样性，而无须将多元的表达统一为完整的意识形态"。雷丁斯在这里倡导的去除共识的方法与我所批评的取消争议的隔离性结构是相同的——这一结构通过使不同派系彼此隔离，既断绝了共识的形成，也断绝了争议的发生。

雷丁斯将理想的愿景称为"异见大学"。但这种异见乌托邦似乎已在当今多元化的大学里实现了，在当今的大学里，学者们并非争论不休，而是自顾门前雪，井水不犯河水。雷丁斯认为"异见无法被制度化"，因为"将其制度化的前提是达成潜在的共识，即认为异见是好事……"。然而在我看来，雷丁斯式理想的异见已经被制度化了，因为长期以来，大学的教职人员，尤其是拥有终身教职的教师彼此存在潜在的共识，即兼容并包。在我看来，问题在于，学术异见被制度化的方式是孤立的、自我保护的，而不是作为一种在课程内展开讨论的公共空间。

区块化分隔为何存在？

关于在现代大学里，区块化分隔——而不是更具有关联性和对话性的结构——何以成为课程安排的主要模式，吉约里在有关"技术官僚"社会的讨论中给出了唯物主义的答案。吉约里对我先前的观点进行了升级。我在《以文学为业》中指出，在19世纪晚期实证主义世界观的影响下，人们将知识视为一系列独立的信息块，堆砌在一起后形成知识的金字塔，而每个"探究者"又用自己的研究为金字塔增添一小块砖。在这种实证主义世界观看来，将大学分割为院系既符合外部世界的客观现实，又契合人类心智，即在节点处分割现实。19世纪90年代，乔治·桑塔亚纳在谈论哈佛大学的教员时讥讽了这种对知识的实证主义态度。他说他们思想僵化，如同"一群无名的珊瑚虫聚集在一起，每人暗自占据一个小巢，在身后留下化石，扩大领土"。虽然长期以来，实证主义在很大程度上已被推翻，但时至今日，大学这种本质上是实证主义的组织形式仍然存在，即使跨学科教育对其提出了挑战。这是因为跨学科项目往往是作为附加物而存在于大学中的，它们不仅不能成为不同学科之间的桥梁，反而加厚了学科壁垒。

我在《以文学为业》中没有提到的对于区块化分隔持续存在的另一个解释，是美国文化本身的一个显著特征，即回避冲突。在很多方面，美国大学课程的内容都很接近美国城市的历史：在美国城市的发展史上，为了回避或淡化不同社群和经济阶层以及种族之间的冲突，人们先是迁徙到边境，然后搬迁到郊区；在大学里，为了避免领域争夺战，人们通过新领域、新课程和新教学楼来增加新的授课内容。无论是在城市，还是在大学的竞技场里，人们都通过扩展场地来回避冲突——而对于当下日益缩水的高等教育经费，这越来越成为一种奢侈。正如我在《以文学为业》中指出的，学术课程已经成为许多完全不相关的思想、文本和方法的地理拼贴，这些内容甚至毫无关联，更不用说会产生冲突。教师并不将它们联系起来，而是把这个任务留给了学生。

这就回到了我早先提出的论点，即回避冲突的做法实际上会使学生云里雾里。请看我在2003年的著作《迷失在学院：上学如何搅乱了头脑》中的这段话：

> 如果所有的——并非百分之二十的——美国学生想获得更好的成绩，他们就需要知道学术界的游戏规则是总结和论证观点。但学术界恰恰将这一游戏规则隐藏了起来，藏在一大堆互不关联的学

科、领域和课程中间。美国大学的课程单凭其认知上的高难度便已使大部分学生无法觉察和领悟游戏规则中的核心成分,即论证。[10]

《以文学为业》追溯了这种"互不关联的学科、领域和课程"的形成,以及它们为何会互不关联,而未能成为一套或许能使学生更容易理解的对话体系。

争议所具有的澄清力

这就要回到我之前的观点,即让有争议的问题暴露在学生面前,恰恰能澄清问题。我的假定是——我最早在《迷失在学院》中提出过这一观点——智性问题在引发争议之时最能得到澄清,或者如我在《迷失在学院》中所言,"争议与理解之间存在深层次的认知关联"。换句话说,争议与学术知识的关联并不微弱,它是后者的一部分。也就是说,争议是学科或领域研究内容的一部分,它正是认知的对象,或者说,它与知识密不可分。有关文学是什么,或一部文学作品是否应该拥有文学经典地位的争论,都属于对该作品的研究,因为这些争论都存在于读者的意识中。的确,判断一个人是某个学科的专家还是门外汉,往往是依据他能否意识到关于这个学科,哪些问题在特定时刻是有争议的。

换言之,我想引用约翰·斯图尔特·密尔的著名格言,即我们不会明白我们自己的观点,直到我们认识到其他人可以如何反驳它,也就是说,我们的看法为何是有争议的。用我在《迷失在学院》里引用的密尔的话来说:"那些永远不把自己置于自己的反对者头脑中来思考的人……无论如何都不会懂得他们所研究的理论。"[11]我接着写道:

> 我们的思考能力恰恰取决于对比——取决于对"相对于什么而言?"的追问。人类认知中这种"对话的"或对比的特征长期以来是现代思维所固有的。然而学院中彼此割裂的课程却并未反映这一特征。学校教育质量低劣或令人乏味,往往是由于课程内容将

对于"相对于什么而言？"的追问从学生的视野中抹去了。由此，学界回避冲突的习惯使头脑变得迟钝了。

虽然我当时尚未能清晰阐述这一问题，但这些思考成了本书观点的前提，即不让学生接触争论，会使文学研究变得无法理解。

在《迷失在学院》中，我指出，随着学术环境中的思想与文化差异日益增长，争议——我也称之为"思想与争论的文化"——却恰恰成为达成共识的唯一可能基础。在当今日益激烈的文化战争中，有一个常常被人们忽视的悖论，即那些意识形态截然相反的知识分子却往往是灵魂伴侣，因为恰恰是这种对抗将他们向着对方，而不是向着那些认为他们的意识形态热情十分模糊、无聊、事不关己的非知识分子群体拉近。这一点在最近关于人文学科经典书目的争论中被忽视了，在这一争论中——稍稍变换一下吉约里的说法——关于给学生布置**哪些**读物的敌对意见遮蔽了如下事实，即对于美国学生来说，更长久的问题是书的文化以及关于书的讨论本身，无论书单最终由谁来制定。这些争论过于聚焦于**何种形式的**智识文化——传统的还是流行的——应该主导课程，以至于忽视了更深层次的问题，即大多数美国学生对所有的智识文化都感到疏离。

如果深层次的问题确实在此，那么我们寻求课程连贯性的地方就不应是布置给学生的一手文献，而应是思想与论点的文化，是那些可以帮助学生对一个文本或其他任何事物做出清晰反应的说话与写作的智识形式。一门有效地聚焦于帮助学生掌握智识世界的语言的课程也可以具有极强的连贯性，即使其中包含彼此冲突的文本、思想与价值。

在此也要谈到一些我希望对《以文学为业》一书做出改进和修正的地方。首先，如今我会更清晰地指出"冲突"与"共识"两个概念并非彼此对立，而是在逻辑上相互依存的。例如，为了有建设性地针对《麦克白》提出不同的意见，我们需要在很多问题上达成一致：《麦克白》是一部戏剧，它是在一个特定的历史时期写作和表演的，它包含了企图代表不同类型的人的角色。为了教授关于这部戏剧的争论，我们同样需要在一些教育原则上达成共识：这部戏剧是值得学生阅读、论辩的，阅读它是有价值的，有关不同阐释的论辩可以帮助阅读，等等。简言之，在《以文学为业》中，我并不像有时看起来那样反对共识；我反对的是在错误的地方，比如在我们布置给学生的文本和话题中，而不是在关于这些文本和话题的智识话语中，去寻找共识。我们真正需要达成共识的一点是，好的教育的目标是帮助学生进入思想与论点的文化。如果这一点得到承认——关于这一点我们已经有了相当程度的共识——那么教学生在较高水平上参与智识争论是我们所能做的最重要的事情。

在此我只能虚心接受雷丁斯在《废墟中的大学》中对我的批评，即我对教授冲突的呼吁需要"一种允许将'冲突'作为统一的专业话语的对象来定义和传播的共识"。然而这并不意味着我同意雷丁斯的另一个相当不同的批评意见，即在我教授冲突的倡议背后是"一种对**最终的**共识的欲望"。毕竟，那些使我们能够开始争论的共识并不一定要是"最终的"。相反，在一场好的论辩中，论辩双方最后往往都会开始质疑那些使他们的讨论得以展开的共同前提。的确，如雷丁斯所说，将某个特定的争议作为"统一的专业话语的对象"会突出和提高某些争论的优先性，但它也会使这种突出和优先受到质疑。还是那句话，在好的论辩中，论辩本身的条件和术语通常都会遇到挑战。

另一个我希望对《以文学为业》加以改进的地方，是对英语研究的写作与修辞领域给予更多的关注。如今我意识到，由于将写作排除在研究范围之外，我未能认识到我自己论点的一个隐含的重要意义。由于一年级写作课是肩负着训练学生"在较高水平上参与智识争论"的任务的主要课程，以我自己的立场而言，我理应在不忽略文学研究或使本书篇幅变得过于冗长的前提下，把写作放在更突出的位置。或许现在我之所以能够更好地理解写作课本应在我的论证中发挥的作用，是因为从1990年代开始，我的教学重点从文学转向了写作。最近，在与我的妻子凯西·博肯斯坦合教了数门一年级写作课之后，我们共同写作了教材《"他们说/我说"：学术写作中的重要步骤》，尽可能简明地介绍了具有说服力的论证"步骤"。[12]

即使是在写作《以文学为业》的过程中，我也已经开始认为，英语系里的文学与写作项目（或者外语系里文学与语言教学）之间的长期分离对**文学研究本身**来说是灾难性的。毕竟，只有在学生能够熟练地就文学进行写作与讨论的前提下，文学教育才能成功。学生可能非常看重文学，但如果他们无法清晰表达自己的阅读体验，那么他们的阅读体验也会变得非常贫瘠。

文本不会告诉我们它们要说什么

提出最后这一点是为了指出，由于没有文本会告诉我们它们要说什么，为了有效地针对文学进行阅读和写作，学生需要批判性的对话以及批判论证的语言。正因如此，**教授文学**这个短语本身是具有误导性的，因为在文学课堂上，师生生产的不是文学，而是**批评**，也就是关于文学的话语。关于这一点，克里斯·巴尔迪克说得很清楚：

> 一个经常被忽视的事实是，名为"英语文学"的学校和大学科目的真正内容不是原初意义上的文学，而是批评。每个英国教育系统中的学生被要求写作的不是悲剧，而是批评文章。[13]

我在《迷失在学院》中讨论过，即使在学生确实可能写作悲剧的创意写作课上，讨论也是以批评话语展开的。就像莫里哀笔下那位意识到自己终生都在用散文体说话的绅士一样，文学教师应当意识到，当我们谈论一件艺术作品时，我们所做的不可避免地都是批评。

但是，如果文学学生必然会被期待去生产批评，且在他们做得不好的时候会获得较差的成绩，那么他们就需要**阅读**一些批评的模板。不给学生提供批评话语的范例不亚于将他们的一只手缚住。然而，大学（以及高中）的文学学习的绝大部分内容仍然是阅读一手文学文本，很少或几乎不涉及文学批评，更不用说批评争论或文学理论。因此，让更多的批评进入文学课堂可以为学生提供一些模板，帮助他们更清晰有力地谈论和评论一手文本。而将这些批评模板置于争论之中，而不是作为各自孤立的碎片来呈现，可以帮助学生认识到批评的一个重要部分是参与那些关心文学、愿意就文学展开热烈辩论的读者的更广泛的对话。

以上评论或许可以打消那些觉得"教授冲突"便意味着以批评或理论来取代文学的人们的疑虑。例如，哲学家约翰·塞尔在一篇1991年发表于《纽约客书评》的对谈中便这样总结了我的观点："格拉夫认为我们应该教授的不是柏拉图和莎士比亚，而是针对是否应该教授柏拉图和莎士比亚的争论。"[14]然而对于我来说，重要的从来不是取代柏拉图和莎士比亚，而是使学生能够参与关于两位作家的批判性讨论。

那种不情愿承认在文本和我们关于它的言说之间必定存在"二手"批评话语的情绪，往往反映了长期以来对于文学已经成为一门专业学科的愤慨。在《以文学为业》中，我试图避免认为专业主义和制度化天然地会损害精神的悲观看法。斯坦利·费什和布鲁斯·罗宾斯敏锐地拆解了这种反专业主义[15]，但最近的各种文化战争似乎仍被它笼罩。它被传递到了学生那里，使他们相信，分析文学或将文学作品"智识化"就是败坏了阅读的乐趣。很多学生和门外汉所感受到的分析文学与享受文学的冲突，是掉入课程之间的裂隙而未能得到处理的问题之一。

最后，我想谈谈《以文学为业》出版后所引发的争议，一场关于"政治正确"以及自由左翼在学院人文学科中的突出地位的争论。无法建设性地思考争议——甚至无法将富有成效的争议想象为一种可能性——使近来关于政治正确的辩论变得贫乏，正如它使关于课程的辩论变得贫乏。这样的辩论往往由两种不能令人满意的选项限定：要么认为课堂是表达激进政治主张的地方，要么认为课堂不应给这样的主张留下任何空间。而且，一旦辩论局限于被理解为孤立空间的"课堂"，事实上就难以想象另一种思考课堂主张的方式了。以反主张（counter-advocacy）而不是避免主张作为无责任的课堂主张的解药，这样的可能性几乎不存在。教师应当采取坚定的立场，但要让这些立场回应最强烈的反对声音，以便学生获得真正的智性交流模式。

迈克尔·贝鲁比的新书《什么是人文学科的自由？：课堂政治与高

等教育中的"偏见"》在我看来是迄今为止对于政治正确的争议最为细致入微的讨论，他在书中挑战了许多保守派对于人文学科中的自由偏见的标准抱怨。但贝鲁比特别指出了马克·鲍尔莱因提出的一种被他称为"有趣"且"有见地"的保守观点。这种观点认为，贝鲁比总结道，"自由左翼思想"对人文学科的统治不仅不利于人文学科，"对自由左翼思想本身也不利"。[16]正如贝鲁比所言，很多校园文化中的自由左翼倾向"会将年轻的进步人士包裹在道德迷雾中，让他们自满"，同时又对他们将遇到的来自"美国文化的其余部分"的反对"毫无准备"。[17]

贝鲁比在左翼校园文化中发现的狭隘心态，对于学院里的所有人来说，都在封闭的课堂教学里被极大地放大了，课堂把那些最倾向于——通常也是最有资格——质疑我们所喜爱的信仰的同事拒之门外。可以肯定的是，学生可能会挑战这些珍爱的信仰。但是，对被动接受的学生听众负责，与对我们的同行听众负责是全然不同的。既然学者们认为，当我们的书和文章被评审或我们在学术会议上发表论文时，我们自然地对我们的同行负有责任，那么为何我们在教学中就可以免除这种责任呢？

当学者需要向社会辩护他们的存在时，这种狭隘性最具破坏性的影响可能就体现出来了。假如你试图设计出你能想到的最糟糕的修辞训练形式，以便在更广阔的世界里为自己的工作辩护，那并不会好过在封闭的课堂里授课，排除同行的批评。很难想象还有比试图改变人们对于莎士比亚作品的女性主义解读之合法性、平权行动的美德或是社会资助人文研究之必要性的看法更糟糕的训练形式。近年来，我们这些人文主义者花了大量时间哀叹我们的事业缺乏财政支持，其令人不安的结果是全职教学工作的消失，因为兼职教师已经占据美国大学教师数量的一半以上。虽然这种减员确实是可耻的，但学术界未能对其做出有效的抵制，暴露了这种模式化隔离的有害影响。如果《以文学为业》中讲述的故事是准确的，那么我们已经默认了一种工作组织方式，而它削弱了我们以强大的集体声音说话的努力。

致 谢

感谢在不同阶段阅读我的书稿，并给予宝贵建议与批评的诸多同事和朋友。书中的不足之处不应由他们负责。感谢我的两位西北大学的同事，沃利·道格拉斯与迈克尔·华纳对本书前后数稿提出的建议，我在书中也引用了他们关于英语系早期历史的重要研究成果。感谢拉里·利普金和索尔·莫森仔细的阅读。感谢迈克尔·费希尔、威廉·凯恩与乔纳森·阿拉克对我的观点与修辞提出富有挑战性的批评。感谢蒂姆·巴蒂提供的关于德国大学史与早期专业主义方面的帮助。

感谢大卫·舒姆韦、史蒂夫·梅洛、马克·戴维斯、梅丽塔·肖姆、弗雷德·克鲁斯、格里格·杰伊、大卫·梅耶和克劳迪亚·施普林格关于书稿各部分的有用的评论和富有启发性的异议。感谢两位评审专家乔纳森·卡勒和约翰·埃利斯对一份早期草稿提出的有益批评。

我要特别感谢马克·沃尔豪特和卡拉·卡普兰在研究上的宝贵协助，以及伊丽莎白·肖的精心编辑和耐心。

感谢约翰·西蒙·古根海姆基金会资助我开展这项研究。

感谢芝加哥大学出版社的人文学编辑艾伦·托马斯建议再版此书，以及他为新版序言提供的帮助。伊利诺伊大学芝加哥分校的本·安德伍德也对序言的几份草稿提出了尖锐的建议。

第一章　导论:人文主义神话

据说,只要学院聚集了足够数量的专家,即使他们每个人都只懂某个学科的一小部分,这个学科的内容也可以算是被全面覆盖了,他们所属的学院科系也可以视作师资完备了。传说在古爱尔兰有一座塔,塔很高,需要两个人才看得到顶。一个人从塔底开始,一直看到目力所及之处,另一个人则从第一个人停止的地方开始,把剩下的部分看完。

——约翰·厄斯金

组织文学并非易事。

——欧文·豪

《以文学为业》是对美国学院文学研究历史的考察。这段历史大致始于1828年《耶鲁报告》的发表——该报告确保了在接下来的半个世纪中,古典语言相较于俗语在美国大学中的优势地位——终于20世纪60年代新批评的衰落,以及随后一系列有关文学理论的争论。严格来说,直到19世纪的最后二十五年,大学语言文学系最终形成以前,"学院文学研究"在美国或世界其他任何地区都是不存在的。然而将文学作为教育媒介的做法古已有之；在美国，从殖民时期起，文学文本就已经在大学的希腊语、拉丁语、英语文法、修辞学及演讲术等课堂里得到研读。这些早期实践有其关于文学的社会功用的理论预设，而这种预设也将对后来文学系的形成产生不可忽视的影响。

文学不仅是上流社会绅士教养过程中的一环，也是可以或者应该被教授的知识——这是一种全新的观念，之前还未曾有过组织这种事业的先例。"组织文学"在任何情境下都不是一件易事，尤其是当它意味着要在一种或多或少民主的条件下，将此前一个特定阶层的社会交际的一部分内容重组为课程。我的研究表明，直到今天这项事业也很难说完成得十分全面，甚至可以说，今天的我们对于其中的困难还不如早期的教育者来得警觉，因为学院文学研究一旦确立并变得自足，一旦忘却了一种可供比较的前学院文学文化，它也便失去了前人所拥有的历史视角。

想要在一本书的容量内处理如此宏大的主题，就必须略去一些内容，并将余下部分也相应精简。虽然我在行文中使用了"学院文学研究"和"文学系"这样的统称，我的绝大部分例证都来自主流大学中偏向研究型的英语系，至于英语系的范式与其他现代语言文学系或比较文学系之间的不同，我只是偶尔提及。也许我应该为本书加上一个"英语研究史"的副标题，然而我最终决定使用"文学"这个更为宽泛的标签，因为各个文学系的本质特征在我看来足够相似。

尽管如此，我的研究仍然无法代表小型学院的经验。同时我也怀疑，对于那些文学课——不同于写作课——已成为奢侈的教学机构来说，某些我视之为困局的状况已足以使它们艳羡不已。我在行文中只是顺带提及写作课的教学，然而正如威廉·莱利·帕克、华莱士·道格拉斯以及理查德·欧曼等学者在他们开创性的研究中表明的，如果没有写作课的教学，文学课的教学永远不可能获得如今的中心地位，我在这里讨论的种种议题也就毫无意义了。[1]此外，我也只是偶尔提及英国大学，尽管它们对本土大学的发展产生了很大的影响。

本书最后一章的目的并非详尽考察最近有关文学理论的争议——

这已超出本书所能处理的范围——而是指出这些争议与学院文学研究滥觞时期的那些争议具有相似之处。此外，我还希望表明，文学理论可以给文学研究注入一些有益的自觉，帮助我们从新的角度认识过去和现在的争论。当我使用"理论"一词时，其中一层含义是，所有文学教授都是"理论家"，也都在理论争论中有利害关系。与此相关，在某种意义上，一个文学系（及其课程）本身就是一种理论，尽管这种理论总体来说 2 并不连贯也不清晰，而正是这种不连贯加强了人们关于文学系没有理论的印象。

从传统的考量出发为将理论引入课程辩护也是可能的，比如可以说，学生需要理论概念来理解并聪明地谈论文学。应该看到，直到最近，出于对研究和阐释中原子化的经验主义倾向的反对——他们相信，关于文学的各种事实和解读的累积能自然地拼合出一幅连贯的图景——教育领域的传统主义者事实上是积极接受"理论"一词的。指出这一点并不是否认新近的理论构成了对传统文学人文主义的前提和价值的猛烈攻击，而只是想说明，这些攻击者提出的有关文学的性质和文化功能的问题曾经也是传统人文主义者普遍关心的问题，即使他们不再满足于后者给出的答案。传统的真正敌人是忽略一切有关目的、价值和定义的理论问题的正统文学研究，它将这些视为不言自明的。在这些问题上的共识（或表面共识）的破裂激发了当下的理论井喷，而且我认为这不会只是昙花一现的潮流。

当我最初着手研究时，我有一个模糊的预设，即学院文学研究的开创者最初一定有一个关于这项事业的共同目标，只是这个目标后来不知为何失落了。在我的想象中，它与马修·阿诺德心中的"人文主义"和"文化传统"等理念相关。然而，经过研究我发现，虽然文学系的官方目标的确传承自马修·阿诺德所说的人文主义和文化传统，但对于这一目标应该如何实现，其实从一开始就存在着根本分歧。认同马修·阿诺德的文学及文化观念的早期教育家从一开始就强烈反对从语言文献和历史的角度研究文学，尽管正是后者使文学研究在新式的研究型大学的科系设置中获得了一席之地。

3 阿诺德式人文主义与催生了学院文学研究的科学研究方法的结合从来都不稳固。传统人文主义者坚称，将文学割裂为一些专门化的、孤立的"领域"，以及对研究中的量化"生产"的吹捧，是对阿诺德的总体文化理想以及文学作为生活之批评的观念的损害。实用的、技术性的机械运作对于道德和文化理想的胜利，是阿诺德谴责的现代社会的诸多特征中的一种，而研究崇拜似乎不过是这种胜利的又一例子——而且这一倾向在美国似乎尤为彰显。

值得深思的是，如今我们称之为传统人文主义的治学方法，在那些更早期的、沿袭文艺复兴经典人文主义的传统主义者看来，是一种颠覆性的革新。同样值得深思的是，那些传统人文主义者用来指控研究型学术的罪名，与后来的传统主义者指控新批评，以及今天的传统主义者指控文学理论的罪名如出一辙：重专业术语而轻人文主义价值，阻碍学生与文学本身的直接交流，使文学成为专家精英趣味的消遣。无论新近理论的罪过为何，那些将人文学科的所有问题都归咎于文学理论的人，无非验证了他们自己恪守的信条，即忘记过去的人必将重蹈覆辙。他们提出的解决方案——回归伟大的传统，而不去考察这一传统为何逐渐受到质疑——也只会使之前已经重复过多次的循环再次上演。

当然，研究型学者并不认同传统人文主义者对他们的批评。他们同样自视为马修·阿诺德的合法继承人，认为指摘自己的人不过是外行，纯粹是出于恋旧心理（很多时候也确实如此）。然而即便如此，在这些早期的研究型学者当中，仍有相当多的人认同对于他们的某种批评，即他们的传统人文主义理想与他们的职业实践之间存在不小的差距。在现代语言协会（Modern Language Association）早期的会议上，他们投入了大量时间，互相敦促要对这种差距有所行动，然而绝大多数人都止步于一些收效甚微、如今已不知重复过多少次的声明：必须把教学重新提至与研究同等重要的位置，面对研究生院的专业化，必须重申本科"通识文化"的重要性，最重要的是，必须重新将文学本身置于学术和方法论之上。这种对问题的诊断导致他们陷入了宿命论，将自己的问题归4 结于美国民主内在的庸俗、现代社会内在的粗鄙，或是学生质量无可救药的低劣。

对于研究和发表取代了教学的指控，与另一种并行的指控类似，即技术或官僚体制取代了更为人性的或公共性的关系。无论其出发点如何，这样的指控注定是无益的，因为它认定学者的职业利益没有任何积极作用，除了自行消亡。这种指控所基于的诊断，是将学院制度的问题笼统地归结于专业化本身，而不去区分专业化概念与新兴大学环境中特定形式的专业化之间的差异——必须强调，这些形式并不一定是唯一可能的形式。然而，无论这些早期批评者的观念对当下的指导意义如何有限，它至少有助于打破我们的一个错误印象，即学院文学研究是从某个时期起才开始偏离真正的、阿诺德式的人文主义的。

支撑这种人文主义神话的是一种惯性思维，即把制度视为重要人物和运动的价值、方法、意识形态的直接投射。这种思维非常便捷，初看起来也符合常识，然而它忽略了，即使是那些占据主导地位的批判性价值、方法和意识形态在被制度化为学术领域、课程和教学方法的过程中，也可能发生实质性的变化。"专业化"与"学院化"并不是中性的组织原则，而是将各种文化和文学批评中的"主义"进行转化的能动过程；在这个过程中，"主义"的本意往往被彻底颠覆或**偏离**，以至于外人完全无法辨认。设想与结果并不必然一致，而这也是为什么，那些在体制内的人看来显而易见的东西，却可能很难为体制外的人觉察。

我将本书命名为体制史，意在强调它关注的不仅仅是特定的学术批评实践，还包括这些实践在现代大学中被以某些方式——这些方式并非唯一可能的方式——制度化后所经历的变化。换言之，我关注的不仅是以个别学术成果、潮流的形态"进入"的东西，也包括作为一种操作性的整体"出来"的东西，以及这个整体如何被体制以外的人理解、误解，或是完全没有觉察。大多数关于批评的历史都彻底忽略了这些问题，把焦点放在主要人物和运动上，但也正因如此，他们的结论无法为制度分析提供可靠的基础。因为即使是主要人物和运动也无法保证其价值能在一种制度的整体中留下深远的影响。阿诺德式的人文主义 5 对其学生和追随者的个人价值观产生了巨大影响，然而他们却从未成功地把这些价值转化为整体制度的可见特征。到了 20 世纪初，"人文主义"——以欧文·白璧德及其团体为代表（如果我们暂时把这个词的复杂历史放在一边）——已成为学院的一个阵营，成为诸多已确立的"领域"中或多或少被疏远的一个。因此也就不难理解为何很多标志性的阿诺德式人文主义者，从白璧德到沃尔特·杰克逊·贝特，最后都成了行业的激烈批评者。

我认为，无须哀叹他们的失败。无论如何，正是因为他们秉持的阿诺德式人文主义没能成为一个有效的、含义广泛的概念，才使学院文学研究逐渐对各种彼此竞争的文学、学术与文化观念敞开大门。令人沮丧的并不是这些制度层面上的冲突没有得到解决——未解决的冲突正是一个民主的教育系统所需要的养分——而是这些冲突除了给行业系统造成停滞之外，很少作为富有教益的例子被拿来研究和教授。并非所有文学研究观念层面的矛盾都只是学院内部的事，对外人没有任何意义；即使是那些很大程度上确实只有内行才能理解的矛盾（比如当下理论家与人文主义者的冷战），也可能作为文化冲突的范例，引起一般的兴趣。然而当下，教育－文化之争往往只借助技术性的词汇，在专业期刊和教职工会议上关起门来讨论。院系与课程设置对这些矛盾避而不谈，因而它们也未能成为一般学生的学习生涯或是一般教授的职业生涯的语境的一部分。

人文主义与文化传统统领着文学研究中诸多分散的活动这一假象，是意识形态冲突未能进入公众视野的原因之一。另一个重要原因是院系采用"领域覆盖"的组织原则，将文学系视为一系列历史与类型文学领域的集合。19 世纪 70—80 年代，领域覆盖原则伴随着教育的现代化与专业化，学校与学院按照主要的研究主题和领域来组织院系。为了同时确保人文主义的广度与专业研究的深度，文学系认定，一旦集合了足够多的教员，就能或多或少平衡地"覆盖"各个文学时期和类型，而每个人又有各自专攻的主题，如此，师资团队就可称得上体面了。

领域覆盖原则看似无害，加之历史悠久，我们很容易对其视而不见。然而其实它影响深远。它的一个极大优势是使院系和课程安排几乎可以自我调节。这一方案通过给每位教师分配一项公认的角色——覆盖特定的时期或领域——而塑造了一个系统，在这个系统中，教师仿佛自动驾驶仪一般执行他的工作，而无须对其目的与方法展开辩论。只要每个教员接受了足够的训练——19世纪90年代之后在美国快速发展起来的研究院系统确保了这一环节——他们就能在教学和研究中独当一面，而无须过多监督和管理。

领域覆盖原则的第二个优势是给予体制极大的灵活性以吸收新的观念、研究对象和方法。在现代大学以前，教育的首要目标是灌输基督教的宗教和社会意识形态；在这种教育模式下，任何挑战主流行事方式的创新都必须被排除和驱逐。相比之下，在领域覆盖模式下，即使是具有威胁性的创新也会被接纳，只需在现有的诸多领域之外再增加一个单元。当然，对创新的激烈抵抗仍然时常发生，但因为所有教员都各自为政，对创新的吸收并不会迫使人们改变现有的习惯，所以随着时间的推移——这段时间正变得越来越短——抵抗也会慢慢消失。只有领域覆盖原则才能解释，文学系为何在既保留早期传统的价值取向，又吸收具有颠覆性的新领域，如当代文学、黑人文化研究、女性主义、马克思主义和解构主义等的同时，还能避免严重的意识形态冲突。

通过让每个人独立开展自己的工作，领域覆盖原则预防了冲突的爆发，省去了不得不面对、讨论和解决冲突的麻烦，使现代教育这台机器无阻力地运转。一只无形的手——对于马修·阿诺德意义上的人文主义已渗透入文学系所有分支与所有行业活动的信念——保障了各个部分的总和能汇聚成一个连贯的整体。然而领域覆盖原则的优势也造成了很多问题。教员和课程设置的自我调节性在使教员高效地、不受干扰地展开教学研究工作的同时，也使他们无须深究从事手头工作的原因。组织结构使教员无须与本系及其他院系的同事探讨根本性的问题。当然，各种争论一直存在，然而在学生和外人那里，争议被奇怪地过滤了。关于这个问题，默认的原则是应该只给学生呈现行业争论的结果而非争论本身，以免造成混乱或打击他们的积极性。课程设置也是争论双方权衡和取舍的结果，而争论本身则从视线中隐去了。

按照最少争议原则划分领域，在使科系易于管理的同时，也遮蔽了其内部最有趣的冲突与联系。换言之，领域覆盖原则使行政组织取代了有原则的思想和讨论。一系列师资完备的领域使人们无须对院系的目标具有理论层面的理解就能够开展工作，课程列表中的文学时期、类型和主题等参数已足以说明院系的性质。

批评家反对院系内部的划分，仿佛这种划分本身就是问题所在，然而劳动分工在任何官僚系统中都是必要的。问题的根源并非划分，而是划分出来的领域彼此分离。由于以文学时期和类型为主题的课程相互没有对话，教师们也就倾向于不去提出各个不同时期和类型之间有哪些可能的联系或对比，某种特定的断代或"时期"意味着什么，从历史或类型（以及后来的"新批评"）角度研究文学又意味着什么等等问题。类别的存在似乎就是为了使人们不必再思考它们，不用再意识到它们事实上是理论选择的结果。

在这种非关联的组织原则之下，各方都不会深究彼此的关联或对立，文学系因而也就阻止了那些原本可能富有教益的冲突成为文学研究的一部分，学生（与教员）也就失去了一种将自己置身于同时代文化议题之中的方式。因为学生的学习不仅来自与教员的接触，也来自对于教学的各部分如何聚合或分离的感知，模糊这些关系剥夺了学生理解教育和文化世界的一种关键方式。最初分裂教员的方法和意识形态的潜在冲突不再需要处理，每个教员决定方法与意识形态的权力越来越大。于是，即使方法与意识形态上的冲突随着行业发展愈演愈烈，有关一种共同的人文主义价值与目标的神话仍然被维系着。追问这些价值之下的理论预设变得没有必要，一种人人都没有理论的幻象也便得以维持。

这种后果既在水平层面也在垂直层面发生作用，因为文学研究的方法论也开始脱离其诞生时的文化基础。方法与目的的分离在前专业化时代便已存在，但随着专业化时期技术性方法论的大量增长，这一趋势大大加强了。人们通常习惯于将这一情形归咎于方法论自身：它似乎有一种成为机械产出研究与批评的怪物的倾向，最后连生产者自己也不知生产的目的为何。然而，就像之前提到的，造成这种程式化的并不必然是方法论本身，而是一个使方法论与其背景和理论分离的系统。

领域覆盖原则在行政管理层面带来的结果与人文主义神话在意识形态层面带来的结果是一致的。两者的结合，解决了如何在免除持续的集体讨论的必要性的同时"组织文学"的问题。只要分期断代明确规定了个体的职能，文学系教员就能自我调节；只要文学是人文主义的一种表达，它就可以自我解释。由此产生的课程设置所表达的信念是，只要让学生相对平衡地接触一系列文学时期、类型和主题，他们就会自然而然地欣赏人文主义和文化传统。简言之，**文学教授它自己**（literature teaches itself），这就是人文主义神话和领域覆盖原则的隐含预设。既然文学传统内部很可能是连贯而自成一体的，那么它自然也应该决定教师组织他们自己的方式。"文学教授它自己"并不一定是教师个体自觉的假设（尽管我们将在下文中看到，很多人欣然接受了这一观念），但它是整体结构存在的预设和前提。

不幸的是，从来没有证据表明这个预设是真实的——尽管人们始终幻想着它可能的真实性，只要学术、批评或理论造成的阻碍能以某种方式被清除。用"文学本身"反对各种形式的**关于**文学的评论，试图从中找到解决制度难题的办法，是一个将在本书中不断重现的母题。人们希望，只要将伟大的文学作品从制度与行业的阻碍中解放出来，清除学生和非专业读者与作品本身的力量之间的阻隔，就能实现救赎。很长一段时间以来，这种观念的攻击对象是实证主义，后来是分析性批评，今天则是文学理论以及各种历史化的尝试。然而这种"文学本身"的论点的基本形式一直没有改变，反映着某种经久的愿望：如果个体以上乘的质量教授正确的作品，文学整体的效力自然会发生作用。

新近的批评告诉我们，没有任何文本是一座孤岛，每部文学作品都是某个对话的一部分，无论这一对话有没有被明确地指出。然而文学研究还没有找到一种将这一教导制度化的方式。在这个结论的精神之下，罗伯特·斯科尔斯在他的近作《文本的力量》中指出，为了教授文学文本，必须同时教授"文化文本"。[2]尽管已经有很多教员在这么做，但当其与制度结构发生冲突时，个体的教学所能带来的效果是有限的。文学系的各个组成部分与大学之间的分离常常抹除了文学作品所指向的更大的文化对话，文化文本常常落入时期、类型、领域、批评、创意写作、作文课等领域之间的缝隙而被忽略。既然它不是任何人的领域，也就没有人应该为之负责。

人们可能会觉得，传统主义者会对这样一种保守的历史论点表示同情，然而事实上，认为向学生介绍文学的最佳方式是让他们与文本"直接"接触，并尽可能减少背景的干扰，这样的观念仍然十分强大。支持者

10 们坚信，他们过去三四十年的历史经验已经证明了这种观念的正确性。在旧的实证主义文学史的统治下，机械式的背景研究给他们带来的折磨仍历历在目，以至于他们听到"背景化"、"历史化"和"理论化"这些词时，就觉得学生们会变得比新批评使旧历史主义寿终正寝前更无聊和不满。然而，解决文学研究背景化不足的方法不是放弃背景化，而是更好地背景化。新批评与背景研究之间的妥协虽然解决了第二次世界大战后的学科争议，却并没有为此提供更好的方法。不可否认，当时的"精读"偏向相较于之前的文学研究，是一个巨大的进步，然而事实证明，这个解决方案只是暂时的，而它的代价也变得越来越明显。新批评教学与历史教学的妥协虽然使文学系在过去三四十年内稳定下来，然而它将文学作品的背景视为外在因素的做法——无论这个外在因素的重要性如何被强调——却强化了一种根深蒂固的预设：如果文学系内部覆盖的领域足够广泛且均衡，那么背景会自行其道，因而无须集体地处理或组织。但在没有背景的情况下，学生对文学本身的"直接"体验往往导致不确定性，或是对某种阐释程式不加思索的接受。

当下对于学院文学研究的激进批评已揭示了"回归文学本身"的呼吁背后的问题，我的分析也多次应和了他们的论点。我同意特里·伊格尔顿在《文学理论》中的观点，即文学研究武断地缩小了"文学"的概念，而我们的目标应当是修复文学与"其他文化与社会实践"[3]之间的断层。我借鉴福柯的方法，考察那些看似中性的学科分类与边界事实上如何建构了被组织起来的各个领域。如同一部分解构主义者，我关心诸如"人文主义"等的观念化如何在修辞层面发生作用，从而掩盖了构建它们

的冲突。

　　与此同时，我并不像解构主义者那样认为，所有的观念化天生就是自相矛盾或不合法的，我也不认为所有的制度模式都可以解释为意识形态、权力、"逻各斯中心主义"或压制的结果。虽然这些批判很有价值，但它们似乎缺乏一种分辨合法与不合法的制度或修辞权力的标准。此外，它们使用的体制史模型往往与传统主义者并无不同，只是用一套谴责的语汇重新书写了一遍。左翼与右派一样，将那些道貌岸然的愿望和声明与制度的实际混同起来。伊格尔顿将"英语文学"的兴起和发展视为整合国家文学以"控制和吸收工人阶级"的工程，便是其中一例。

　　这种将学院文学研究视为一种"社会控制"的理论并非全无道理；很多领域的开创者的确明确而公开地将文学研究构想为一种恢复文化统一性的方式，希望以此控制南北战争后首次进入高等教育系统的难以驾驭的民主元素。伊格尔顿对英国的如下描述同样适用于美国："在'英语文学'的先驱，如F. D. 莫里斯和查尔斯·金斯莱等人的作品中，着重强调的是社会各阶层的团结、'更广泛的同情'的培养、国族自豪感的灌输以及'道德'价值的传承。"然而文学研究的民族主义使命的实现情况如何？开创者的意识形态是否又真如伊格尔顿所言，直至今日仍是"文学研究的独特特征"？这些问题仍有待讨论。

　　至少在那些对该使命抱有最殷切希望的人看来，这个目标从一开始便已经失败了。很早以前，关于英语文学研究能够将国家的文化领导权返还到高雅文化的学院守卫者手中的希望便已破碎了。一方面，随着商业与企业利益逐渐主导现代生活，高雅文学文化日益边缘化，文学精英自称拥有文化领导权的主张已经变得越发可笑。另一方面，即使在大学内部，旧的精英阶层也在逐渐丧失领导权——至少根据他们自己的抱怨，新的学院派专业化有一种将各研究领域的利益置于国家利益之上的倾向。很多早期的阿诺德式人文主义者之所以对专业化研究抱有敌意，是因为他们认为后者为专业派系的狭隘利益牺牲了文学作为社会化工具的潜能。尽管19世纪与20世纪之交见证了统一的英语文学经典的教授，传统主义者仍然不满意，认为课程设置瓦解了经典培养公民意识的

11

潜力，因为它将经典分解成彼此分离的碎片，使学生无法对其统一性形成清晰的认知。美国大学的组织模式并非集中的、逻各斯中心主义的，而是带有某种解构主义的特征，其繁多的专业词汇无法被任何一种元语言整合。这也是此类制度难以改变的原因之一。[4]

无论如何，我的论据表明，专业化不仅没有像部分领域奠基者所希望的那样，将学院文学研究变成民族主义意识形态的有效工具，相反，它还在某些方面颠覆了这一意识形态。必须重申，美国的情况可能要与法国和英国区别开来；后者的传统社会精英阶层比前者更强大，更有能力抵挡专业化。美国大学中文化民族主义的挫败在以下事实中表现得尤其明显：最初，由于不适应当时盛行的研究方法，美国文学被排除在各院系之外，可当它终于被学院勉强承认和接受之后，其作为民族精神表达的连贯性又因为被研究方法过度同化而完全消失了。专业文学研究诞生时，恰逢民族主义原则——19世纪最将文学概念化为一个整体的主要原则——正丧失其有效性；若非如此，它可能不会面临这么多身份问题。

在讨论近来对经典的批判时，我们需要记住这一结论。毫无疑问，经典对黑人、女性等其他非正典传统的排斥带来了巨大的意识形态后果。从一开始就不被允许"进入"制度的东西，自然很难对从制度里"出来"的产物发生作用。然而这并不等于说，所有制度的产物在意识形态层面都是一致的。诸如简·汤普金斯这样的批评家指出，学院对于美国文学经典的重塑给予了"美国人民一种对于自身和历史的概念"[5]，然而他们没有考虑到，且不说对于全体"美国人民"，即便是对学生来说，经典的教学是否足够同质化，能否有效地传达一种清晰的关于国家精神的概念尚且是一个问题。想要确切地指出经典的意识形态效果，就不能止步于从经典文本及其解读中得出的推论。近年来，以读者为中心的批评已经指出，读者会以各种各样的方式解读和利用文本，但当涉及经典的意识形态时，我们往往倾向于忘记这一经验。

对文学研究的攻击和赞誉都建立在不切实际的假想之上。体制造成的影响实际上远不如它们设想的那样连贯一致。与其他进步主义时代的产物一样，学院文学研究将阶级、种族、性别偏见与一种真正民主的平等主义结合在一起，这也是激进批评家得以在行业中安身的原因。文学研究从来不是政治启蒙的灯塔，但它也从来不是主流意识形态和社会控制的工具，或者说，就算它真的是，也只是非常微不足道的一个。

正如我所说，美国学院文学研究的故事并不是在讲述人文主义、民族主义或任何一种专业化模式的胜利，而是关于一系列没有找到制度上的表现方式、容易被遮蔽的冲突。对冲突的强调体现在，我以一系列对立来组织我的叙事：古典学者与现代语言学者、调查研究型学者与通才型学者、历史学者与批评家、新人文主义者与新批评家、学院派批评家与文学记者及文化批评家、批评家及学者与理论家。在我看来，这些争议的丰富性与生命力远超它们针对文学研究作为一门学科的性质或文学作为一个对象的性质所给出的任何结论。争议的焦点不只是文学与学科的性质，还包括文学研究作为一个"学科"，或某种单一意义上的"文学"是否存在（或是否有必要存在），抑或存在的只是众多不连贯的、处于冲突之中的文学和批评活动。然而，如果说我的故事中有一种冲突居于主导地位，那就是学者与批评家的对抗。我们往往会忘记，两者直到最近仍被认为是对立的两极：学者做研究，与可证实的事实打交道，而批评家负责的文本阐释与价值判断被普遍认为缺乏客观依据，因而没有资格被称为严肃的学术研究。这种情形的改变之迅速导致我们几乎来不及衡量其改变可能带来的影响。"学院批评"这种曾经自相矛盾的说法突然成了冗余表达，因为批评几乎已被大学院系垄断，不再是非学院记者和文人的领域。

然而旧学者与批评家之间的对抗并没有消失；它更多的是被淹没在了第二次世界大战后认为方法论与概念进步比意识形态冲突更有价值的大环境中。随着各方力量的重组，学者和批评家站在了反对理论家的统一战线中，很多老问题也再次浮现。这些问题包括文学的性质（或它是否具有一种性质），文学阐释与评价的性质，文学的"内部"与"外部"（诸如历史、社会、哲学、心理学）之间的关联，以及最重要的，文学是否应该或应该以何种方式被历史化，并纳入社会和政治背景之中。

在我看来，那些主张人文学科组织的混乱与不一致已经影响到体制

14

运转的人是正确的，然而他们中的很多人没有看到，连贯与一致已无法建立于某些重新恢复的共识，无论是传统的"基础知识"、革命性的意识形态批判，还是其他。归根结底，学院文学研究必须处理的不是一个连贯的文化传统，而是一系列没有解决和不被承认的、被认为不属于文学教育范畴的冲突。将这些冲突引入该范畴意味着将文学教育作为更广大的、包含其他人文学科的文化史的一部分来思考，即便我们承认"人
15 文""科学""文化""历史"等词汇仍然富有争议。

旧式学院中的文学：1828—1876 年

第二章 传统学院

古典学者使我们厌恶拉丁语和希腊语。

——爱德华·埃弗里特·黑尔

直到19世纪下半叶以前，与其他地方一样，美国学院中的文学研究仍然只是研究其他学科（如希腊语、拉丁语、修辞学、演讲术和辩论术等）的辅助科目。19世纪40年代，当爱伦·坡攻击"说教异说"（the heresy of the didactic），并大力推介欧洲大陆浪漫主义的美学学说时，文学作品可以被"作为文学"来对待的观念在美国已为大众所熟知。然而直到19世纪的最后几十年，在院系化的现代大学形成之前，这一观念对学校或学院教学的影响都微乎其微。

在整个前专业化时期，学院文学教学反映了一种古老的看法；用威廉·沙瓦特的话来说，"文学的视角应该是社会的，而非自我中心的"。[1]这就意味着，工具性地对待文学——将其作为语法、修辞、雄辩术以及城邦和宗教理想的例证——没有任何问题。英语文学的教学受到新古典主义理论的影响，这些理论主要是从苏格兰修辞学家那里引进的，他们将文学视为公共演讲和辩论的延伸。虽然这种对"文学性"特质的忽视在整个19世纪不断受到诟病，但文学始终没有成为课堂学习的对象，而这主要是由于受到了以下因素的阻碍。

19　　　首先，这种观念几乎从未出现过：一个人的母语文学需要在课堂上正式地教授，而不是作为日常社群经验的一部分来享有。文学文化已经是课外生活和一般社群繁荣发展的一部分；学院及城镇的文学和辩论团体、学院的辩论俱乐部、学生文学杂志、本科生有奖竞赛以及频繁的公众讲演和朗诵等构成的非正式文学教育已颇具规模。教育者因此有理由认为，与文学作品相关的问题已得到充分关注，无须再在课堂里提及。这一观念又强化了如下假设，即伟大的文学本质上可以自我阐释，因此无须费力阐释它们。也就是说，只须接触它们，它们的"精神"就会自然地传达。这或许无法证明大学生被迫花费时间练习拉丁文和希腊文是正确的，因为这些文本的意义从未引发疑问，但如果将这样的练习放在语境中检视，它们看起来也就没有那么不合理了。

随着文学作为一个拥有独立院系和项目的学院科目的兴起，社群文学文化瓦解了，文学也逐渐脱离了其作为上流社会必不可少的社会交往工具的功能。由此可见，前专业化时代的文学教育中存在着这样一个悖论：文学在当时受到忽视和轻视，它以一种在多数爱深思的学生看来荒谬可笑的、工具性的、机械的方式被教授（如果它确实被教授）。然而，这种轻忽恰恰反映了文学在当时享有比其在专业化之后更高的社会地位。

旧式学院的氛围

19世纪的美国学院主要借鉴了牛津、剑桥，以及欧洲大陆大学设立的各种历史悠久的模式。典型的美国学院是一个半修道院式的机构，在那里，"为基督教领导者和牧师职位培养人才"是比推动知识进步更重要的目标。[2]自17、18世纪建校以来，美国的学院主要是作为医药、法律和牧师等职业的培训学校而存在的。尽管如此，在其职业教育理念中，比起直接训练某种与职业相关的技能，它们更重视培养绅士品格的"自由"（liberal）学习。学院院长们将"绅士教养"[3]放在首位，并且将通过经典文本学习文学视为培育"有教养的绅士"[4]的一种形式。

虽然理论上所有人都可以拥有"教养",但实际上人们认为教养"对于那些受到良好教育的年轻男性来说更容易也更自然"。[5]正如卡尔·贝克尔所言,"最终的目标……是培养有纪律、有见识的头脑;它遵从社会规范,对于那些爱国的、信仰基督的、善于交际的绅士不该知道的东西则一概不知"。[6]学院以其民主精神为傲,确实也录取了一些背景贫寒的学生[7],但在它们对民主的认识中,成为国家领导者是接受一般教养教育的男性的天然权力。学院站在"上帝、美利坚合众国和统治阶级一边",认为"美德和智慧不存在于民众,而存在于适合成为人民领袖的少数受教育者身上"。[8]

这种领导权观念既是完全等级化的,也包含着对资本主义的敌意,以及对于商业企业和平民阶层的劳工斗争的不屑。正如埃德蒙·威尔逊后来写的,这种观念从一开始就假定国家应由"即将统领人文艺术和各行各业的、训练有素的'学院男性'阶层"[9]来掌管。而这背后的另一个假定是,学习经典是最好的职业训练,接受过经典学习训练的、有文化的精英能够掌控贪婪的商人和难以驾驭的无产阶级工人。

尽管学院代表着统治阶级,但这是一个感到自己正在被排挤出日益增长的权力与影响力来源的统治阶级。高等教育不仅"不像在英国和一些欧洲大陆国家那样,与公务员和外交部门职位之间存在有机联系",甚至不是进入特定职业的必备条件。[10]布朗大学校长弗朗西斯·韦兰,内战前对于学院系统最尖锐的批评者,曾在1842年观察到,"越来越多的人有这样的印象",学院的预备训练"对于职业学习的成功来说并不必要"。"我们的医学生中很大一部分都不是常规毕业生。我反而觉得,同一届学生中的法律生比例正在上升。"工业商人与商业阶级——用韦兰的话来说,这些人是"生产的巨大动因"以及"政治权力最安全的存放处"[11]——感到没有必要赞助一个利益和价值与自身如此对立的机构,而这就导致随着工业化的推进,学院与美国社会生活之间的鸿沟越来越大。

这种情况使韦兰抱怨,"只有在我们国家,年轻人的教育才和他们此后的人生脱节得如此彻底"。[12]然而事实上,这种脱节部分也是由学院想要保护自身不受现实生活腐蚀所导致的。耶鲁大学的校长诺厄·波

21 特就曾说,"在我们这样的国家,学院共同生活的独特影响尤为重要,它让我们免受粗俗品位和对知识的肤浅自满的影响"。[13]然而到了19世纪70年代,大多数教育者都不得不承认,如果不与新商业阶级的"粗俗"和"自满"妥协,学院恐怕很难生存下去。

因此,学院的文学文化在作为一种"统治阶级"文化的同时,也越来越与权力中心分离;关于这一点,学院虽然不满,但也心知肚明。旧式学院贵族式的文化观念与日渐工业化、民主化的社会之间的鸿沟难以弥合,也正是在这种对立之下,旧式学院最终走向了崩溃。不过这种崩溃直到19世纪的最后二十五年才最终到来。

课程设置与教员

标准的学院课程设置包括两年至四年的希腊语和拉丁语,外加数学、历史、逻辑学、神学以及最后两年的一点自然科学。最后一年还会有一门通常由学院院长亲自授课的道德哲学课,有时也叫基督教证据课(Evidences of Christianity)。英语和外国语言文学以及其他科目通常在最后两年开设,但往往只是选修课,而且由于经典课程的学习已占据了学生大部分的精力,他们很少有多余的时间选修这些课程。当时有很多声音呼吁更为弹性的课程设置,而作为对这种呼声的回应,1828年的《耶鲁报告》重申了经典在"心智训练"中的首要地位。很少有学院敢于挑战耶鲁设置的规范;少数尝试全新的或轮换制课表的学院也因为支持者太少,最终不得不放弃。[14]

在1842年,韦兰曾断言"全美的学院教育系统都基本相同"。[15]当然,地区差异是存在的。在一所新英格兰或俄亥俄的小型私立教派学院受教育的经历不同于在哈佛或耶鲁学习的经历,也不同于在西部新兴的州立大学或者19世纪60年代之后大量出现的女子学院学习的经历。曾在阿默斯特和哥伦比亚两所学院学习的约翰·伯吉斯就曾指出,这两所学校有着天壤之别:在阿默斯特,"一切都从严要求。每天都是学习和

22 上课,研究和讨论,从清晨到夜晚到凌晨。除了星期天",学生"只需要"

听两场布道以及参加祷告。[16]与此相对，一个哥伦比亚艺术学院的学生只在上午十点到下午一点之间上课。他把自己的"学院经历看成一个笑话"；"除了极少数令人尊敬的例外"，他们"从来不为背诵课做任何准备，每次都是临场发挥，仰仗着自己瞎蒙的小聪明以及老师的帮助与仁慈"。[17]更多的差异出现在内战之后的自由化改革过程中：1867年，康奈尔建校，其宗旨是使学院教育适应各种各样不同的兴趣；在哈佛，查尔斯·威廉·艾略特在19世纪70年代初建立了学生选课系统；西部那些接受政府赠地兴办的学院则引入了围绕就业的课程设置。

然而，由于当时仍然强有力的保守情绪以及经费的缺乏，这些多元化的创新尝试始终十分有限。贫困是一个小型学院坚持采用经典课程设置的重要原因，因为这样一来，少量的、主要从学院自己的毕业生中招聘的教员就可以满足教学需求。出于这些原因，"这个时期的小型学院很多情况下都是小规模版本的耶鲁或普林斯顿"。[18]当19世纪70—80年代多元化的研究型大学终于出现时，现有的学院依照新模式改革的速度参差不齐，有的直到第一次世界大战后才放弃旧有的模式。

旧式学院的道德氛围主要源于学院院长这位男性领袖；其角色与今天负责募集赞助以及管理公司事务的首席执行官不无相似之处。早期的学院院长亲自处理诸多事务，包括指导录取程序、与新生通信、商议并决定教员人选（有时会听取其他教员的意见）[19]、主持每日的晨间祷告，以及为四年级学生教授核心课程，即道德哲学，他"在整个知识领域里漫游，并在任何他感兴趣的地方停留"。[20]教员们没有专门的研究领域，而且大多招聘自神职人员。在决定是否录用时，宗教观念是否正统比学术水平的高低更重要。普林斯顿的校长詹姆斯·麦考什就"花了很大的功夫检验教员候选人的宗教知识是否过关"。[21]

学院给教师分配课程时极少考虑他们的专长，因为当时还没有任何针对教授工作的高阶训练。一个传教归来的传教士可能被分配去教生物课，修辞学课的教授可能同时还教历史、逻辑学或形而上学。安德鲁·怀特在康奈尔推行的改革就源于他对自己19世纪50年代在耶鲁学习时期的不满。他回忆道，当时初级课程主要"由助教教授，他们教书主

23

要是为了在成为牧师之前讨一份生计，故在他们指导下的学习基本上是敷衍了事"。[22] 学院的教师"很可能是未能成功进入法律或神职行业，而又满足于教授的微薄收入的人"。[23]

教授的收入的确十分微薄。大多数学院都无力支付教师足够维持生计的薪资；教师不得不兼职私人家教，至于每年的加薪则是闻所未闻。韦兰认为，"这个国家的学院教员所得的报酬比其他几乎所有行业都低"，这种情况直到内战之后都没有改变。韦兰还补充说，一个教授的工资"通常直到退休都不会有变化"；总的来说，"他的职业没有给他提供任何前进的动力。哪怕他非常杰出，他的报酬也不会增多，科研领域也不会拓展得更宽"。[24] 韦兰认为，整个系统"鼓励了懒惰和无能，因为它们与勤奋和才能一样能得到回报"。[25]

用威廉·莱利·帕克的话来说，典型的英语教授"是一个能用符合语法规范的母语来说话和写作的神学博士；他有一些关于文学的一般'社会知识'，但他在这个或其他任何学术主题上都没有专长"。"**只教英语的教授仍然十分罕见。**"[26] 直到19世纪与20世纪之交，在部分学院里，神职人员与英语教授之间的界限仍然很模糊，人们可以在两种职业之间自由切换。1902年，西北大学的第一位英语教授在他的一篇文章中暗示《圣经》可能包含神话成分和不准确的内容，引起了埃文斯顿的循道宗信徒的不满，他迫于压力辞职，并很快成了一名上帝一位论派牧师。[27] 在北卡罗来纳大学1819年至1885年任命的十二位英语教授中，有九位都是牧师。[28]

19世纪60年代至70年代，哥伦比亚大学的道德与智识哲学和英语文学教授，早前曾是爱丁堡正统长老会的准讲道士。据19世纪60年代末曾在哥伦比亚学习的约翰·伯吉斯说，这位先生的课堂"就是个笑话。他不知道他的学生们谁是谁，给所有人的分数都一样。他们在他的研讨课教室里玩起球来的时候，他也只是微弱地抗议一下"。这位老师的助手"替他完成了大部分的教学工作……从为人来讲，他是个随和的人，礼貌、谦逊，甚至有些害羞。在所有的实际事务面前，他都无助得像个孩子"。[29]

对学院教授来说，伯吉斯所描述的学生的混乱是一个普遍问题，而他们的日常职责之一就是维持秩序，确保学生遵守学院那些十分严格的规定。[30]学院的教员担任着纪律审判员的角色，他们定期检查有没有人违反如下纪律：比如每天早晨出席教堂礼拜，每天在房间里待几个小时，避免城市里的诱惑。这些规定对于那些已经快三十岁甚至年龄更大的学生也同样适用，他们与新生住在一起，其中年龄最小的可能只有十四岁。课堂本身以每日背诵的形式进行，据说"气氛恐怖得像警察局。老师的任务不是启发学生，而是盘问学生课程的准备情况"。[31]

学生通过恶作剧甚至更严重的暴力形式来报复这样一个令人倍感压抑的系统。厄内斯特·欧内斯特指出，不仅是边远地区的学院，即使是在清教的新英格兰，"内战前的每个学院的历史中都充斥着暴乱、暴力和无序"。[32]安德鲁·怀特说他再没有见过他1849年在一个新教圣公会的"教会学院"里看到的"那么多的疯狂饮酒和享乐"，尽管该学院"引以为豪的一点就是，由于学生人数很少，它'能在每一个年轻人身上施加一种直接的基督教精神的影响'"。[33]1868年以前的北卡罗来纳教员议事录记录了"针对不当行为、'烈性酒'酒醉、打架、在房屋里大吵大闹、使用枪支、半夜骑马转悠等情况，已采取惩罚措施。还有一些零散的、由村外的淫秽场所里的争吵引发的状况，当事人显然也喝了烈酒"。[34]在耶鲁1869届毕业生莱曼·巴格撰写的、可以说是19世纪信息量最大（也最有趣）的学院生活回忆录中，描述了一些"在其他学院里流行的"标准的恶作剧，比如"把教员锁在教室或寝室里，往他身上泼水，偷他的衣服或其他东西，在背诵的时候把他的椅子弄倒或者在外面把他绊倒，创作或印刷嘲笑或侮辱他的言语，等等"。[35]

巴格称，这些粗糙的恶作剧"在耶鲁已经过时了"，然而对于作弊，据巴格记载，教师和学生都是睁一只眼闭一只眼，只要作弊者无意成为声名卓著的学者。根据耶鲁大学的规则，只有那些立志成为"高等人"的学生的"欺骗"（skinning，大学里对作弊的说法）行为才会被认为是可耻的。巴格以他一贯的坦率风格记录道，"对于那些用来规避和愚弄当权者的手段，学院的总体氛围是允许的——只要当事人不去装学者的样子。如果

25

一个位高者或是想要谋求高位的人作弊，那就会被认为是可鄙的”。[36]

巴格认为，虽然“带着故意逃避一切学习的心态来到学院的男生”很难令人认同，但“整个四年间都为获得一个职位汲汲营营，对身边奇特而愉快的生活一无所知的男生”[37]更可怜。在巴格看来，最好的学院学生的形象是“一个漫不经心的男孩-男人。他主要关心如何‘玩得开心’，尽可能地逃避功课、欺骗老师”。[38]这种想法造成了某种阶级后果，因为很明显，那些更富裕的学生会拥有更多的可以像一个“漫不经心的男孩-男人”一样行动的奢侈，而那些背景贫寒的学生则更可能“为获得一个职位汲汲营营”，并因此受到嘲笑或同情。如此这般的准则在很多学院中一直持续到第一次世界大战及以后，在今天也仍能看到其余绪。

对于19世纪的学院教授来说，知识上的奖励机制和金钱奖励一样少得可怜。在一个对专业化怀有敌意的环境中，将某个学科作为“专业”的想法闻所未闻[39]，研究生院的学习更是几乎不存在。据估算，1850年，美国所有科目的研究生总共8人；到1875年，也就是丹尼尔·科伊特·吉尔曼创建美国第一所研究型大学约翰·霍普金斯大学的前一年，研究生总数是399人；而到1908年，该数字已经增长到了将近8 000。[40]根据一位现代语言文学教授在1908年的回忆，美国学院的图书馆“大多是一些杂乱无章的收藏”，且“最重要的书往往都没有，现代语言方面的收藏尤其如此”。直到1875年以后，“购买书籍才有了固定的流程，才开始由那些了解特定领域中最好的书籍的人来主导”。[41]“学院图书馆往往是杂乱的堆积，一周只开一两个小时”[42]，有些图书馆员甚至还以抗拒买书和对外借书而闻名。[43]据莫里斯·毕晓普记载，“北卡罗来纳大学的第一任校长把整个大学图书馆在他自家楼上的卧室里保存了二十年。哥伦比亚的图书馆员为了能把他购书的一半原封不动地退回去，坚定地与每一次教员买书的要求做斗争”。[44]那些更有远见的教员则干脆将学院图书馆员视为唯恐避之不及的敌人。[45]

图书馆如此糟糕的状况并没有使学院的当权者过度担心；他们担心的是，读太多书会鼓励学生离经叛道。1828年的《耶鲁报告》为当时使用单一教科书的标准教学方式辩护，这些教科书中的课程可以很好地与每天的背诵课配套；此外，该报告还警告，阅读太多不同的书籍可能会导致学生头脑混乱。[46]从1855年至1875年，西北大学发布的课程表中都是教科书的标题；在那里以及其他很多地方，在正式以及非正式场合，课程都是以教科书或作者的名字命名的——例如，用威廉·佩利的《基督教证据》作为教科书的课就叫作"佩利"。诸如此类的事实更证明了课程设置的高度僵化。

教育从业者认为学院生活里的社交联结比一个学生实际可能学到的知识更重要。诺厄·波特就曾十分雄辩地论及"默默塑造学生的内在并为之注入活力"的**"公共社交生活"**，以及"在这个国家需要更多"英国那种启迪了很多学者的、"紧密而无处不在的公共生活和社会纽带"。[47]将同届学生凝聚起来的情感是这种公共社交生活的关键。波特提到了"'届'与'同届'这些词汇的神圣意涵"[48]；他称同届为"一个迷人的圈子，学生在其中收获了他大部分的友谊，也找到了他最喜爱和珍视的组织"，他怀疑"一个没有固定的届的美国学院是否能有有效的公共生活"。[49]

耶鲁的波特和普林斯顿的麦考什这样的保守派极力反对艾略特提出的自由选课制度的一个重要原因就在于，他们认为一旦学生可以自由选课，同一届学生之间经验的共同性就会被破坏。另一方面，在教育改革者看来，德国大学的突出优点之一恰恰就在于"没有届的概念，不根据学生的年级来给他们分类"。[50]当吉尔曼于1876年成为新设立的约翰·霍普金斯大学的校长时，他推行的最激进的措施之一就是取消传统的四年制，鼓励学生在选课时不用考虑年级，在完成课程要求的情况下尽快毕业。[51]

从耶鲁校长蒂莫西·德怀特对19世纪40年代耶鲁学生生活的回忆中，可以看出同届学生之间的深情厚谊。德怀特写道，"与时代的教育理想紧密相连"的是"思想与目标的共同体"。他回忆道：

> 我们当时拥有的某种思想生活的统一与和谐，在现今［1903年］这个有着众多学科和兴趣来满足不同趣味的时代已经不那么容

易实现了。这种统一与和谐本身是有益的；它有助于培养友好的情感，或者说同届情感，将大家团结起来，而这一直是我们耶鲁生活极为重要的特征。[52]

这样的表述表明，学院的文学教育融入了一种被明确定义的社会团结，在最好的意义上，它为刻板的陈规赋予了意义。然而与此同时，这种意义与美国生活的新现实之间的关系正变得越来越脆弱。

文学教育与经典

希腊语和拉丁语课是学院文学教育的主体，占据了普通学生近一半的学习时间。理论上，希腊语和拉丁语课的目的是让学生领会自己文化传统的博大精深。经典因其"向学生传递的独特文化"[53]而获得了至高无上的地位。然而在实践中，无论课堂内外，教员都很少提及这种独特文化具体指什么——可能即使他们想要讲解也无能为力。课堂的重点基本上是反复记诵语法和词源的细枝末节。

虽然对《圣经》和法律文本的阐释争议推动了19世纪阐释的理论化，然而对于文学，学院里的共识似乎是，它的意义不言自明，无须过多阐释；英语文学作为一门学院科目过于简单，不适合作为考试的对象。正如一位后来的观察者所言，英国大学拒绝"将对文学的审美考察纳入学院课程，几乎完全是因为它无法适应考试的需求，而后者是英国大学系统的全部基础"。人们认为"针对英语文学审美方面的考试只会造成学生死记硬背他们的教师在这个毫无章法可循的领域里的个人爱好和偏见"。[54]

相比之下，希腊语和拉丁语所要求的"精读"就完全不同。1840年代曾在阿默斯特学院学习的弗朗西斯·马奇将其描述为"对文本的一小部分的研究，课堂的重点是发音细节、语源学、语态与时态以及古典语文学的要点"。"我们被要求注意那些与英语有关的语源，以及学术英语特有的句法形式；还要背诵适合引用的表达。在当时，布道词或律师辩护中必须要有这类引用才会被认为是专业的。"[55]

　　弗莱德·路易斯·帕蒂在19世纪80年代早期接受了新汉普顿学院的经典训练。他回忆道,在竭力学习了荷马、维吉尔和色诺芬之后,他"毫不怀疑它们是伟大的文学、至高的艺术与美的成就。自始至终,甚至到大学阶段,它们都不过是各种独立夺格、呼格、动名词和形动词、音顿、动词变位与词形变化、令人恼火的不规则动词等的集合。经典在我们那时候是这样被教授的"。[56]同时期在耶鲁读本科的威廉·里昂·菲尔普斯则描述了当时的一节讲荷马史诗的课,那门课的老师"从来不会改变单调的课堂流程,从来不发表任何评论,而仅仅是点名让同学背诵或者分析诗句格律,说一声'行了',然后做个标记;正因如此,经过一整个学年令人难以忍受的无聊课堂,当我在六月的最后一堂课上听到他用他那惯常的、没有起伏的语调说,'荷马的诗歌是人类写下的最伟大的作品,下课'时,我感到非常惊讶。然后我们走出教室,来到了阳光下"。[57]

　　这种教学方式背后是一种深植于欧洲哲学与经典语文学传统中的对语言的看法。古典教育的一个前提是,用黑格尔的话来说,不仅"古人的作品是对人类精神最崇高的培育",而且这种培育是与写就这些作品的语言的语法和词源紧密相连的。黑格尔说,"只有通过语言本身",我们才能全面吸收古人的丰富养分。因此,即使是"语言学习过程中的机械部分"也有其精神上的价值。[58]

　　黑格尔以此确立了"**语法学习**"作为教育(Bildung)或心灵与性格的自我发展的一个重要部分的价值——19世纪的美国称之为"自我教育"。对于黑格尔以及之后的语文学家如弗里德里希·马克斯·缪勒来说,语法是精神的字母表,它包含了"理解力的各种类别、特殊产物及定义"。由于年轻人"还没有能力理解精神的丰富面向",语法可以为他们提供"精神领域的单个字母或元音,使他们能够开始学习拼写和阅读"。[59]

　　这种对语言的浪漫看法的核心,用汉斯·阿尔斯莱夫的话来说,是一种语言"本质主义"[60];它认为"种族"的源头和本质能在其语言的语法结构和词根中找到根据,因此语法和词源学可以解锁一部文学作品背

29

后的独特文化。这种将语言视为民族性格之体现的观念塑造了之后的日耳曼与罗曼语系的语言学，后者通过证明盎格鲁-撒克逊种族的根基来自一种早于地中海地区各古典语言的"雅利安语"(Aryan)或印欧"原初语言"(Ursprache)，使希腊语和拉丁语逐渐失去了在教育中的中心地位。

因此，在这些看似枯燥且毫无意义的经典教授方法背后，事实上有一个更宏大的愿景。然而，这种愿景只是被理所当然地接受下来，并没有得到阐明，因此黑格尔关于精神的宏大愿景对课堂实践几乎没有产生任何影响；在学生的认知中，经典训练只是为了训练而训练，或是为了被传授可能的"心智训练"而进行的练习。黑格尔就曾强烈反对德国学校教授希腊语和拉丁语的方法，因为它们"颠倒了语言学习中的手段和目的……使一门语言具体的物质层面远比其理性层面更受重视"。[61]美国对经典教育体系的批评者也不止一次指出这种理论和实践之间的差距。其中最强有力的批评来自毕业于哈佛的查尔斯·弗朗西斯·亚当斯；他在1883年的美国学术荣誉协会"Phi Beta Kappa"上发表的一篇题为《学院的热狂》的致辞给了经典主义者致命一击。亚当斯说，经典研究信奉的理念可称之为"伟大玄妙的本质与宝贵的残余理论"，他嘲讽该理论相信"通过掌握古希腊语语法知识，并艰难地读完《远征记》和《伊利亚特》的三卷，古希腊文学那不可捉摸的精神就会注入男孩的天性之中，并在他日后的工作成果中显现出来，就像施在田地里的肥料显现在作物中一样"。[62]

"心智训练"是对通行的经典教授方法最常见的辩护，它起源于19世纪的机械论的官能心理学。这种理论假定，心智和性格就像身体一样，可以通过某些困难任务的高强度重复练习来得到强化。1828年的《耶鲁报告》就曾指出，经典学习"是对心智最有效的训练……因为它动用了心智的所有官能"。[63]对很多人来说，使经典教育成为有价值的训练工具的正是其被批评者指摘的、看似毫无意义的重复和沉闷的苦活。莱曼·巴格就曾以惊人的坦诚主张，"经典课程的好处在于它可以被强行塞进一个人的喉咙里，不管他是否愿意。无论他多么抗拒，无论他用了多少逐行对照译文、打小抄的方法，到最后，他一定会通过背诵和聆听他人的背诵将相当一部分经典知识内化,从心智训练中获益"。[64]而一位持不同意见的作者在1891年回顾经典教育时则说:"他们基本上认为,让一个男孩做很难的事情对他是有好处的,不为别的,就因为这些事很难;越难就对他越好。"[65]

虽然职业方面的考虑理论上来说并不重要,但也可以从经典训练为生活中的实际事务提供了准备这一角度来为它辩护。这一论点使经典主义者在面对内战后日益高涨的职业教育呼声时仍能坚守立场。例如波特,一位职业主义的严厉批评者,就曾声明:"如果一个学生养成了不放过任何一个难解问题——比如一个不常见的希腊语动词——的习惯,坚持分析它的每一个元素,理解其语源学发展中的每一个节点,那么他也将能以同样的精神去探究一个精微的法律问题。"[66]

尽管如此,在大多数情况下,经典训练的主要结果是使学生充满了对古典语言的终生厌恶。与此相关的一些典型意见包括,"古典学者使我们厌恶拉丁语和希腊语"[67],"难以想象还有比这更恐怖的对罪犯的折磨","整个过程的荒谬和残酷程度几乎同样超出想象"。[68]安德鲁·怀特曾评论,在19世纪50年代的耶鲁,大多数同学都把经典课教授"视为平时的书呆子,考试前的敌人;他们常常嘲笑他的学究气,拿他的各种特点来开玩笑"。[69]查尔斯·弗朗西斯·亚当斯在回忆录中写道,他1853年入学哈佛时"对希腊语的喜爱"很快就被那些"令人不齿"的教学方法扑灭了;"我们没有被培养成文法学家,也没有被领入迷人文学的大门"。[70]

每日的背诵课是激起学生对经典教育系统的反感的主要原因。莱曼·巴格对耶鲁新生的背诵课的描写为这个过程提供了鲜活的记录。学生们

> 按照名字的字母顺序坐在三排逐渐升高的长椅上……这个座位顺序在将来的背诵课以及其他教室中也必须保持……课程的管理人员坐在一个抬高的包厢或讲坛后面,俯视所有人……管理员大多通过抽签的方式点学生,这样每个人都有可能在每天的课上被抽查到……在拉丁语或希腊语的背诵课上,一个学生可能会被要求朗读

31

一个段落,另一个学生负责翻译,第三个学生负责回答关于该段落的构造方面的问题,等等;一个人也可能被要求完成所有这些任务。背诵者只允许回答问题,不能提问或与教师争论。如果他有疑问或不同意见,必须在课下非正式的场合提出。[71]

背诵课与关于学生表现的其他方面一样,也是用类似于哈佛的"成绩等级"(Scale of Merit)那样精心设计的分数系统来打分,"背诵课合格的学生每天可以获得八分的毕业荣誉点"。[72]

背诵课经常包括逐字背诵课本上的单词。后来成为密歇根大学校长的詹姆斯·B. 安吉尔说,当他1845年开始在布朗大学教授现代语言时,"学生们普遍相信——虽然教员们并未做过类似的声明——重复书中的语言比用他们自己的语言概括中心观点更能让他们得高分"。[73]不出所料,学生们变得被动,养成了韦兰所描述的那种"快速浏览教材而越来越少思考"的习惯,以及"被动接受而非主动创造的能力"。[74]

然而,诺厄·波特仍然为这个过程辩护,称因为必须"记住和理解教科书中的字句和准则",年轻人可以以此学会专注。[75]在波特看来,"强制性背诵"对于"训练一个人集中和控制自己才能的能力和习惯"[76]至关重要。因此,波特攻击艾略特任校长的哈佛和怀特的康奈尔,因为它们引入了书面考试,并用讲演课和研讨课取代了背诵课。在今天,讲演课已被认为是保守教学方法的典型,然而对于旧式学院来说,它们是一种极具威胁的创新。就像安德鲁·怀特说的,在耶鲁,"没有任何关于文学的讲演课,无论是古代的还是现代的——一切都是通过背诵教科书来完成的。虽然年轻人会用希腊语和拉丁语阅读经典作品的选段,他们的注意力却从来不会被导向这些作品作为文学的特质。机械的死记硬背太多,而真正的师生交流太少"。[77]

然而在波特这样的保守主义者看来,去个性化的不是背诵课,而是讲演课和书面考试:它们使一种本应是个人化的、共同的经验变得干瘪而抽象。波特在其1886年的著述中,将学院里"热烈而普遍的共同生活"的弱化,与用讲演课和书面考试来代替"人与人之间坦诚、随意的活跃问答"的这种"抛弃或瓦解旧式学院的倾向"[78]直接联系在了一起。对于背诵课中的问答并没有特别"活跃"这一事实,波特避而不谈;对他来说重点在于,即使是在最枯燥乏味的情况下,背诵课也能够巩固社交纽带,而这比学生能从他们那里学到的其他任何东西都更重要。

偶尔也有少数勇敢的教员不遵守背诵课呆板的流程,但如果他们走得太远,就可能受到官方的惩戒。弗雷德里克·鲁道夫在书中引用了1846年发生在一位普林斯顿的教授身上的例子:该教授发现"如果在希腊语学习中穿插一些有关希腊文学的评论,学生们的学习兴趣会大大提升。因为这个异端行为,他被校长约谈,并在几天之后就同意辞职了"。[79]菲尔普斯则提到一位名叫安布罗斯·泰伊的"遭老教员们冷眼"的年轻拉丁语老师:"他让拉丁语变得有趣了;然后他们就把他赶走了。"[80]

查尔斯·弗朗西斯·亚当斯控诉经典训练"教男孩们误把手段当作目的","建造了一个徒有其表的系统"。[81]让他确信该系统的彻底破产的,是它即使在表面意义上也没有成功:很少有接受此种教育的学生能最终阅读希腊文和拉丁文。亚当斯承认,"希腊语如果能被认真地、用心地学习,是很有价值的"[82],然而事实却是,"我们的基础知识极其浅薄,而教师在此之外也不要求更多"。[83]至于拉丁语,亚当斯问道:"过去三十年哈佛的毕业生中,有多少可以像今天人们阅读歌德、蒙森和海涅那样,阅读贺拉斯、塔西佗和尤维纳利斯?就算有十个,我相信也不会超过二十个。这就是所谓掌握一门语言!"[84]亚当斯认为,"死记硬背希腊语语法系统性地压抑了"他的"反思能力"[85];他把自己描述为一种"不惜牺牲真实和实际的对理想和理论的盲目崇拜"[86]的牺牲品。

使波特和德怀特感叹的那种同届生之间的团结也许只在阶级社会里才可能形成;而后者从19世纪的前二十五年起开始衰落,在经历了整个19世纪之后,其前提已不再被普遍默认和接受。随着19世纪20年代杰克逊式民粹主义的成功,以及内战后的迅速工业化,学院里那种贵族式领导者的观念已经无法反映美国权力的现实。整个19世纪,学院都占据着一种暧昧的社会地位,反映了受教育阶层的日益失势。

霍夫斯塔特这样描述受教育阶层:

　　一个绅士阶级，拥有可观的财富、闲暇和文化，然而权力与影响力相对较弱。这个阶级是严肃写作和文化机构的公众和赞助人，然而如果考虑到这一阶级继承的是老一辈共和党人的秩序、以宪法制定者们为代表的庄严传统，那么这个保留了贵族的做派、抱负和偏见却没能保留其权威的阶级的衰弱就显露出来了。

　　霍夫斯塔特指出，在这种超然派文化（mugwump culture）中，"18世纪共和党人典型的智性德行已经衰微枯竭了；这主要是因为，超然派思想者很少有机会能将这些优点与实际经验紧密、有机地结合起来……与经验和权力的日渐疏远正是超然派文化的典型特征"。[87]

　　经典教育系统的命运展现了一种在本书中还会不断遇到的模式：富有抱负的文化和教育理论的产物与为其实现而设计的方法相互分离，徒留学生不明所以地与方法缠斗；影响某种方法形成的社会理想在它已不再被分享和理解的情况下，仍被视为理所当然。只要学院未能阐明那种经典理应向学生灌输的"独特文化"，教授经典的理据就只能停留在假设层面，学习也就成了一种技术性的机械练习。经典课的教员们认定"希腊文学的不可知精神"会通过语言细节的学习沾染到学生身上，认定伟大的文学终将教授它们自身。他们不会是最后一批这样认为的文学教师。

　　关于经典课还有一种更为宽容的论断；也就是说，教师认为没必要提出关于文学更宏观的意义的问题，因为它们会在其他场合中被涉及：不是在道德哲学的高年级课程或课外文学社团、辩论俱乐部里，就是在社区的文学文化中。到目前为止，我们已经将经典教育与其他形式的、为其提供补充或替代的文学教育分别做了考察。这些形式中尤为重要的，是在学院中盛行的演说文化（oratorical culture）；是它将经典课程与英语修辞和演说法、文学和辩论社团，以及校外的文学文化联系在了一起。[88]

第三章　演说文化与英语教学

　　记得当时人们分成卡莱尔派和反卡莱尔派、柯勒律治派和反柯勒律治派等，并以与讨论时政问题同等的热情讨论文学、历史和哲学理论。

——詹姆斯·B.安吉尔

　　前专业化时代的学院的英语文学教学与经典教学存在同样的局限：学习的规程和惯例掩盖了背后支撑它的理论。这并不奇怪，因为最初教授英语文学的方法就是照搬经典教学方法的。文学从属于语法、语源学、修辞学、逻辑学、演说、主题写作，以及教科书上的文学史和传记——任何东西，正如其后一代人抱怨的，就是没有真正的文学研究。而且，背诵的方法仍在使用。

　　尽管如此，比起经典作品，英语文学课堂与学院文学文化以及更广大的社会之间的联系更具创造性。英语写作、朗诵，以及辩论课，都与学院文学杂志、演讲和写作比赛，以及文学和辩论社团实际挂钩。虽然英语课通常和经典课一样枯燥，但围绕着它的文学文化为其提供了富有活力的语境。

"应当像学习希腊语一样学习英语"

在学院规定的课表中,留给现代语言和文学的空间很小,因为它们被认为缺乏经典学习的学术严密性。《耶鲁报告》就将现代语言视为无足轻重的学科,"可以将它作为一项成就,而非一门必须掌握的课程来学习"。[1] 一位现代语言学者在1895年回忆道,在耶鲁学习的四年间,他"从未从任何教师嘴里听到任何英语作家或作品的名字"。"英语"课的唯一教材是"狄摩西尼《金冠辩》的希腊文原文。这样的情况很平常"。[2]

在保守的耶鲁以外,18世纪以来,偶尔也会有讲授英国、美国和欧洲文学作品的课程。然而这些课程通常是选修课,因而也无法与那些耗时的经典课程要求竞争。设置一个以现代语言或科学项目为主的"平行"课表的尝试也以失败告终。即使在由语文学学者弗朗西斯·A. 马奇于1855年在拉斐特学院设立的、具有开创性的英语项目中,学生也只能在"基本完成了拉丁语、希腊语、法语和德语学习"后,才可以选修"两个学期的盎格鲁-撒克逊与现代英语"。[3]在那些英语课是必修课的地方,正如一位学者在1894年回忆的,"从课程表里不情愿地挤出一些时间的权宜之计……更加损害了这门课的名声。英语朗诵、演说和随笔通常在'修辞学'的名号下被塞在其他课程的间隙里,可能一周上一次,也可能是在某个其他课程都上不了的不确定的时间"。[4]

造成这种忽视的原因之一是现代语言与文学被视为单纯的社会成就,人们认为它们不过是一种女性化的爱好。这解释了这些学科为什么很早便进入了19世纪中期开始大量涌现的女子学院。在那里,正如安·道格拉斯指出的,年轻女性"很少被要求学习男性化的学科,如数学、神学、希腊文和自然科学"。[5]类似地,由于很多内战后成立的女子学院试图挑战女性头脑无法胜任严谨的知性任务这一认知,它们倾向于采用经典课表。如欧内斯特所言,对于那种声称女性无法像男性那样进行高强度脑力工作的"男性妄想"的"最好的回答","似乎就是证明女性可以在已获得承认的经典课程中出类拔萃"。[6]瓦萨学院、史密斯学院和卫斯理学院的课表就是"根据耶鲁、普林斯顿、安姆赫斯特和威廉姆斯等学院在内战前完善的旧的经典课表制定的"。[7]一个学院越是将女性看作一种摆设，就越有可能开设现代语言和文学课。现代语言必须消除这种女性化的名声才能在大学中受到尊重。日耳曼语文学吸引人的一点就在于，作为一门硬科学，其男性特质毋庸置疑。

从经典向英语的转变可能比一般认为的更缺乏戏剧性，也更渐进。早期的英语教师遵循"应当像学习希腊语一样学习英语"[8]的信条，照搬长期被采用的沉闷的经典教学方法。弗朗西斯·马奇在描述他如何在1845年的莱斯特学院"试验"设计一门英语课程时说，他"像教拉丁语或希腊语一样"[9]教授英语。他在另一处说，那时候的教师"喜欢重复拉格比公学的阿诺德博士的说法：'向一班复兴的雅典的青年希腊人讲授莎士比亚该是多么令人享受啊；我们可以逐字逐句地研读他，从容地将他的画面与思想吸收进我们的头脑。'"[10]马奇是安姆赫斯特学院的毕业生，据说他对语言学习的兴趣主要来自诺厄·韦布斯特的一系列讲座。[11]虽然他后来将成为促成现代语言课程废黜经典课程的先驱，但他的教学方法显示，经典与现代语文学的联系是何等紧密。马奇在莱斯特的课程主要包括"听一堂简短的语法课，剩下的时间用来像阅读荷马一样阅读弥尔顿，要求学生给出词语的意思、它们的语源、词语之间的联系，必要时也会分析从句的关联；给出神话、作家生平，以及其他解说性的、与课程相关的东西"。[12]

马奇的描述没有提及弥尔顿作品的意义。1855年，在将莱斯特的英语课改编为拉斐特的学院课程的过程中，马奇试图"提升内容的层次"，布置"关于阅读和理解盎格鲁-撒克逊与英语文本的功课"。然而，所谓"理解"并不是指理解作品的意义，而只是停留在分析孤立的字词和结构范畴的"语言学学习"。[13]实际操作中最令人咋舌的例证便是马奇1879年出版的教科书《英语语文学方法》。这本书的每一页最多有一到两句出自《天路历程》《裘力斯·凯撒》《失乐园》等经典作品的引文，其余则是连珠炮似的语文学问题："'on'是什么词之间的组合标志？'lighted + on place'是什么类型的组合？'on place'是否补充或扩展了谓语？"[14]

原则上说，随着 1867 年威廉·罗尔夫的美国版科莱克《裘力斯·凯撒》出版，语文学类的英语教科书开始在校园里流行起来，而马奇的教科书不过是这类教科书中的一种。马奇比起科莱克有过之而无不及，因为科莱克给 102 页的莎士比亚原著附了 82 页的语文学注释，而马奇的教科书中每一两行莎士比亚或班扬都有一整页的注释。抛开其无人能及的学究气，马奇的教材总体来说仍然是典型的；它把重点放在适合背诵记忆的材料上，认为本科生的英语学习应该主要是背诵教科书上的语法和文学史事实。

据布兰德·马修斯描述，在哥伦比亚，他们必须"入手某本英语文学教科书，然后背诵上面的作家名、书名和出版日期等对我们来说几乎没有意义或价值的事实，除非我们因为家庭影响或个人喜好恰好熟悉这些作者"。马修斯说，他的班级"没有学习任何作者的实际作品，也没有任何人提示我们阅读它们会有益处"。[15]

教师使用教科书的方式可以通过很多教科书上都有的"参考试题"来判断，这些问题通常都是针对注释的设问。以下是当时广泛使用的克利夫兰编的《英语文学概要》（1857）中的一些关于斯宾塞的问题：

> 出生及死亡日期？ 活跃于哪位君主的统治时期？ 关于他的出身有哪些说法？ 吉本的观点是什么？ 他如何进入剑桥？ "sizer"是什么，为什么叫这个？ 他出版的第一部作品是什么？ 他以什么样的身份去的爱尔兰？ 得到的资助是什么？ 他住在哪里？ 谁去拜访了他？ 他称呼他为什么？ 他被说服去做什么事？ 坎贝尔关于罗利拜访斯宾塞是怎么说的？ 斯宾塞最有名的作品是什么？ 共几卷？ 他本来想写几卷？ 他有没有完成计划？ 在爱尔兰他遭遇了什么？ 他于何时何地去世？ [16]

那些记下了这些问题的答案的学生究竟有没有读过任何斯宾塞的诗歌，我们只能猜测。但哪怕只是考虑到，在当时即便是经典作家的文本也十分昂贵或难以买到，答案很可能是没有读过。平价的经典著作注释版本在19世纪80年代的出现，是让高中和大学英语文学课开始增加的条件之一。[17]

那些偏离了常规的教科书式教学方法的教师则走向了另一种印象主义的极端。这似乎是对亨利·沃兹沃斯·朗费罗和詹姆斯·罗素·洛威尔在哈佛开设的颇受欢迎的但丁课，以及洛威尔于1858年开始教授的现代文学高年级课程的一个中肯的评价。据洛威尔的传记作者贺拉斯·斯库德说，"洛威尔不关心学院工作的各种惯例和形式"。他认为"课堂考试是……无聊的仪式"，经常不出席教员会议，不读学生的作文。[18]洛威尔"将一个小时的讲演课和背诵课变成了漫谈（causerie）"。[19]在他的但丁研究课上，

> 课堂练习简单而且新颖。课堂人数不多，教师就像是学生的一位年长的朋友，他了解他们正在学习的作者，并依靠自己对文本的熟悉给出评论和建议，而不会花时间检查学生们的知识……在一个小时的课堂接近尾声的时候，问答和自由讨论会变成洛威尔个人的回忆和思考。他尤其经常回想佛罗伦萨的场景，向学生描述阿诺河、乔托钟楼以及但丁受洗的教堂等……突然，看了一眼面前的手表之后，他就会停下来，鞠躬然后快步走出教室，学生们则尊敬地起立，目送他离开。
>
> 　　至于那些听众呢，他们有的为这种散漫的学术训练感到高兴，庆幸自己不用做功课，有的则在思想上受到震动和激发。[20]

作为著名的作家和编辑——在哈佛时是《大西洋月刊》的主编——洛威尔是少有的能直接忽略标准教学法的人。直到后来，他这种轻松的风格才成为一种独特的教学类型的标志。

洛威尔的朋友，弗朗西斯·詹姆斯·柴尔德的经历就是一个典型的例证。他于1851年获得哈佛教职，人们普遍认为他是一位远比洛威尔优秀的学者。然而他直到1876年以前都无法专注于教授文学课——直到新成立的约翰·霍普金斯大学向他发出邀请后，他才"终于彻底从　40

批改本科生作文的负担中解放出来"。[21]这可能是通过"外部聘请"改善一位英语教授境遇的第一例，它表明了专业化可能对课程设置带来何种影响。

文学作为修辞

一边是教科书和强制背诵，一边是朦胧的印象主义，中间没有任何过渡：这种模式在我们讨论早期专业化时会体现得更明显。但在旧式学院里，对文学的修辞和演说方面的学习可以被视为某种过渡。主题写作、雄辩术、从文学作品中学习修辞原则，都是一个未经细分的整体过程的一部分。在哈佛，虽然洛威尔和其他一些教授用一种纯文学的方式教授欧洲大陆作品，但"英语"一词直到19世纪60年代都仅指演说和修辞。"1858—1859年，新生有正音法和表达课；二年级有表达课、表演课、主题写作；三年级有主题写作、演说、修辞课；四年级只有一门辩论课。"[22]

修辞课有自己的教材，其中大部分都以18世纪英格兰或苏格兰的教材为原型。其中一种教材类型是适合分析和朗诵的文章选集，选文来自莎士比亚、弥尔顿以及著名演说家、政治家的作品，总体类似于被广泛使用的林德利·默里的《英语读本》和威廉·恩菲尔德的《演说者》（全名为《旨在提高青年读写水平的最优秀的英语作家作品选》）。《演说者》可能是第一本收录马克·安东尼的凯撒葬礼演说词和埃德蒙·伯克的《论和解》的选集，它们后来成为各类选集中的标准选文，前者直至第二次世界大战时还一直在美国的中学里教授。

另一种常见的教材是修辞学手册，比如内战前非常流行的休·布莱尔的《修辞与纯文学讲义》。布莱尔的著作既是当时学院中关于文学的修辞学认识的典型，也反映了新旧文学理论的冲突。布莱尔认识到，现代诗歌已经变得专门化，并与其他形式的话语有明确的区分。他说，散文和诗歌"需要分开考察，因为它们有各自的规律"[23]，他也注意到"历史学家、演说家和哲学家主要致力于理解"，试图直接"告知、说服或教导"，而"诗人的首要目标是取悦和感动，主要诉诸想象力和热情"。[24]但这些论断在布莱尔著作中较晚才出现。在前面的主体部分，布莱尔将诗歌作为修辞雄辩的一个附属类别，以及伟大作品中的"个人气质"[25]的例证。对于布莱尔来说，"诗歌、修辞和历史"是相似的，因为它们都传达了"高尚的感情和典范"，可以"自然而然地培养我们的公共精神、荣誉感、对外部财富的不屑和对真正伟大的事物的崇敬"[26]。

布莱尔虽然承认诗歌最直接的功能可能是愉悦而不是教导，但他认为前者是达至后者的手段：诗人"可以——而且应该——教导和矫正，只是要通过取悦和感动这种间接的方式"。[27]因此，"确定雄辩与诗歌之间的界限几乎是不可能的"。[28]这种对于诗歌（以及小说）的修辞式理解最显著的体现，是布莱尔从诗人和演说家那里无差别地挑选范文。布莱尔关于所有形式的表达构成了一个整体的假设，再次印证了当时将文学作为一种适于未来公民社会化的公共话语的认知。

当这种对文学的修辞式进路被移植入课堂，它很可能会沦为与经典课的语法以及教科书文学史一样无趣的折磨。1829年美国版布莱尔《修辞与纯文学讲义》的学生读者被要求背诵的不仅是书中大量的演说词和诗歌选段，还包括布莱尔的大部分注释。这一点可以根据每一章后面的习题推知。根据编辑的描述，这些习题"方便背诵课使用……**可以敦促每一位学生学习作家的每一个词**"。[29]考虑到书的篇幅和习题的数量——据编辑吹嘘有5 750道——不知道有没有哪位不幸的学生真的达成了编辑的希望。

英语演讲作为对规则学习的补充，增进了修辞进路的吸引力。根据沃特·罗杰斯所说，"旧式学院最典型的场景之一"也许就是"学生在一群聚集起来的同学面前演讲"，然后由教员们提出细致的批评。"学生感到自己正在参与一项对他日后的生活有直接的、实用价值的活动。他们中的很大一部分将来会进入法律、政治或者牧师行业，在这些行业中，演讲的能力至关重要。"[30]在演讲和朗诵训练的引导下，学生们第一次密切地接触英美文学经典，并将技巧分析与欣赏联系起来。

据希拉姆·考尔逊回忆，在19世纪20年代的校园里，学生们"每天大声朗读两次；朗读时，几个班级的学生站在一起，脚踩一条粉笔线"，朗读的文本包括《圣经》和默里的《英语读本》。[31]安德鲁·怀特十分怀念19世纪40年代雪城学院的英语预备课程，在这些课程中，"很多精力都用于大声朗读和背诵优秀作家的选集。正因如此，我的脑海中储存了很多作品，不仅有较早的英语作家，还包括惠蒂埃、朗费罗等现代诗人。我只后悔当时没有做得更多"。[32]

怀特原本期望他进入耶鲁后可以受到同样多的文学激发。但莱曼·巴格对1860年代耶鲁的讲演文化的描画为我们提供了怀特的抱怨的另一面。根据巴格的描述，耶鲁的新生每周有一次可以不用上背诵课，而是向修辞学教授朗读他们预先规定题目的作文。到了二年级，作文朗读"取代了周六中午的背诵课——每人每学期提供四篇作文"，以及"全班一起参加教堂的讲演会——每人一学期讲两次"。三年级，"英语文学背诵课上的修辞学教师有时会要求同学做即兴演讲"和"公共辩论"，写作者可以自选题目。[33]三年级和四年级的学生每周星期一、星期二晚上都会参加辩论会，在会上，"五到六个学生站上演讲台做脱稿演讲。主席有时会就演讲者的说话方式或主题发表意见，有时会给表现最优者颁发桂冠"。[34]这些练习都是在为激动人心的、全校师生出席的公开演讲表演和比赛做准备。为了毕业典礼上的表演，耶鲁会提名本届学生中最优秀的十二位演讲者，由他们竞争该奖项。写作比赛与讲演密切相关，因为正如巴格所言，每届学生中选出的"最优秀文章"的作者会被指定"在学位授予日那天口头发表自己的作品"，班级诗人（class poet）也一样。[35]这些文学上的"一等奖获得者"会在"整个学院里出名，而且声名比那些并非'写作者'的'学者'或'高级人物'更远播和持久"。[36]

一门叫作"哈佛写作课"的课程的设立过程说明了演讲和雄辩如何可以发展为英语文学学习。哈佛从1865年开始有"朗读英语"的要求，后来在1873年演变为写作课。这门早期英语写作课要求的不是演说，而是学生就"不定期宣布的、从经典作家的作品里挑选出来的"主题进行写作。例如1874年的主题就出自"莎士比亚的《暴风雨》《裘力斯·凯撒》《威尼斯商人》，戈德史密斯的《威克菲尔德牧师传》，司各特的《艾凡赫》和《最末一个行吟诗人之歌》"。亚瑟·艾坡毕指出,"这项要求使经典作家的研习变得体制化,开启了英语在各个学校里巩固自身地位的过程"。19世纪90年代,学院开始在入学考试中加入有关英语文学经典的内容。[37]

文学社团

没有什么组织比文学社团、辩论俱乐部、学生文学出版物和公开课更能中和学院课堂的枯燥了。欧内斯特说,仅仅是文学社团的活动就能反驳那种"认为美国的学院一直是爬满藤蔓的遁世之所的观点"。[38]与20世纪以后,兄弟会、姐妹会和运动俱乐部取代了文学社团的核心地位的情形不同,当时的文学教育并不完全依赖课堂。

学院的文学社团为诸多19世纪美国作家,如爱默生、霍桑、理查德·达纳、奥利弗·霍姆斯、洛威尔和亨利·亚当斯等,提供了形塑期的文学教育。[39]文学社团有自己的图书馆,它们比学院图书馆"更大、更方便使用,书的种类也更全"。[40]历史学家普遍认为,"英国文学和美国小说在美国学院里首先受到了文学社团、它们的图书馆以及学生杂志的欢迎"。[41]由于这些社团的存在,"一位19世纪40年代的学生的课外阅读量与一堂当今的文学导论课所涵盖的内容相当"。"学生把自己的业余时间投入社团,在那里探求课外的现代学科知识,如科学、英语、历史、音乐、艺术、文学和当代小说。"[42]在康奈尔,一个社团赞助的文学比赛的优胜者"被视为校园英雄、未来的明星"。[43]

社团的工作还与其他本地课外文学活动相结合。1810年以后,大量模仿哈佛的《礼堂》(1810年创刊)、《纪录》(1827)、《大学生》(1830)和《哈佛大学》(1836)以及《耶鲁文学杂志》(1836)的学生文学杂志在美国的校园里创刊。除此之外,校园里每晚都有全部在校成员可参加的学院教师或到访知名人士的讲座。19世纪40年代,安姆赫斯特赞助了一系列以乔叟、叙事诗和"弥尔顿对凯德蒙的继承"为主题的讲座。[44]安德鲁·怀特将19世纪50—60年代称为"公开讲座系统的高潮";他在密歇

44

根大学任职期间做了全国范围的公开讲座，并在安娜堡听了爱默生、乔治·威廉·柯蒂斯、E. P. 惠普尔和温德尔·菲利普斯等人的讲座，其中菲利普斯是众多在校园传播废除奴隶制思想的宣传者之一。[45]马修·阿诺德在1883—1884年的美国巡讲期间去威廉姆斯学院做了讲座，虽然布里斯·佩里觉得他说话声音太小了。[46]

公开的朗读会、讲座以及文学社团和学生杂志的活动使地方文化与当时的流行趣味彼此接触，对于打破上流社会对世俗文学的偏见产生了重要影响。欧柏林学院的学生在讨论了《汤姆叔叔的小屋》后，抛弃了"小说是邪恶的"这一观念。学院里的学生尤其喜欢拜伦，男生还会就"女子文学社图书馆协会拥有一本拜伦是否合适，展开激烈的辩论"。[47]在爱默生和惠特曼尚未被权威认可时，学生们就已经邀请他们进了校园。

文学社团不仅激发了学生对文学和各种思想的兴趣，也生动地展现了社会的核心冲突与争议。伯顿·J. 布莱斯坦指出，学生们在文学社团里"争论奴隶制等超越了学院的偏狭的国家公共议题，一些热心的学生还因此在校园创办了反对奴隶制的社团"。这些行动在一个"保守势力压制了学院里支持反奴的组织和教师"的时代意义重大。文学社团的成员也"公开讨论宗教上的疑虑"，"写作关于当时流行的宗教异说的随笔"。[48]

这样，文学社团在帮助学生寻找自己在时代文化议题中的位置方面，远比课堂更有帮助。参与社团的辩论使得试验和尝试各种思想变得可能，而这对智识上的自我定义尤为关键。大多数学院都有在文化、智识和政治取向上彼此对立的社团。詹姆斯·B. 安吉尔在回忆19世纪40年代布朗大学"对文学文化的强烈兴趣"时就指出，学生们"分成卡莱尔派和反卡莱尔派、柯勒律治派和反柯勒律治派等，并以与讨论时政问题同等的热情讨论文学、历史和哲学理论"。[49]而根据布里斯·佩里的描述，威廉姆斯学院里也有类似的语文学派和技艺学派文学社团之间的对立。[50]我们无须将社团过于理想化，因为它们的成功有赖于一种创造了共同利益框架的社会同质性。然而一个不容忽略的事实是，社团提供了某种在此后的大学里不再重现的东西——一种帮助学生理解他们的学习的文化辩论语境。

演说文化的式微

学院的写作和演说比赛以及文学社团和辩论社团为课堂学习与学院外的世界建立起了联系。然而到了19世纪60年代后期，美国演说文化的全盛期已过，"演说在学术共同体中的受尊敬程度迅速下降"。[51]根据莱曼·巴格（我在上文中大量引用了他关于耶鲁的演说文化的记录）在1871年的观察，由于"'好口才'不再被看重，一个演说奖项的分量极小；即使是在辩论赛中胜出的演说者也不能确保自己作为一位'文人'的声誉"。[52]1873年，哈佛将演说设为选修课[53]，新的英语写作课取而代之成为必修课；得克萨斯大学的演说学院则"在课表中声明，它们的目标并非训练演说家"。[54]1883年，查尔斯·弗朗西斯·亚当斯以他标志性的辛辣文风提到"那种廉价学识的表演，它使三五十年前的美国演说文化成为国家耻辱。哪怕是其最佳形式，也缀满了古典的矫饰，展露着半吊子学者的虚荣"。[55]

即便如此，演说在其风潮退去后仍然作为学院的中心学科继续存在，直至其在20世纪20年代以各种演讲学院的形式重获新生。19世纪的最后三十年间出现了各种引人注目的尝试，不仅旨在复兴演说，还意图将其作为现代语言学家的科学语文学的一种更为人性化的替代。在致力于这项事业的教师当中，最著名也最富争议的是1870年至1903年在康奈尔教授英语的希拉姆·考尔逊。考尔逊1828年出生于费城，年轻时在华盛顿做美国参议院的速记员，在那里，他成了丹尼尔·韦布斯特的演说的仰慕者。之后年轻的考尔逊成了史密森学会的一名图书馆员，该职位给了他广泛阅读英语文学的时间。这逐渐使他成为一名受欢迎的教师，并相继在杰拉德学院、安纳波利斯的圣约翰学院任教。他于1870年接受了康奈尔的怀特校长提供给他的英语教职，虽然他从未在任何学院正式学习过。[56]

怀特当时"有蔑视纯文学研究的倾向"[57]，他认为"人们需要的不是更多地谈论文学，而是文学本身"。[58]而考尔逊则是将这些观念付诸实

46

践的最佳人选：他执着地相信口头朗读文学是体验真正的文学唯一且充分的形式，而单纯地谈论文学很可能反而会成为欣赏文学的阻碍。在考尔逊认为口头朗读能实现文学精神的看法中，可以听到早期贵格会与新教布道中重信仰权威、轻烦琐外部形式（如教堂、仪式和关于教义争执等）的回响，也可以看到其后试图将文学精神从学究气的分析中解救出来的不满的人文主义者的原型。

19世纪90年代，作为康奈尔英语系的系主任，语言学出身的考尔逊激烈地攻击了那些在前十年里牵头成立英语系的语言学家。在他宣言式的著作《文学研究之目的》（1895）中，考尔逊指责"德语文学和语言学研究"是"通往最真实、最崇高的文学文化的障碍"，是一种"无聊的47 为分析而分析"的"堕落"。[59]此书可视为约翰·切尔顿·科林斯在英国出版的著名批判《英语文学研究》（1891）的美国版本。而将考尔逊与其他新语言学的反对者（之后的章节会讨论这些人）分别开来的，是他对"阐释性阅读"的热情辩护——他不仅主张，而且试图从理论上论证其合理性。

在《声音与精神教育》（1896）一书中，考尔逊主张一首诗的精神本质是人的"非智识、非言说"方面的一部分，表现了"**人本质的绝对存在**"。[60]这种精神本质是教学的真正目的，而在考尔逊看来，捕捉它的唯一方式就是正确的口头朗读。对考尔逊来说，"朗读时的随便"意味着"道德上的随便"[61]，衡量一个人对文本的理解的试金石，就是看他能把文本朗读得多好。他回忆童年时，当他的朗读方式暴露了自己没有理解朗读的内容时，他的父亲就会纠正他[62]；他还指出弥尔顿也用同样的方法检验他的年轻学生。[63]至少在阅读考尔逊的当下，人们会相信，伟大的作家确实站在他这边，团结在一个将语音视为精神共同体之准则的传统之中。

在康奈尔，"考尔逊在校长的鼓励下肆无忌惮地用莎士比亚轰炸学生的耳朵，每个周六早晨都举行公开朗诵会"，其中一些还是在礼拜堂的管风琴伴奏下进行的。考尔逊可能是最早的具有强大魅力的英语教授，一届又一届学生将自己从无动于衷到热爱文学的转变归因于他。19

世纪90年代，一位学生描述他"有一天在考尔逊的课上体验到一种狂喜的、近乎神秘的感受。他不再是那个闷闷不乐、无所用心的学者，他就是诗人和诗，沉醉于美，沉入一种从未体验过的情感。这是他一生中最重要的经历。从那以后，诗歌就是他的伴侣，他的安慰，他秘密的喜悦"。

在考尔逊看来，他的朗读风格并不格外情绪化，事实上，考尔逊蔑视廉价的戏剧化效果。然而考尔逊的一些同事不这么认为，并"对他的公开表演不以为然"。其中一位抱怨说，考尔逊看起来"半疯癫"，他将课堂的一整个小时用来朗读的习惯是他不想教授写作的借口。这位批评者还说，学生们"抱怨考尔逊的课堂不受控制；学生们十分无礼，甚至在课堂上看报"。一位1872届的学生在他的日记里写道："考尔逊教授今天又滔滔不绝了。他还是一如既往地不受欢迎，有一只鞋子被从讲台下面扔到了他桌子旁边。"考尔逊后来的行为变得越发古怪。他成了"一名笃信的通灵论者，用椅子给丁尼生或者勃朗宁招魂，并庄严地记载他们从他界送来的诗歌讯息"。[64]然而，对考尔逊的看法的分歧并非只关乎他个人的古怪举止，也表明了他所代表的那种布道式的、反科学的文学研究风格在当时的不确定的地位。

文学朗读的另一位不如考尔逊出名的推崇者是西北大学的罗伯特·麦克里恩·昆诺克，他使他在西北大学神学院的教职成了昆诺克雄辩与演说学院的一部分。昆诺克1840年出生于苏格兰，他的父母是长老会成员，并在他出生后不久移居马萨诸塞的洛厄尔。1864年，昆诺克入学维思大学，那里的大部分课程都"强调公共演说和辩论"。昆诺克刻苦练习讲演时的"气势和活力"，在三年级和四年级时获得了同届的杰出演说者奖项。1868年毕业后，当时是卫理会信徒的昆诺克接受了西北大学加勒特神学院的教职，那里的教员被要求在思想上服从"美以美会的教义"。

和考尔逊一样，昆诺克因公共表演而迅速成名，表演内容"通常是用苏格兰方言朗读，或是朗读《圣经》和莎士比亚作品选段"。他的课迅速成为学校中最受欢迎的课程之一，尤其是在女学生中间；西北大学从1869年开始招收女学生，根据当时的流行，她们需要"至少接触一些"演

48

说。未来的传道士比利·桑代是女性占多数的课堂中的一个例外。昆诺克作为公共朗读者和顾问在19世纪70年代中期的肖托夸运动中十分活跃。1878年，他出版了一本他钟意的作品选集，书中的分类有"庄严作品选""幽默作品选""呼告、愤怒、催促与煽动作品选"等。他既教文学课也教演说课，混合了莎士比亚的"声音阐释"、"贝恩的修辞学、泰纳的英语文学史"与"对乔叟、早期戏剧家和现代诗人的专项研究"。

在描述昆诺克时，一位他过去的学生很好地体现了旧式学院中的文学与社会理想：

> 他对现今的政治和社会制度没有兴趣，对同时代的文学知之甚少。他是一个更早时代的英雄人物，那个时代的特点是对工作和责任、对维系高贵的苏格兰传统的献身，那个时代的情感特质体现在一种正式的、高贵的文学中，这种文学的精神在直白的演说和宏大、崇高而恭敬的风格中得到最完整的体现。

与其他演说专家不同，昆诺克抵制当时正在渗入大学的、"鄙夷所有感性事物"的科学精神。一些演说专家试图通过发展出一套技术性词汇（例如气势、重音、语调、胸音和鼻音等）来仿效这种科学精神，其结果不过是让演说显得更加荒谬，用一位观察者的话来说，这导致"学院开始对它不耐烦，就像所有明事理的人一样"。[65]

昆诺克于1913年退休，其时雄辩与演说学院仍然兴盛，并在1920年代被并入新创建的演讲学院，后者一直延续至今，其下囊括了阐释系，也就是如今的表演研究系。由此可见，演说传统的继承者与它曾经批判的传统文学系在今天共存着。然而，这种分野背后的争议却早已被人们遗忘。

应该给旧式学院中的文学教育一个怎样的最终评价呢？从很多方面来看，它都是浪费时间，是一种在过时的社会理想的名义下收效甚微的苦工。然而，旧式学院的阶级限制使它创造出了某些更民主的现代大学无法再现的教育条件。它提供的教育具有连贯一致的优势，虽然这一优势只在不超过百分之二的美国人能够进入学院的条件下才变得可能。

从之后的文学批评的角度看来，旧式学院将文学研究视为语法、修辞和演说的延伸，不过是其毫无希望的偏狭的证明。然而这种现代观点直到文学将塑造公众意见的力量让渡给新闻等其他媒介后才得以形成。与之相对，旧式学院的保守主义中保持着文学对社会的关切，其背后是一种为接受人文主义教育的阶级指派社会角色的文化。

不过话说回来，学院究竟在多大程度上将文学理想转化成了社会化的力量？我们很容易简单地将旧式学院向现代大学的转变描述为从有机的传统"共同体"向现代碎片化的"社会"的衰落，然而这种描述是不准确的。有机的共同体在新英格兰之外几乎不存在，而即使是新英格兰内部的共同体也已在19世纪的进程中逐渐式微。内战前后对经典课程的批评的高涨，反映出学院课程设置在传承传统文化上并不成功。如果没有学生文学社团、杂志、毕业典礼上的演说和朗读，旧式学院文学教育的成果恐怕将十分糟糕。

50

51

专业化早期：1875—1915 年

第四章 调查研究者 (1)：新兴大学

德国教授不是英语里所说的"教师"，而是专家。他不对听者的成功负责，而只对他的教学质量负责。他的职责始于自身也终于自身。

——詹姆斯·摩根·哈特

19世纪最后二十五年间语言文学系的出现是旧式"学院"转向新兴"大学"的专业化大潮的一部分。众所周知，文学研究专业化的先锋部队是一群在德国接受过训练的"调查研究者"，他们提倡科学研究和针对现代语言的语文学研究。然而，语文学家对于专业文学研究的定义权从一开始就面临着挑战。它们的竞争者——我称之为"通才"——虽然同样致力于建立英语和现代语言文学系，但他们拥护旧式学院对自由或通识文化的推崇，反对被精密划分的专门化研究。从某些方面来看，他们可以说是斯坦利·费什所说的"反专业主义"[1]的典型。然而他们坚称，他们反对的并不是专业主义本身，而是狭隘化的专业主义——而费什在讨论中倾向于忽略这一区别。

这群"通才"（我在之后的一章中会对他们做详细讨论）形成了一种艾坡毕所说的"异见传统"（dissenting tradition），在研究和事实面前为

欣赏和价值辩护。艾坡毕提醒我们，"在早期的英语系中，有很多并非语
文学性质的研究仍在继续，它们起源于之前的修辞学分析、非学院派的
大众批评，以及演说（其本身就是修辞的后代），它们更强调敏锐的阅读
和'阐释'"。"语文学的声望，"艾坡毕说，"起到了为英语研究正名的作
用，且并没有限制英语研究。"[2]

　　然而新的研究模式最终仍然决定了文学系的结构方式以及其后的
课程设置。研究模式之所以能成功地塑造学院文学研究，既是因为它呼
应了科学和现代性，也是因为它承诺将为某些传统目标服务。尽管抱持
着现世主义与对传统的怀疑，但研究模式在某些方面是与文学文化的传
统主义方向一致的，这种复杂性仍有待我们厘清。

吉尔曼的新兴大学

　　丹尼尔·科伊特·吉尔曼出生于1831年，并在耶鲁接受了大学教
育。与19世纪的很多美国人不同，他没有在任何德国或法国的研究生院
学习过。但吉尔曼在19世纪50年代到访欧洲并参观了几所大学，他注
意到与美国学院相比，这些欧洲大学有诸多优越之处。吉尔曼感到，美
国的年轻人可能"强烈地需要学习学院或科学学校的一般课程以外的内
容的机会"，也就是说，对于一所真正的、提供所有现代科学分野的高等
教育的"大学"的需求。[3]

　　回到纽黑文后，吉尔曼开始为谢菲尔德科学学校募集资金。该学
校当时还只是以经典学习为主导的耶鲁学院的一个不受重视的附属。
1856年，吉尔曼公布了"将科学学校完全结构化的计划"，希望"争取科
学教学者的支持"，与耶鲁那些"极力维持垄断"的经典学者抗衡。这份
计划呼吁，"这个国家为那些想要'纯粹学习科学'"或是想要适应实际
工作需要的人提供的机会之匮乏令人悲哀，应该引起重视。[4]不久之后，
吉尔曼就成了谢菲尔德学院理事会的一员，开始将他的想法付诸实践。
由于在此职位上取得的成就，他于1872年成为加利福尼亚大学的校长，
而这又为他赢得了新成立的、当时尚处于规划阶段的约翰·霍普金斯大

学的邀请。

作为约翰·霍普金斯的第一任校长,拥有那位与学校同名的巴尔 56
的摩杂货商的大笔遗赠,吉尔曼有着令人艳羡的从零开始的机会,可
以不受任何既有传统限制。吉尔曼开始参照欧洲的著名大学来塑造
“霍普金斯”,宣称学校将“永远不受教会或党派的影响”。[5]它的影响
力将“来自终身教授的品质、他们的研究和话语的质量……他们作为
学生、研究者和真理的拥护者所做出的表率”。在任命教职时,学校
首要的考虑将会是“候选人对其研究方向的热爱以及对于自己在该
方向做到出类拔萃的信心,他们进行独立创新研究的能力以及激发年
轻人对学习和研究的热情的能力”。教员的成绩将体现在“期刊和专
著发表”上。[6]

要达到这些目标,教师就不能像在旧式学院中那样,把大部分精力
花在“教育初学者”的各种“重复性程序”上,而“应该有足够的时间去
做那些他们能够胜任的、更高水平的工作”。约翰·霍普金斯的学生学
习到的将是“怎样扩展知识的边界、怎样在研究过程中与他人合作,以及
怎样用确切的语言将研究成果记录下来”。[7]这些理想的具体表现就是
研究生院:按照吉尔曼最初的设想,约翰·霍普金斯本来只准备提供研
究生阶段的教育,把“现在本科生做的那些工作留给别的地方”。然而
这个设想在学校的理事看来太不切实际,在他们的劝说下,吉尔曼还是
给学校设立了一个本科学院。[8]

即便如此,在美国,没有任何别的大学敢于试验如此大胆而创新的
项目。很快,约翰·霍普金斯模式就被哈佛、耶鲁和1892年新建校的芝
加哥大学效仿。哈佛大学的艾略特校长——他也是推荐吉尔曼成为霍
普金斯校长的委员会中的一员——后来承认,“创立于1870—1871年间
的哈佛研究生院在建院初期还十分脆弱,这种情况直到约翰·霍普金斯
模式迫使教员们把精力投入到指导研究生上才有所改观。这片土地上
每一所致力于创建艺术与科学高等学校的大学都是类似的情况”。[9] 57

很快,很多其他学校也开始效仿该模式。西北大学的新任校长罗杰
斯1891年的一系列发问成了当时所有有抱负的校长共同关心的问题:

> 我们的大学是否处在现代发现的前沿？我们有没有积极探索
> 和研究新兴的知识分支，有没有回应现代生活全新的环境向我们提
> 出的要求？我们是在不断调和旧识与新知，还是仅仅在守卫那些古
> 老的真理？[10]

罗杰斯校长认为，"古老的真理"和"现代生活的全新环境"的要求并不
一定是水火不容的，这反映出这一代改革派大学校长的乐观主义。他们
中间很少有人预见到，"调和"新与旧可能没有那么容易，而将这种调和
体现在课程之中则尤为困难。

　　吉尔曼的设想需要专门化的院系和德国模式的课程设计才能实现。
虽然"院系"一词在19世纪的学院中一直在被使用，但从这时起，它才有
了学科上的专门化和行政上的独立性的意味。为了充实学校院系，吉尔
曼加入了美国高等教育的第一次大规模"人才争夺战"，从其他学校引
进著名学者。在新的安排中，推荐各个职位人选、升职和加薪，以及判断
课程和项目设计是否合理的职责被转交给院系，而这一重要变化的影响
之一是使院系第一次成了可以相互比较竞争的主体。[11]就像帕克写的，
"各个院系迅速变得争强好胜、雄心勃勃，对自己和相近院系之间那些尚
未被占据的领域虎视眈眈"。[12]然而，直到20世纪初，院系的规模仍然较
小，大多只有一个教授、两到三个教员和一些研究生助理。

　　为了保证学校的教授有发表研究的渠道，吉尔曼鼓励创办各领域的
学术期刊，其中就包括分别于1880年和1886年在约翰·霍普金斯创刊
的《美国语言学期刊》和《现代语言札记》。吉尔曼还在1878年创立了
第一所美国大学出版社[13]（之后，芝加哥、哥伦比亚、耶鲁和哈佛先后在
1892、1893、1908和1913年创立了自己的大学出版社）。就像勒内·韦
勒克所说的，对"批量生产"和"方便地给教师评分"的需求反映了"学
术研究工业化的理想"，然而早期的英语系并不要求教授大量发表文章。
[14]秉持着对真理的严谨、科学的理想，"大量学习，少量发表"是他们在相
当长一段时间内的信条。"不发表就走人"大约到第二次世界大战之后
才成为一种普遍现象，其时，战后的繁荣使得院系开始建设各自的帝国，

而大学出版社的扩张则为发表提供了诸多渠道。

一位评论者在1925年写道："教授如果想升职或加薪就必须发表文章。学院长和院系主任的要求如今已经很强硬：'产出！通过发表来证明你自己！'而这背后的潜台词是：'做不到的话你的工作就没了。如果你不能用发表来为你的学院争得一席之地，我们就得去另外找那些能够做到的人。'"[15]这些威胁到底有多认真，又在多大程度上真正被贯彻，我们无法从这个评论中得知。很长一段时间内，学术产出的主要形式是文章或札记，而不是专著；直到今天，对那些研究古代英语文学的学者来说情况仍是如此。我的猜测是，以今天的高压标准来看，早期的院系对产出的要求应该算是十分温和了。教授们具体从何时开始因为发表数量不够而被开除，这是一个很有趣的问题。

受霍普金斯模式影响的、于19世纪70年代末80年代初出现的其他标准大学的特点包括：本科生专业（或多或少有选修的自由）、用数字给课程编号、学分制、博士项目和由专家教授的研讨课，以及"对知识做出具有原创性的重要贡献"的博士论文。[16]为了管理这些繁杂的制度，出现了官僚化的"包括校长、学院长和院系主任的行政指挥链"。用维斯的话来说，如此种种"都出现在相当短的一段时间之内，而且每个大学都大体相同"。[17]行政标准化对于处于快速增长阶段的美国大学来说是必要的；从1890年至1930年，大学入学人数每十年就几乎要翻一倍。[18]

现世主义专家

随着上述改变的发生，1875—1915年间，一种新型的现世主义教育专家也应运而生。他们的使命并非维系传统通识教育的理想，而是促进各种知识的进步，不论其方向为何。维斯指出，随着旧式学院的瓦解，官僚式的行政管理取代传统的意识形态，成为将大学凝聚起来的纽带。"事实表明，任何基督教教派、实证科学或人文文化都无法理解知识与见解的全貌。"[19]大学"很快就成为不遵循任何形而上学的机构"，"讨论大学的崇高目标"也变得越来越"形式化"。[20]"官僚模式作为一种粗俗但尚

59

可忍受的共同语言，连接着想法各异的个人、党派与集团。"[21] "官僚化的行政管理作为一种结构策略，使得大学可以在不诉诸某种共同价值的情况下扩展疆土。"[22] 这意味着，"任何争论，包括学术理想上的冲突，当它们变得过于严重而具有威胁性时，都必须被压制"。[23] 的确，这种新的各自为政的架构使"沟通失败"成为一种正向的需求，在这个过程中，"各个学术团体都会自觉地不去过于粗鲁或残酷地彼此拆穿"。"大学可以说是在无知的基础上繁荣起来的。"[24]

其他历史学家的研究也佐证了维斯的分析。鲁道夫指出，现代大学处理冲突的方式往往是从那些困扰了学院领导整整一个世纪的困难抉择——"实用知识还是经典学习，旧职业还是新职业，纯科学还是应用科学，教养和性格培养还是工作训练"[25]——中"走开"。布莱斯坦则说："大学悄悄地把种族、资本主义、劳动和逾矩行为等有争议的话题移除出公共领域，把它们限制在专家——也就是那些懂得不去公开发表不同意见的人——的讨论范围之内。"[26]

官僚系统自身的意识形态与其对科学、专业知识和行政管理的信念紧密相关。然而这种意识形态是动态的，并非一成不变，而且在有限的范围内可以与各种冲突的观念共存。新式的管理者，如于1902年任哥伦比亚大学校长的尼古拉斯·默里·巴特勒，拥有开除持冒犯性的异端意见的教授和学生的权力。巴特勒实行起这项权力来丝毫不留情面，第一次世界大战及之后的爱国狂热更是加剧了对疑似颠覆分子的迫害。[27] 多亏了1915年成立的美国大学教授协会的积极活动，才使校长们开始不情愿地承认大学不得审查教员的原则，并接受终身教职的概念。[28] 尽管如此，比起僵化的旧式学院，新的专业主义愿意为非正统意见提供较大的空间，只要它没有过于公开地践踏那些被大家广泛接受的原则。学者的工作是探寻客观真理，至于价值和理想的阐发理论上则是别人的工作。

托斯丹·凡勃伦在其著作《美国的高等教育》中描述了这种实证主义的意识形态。他写道，尽管新式大学保留了旧秩序的很多"外部组织机构"以及"某些精神残留"，但其"主要精力已经转移到了对事实的一致推崇"。[29] 现代语言协会的主席甚至在一篇1913年的文章中写道："在学术圈，'虔诚'和'美德'这样的词汇在内行那里已经成了贬义词，就连'仁慈'和'博爱'都显得有点可疑。至于清规戒律和主日学校式的善良，如果不是面目可憎的话，至少也是禁忌话题了。"[30] 这位学者的文章在《现代语言协会会刊》中使用现代化拼写法印刷，而这也是令他感到不安的现世主义的又一个实例。

毫无疑问，这些说法低估了"某些精神残留"可以与新思想保持共存的程度。例如，反犹主义在各个大学中盛行，尤其是英语系。1905年，哥伦比亚大学拒绝为犹太人路德维希·路易逊的博士项目提供奖学金，而路易逊毕业后因为没有英语系愿意雇用他，不得不接受了一个德语系的教职。路易逊说："据我所知，反犹主义在所有英语教学中都十分严重，因此我们对自己母语的捍卫也远远比在德国这种种族单一的国家要激烈得多。"[31]

这种新的现世主义倾向在1889年至1912年任哈佛哲学教授的乔治·桑塔亚纳那里得到了最清晰的表述。桑塔亚纳在《美国的民族性格与信念》一书中写道：

> 很多年轻的哲学教授已经与牧师或者学院男教师很不一样了：他们的思维方式更像是医生、工程师或者社会改革家。这些清醒的年轻人在大部分事情上都比年长的人能力更强，他们自己也清楚这一点。他们说起话来不像老一辈人那样雄辩或者爱说教，而是非常内行和专业。

虽然新式专家对旧的宗教理想主义和文化教条口惠而实不至，但他们的观点中还是包含了某种民主的相对主义。正如桑塔亚纳所说："我们不接受任何观点，也不问任何资质；我们仅仅是给你一个机会。柏拉图、教皇和艾迪太太——每人都能得到一票。"[32] 新式专家并不是反对过去的理想主义，而只是对其漠不关心。"很明显，"桑塔亚纳写道，"这些人对传统，即便是美国哲学中的文雅传统也不会有太多了解。他们并不反对或厌恶传统，他们只是与传统极其疏离；他们忘了它。"[33] 普林斯顿的校长詹姆斯·麦考什,旧派拥护者的主要人物,在1880年代就得到了教训。当时他试图反对艾略特新实施的选课系统。"这一新举措的聪明的领导者并不主张与宗教对抗,"麦考什不无讽刺地观察道,"他们不与它斗争,但他们十分乐意看到它慢慢死去,有尊严地死去。"[34]

新的学院专家将自己视为通过研究来拓展知识疆界的"研究者",他的忠诚只属于他的"领域",而不属于课堂教学。这种新专家的原型是讲堂里或研讨课上的德国大学教授。理论上,他对真理的客观公正的追索超越了道德和意识形态。人们充满敬意地说,德国教授"不是英语里所说的'老师',而是一个专家。他不对听者的成功负责,而只对他的教学质量负责。他的职责始于自身也终于自身"。[35]"他从不会把时间浪费在敲打那些乖张或冷淡的背诵者身上"。[36]像诺厄·波特这样的保守主义者只能徒劳地抗议,强调教授的主要工作仍然是"教育青年",说"美国大学的首要目标不是为了给人们创造适合于做研究的职位来推广科学,而是为了确保教育好我们的年轻人"。[37]

这种教学模式上的对自由的强调是德国学院的"教学自由"(Lehrfreiheit)理念的回响,后者认为教授就是"自身的法律",其"生命唯一的目的就是学术成就"。[38]据称,德国教授"只对他自己的意见和生活方式负责",而他也由此"甩掉了精神包袱,成为一个独立的思想者"。这些褒奖之词来自美国人詹姆斯·摩根·哈特,他于19世纪60—70年代在德国的几所大学学习法律,后来成为辛辛那提大学和康奈尔大学的英语语言学教授。在1874年出版的著作《德国大学》中,他将德国大学描述为令美国大学相形见绌的"智识巨人的训练场"。[39]

以后见之明来看,人们大可嘲笑这些自称超越了意识形态的观点的天真。然而在当时,这种宣称真理独立于传统文化权威的观点则代表了一种对社会秩序的激进挑战。与此同时,这种挑战也夸大了研究者不受个人偏见影响的事实与其他人所谓被价值污染的经验之间的不同,继而鼓励了一种新型的不负责任和傲慢,以及一种狭隘的、很多在德国学习的美国人都曾感受到的学究气。

考虑到当时很多人笔下的德国学习经历之沉闷,对于德国文学研究的效仿如此轻易地在美国流行开来着实令人惊讶。一位学者在描述19世纪80年代末莱比锡大学的一堂历史研讨课时说："课程虽然非常科学全面，但是没有辩论，大家对正在讨论的问题也没有积极性；所有人都觉得练习又长又令人厌倦，就连教授也时不时用手挡住脸来掩饰他无法抑制的哈欠……进学校时，我做好了'大开眼界'的准备，而最后我是耗尽了所有的仰慕才得以坚持下来。"[40]显然，德国教育优越性的神话使得美国人对他们眼前的证据视而不见。正如一位观察者在1891年写到的，"在美国，甚至在大不列颠，人们对德国大学和学术有一种几乎牢不可破的迷信"。[41]但到了这时候，对德国式方法的尊敬实际上正在减退。

　　对国家身份的热望无疑与这种迷信有关。詹姆斯·摩根·哈特在将教授形容为一个大胆的、英雄式的真理探索者的同时，就指出了教授的独立性与国家声誉之间的关联。哈特说，德国人"明白正是思辨帮助德国脱离了它之前对文学和政治的依赖，成了国家之林中的强者"。[42]对于一个越来越意识到自己在世界格局中的地位的国家来说，这幅图景的吸引力可想而知。正是由于它符合当时整个国家对科学、专门化和专业技术的推崇，新的专业主义才能够成功。另一位改革派的大学校长，G. 斯坦利·霍尔评价吉尔曼时说，他意识到"随着文明的进步，所有重大的决定和新举措都必须由那些对自己领域的知识有着全面掌握、有可能对世界知识做出新贡献的专家做出"。[43]用布莱斯坦的话来说，这个意见说明了，"专业主义文化"如何成为"一个独立的民主主义者，一个试图在每一个世俗的空间里释放自然力量的、被解放了的人，一个在开放社会里实行其训练有素的判断的自治个体的激进想象"的化身。[44]

　　对专业知识的信念一定程度上安慰了素来缺乏传统权威，内战后又在工业化和社会变化面前感到无所适从的美国人。[45]但是这种安慰的代价是，这些美国人不得不将他们的自主判断交给专家。专业知识正是通过与"外行"的无能的对比来获得自身的定义，这些外行"既无法理解专业人士的工作，也无法评判专业化的技术能力"。[46]大学里对专业技术的推崇是官僚化企业以及科学管理模式发展的镜像。就像理查德·欧

63

曼观察到的，这个时期的大学"正铆足力气为大型企业以及监管、服务企业秩序的机构提供并认证它们所需要的专家和管理人员……新的大学是与它们教育出来的专家-管理阶级同时诞生的"。[47]

　　在市场营销、工程或管理的领域，"专业技术"的内涵以及它与外行客户之间的关系是较为明显的。然而，它对那些研究中世纪英语诗歌和布道书的人来说又意味着什么呢？医疗健康产业的专业化是一回事，文化工业的专业化又是另一回事；虽然二者的模式之间有很多相通之处，但我们不能认为两者是完全一样的。事实证明，专业化的现世主义与自由主义文化的传统主义之间的调和将会是一个大问题。

64

第五章　调查研究者 (2): 文学系的起源

科学的准则使我们的职业受人尊敬……通过引进科学的方法，我们不久就将证明不是每个人都能教授英语，为了我们——以及其他所有院系——的工作，教师必须接受专门的、科学的训练。

——H. C. G. 布兰特

吉尔曼校长最激进的一点是他科学的知识观，这种观念激活了他对新大学的想象。旧式学院的课程用类似于教授经典的方式教授科学，吉尔曼则与此相反，他成长于一所科学学校，因此更倾向于科学的知识模型。在约翰·霍普金斯，他颠覆了历来的优先顺序，将科学学科作为知识的核心模型，并使人文学科尽可能地自我适应。院系自身也是科学的知识观的表现，它们是促进研究突破的高效工具，而不是保护传统的看护机构。

然而，在文学研究中，院系身份从一开始就反映了对于文学系使命的互相冲突的理解，其最终解决方式包括不同程度的妥协、僵持以及和平却互不信任的共存。

院系构成

不出意外，"高阶"英语系的一个极端的典型就是约翰·霍普金斯大学，它一方面过于领先，以至于19世纪90年代当风向由语文学转向文学时，它又在另一方面显得过于落后。作为一所白手起家的大学，约翰·霍普金斯没有哈佛和耶鲁的通识文化传统。它早期的现代语言研究完全被语文学家垄断，这导致了它在发展文学课方面的落后。而在哈佛，弗朗西斯·詹姆斯·柴尔德和乔治·莱曼·基特里奇等语文学家则与通识学者如巴雷特·温德尔等尴尬地共存着——前者支配着语言和文学教学，后者主管写作教学。

哈佛的"课表中各科目直到1872年才开始根据院系划分"，而当时获得了院系地位的包括英语、德语、法语、意大利语和西班牙语。[1]1876年，哈佛任命刚刚接到约翰·霍普金斯邀请的柴尔德为其第一位英语系教授。柴尔德设计了一门莎士比亚课，课程内容是"精读八到十部莎士比亚戏剧"，以及一门"重点研读乔叟、培根、弥尔顿和德莱顿的文学课"。[2]很多学生都回忆说，他们在柴尔德的莎士比亚课上"频繁查阅施密特的《莎士比亚辞典》作为参考，这对考试很有帮助。课上从未提及莎士比亚的生平或他为伊丽莎白一世时代的剧院写作的事实……柴尔德的教学方法就是把八个学生叫去前排，让他们朗读并评论文本，而其他的学生要么听着要么睡觉"。[3]

基特里奇于1888年加入哈佛，并确立了自己语文学学者典范的地位，虽然他没有博士学位（据说当有人问他为什么没有时，他的回答是"谁有能力考我呢？"[4]）。基特里奇引入了关于冰岛和日耳曼神话，以及历史英语语法的课程，并在1896年柴尔德去世后接手了他的莎士比亚课。很大程度上，是柴尔德和基特里奇开创了后来韦勒克所描述的，"研究生程度的莎士比亚课"意味着"四开本和对开本的区别、材料来源和舞台情况"[5]这一模式。而到了20世纪70—80年代，这种描述也同样适用于本科生的莎士比亚课了。

当柴尔德和基特里奇教授出处和参考文献时，写作课在一些极具个人特色、不具学者气质的人士，如巴雷特·温德尔、"系主任"布里格斯、路易斯·E.盖茨和查尔斯·汤森德·科普兰的领导下蓬勃发展。于19世纪80年代后期在哈佛学习，后来成为哈佛教员的罗伯特·莫尔斯·洛维特说，艾略特校长创建写作课的目的是"维护因失去其社会独特性与经典的庇护而受到威胁的哈佛传统文化"。[6]

多至五百人的哈佛写作课后来被描述为"极其令人忧虑的；（尽管进行了诸多实验）它从未使任何人满意"。[7]但同时，它也是一门与后来的"创意写作"类似的，混合了随笔与虚构的高阶课程，生动反映了教师的个性以及艾略特意图保留的哈佛文化。[8]哈佛因此成为第一所加深了学术与写作的分裂的优秀大学，这种分裂在今日英语系中仍然十分普遍。

在其他大学里，文学研究的初始院系化或多或少都反映出日耳曼语文学的直接影响。印第安纳大学英语系教授欧林·克拉克在1885年休假期间曾前往欧洲旅行，并在哈佛拿了一个硕士学位。他这么做很可能是听从了印第安纳的新一任校长大卫·斯塔尔·乔丹的建议，当时乔丹"敦促教员们去追求各自领域的高等训练，争取做到杰出"。据理查德·欧曼回忆，乔丹上任后不久，就宣布学校之前必修课的"混杂结构"不尽如人意，并通过"区分既有的院系和建立新院系"取而代之。之前的三类学习科目——经典、科学和现代语言——变为八门，包括英语文学、历史、政治学、数学，以及物理、生物、地质学和化学。

根据乔丹对新安排的描述，"每位二年级或三年级学生都必须选择一个'专业'，并在他的'主要指导教授'的指导下工作……这种专门化的本科学习的延伸就是研究生学习"。从这时开始，欧曼评论道，"英语，虽然仍是我们所说的'通识教育'中的一员，却已成为一个专门的研究领域。乔丹发明了，或者说他让克拉克发明了英语专业……在使大学变得严肃、学术和专业化的过程中，乔丹创造了英语这个领域"。[9]

"任何人都可以教授英语"

通识教育的教授虽然可能非常受欢迎，但是正如亚瑟·艾坡毕指出的，他们"缺乏一种可以与语文学的严谨相抗衡的方法"[10]，而这种专业技能的缺失在院系的名望竞争中是一个麻烦。用汉密尔顿学院德语教授 H. C. G. 布兰特在现代语言协会第一次会议上的话来说，只要"现代

67　语言的教师……没有意识到他们的院系是一门科学"，人们就会一直觉得"任何人都可以教法语或德语，或同样危险地，任何人都可以教授英语"。布兰特马上又补充，"我们的学科是一门科学，我们的教学也必须围绕这个原则展开"，因为"科学的准则使我们的职业受人尊敬"。

　　"通过将我们的教学和教材建立在科学的基础上，"布兰特继续说，"我们的院系和职业将赢得尊严和分量……通过引进科学的方法，我们不久就将证明不是每个人都能教授英语，为了我们——以及其他所有院系——的工作，教师必须接受专门的、科学的训练。"[11]另一位现代语言的教授则在该会议上称，"说起希腊语，学生会对艰苦的工作有心理准备，但说起现代语言，他却会觉得那是'小菜一碟'"。[12]同样是在这次会议上，另一位教授强烈谴责了如下事实，即"英语文学是为散漫的读者在闲暇时准备的科目，而非严肃工作者的智识研究；它只能算得上一项才艺，文学与哲学是互不相容的两个概念"。[13]

　　现在看来，语文学家将文学和语言学研究混同起来是不可思议的——虽然在他们之前的经典研究者也是如此。但最早的学院语文学家主要将自己视为教授语言而非教授文学的教师。正如迈克尔·华纳指出的，"美国现代语言协会并不主要是一个文学组织，无论是从它的意图还是从它成员构成上来说"。其成员"在开始自己的学术生涯时，大多对教授文学几乎没有任何兴趣"，他们"不过将文学文本视为教学的工具"。[14]像约翰·霍普金斯的詹姆斯·布莱特这样的纯粹主义者甚至认为文学方面的考量只会腐蚀语文学：据说，布莱特认为"称一位语文学家为一位文学教授，就像称一位生物学家为蔬菜教授一样荒谬"。[15]我们已经看到，关于文学可以"作为文学"被教授——而不仅仅是供人在闲暇时阅读——这样的观念仍十分新奇。

　　换言之，只有当我们用那些早期语文学家从未试图迎合的标准去要求语文学研究时，语文学才可以说是失败的。另一方面，与经典研究一样，语文学传统背后暗含着一个更宏大的文化愿景。勒内·韦勒克将专业化早期的学术特征概括为"无用的古物研究、枯燥的事实主义、结合了怀疑主义与缺乏批判精神的伪科学"。然而韦勒克也提醒我们，这"是

一种有价值的理想堕落后的结果,这一理想是将语文学构想为文明的整
体科学;最初是为经典研究做出的构想,后来经由德国浪漫派之手移植
入现代语言之中"。[16]19世纪对语文学的热情"在满足了对于过去,尤其
是欧洲的过去与中世纪的怀旧情绪的同时,也满足了对于事实、精确性
以及当时在美国颇具声望的'科学方法'的渴求"。[17]

"语文学"一词的历史本身反映了宽广的、人文主义的一般性,与狭
窄的、实证的科学之间的冲突。"语文学"一词最初可追溯至柏拉图,并
于1777年由哥廷根大学的弗里德里希·沃尔夫复兴,他为该词注入了
"对于语法、批评、地理、政治史、习俗、神话、文学、艺术以及民族观念的
关注"[18]的内涵。在现代语言学者喜欢援引的19世纪主要语文学家如柏
克、马克斯·缪勒、葆朴以及格林兄弟的眼中,语文学不仅仅是语言学,
而是"对于不同文化的历史的整体研究"。[19]理查德·麦克希认为,"在
最理想的情况下,这种对于语言与批评方法的最初构想旨在把握文明的
全景并掌握其诸多语言"。语文学代表了"浪漫主义时期的一种努力,
它探求一种将所有人文学科以共同关切联结起来的方法"。[20]柏克坚持
各类知识理论上的整体性,反对将科学视为"各部分的相加"或将语文
学"纯粹视为一种聚合"。[21]

英国维多利亚时期的语文学家也有类似的宏大主张,他们称,"达尔
文的进化论假说与语文学家描绘的图式具有亲缘关系"。[22]梵语学家、
在牛津任教的第一位德国语文学家弗里德里希·马克斯·缪勒则称,对
语言词根的研究表明,"所有印欧民族"是一个整体,同属于"伟大的雅
利安同胞"。[23]虽然这个"雅利安假说"[24]充满了反犹主义与帝国主义的
意味,但它并不学究气。"为了了解我们是谁,"缪勒说,"我们必须知道
我们是如何成为现在的自己的。我们的语言在我们与西塞罗和亚里士
多德之间形成了一条连贯的纽带,为了智慧地运用我们的词语,我们必
须了解它们从中萌生的土壤,以及它们成长的氛围。"

马克斯·缪勒这样的语文学家是维多利亚时期关于英国"种族性"
的民族学争论中的主要声音。这一争论不仅在学术杂志以及社团里,
也在诸如《绅士杂志》[25]等大众平台上展开,其结果是,那些视民族性为

68

69

"条顿"、盎格鲁－撒克逊的人与那些保留着相当程度的"凯尔特"成分的人对立了起来。后一个阵营的支持者包括马修·阿诺德，他对语文学家的研究怀抱着浓厚的兴趣，因为这与他非常关注的民族文化身份问题密切相关。弗雷德里克·E.法弗蒂在一本被忽视的著作中写道，阿诺德用来与英国人的希伯来和腓力士特性相比的"最好的自我"，混淆了普遍的人性观念以及借自欧内斯特·勒南、阿梅德·蒂埃里等人的"科学的"凯尔特种族优越论。[26]在其1857年的牛津讲座（后来结集为《论凯尔特文学研究》出版）中，阿诺德大量引用了当时的民族学研究成果。意味深长的是，在该系列讲座的最后，阿诺德呼吁大学设立一个凯尔特语文学的教授职位。

伊波利特·泰纳的历史研究也是早期现代语言院系广泛引用的模型。与柏克一样，泰纳也认为历史科学的研究对象不是互不相关的数据的单纯累积，而是要探寻一种将文化的各方面凝聚起来的潜在的统一性。泰纳写道："用孤立的眼光研究文献是错误的。"[27]历史学家"如果受到足够好的训练，就能从建筑的每一个细节、绘画的每一个笔触与文章的每一个字眼里揭示出"在特定时刻定义一个民族文化的标志性倾向的"母题"。泰纳认为，对于历史学家来说，"万物皆是象征"[28]，没有任何一个文化事实不对整体具有意义；因此，历史研究能够开启"可从一部文学作品中汲取的所有财富：如果一部作品是丰富的，而人们又懂得如何阐释它，我们就能从中发现一个个体、一个时代，乃至一个种族的心理"。[29]

这些"种族"理论在19世纪80年代语言文学系的形成过程中具有不容低估的重要性。正如霍夫斯塔特在《美国思想中的社会达尔文主义》中指出的，这是盎格鲁－撒克逊神话在美国达至顶峰的十年。后来在哥伦比亚参与创建美国政治学学科的约翰·伯吉斯在1884年写道："条顿政治天才的创造证明，各条顿民族是最优秀的政治民族，他们有权在世界经济中掌握建立和管理国家的领导权。"[30]在《征服西部》(1889)中，伯吉斯在哥伦比亚大学的学生西奥多·罗斯福将"说英语的民族"对世界的统治描述为一种"在他们胸中半盲目的本能指引下的"难以抵御的冲动，而这"铸就了一个大陆民族的命运"。[31]

这种民族主义的愿景显然鼓舞了文学中种族因素的自觉。将新成立的各语言文学系按民族来划分的决定，本身便隐含着一种"说英语的种族"的自豪感。布兰德·马修斯在一本1896年出版的美国文学教科书中写道："文学既然是对于说该语言的民族的生活的反映和再创造，那么说这种语言的民族越强大，它的文学也理应越优秀。因此，英语文学将不断发展，因为它是对说英语种族的生活的记录，而这个种族正稳步向全球扩张。"[32]

诸如此类的声明可以用来佐证下述观点，即大学文学研究的专业化是"旧式精英与他们的同盟"将"美国中产阶级的'共同认知'"强加于异质的城市工人阶级的手段。保尔·劳特认为，旧式精英"重新组织文学研究和教学的方式，不仅维护了受过学院教育的领导阶层的男性中心的文化和价值，也巩固了他们自身的权威和地位"；他将这种"重新组织"称为"专业化"。[33]换言之，专业主义与文化民族主义的利益是一致的——官方的人文主义观念也的确如此认为。

这种观点虽然并非全然错误，但在几个方面有失偏颇。它不仅将多种缠绕且矛盾的意识形态的集合扁平化了，而且忽略了在制度化过程中，意识形态发生偏移甚至被完全颠覆的可能。诚然，很多"旧式精英"的确希望学院文学研究可以将一种统一的、"男性中心"的美国文化与价值强加于日渐异质的人口，然而精英无法完全掌控的、专业化自身的动力与变数，至少在一定程度上阻碍了这种希望的达成。

与英国人约翰·切尔顿·科林斯一样，他的《英语文学研究：为其在大学中的承认与再组织一辩》（1891）在美国被广泛阅读讨论，并在美国现代语言协会会议上被提及，美国的教育者常常将英语文学研究视为一种潜在的"用来警告、规劝和指导的……政治教育工具"。然而似乎正是这种对民族与文化统一性的愿景遭到了研究型学者的背叛，他们更在意的是各自的专业研究领域而非民族传统。科林斯攻击了"对语文学的不体面的附庸"，认为"文化和教育的民族利益"被放置在了比"专业主义与语文学的局部利益"更次要的位置。[34]

将泰纳、柏克和阿诺德等人的民族主义话语延续至第一次世界大

71

战时期的不是研究型学者,而是他们的对头——布兰德·马修斯、亨利·范·戴克和布里斯·佩里这类纯文学学者;也是他们在研究型学者的反对声中支持在学院课堂里教授美国文学。他们主张,除非文学"与语文学分离开来",否则"一个民族的思想和文学风格"就不会进步,而美国文学"正因其允许文学完全脱离于语文学,而尤其适合课堂教学"。[35]这样的声明显示,曾推动英语系的创立的民族文化愿景正在脱离其所催生的方法论,走向它的对立面。

作为心智训练的英语

表面看来,新的语文学家支持文化民族主义的修辞以及对语文学的宽泛的、整体的认识。然而他们事实上认为,比起提出一些宏大的文化愿景,在实际层面确立他们的资质更为有效。他们并不将语文学呈现为一种文化哲学,而是将其作为一种可以取代希腊语和拉丁语的最新形式的心智训练。可能是当时充满争议的局面迫使他们采取这样的策略。虽然语文学家们不屑于旧式学院的教育哲学,然而当需要论证自己的事业在大学里存在的合理性时,他们便开始兢兢业业地证明它如何满足了这种教育哲学的诸多要求。文学研究改革者迎合反对者的标准,并在此过程中逐渐忘却自己的理想,这类情形此后还会重现。

心智训练理论中存在一个对经典主义者来说非常致命的漏洞:他们强调经典的价值在于提供训练,但同时又不得不承认其他科目也能提供同样的训练。小查尔斯·弗朗西斯·亚当斯主张,"从背诵希腊语语法中得到的心智训练不会比背诵其他同样难懂的书来得更多。如果只是背诵,那么康德的《纯粹理性批判》至少一样有用"。[36]按照亚当斯的逻辑,现代语言的支持者们完全可以指出,如果学生需要的只是翻译、词源学和语法方面的难题练习,那么现代语言同样可以提供这样的训练。

如果教师专注于早期文本并用语文学的方法教授它们,即使是英语学习也会变得十足费劲。用布兰特在1883年美国现代语言协会的会议论文里的话来说,"如果'英语'指的是——现在它仍然经常是指——正音法、雄辩、风格与文学等，如果我们把法语、德语当作舞蹈、击剑一样的才艺，或是为神学院的年轻女士们增色的点缀来教授……那么关于我们无法提供心智训练的指控也就是公正的了"。但是，"假如'英语'指的是——它将来肯定会越来越向这些意思靠近——对语言的历史的科学研究、《贝奥武甫》和乔叟"，那么这些反对的声音将会消失。[37]

当经典主义者认识到他们学科的修辞正在被其反对者利用时，他们才尝试着放宽自己的立场。1870年，耶鲁的诺厄·波特承认，"单纯的语法分析……已经被推向了一个片面的极端，已经成熟、复杂、冗长得过了头"；他建议，"可以让经典学习中的重复训练逐渐为更高层次的享受取代，也就是将古代作家的作品当作文学来阅读，用逻辑或美学分析来研究它们，或是带着对于修辞的实践和提升的关注，朗诵它们"。[38]

然而这些让步来得太迟了。与其说现代语言的支持者想减少传统的重复训练，不如说他们更想证明自己的学科非常适合这种重复训练：

> 如果"德语"对各年级的学生来说依次意味着聪明地掌握语音、元音变音、格林定律、英语和德语的同源词，对莱辛和席勒的文章、对《浮士德》和《智者纳坦》做语法分析，阅读德语文学经典，读写这门语言，那么我们可以保证，学生通过这一系列课程得到的训练虽然与学习希腊语所得不同，但不会比它差。[39]

布兰特无疑是正确的：语文学的确让现代语言，哪怕是英语，也变得像经典一样难学。语文学家们至此已解决了此前长期阻碍英语文学成为一门课堂学习科目的难题：你无法对其进行考察。

弗朗西斯·A. 马奇在另一篇1892年美国现代语言协会的会议论文中不无讽刺地指出，如果说"早期的教授没有可应用于英语的晦涩深奥的学问，也不知道如何在课堂上教授它，那么他们现在可以把英语弄得和希腊语一样难了"。[40]马奇出版于1879年的文学手册证实了他的结论：关于代词成分和语法成分的内容一页接着一页，而对条顿民族性或文明的统一则只字未提。

73

"普遍化不再像泰纳的时期那么容易了"

于是，本应推广文明的统一愿景的语文学成了后来诺曼·福尔斯特所描述的"对学问的原子式理解"；它"假定事实一旦被收集起来，就会自动生成意义；综合、阐释和应用被延迟给一个不断后撤的未来"。[41]用韦勒克的话来说，"关于文学的进化和连续性的浪漫观念迅速消退以至荡然无存，余下的只是一种迷信，即文学作品可以还原为相似引文和原始出处的集合"。[42]一些证据表明，这种消退事实上已经在德国发生，而五十年后美国的情况不过是这一幕的再次上演。[43]

韦勒克说："日耳曼语言文学研究的奠基者们的灵感来源，即条顿种族主义在美国的发展明显是人为的、不自然的，就像浪漫主义时期的中世纪主义一样。"[44]然而正如我们已经看到的，条顿种族主义在19世纪70—80年代的美国并不像是一种"不自然的发展"——直到第一次世界大战前后，它才被视为全然外来的思想——而其他种族主义更是没有丝毫不自然的痕迹。因此，早期现代大学里语文学的窄化与文学民族主义的消退并不是因为条顿或其他种类的种族主义的衰退，因为这种衰退根本不存在。对于这一现象更为合理的解释是早期专业主义的实证主义倾向，它与文化的一般化倾向互不相容。

对新的学术专家来说，泰纳的历史思想中最令人激动的不是其盎格鲁-撒克逊爱国主义——对于这一点，他们已然不加质疑地接受了——而是它为科学的观察和表述保留了空间。泰纳认为，他提出的所有民族文化的组成部分，即著名的"种族、环境、时代"三要素，原则上都像可量化的物质现象一样，可以被分析乃至预测。"如果这些要素能被测量和计算，"泰纳推想，"我们就有可能像公式推演一样从中推演出未来文明的特征。"[45]

埃德蒙·威尔逊后来指出了泰纳所谓"只呈现证据，让人们自己得出结论"这一主张中的可疑之处：泰纳没有想到"我们可能会问，是谁在筛选这些证据，为何要做出特定选择？他似乎从来未曾意识到，我们可

74

能会指控他预先设定了某个简单化的结论，然后再去收集那些可以证明它的论据"。对于一般化的过度自信往往导致对于一般化的不信任；威尔逊就注意到，"到了泰纳的年代，为收集事实而收集事实正逐渐被视为历史学本应具备的功能之一"。[46] 到了19世纪80年代，语文学家们已将其视为几乎是唯一的功能。

著名英国语文学家、1878年当选牛津大学盎格鲁-撒克逊系主任的 W. W. 斯基特以批驳绅士学者们为赋予词语某种民间色彩而构想出来的词源而闻名。比如，他嘲笑那些称"foxglove"是由"folk's glove"发展而来的业余学者，他说，虽然这样的变形可能很"诗意"，但这"无法改变其完全错误的事实"。接着，斯基特声明了现代语文学家的根本信条：

> 学习语言的人们的工作是确认古代确实存在的名称的形式，而不是通过发明一些祖先们**理应**使用的名称而显得比文献更聪明。语文学家不关心什么理应被说过；他的工作是严格地遵循历史的方法……词源学如果想要科学，就必须诉诸事实；这里的事实指的是对尽可能多的作者的精确的、注明出处的引用。[47]

如果说这类"事实"不值得成为英语教学的核心，斯基特不会认为这是一个中肯的反对意见。

对广度的恳切提倡，也不能魔法般地使斯基特侵蚀性的怀疑消失。尽管泰纳声称自己的方法像实验般精确，他对民族类型特征的描述大多是一些滑稽的刻板印象。例如，泰纳将古希腊人描述为

> 半裸着上身生活在运动场或广场上的男人们……致力于使身体变得柔软而强壮，热爱交谈、讨论、投票以及海上掠夺。与此同时，他们懒散而温和，家中有三个瓮，一个橄榄油罐里放着两条供食用的鳀鱼。他们被奴隶服侍着，于是才有空闲去陶冶心性、锻炼肢体。[48]

75

在19世纪80年代，以专业的标准来看，这幅关于古代世界的"橄榄油"画卷只会令人感到难堪；同样令人难堪的还有泰纳关于英语文学史的描述，即它是粗野奔放的撒克逊式活力被缜密细腻的诺曼式智慧中和，从而带来的一系列置换。正如一位学者在1915年说的，"简单的普遍化结论已经不像泰纳的时期那么容易了。显而易见，比起有趣，我们宁可要正确"。[49]

这句评论精准地道出了所有试图在积累事实的基础上更进一步的语文学家所面临的问题。以C.阿尔方索·史密斯为例，他是约翰·霍普金斯大学的博士，北卡罗来纳大学《语文学研究》的创始人；他的兴趣极为广泛，不仅开设了小说和美国文学方面的课程，还是一位在美国南方广受欢迎的大众演说家。[50] 在一篇1899年美国现代语言协会论文中，史密斯敦促，是时候把句法研究从"贫瘠的数据"中拯救出来了。"计数已经取代了衡量"，史密斯说，其结果是句法研究也"与文学的活力和影响力分离了"。[51]

作为对这一问题的回应，史密斯重提泰纳的理想。为什么，他问道：

> 句法不能对阐释历史有所帮助？历史是统一的：一个民族的艺术、科学、建筑、法律、文学和语言都不过是一个更大整体的组成部分……我们难道应该只从一个民族修建桥梁、道路和房子的方式中研究他们性格的进化，而不研究他们造句的方式吗？

史密斯的意图值得赞赏，但他的执行却不太好。例如，他主张句法的特殊性"证明了共同智慧、共同兴趣的存在"，通过纯粹的句法研究就能得出关于"一个民族的逐渐形成，以及集体主义在多大程度上取代了个人主义"的结论。[52] 如此这般试图使句法变得"有趣"的尝试只会使学者们更坚持"计数"的合理性。

史密斯的例子告诉我们，为什么一般化的雅利安种族理论的支持者越来越少，最后只剩那些觉得无须提供学术论据的通才批评家。而正如我们接下来会看到的，即使是这类批评家也正变得越来越小心翼翼。

76

从语文学到文学

根据迈克尔·华纳的说法，19世纪80年代，"越来越多的语文学家……开始认为他们可以做一些不仅限于语文学的工作。他们中的一些人主张，文学研究可以**被纳入**他们的职业领域"。[53]这样的主张从某些方面来说不过是职业研究逻辑的一种延伸：专业化的严谨、对业余主义的不耐烦催生了对现代语言的科学研究，也使人们得出结论，认为文学应当是一个在其管辖之下的领域。不过，这种收纳文学的主张同时也回应了不断增长的，对于英语作为一种潜在文化力量的期待，以及对于单纯的语言学研究已无法满足这种期待的认识。

在1888年的美国现代语言协会年会上，宾夕法尼亚大学的法语语文学家摩尔顿·W. 伊斯顿提出了如下主张：

> 本科生的教师……是文学团体中的一员。只有作为文学团体中的一员，而不是对各种精密科学学科教师的拙劣模仿者，他，以及任何其他古代、现代语言的教师才能获得自己职位的真正尊严……所有关于［语文学］起源的研究都是一种短暂的、从某种意义上来说层次更低的工作，它们理应仅仅被视为通往其他事物的道路；接受这样的训练的学者本质上来说仍然是粗鄙之人。[54]

更尖刻的评论来自美国现代语言协会前主席E. H. 马吉尔，斯沃斯莫尔学院的一位法语语文学家。他在1892年年会上对协会成员的致辞中尖锐地预测，如果教授指导的学生中有百分之五的人能"从事研究，并将你正以极大的热情和科学价值从事的研究，变得也对他们有直接的价值……"这就是"你所能期望的最多的了……那么现在，你要拿那其他百分之九十五的学生怎么办？问题正是在这里"。[55]

"其他百分之九十五"显然需要一种更"文学的"对待文学的方式。1883年，普林斯顿的T. H. 亨特要求用"哲学和批评方法"取代"关注名字、年代、事件的纯历史方法"，也就是教科书式的文学史所教授的标准方法。亨特援引过去的语文学广博的、将语言学事实与文学表达中的"思想"和"精神"视为整体的观念，主张英语研究应当"分阶段地"将"对词组和结构的形式考察提升为对一门语言的内容和语言学变化的真正的语文学研究"，并最终导向"对文学与风格的研究"。[56]学生的学习对象将从"凯德蒙、《贝奥武甫》和阿尔弗雷德大帝中的第一堂英语语文学"之类的事物转向"围绕着诸如《仙后》或《酒神的假面舞会》的某首诗的"一系列"历史、语言、传说、诗歌和修辞"方面的话题。英语研究最终会发展为"对诗歌的伟大形式、诗艺的各种原则、英语经典中的风格典范、与其创作相关的作者生平和时代背景、其他语言文学对英语的影响等问题的研究"。[57]在这里，终于出现了一种既不被语言学限制，又没有牺牲心智训练的对"英语"的构想。用亨特在一本1891年的书中的话来说，"所有这些都从最严格的意义上具有规训性；它们直接关注心智力量的教育和强化，迅速进入我们所说的一个人的智识生活，并成为其至关重要的一部分"。[58]

但是，那些能够帮助文学研究"分阶段地"由窄向宽发展的"哲学和批判方法"是什么？"历史、语言、传说、诗歌和修辞"等方面的考量又如何能在对《仙后》的研究中有机而连贯地结合在一起？亨特虽然提及了很多关于哲学方法和学科严谨性的内容，但关于如何达到这些目标，他的建议并不充分。亨特将"文学"视为"伟大思想"的表达，也没有超出旧式学院演说传统的老生常谈，尽管即使是这些老生常谈也可能比语文学分析更有营养。

无论如何，只要教授水准的鉴定仍严格遵照语文学标准，它们就会一直滞后于对文学专业的新的理解而与之脱节。正如华纳指出的，文学专业把教师作为语文学家来训练，并相信这种训练将来会以某种方式使他们胜任教授文学的工作。[59]华纳援引哈佛的F. N. 罗宾孙的例子，说他"写了一篇关于乔叟的句法的语文学博士论文。随着文学专业的变化，新的研究和阐释实践使文学被视为一个可以讨论和研究的领域，但他的资质并没有失效，那篇关于乔叟句法的博士论文使他获得了教授《坎特

伯雷故事集》的资格"。[60]罗宾孙的例子是后来在文学专业里众所周知 78
的那句箴言的写照：文学教授接受的训练与他或她教授的内容几乎没有
联系。

回头看来，这种反常现象是大学尚未做好文化转向之准备的结果。
早期的语文学家突然被要求肩负起通识教育的责任，对于接受专业研究
训练的他们来说，这并不属于他们的本职工作。然而，随着文学专业的
扩张以及获得资助的增多，说自己只是一个学者而非教育者、说教学只
能吸引一小部分学生的事实与自己无关，诸如此类的借口已显得非常蹩
脚而不负责任。文学专业应该在多大程度上对自身的失败负责，这一点
尚不明确，而这种模糊性在专业的自我辩护中也有所体现。

一方面，正如耶鲁的阿尔伯特·S.库克在1906年美国现代语言协
会的主席致辞中悲哀地指出的，文学系被卷入了他们未曾预料的变化
中。"英语被以一种令人忧虑的迅疾速度往前推进，"库克说，"而与目前
这种紧急情况相比，我们中的大部分人在成长过程中对于自己的责任和
机遇的设想则更低、更局限。"[61]另一方面，就在这之前，库克才拒绝接受
任何对本专业的责任的"更低"的设想。他在1897年就已告诫协会成
员，要把旧的、综合意义上的"语文学"作为该词的"普遍意义，在我们的
实践中遵照它，并尽可能引导他人接受和采纳它"。[62]

这种关于文学专业的广度的矛盾见解也反映在库克自身的职业生
涯中。在库克过去的学生，亨利·塞德尔·坎比的描述中，库克是"德国
语文学磨坊里出来的成品，被引进到大学里，向我们杂乱无章的语言文
学研究生院介绍方法论"；他"带来了文学研究的科学的福音"。[63]库克
曾在约翰·霍普金斯任教，是那里的第一位英语教授，并于1879年组建
了英语系。他是《棱镜》《现代语言札记》《语文学季刊》笔耕不辍的撰
稿人，也是七十五卷本《耶鲁英语研究》的主编，他在其中发表了多篇他
的研究生论文。

库克能在一篇毕业致辞中用华丽的辞藻讨论"对生活的艺术安 79
排"，赞美"繁盛的文艺复兴"，那时的"人们不像后来那样偏狭"。[64]他
认同的显然是锡德尼的《诗辩》以及其他伟大诗歌中的人文主义，然而

坎比却很难辨认出库克的人文主义理想与他的语文学教学和发表之间的联系。坎比注意到，库克的学术成果并不通往更广阔的研究课题，"而是一些文学史的碎屑，一个诺森伯兰郡的十字架的日期与弥尔顿诗中某个句子相似的古典例子等"。[65]在库克自己的认知中，他的学术研究和他更广泛的文化的兴趣显然是密切相关的，但他无法在研究工作中将二者统一起来。

　　所以，像库克这样的语文学家对于复兴旧的、综合意义上的语文学的呼吁主要是一种仪式性的辞令。[66]到了1897年，当库克说起这些话时，他承认语文学事实上已经成为"一个完全独立的学问分支"，并带来了"语言研究与文学研究的分离"。[67]从那以后，当将文学研究描述为它应有的样子而非它实际的样子已无法抵御批评时，重提语文学过去的意义就成了一种礼节性的姿态。

　　库克描述的这种分离可以说并不是偶然，而是专业文学研究奇怪的发展路径导致的；决定这条路径的不是对教育、文化或文学的全局分析或集体讨论，而是专业投机主义。[68]综合的理想在理论上仍然被推崇，然而在实践中，文学系不过是各位教员研究兴趣的总和，其间没有任何结构性的联系或对照。如韦勒克所说，"针对批评、综合与人类心智历史的姿态很大程度上停留在个人行为和品德层面，而无法对体制产生实质影响"。[69]

80

第六章　通才的反对

困难在于，基特里奇和他那一群人在他们自己的领域里非常强大，而所谓"文人"通常是一些意志薄弱的半吊子……男子气概的思想的伟大领域被语文学家和准审美家们抛弃了。

——欧文·白璧德

那些"无法使自己的思想对体制产生实质影响的个人"很可能是通才，一种从19世纪70年代开始拥有明确身份的学者类型。通才以其与专业调查研究者的区别来定义自身，但这种区别并非绝对。一位调查研究者可能对文学、文化和教学持有通才的见解，也可能在那些需要对超出他研究范畴的问题发表意见的公共场合（比如美国现代语言协会的主席致辞中）展现通才的一面。理论上，专业研究仅仅是综合人文主义文化的工具，但在实践中，很少有个人或院系能够成功地将二者融合起来。

通才继承了阿诺德、罗斯金以及其他维多利亚时期的文化倡导者对于文学的传教士般的认识，他们自己也是这种认识的代言人。他们的文化观念为文学研究在大学中争取合法性发挥了重要作用。之前我们已经看到，"语文学的声望在为英语研究**正名**的同时，并不必然**限制**它"。[1]同样，通才的人文主义声望在为文学研究正名的同时，也没有决定后者的智识特性。

　　因此，通才体现了人文主义与专业主义在他们称之为文化"领导权"问题上的冲突。通才认为阿诺德式的文化应当在全国范围内具有统领作用，正是出于这一认识，他们积极支持英语系的专业化，促使美国文学成为一门合法的学院学科。然而，也正是这种对文化领导权的宏观愿景使通才后来将矛头对准这些院系，因为他们认为后者为了专业的利益而背弃了领导的责任。

通才的信条

　　几乎可以说是哈佛发明了通才－教授这一形象：哈佛在内战前聘任亨利·沃兹沃斯·朗费罗和后来的詹姆斯·罗素·洛威尔教授但丁以及其他现代欧洲作家；洛威尔后来因其随意的、印象派的教学风格而闻名，我们已在前文中有所论及。内战后，这一类型又在哈佛重现，代表人物是另一位但丁教授——飞扬跋扈、光彩照人的查尔斯·艾略特·诺顿，他于1871年至1898年任艺术教授。19世纪90年代，这一类型又出现在写作课教师当中——温德尔、布里格斯、盖茨和科普兰——他们在哈佛英语系中与以基特里奇为代表的研究型学者分庭抗礼。其他符合这一类型的早期人物还包括1870—1903年任教于康奈尔大学的科尔逊，以及先后任教于内布拉斯加大学（1870—1878）、安姆赫斯特学院（1880—1882）和哥伦比亚大学（1891—1904）的乔治·爱德华·伍德贝里。一些处于文学文化边缘的学院教授－院长也属于这一类型，例如普林斯顿的伍德罗·威尔逊和威廉姆斯学院的富兰克林·卡特。

　　第二代通才学者包括1889—1923年任教于加州大学伯克利分校的查尔斯·米尔斯·盖利，卫斯理学院（1887—1927）的薇达·D. 斯库德，耶鲁（1892—1933）的威廉·里昂·菲尔普斯，哥伦比亚大学（1891—1924）的布兰德·马修斯，先后任教于安姆赫斯特学院（1900—1903）和哥伦比亚大学（1903—1937）的约翰·厄斯金，先后任教于威廉姆斯学院（1881—1893）、普林斯顿（1893—1900）和哈佛（1907—1930）的布里斯·佩里,宾州州立大学(1894—1927)的弗莱德·路易斯·帕蒂,芝加哥大学(1893—1921)的罗伯特·莫尔斯·洛维特,普林斯顿(1899—1923)的亨利·范·戴克,伊利诺伊大学(1907—1924)的斯图尔特·P.舍尔曼,以及哈佛(1892—1933)的欧文·白璧德。与研究型学者一样,通才学者也有自己的师承。莱昂内尔·特里林是厄斯金20世纪20年代中期在哥伦比亚大学的学生,他知道"厄斯金是伍德贝里在哥伦比亚大学的学生,伍德贝里是查尔斯·艾略特·诺顿在哈佛的学生,而诺顿与卡莱尔、罗斯金和马修·阿诺德等人都是朋友"。[2]诺顿是白璧德在哈佛的老师,白璧德是舍尔曼(以及 T. S. 艾略特)的老师,诺顿和洛威尔是巴雷特·温德尔的老师,后者又是威廉·里昂·菲尔普斯的老师,如此等等。另一方面,在以上列举的人物当中,并非所有人都自视为一个团体的一部分。欧文·白璧德——某些方面来说,他是通才的代表人物,他的《文学与美国的大学》可以说是通才哲学的权威代表作——就不认为自己与菲尔普斯、范·戴克和厄斯金是一类人,他认为后者是浅薄的文化普及者。尽管存在上述差异,他们之间仍然存有某些共识,比如对研究体制的不信任,以及对于文化在美国社会应当占有的地位的态度。

在对社会的看法上,通才倾向于"超然派"精英分子的观念,将国家的领导权视为受教育阶层的天然权力。诺顿认为,"只有《国家》杂志[由诺顿帮助他的朋友E. L. 高德金创建]、哈佛和耶鲁"才是"抵抗现代的野蛮和粗鄙的屏障"。[3]作为罗斯金的朋友及其财产的遗嘱执行人,诺顿的一些讲演被描述为"以罗斯金的最佳风格呈现的,对现代社会的野蛮与腐朽的激烈抨击"。[4]一些本科生诙谐地模仿这些讲演的口吻说,"这个下午,我准备就万事万物那骇人听闻的粗俗发表一些意见"。[5]另一位风趣的哈佛学生观察到,"诺顿先生过于挑剔,以至于有时候他甚至不能忍受他自己"。[6]巴雷特·温德尔直到世纪之交还在为奴隶的解放感到遗憾,他认为这一事件永久地"降低了公共生活中的个人尊严,因为它让缺乏教育的阶层取代了保守的受教育阶层的传统统治"。[7]温德尔认为,"现代民族学"已经证明,"虽然非洲的土著并不是真的还生活在新石器时代,但他们的确在社会发展阶段上远远落后于现代欧洲国家或美国"。[8]

这种极端保守主义的观念不仅鄙视大众的低俗，还鄙视商业的低俗以及工商界的价值观对高等教育的同化。洛威尔在1889年曾经控诉"野蛮的财阀统治正迅速取代对美好而持久的事物的崇敬"。[9]考尔逊，"一位坚定的奴隶制的反对者"，则"对财富集中的社会影响感到强烈的忧虑"。[10]亨利·范·戴克不仅攻击"蛊惑民心的政客阶层的兴起带来的红色危险"，也攻击"富人统治的黄色危险"以及"老板的兴起带来的黑色威胁"。[11]诺顿积极提倡黑人教育，他在讲台上对美西战争中美国帝国主义的无情抨击招致了一位美国参议员的公开指责。诺顿开创了一种美国文化内部的"流亡者"教授类型。用阿兰·特拉亨伯格的话来说，诺顿属于"第一批……将自己视为被疏离者的作家和思想家，他们以自己被疏离的程度为标准来描述和评价他们的时代"。[12]

诚然，这种疏离并不必然导致一个人无法与美国文化友好相处。范·戴克在1899年来到普林斯顿后仍在继续其长老会牧师的工作，创作了很多歌颂爱国主义与圣诞的短文，并且"每周日都在大学和学院的教堂里布道"；他宣称自己的一个目标是"提升这个世界，使它变得比现在我所看到的更好、更幸福"。[13]"比利"·菲尔普斯与周围环境的和谐一致更明显，他被描述为"一种学院式的'扶轮国际成员'（Rotarian）"，一个"充满健康能量的、完全外向的、喜欢四处游历的人，是惊人的交际家"。[14]桑塔亚纳虽然很难不喜欢菲尔普斯，但他仍然为菲尔普斯（以及耶鲁）那种"将热情本身作为目的、作为生命力的泉涌来培养，而不顾其流淌的方向，任由时代的潮流决定其目的地"的做法感到不安。[15]

在政治光谱的另一端，是几乎自成一派的、早期美国文学研究中被遗忘的人物中最值得注意的卫斯理学院的薇达·D. 斯库德。薇达·斯库德是出版商E. P. 达顿和贺拉斯·E. 斯库德的亲戚，罗斯金的追随者——她于1884年在牛津听了罗斯金的讲座；她复兴了清教徒时期新英格兰理想主义中潜在的社会激进主义，在一个连同情工会都被视为危险思想的年代里积极宣扬基督教社会主义。薇达·斯库德的课程"英语文学中的社会理想"无疑是这类课程中最早的。[16]在将高雅文学文化与左翼社会激进主义结合起来这方面，只有在第一次世界大战后退出教学工作的、芝加哥大学的罗伯特·莫尔斯·洛维特能与斯库德相提并论。斯库德直到去世前都活跃于工会运动、波士顿的街坊文教馆和纽约下东区。她在自传《在旅途》中驳斥了当时认为传统的人文主义理想主义必然支持保守反动政治的看法。

　　一些通才，比如考尔逊和伍德贝里，通过公共演讲或文学杂志业慢慢进入教师行业，还有一些则在学术界和编辑出版界之间自由往来。一些人习得了德国研究生院中语文学的严谨，但除了诺顿和盖利，他们当中没有任何人有志于追求传统意义上的学者的名声。在海德堡和斯特拉斯堡的研究生院均成绩优异的布里斯·佩里在之后的写作与教学中从未找到发挥自己这种背景的方式，这就是一个非常具有症候性的现象。

　　将通才联结起来的纽带是他们对于"伟大的艺术作品和思想对塑造一个集体的生活至关重要"[17]的信仰，以及对于研究工作狭隘的学究气的不满——在最悲观的时候，他们将其视为对马修·阿诺德所代表的一切的背叛。正如约翰·亨利·罗利在他对阿诺德在美国的影响的研究中指出的，像斯图尔特·P. 舍尔曼这样的阿诺德主义者将阿诺德的观点与当时盛行的文学研究对照，认为"尽管用现代科学学术的规则衡量阿诺德的标准并不严谨，但他相比一个中世纪专家更称得上是一位真正意义上的文化领导者"。[18]

　　通才的教育目标本质上来说是使旧式学院的自由主义文化理想适应现代社会的挑战。与范·戴克牧师一样，他们认为大学的存在是"为了对真理的无私追求，对智识生活的发展，以及对健全人格的培养。其首要目标不是使人们胜任任何行业的工作，而是给予他们明智的生活中不可或缺的东西"。[19]与薇达·斯库德一样，他们认为"教授英语文学的意义不在于探究文学史的细节或研究技巧；归根到底，其意义是在学生与最极致、最厚重的种族经验之间建立起必不可少的联系"。[20]与厄斯金一样，他们不信任那些"讲解诗歌、小说、戏剧，给作者归类，自己却连一页别人愿意出版或阅读的东西都写不出来的同事"。[21]

　　如果是在半个世纪以前，通才在文学中贯注的情感可能会作为福音派基督信仰、上帝一位论或超验主义得到体现；他们为文学经验赋予的

84

救赎力量类似于牧师赋予皈依经验的力量。无论是像诺顿那样的悲观主义者，还是像范·戴克和菲尔普斯那样心态健康的热心人士，都将自己视为精神价值的守卫者，反抗美国商业生活中粗俗的物质主义，而语文学家的"产出"精神在他们看来不过是后者的另一种表现形式。像厄斯金一样，他们认为成功的文学教师"必须对精神生活抱有信念，必须相信每一个生命都有灵魂，以及如果要阐释过去三千年里的伟大作品，仅凭那些将人定义为生物学或化学的意外，或是经济力量的副产品的贫困的哲学是不可能的"。[22]像布里斯·佩里一样，通才捍卫"业余精神"，希望这种精神能够"穿透、照亮和理想化我们庞大的工业民主中的粗野力量以及不可遏制地向前疾驰的大众"。[23]

通才的教学法

通才倾向于摒弃复杂的教学理论和方法，让伟大的文学经典传授自身。厄斯金说一本书必须是"无须多加说明的"，也不需要透过复杂的"历史和批评方法使学生或普通读者理解"[24]，这很好地总结了通才的信条。在普林斯顿教授政治科学并于1902年成为校长的伍德罗·威尔逊在1893年写道，文学"有一种感动你的特质，只要你不是完全冷血就不会弄错。它还有一种教导你的力量，有效而潜移默化，没有哪种研究或系统方法可以与之匹敌"。[25]这样一种观念使得通才不是将写作和教学视为方法的应用，而是视为将文学从方法和多余的信息中解脱出来的努力——这与新教牧师试图将圣灵从教堂和教条中解放出来颇为相似。

这种态度催生了一种启发式的教学风格，目的在于恢复教师与学生之间"唤醒人的触动"。[26]一位学生在描述范·戴克牧师实践的这种"令人入迷"的方式时，回忆起"一个拥挤的讲堂，阳光照射进来，里面有大约一百个年轻人，素来漫不经心，此刻全神贯注。在他们当中，相当一部分人感到自己突然被词语那激动人心的美"、被一位能够"使逝去诗人的诗歌、个性与思想重生"的讲师"吸引、攫住和鼓舞"。[27]

吸引成百上千的本科生来到通才的课堂的迷人风格也容易招致学

术同僚的讥讽。仿佛有意与通才形成对比，学者们想尽办法发展出一种干巴巴的、不带个人感情色彩的教学风格，这是他们拒绝屈尊激发学生兴趣的标志。迈克尔·华纳很好地捕捉到了两种教学风格各自代表的对立的刻板形象。通才

> 被描绘为在课堂上点燃本科生的想象，或是在安静而舒适的书房里　86
> 通过私人交谈温暖他们的心灵，又或者是在散步途中与镇上年长的
> 女士们驻足交谈。最重要的是，他在人们的想象中是在场的、有亲和
> 力的。另一方面，专家的理想形象则是研究者。作为教师和导师，他
> 是失败的。他的背景是一个空荡荡的办公室。在所有那些教师经常
> 被温馨地回忆起的社交圈子里，他都是缺席的。与他有联系的人们
> 通过写作来与他交流——尤其是通过发表的文章。[28]

再次强调，这些对立的风格可能在一个人身上同时出现。白璧德指出，"语文学和印象主义（培根式和卢梭式）的奇特交互"有时会"统一于同一个人身上"。[29]他说，即使是那些"觉得必须通过语文学研究来确立自己的男子气概"的"精力充沛、有进取心的语言教师"也从心底里与所谓"半吊子"文学爱好者一样，将文学视为"令人愉快的个人印象"[30]的来源。学者们可能在课堂里表现出惊人的令听众入迷的天赋，以感性的方式朗读诗歌。就像韦勒克说的，学者们"在教授研究生书目和原始资料的同时……用颤抖或黏腻的声音向本科生朗读诗歌"。[31]但即使在同一个人身上，这两种风格也很少能真正交融。

如果说通才在学者看来肤浅而不值一提，他们也可以还击，说后者，用华纳的话来说，是"残缺不全的、智力畸形发展的被遗忘的人"。[32]然而，在职业环境下，通才才是最有可能感到自己"残缺不全"的人。在厄斯金出版了广受欢迎的《特洛伊的海伦的私生活》之后，他在哥伦比亚大学所在院系的系主任，莎士比亚学者A. H. 桑代克"向一位同事评论道，他一直担心我本质上是一个记者而非学者"。即使表面上看起来是哈佛文化最自信的象征的巴雷特·温德尔也会对他的境况感到惭愧。

在菲尔普斯1890年成为哈佛的研究生之后，温德尔曾阴郁地向他承认，"我什么都不懂。你大概已经掂出我的分量了"。菲尔普斯看到，温德尔"在研究型学者和语文学家的包围中，在现代的、接受了德国训练的美国学院教师中感到格格不入。他从来没有学过盎格鲁－撒克逊语，不懂德语，也没有进行过哲学博士学位的学习，而后者基本上已经成为获取学院教职的唯一通道"。[33]

87　　将偏重语文学的哲学博士作为"通道"的评价体系对通才十分不利。还是用华纳的话来说，"像考尔逊这样的非专业批评家……既没有手段，也没有兴趣在体制内培养后继者"。白璧德注意到，"比起业余爱好者，语文学家们更有组织纪律；通过掌控博士学位的运作，他们也掌握了职业上升的渠道"。据保罗·埃尔默·摩尔说，白璧德本人"对基特里奇和其他一两个人如何'阻碍了他在哈佛的晋升'有惨痛的体会"。[34]桑代克在20世纪20年代成为哥伦比亚大学的主席后，阻止了斯图尔特·舍尔曼在那里任职。厄斯金"想要斯图尔特过去，因为他是一个作家，是他所教授的艺术的杰出实践者。然而这恰恰是桑代克不肯要他的原因"。[35]

通才对研究的批判

　　通才对研究系统给出了令人信服的批判，然而他们自己的立场也常常自相矛盾或空洞无物。通才的宣言往往不过是对采用分析方法研究文学的单调攻击，将"文学"一词像咒语一样吟诵，仿佛仅靠文学本身的力量就足以克服体制上的问题。例如，伍德罗·威尔逊在《纯粹文学》一书中质疑任何遵循规则的文学研究的必要，坚持"不存在关于文学的科学"，"文学的本质纯粹是精神"，"你必须感受它，而不是过于有条有理地分析它"。威尔逊说，文学是一种"打开我们的心灵，使它接受伟大的人与种族的经验"[36]的工具。詹姆斯·罗素·洛威尔在1889年美国现代语言协会年会上倡导语文学向文学转向时，说文学是一种"神秘而无处不在的精髓，其本身永远是美的；被它赋形的事物即使不一定美，也仍然充满无穷的暗示"。[37]

很明显，这些含糊字句的理想听众是那些从阶层和教育来说早已认定其为理所当然的人。由于洛威尔和威尔逊表达这些观点时，这类听众已经处于防守位置，这些宣言很难达到预期的效果。如果像威尔逊所言，"只要你不是完全冷血"就"一定不会弄错"文学的感人力量，那么为何人们还需要被**教授**文学，就不清楚了。根据他们的说法，在货真价实的东西面前，学生会本能地有所回应——但如果他们没有的话，谈论"文学的神秘精髓"又有何益处呢？谈论它为何就比谈论传记和语言学的事实更富于启发性呢？

从这里我们可以开始看到通才立场中的自相矛盾，这种矛盾使他们对研究系统的批评变得无效。通才想要恢复的公共文学文化已经崩解，这一事实意味着仅仅乞灵于该文化中流行的口号——如文学的神秘精髓云云——是一种无效的策略。这就像过去的经典主义者援引经典的"伟大而玄妙的本质与宝贵的遗产理论"是无效的，不过是给查尔斯·弗朗西斯·亚当斯这样的人提供笑柄而已。[38]

换言之，只要通才保持对分析和理论的不信任，他们就无法充分阐明他们对研究型教授的反对。尽管他们强调在"文学"本身的自足和自我阐释性面前，一切理论和方法都是多余的，通才仍然不得不看到他们所在的院系是何等可悲地缺乏理论视野，这可以从他们不断抱怨这些院系缺乏"宏观思想"中看到。通才似乎也意识到，他们自己也在寻求某种"理论"，也反对无意义的信息堆积。但他们没有把这种观念贯彻到底，而是倒退到一个更早的、文人无须屈尊反省绅士文化的时代，并摆出那个时代的姿态。

例如，厄斯金在一篇题为《明智作为道德义务》(1913)的著名文章中称，美国人"对智力抱有偏见"。[39]然而，当他主张文学应该以最少的"历史和批评工具"被教授时，他自己是否也在某种程度上印证了那种偏见呢？在通才当中，只有白璧德承认理论的必要性，他抱怨"现代语言学科在取代希腊语和拉丁语上取得的实际成就太大，以至于直到今天，它们还几乎感觉不到从理论上证明自己的合法性的必要"。[40]与白璧德不同，其他通才倾向于将从理论上证明自身的合法性等同于学术方法，从而等同于对"纯粹文学"的威胁——这也是白璧德将他们一口气归为"半吊子"文学爱好者的原因。正如白璧德所看到的，在将理论问题拱手让给研究型学者的同时，通才只剩下了一种需要依靠已然消失的文学文化来建立其有效性的立场。

　　通才主张的空洞无物还伴随着某种不愿冒犯的倾向。即使在攻击新兴的语文学时，他们也常常用一些带有和解性质的限定性条件来限制自己的评论。也许是他们对文化的绅士理解，或是与学术界对手之间的社会纽带使他们不愿旗帜鲜明地争辩。也许他们不愿过分强调一项正在迅速发展的事业中的种种障碍。或者他们觉得为了使自己的声音被听见就不得不采取一种和解性的姿态。无论原因是什么，一个值得注意的现象是，即使是像洛威尔和富兰克林·卡特这样痛惜学究气的研究将文学琐碎化的人，在向同僚讲话时也会克制自己的批评。

　　在1889年美国现代语言协会年会的致辞中，洛威尔一方面反对"现代语言学科的教学中，纯语言学所占比例过大"这一事实，并敦促学会成员"将我们自己从弥尔顿所说的'这些语法的低洼与浅滩'中拯救出来"[41]，一方面又自相矛盾地庆幸"我们已经迈出了一大步。现代语言学科再没有什么可以抱怨的了。哈佛现在雇用的从事这些学科教学工作的教授和助教的数量与我当年在学院读书时学习这些学科的学生一样多"。[42]

　　任教于威廉姆斯学院的卡特在1885年的美国现代语言协会年会上称，"语源学和比较语法学对现代语言学习来说是一种奢侈品——它们对教师的知识、乐趣和自尊来说是必要的，但对学生更好地了解作者来说几乎没有任何贡献"。他进一步表示，"当下教师感兴趣的问题并不一定对学生就是最有用的"。[43]然而，卡特仍然呼吁"对正在不断壮大的、由学者和可敬的教师组成的业界全体从业人员表示敬意，是他们改变了对现代语言研究的认识，并将这个国家的现代语文学领域的科学研究在各个方向上向前推进"。[44]

　　卡特同时还赞美"用现代语文学的科学精神来教授现代语言的尝试"，认为它"提升了现代语言研究的地位，清除了"过去将"法语教授"与"跳舞和书法"联系起来，或是将意大利语教授定义为"教授但丁的语言和班卓音乐的人"的观念。

卡特甚至还赞扬了"在自然的系统性方法指导下势不可挡的新探究精神"。如果说他的热情中带有些许讽刺，它们也往往被圆滑地遮蔽了。比如，他注意到"研究在执行过程中的巨细靡遗，一个热忱的学者在划定自己的领域、试图了解该领域的所有相关研究时步伐之迅猛，调查研究被生产、旧的理论被攻击和取代的速度之快"，并认为它们"使一个真正的学者必须对自己研究方向的所有发表成果保持熟悉"。卡特是否认为这种"保持熟悉"是一种毫无意义的热狂，我们不得而知，但在这里，他的确小心翼翼地把握着分寸，以免冒犯他人。

90

通才的失败

另一个导致通才失败的行动是他们接受了研究生院与本科生院的清晰分界。洛威尔在他1889年的致辞中说，他之所以反对在文学研究中过分强调"语言学方面"，仅仅是为了主张"在本科生的课程中，语言学研究应该作为一个单独的科目。在通识教育的系统方案中，它的功能应该被限定为一种通往更好的东西的工具"[45]，这种更好的东西指的就是文学。言下之意仿佛是有某项分割条约已经把研究生的学习划分给了专业方法，而把本科生的专业课和其他学院课程留给了自由或"通识教学"。但是洛威尔没有追问，在本科生课程由各式各样互相没有关联的语文学和历史学专业课组成的情况下，"通识教育的系统方案"如何可能形成。其中的问题不仅在于有些院系将语文学方法置于本科生课程的核心，或是雇用那些个人兴趣与通识教育的旨趣相悖的教师，更在于在院系的组织架构中，各部分之间的联系这一问题根本没有被提出。

研究生院对文学研究的看法不可避免地塑造着教授本科生文学的方式——一旦这一事实变得明晰，认为本科生院仿佛可以免受研究生院的污染的说法之虚伪便显现出来了。"学院"这一概念成了一种感伤的对象，其本身越是消逝，被赋予的情感内涵就越多。但是，只要学院的概念在情感层面上保持完好，而又有一些著名的通才作为这种精神的化身，院系就觉得无须正视其各项活动无法为任何连贯的观念整合的事实。

　　研究与教学的缺乏关联往往被研究与教学密不可分这类陈词滥调掩盖，这些陈词滥调仍然为学院领导们所珍视。在约翰·霍普金斯的建校典礼上，吉尔曼校长和托马斯·亨利·赫胥黎不就是这么说的吗？赫胥黎赞许地重申吉尔曼的观点，说"最好的调查研究者往往是同时具有教学任务的人"。[46]调查研究者与教师未必互不相容，因为，像菲利克斯·谢林后来说的，"有自己感兴趣的研究的教师"也能"通过单纯的教学法无法给予他的更宏大的观念来维持课堂的新鲜活力"。[47]这个观点本身没有问题，但它有意忽略了一个事实，那就是在"调查研究"中鲜少存在"更宏大的观念"。所以，或是研究与教学之间存在鸿沟，或是教授只教学生自己研究的内容。一位后来的教育工作者，哈利·吉迪恩的表述最准确："非常庄严地，'教师对研究者'的滥调被重申并重新评价了；同样庄严地，优秀的教学与优秀的研究密不可分的传统结论被重新发现了……然而对我来说，所有这些问题就像是轮船的底部有了一个洞，他们却还在争论如何装饰船舱。"[48]

　　从以下两则逸事可以看出，外部环境如何迫使通才接受了研究模式。第一则的主人公是伍德罗·威尔逊，他在1902年成为普林斯顿的校长后，着手发起了一场试图恢复本科生院的核心地位的运动。当时，整个高等教育的社会氛围正在发生变化，因此对于威尔逊来说，他的敌人不仅仅是研究派的利益，还有来自当时流行的"饮食俱乐部"的不屑——后者基本上是一个研究生级别的、为企业和管理中的精英职位筛选人才的系统。威尔逊呼吁开启"一段综合的时期"，"将各种活动统合在一个连贯的、深思熟虑的系统"之下，与"分散而缺乏标准的分析"对抗。[49]他开创了导师系统，让年轻的博士"住在学生宿舍里，指导学生阅读和学习"[50]，希望借此恢复学院生活中原初的民主。他还反抗一种与本科生院分离的新研究生院方案，在他看来，这会威胁到前者的统一性。最后打败威尔逊的是普林斯顿的现代资金募集机制。1910年，一位校友在去世后留下了超过一千万美元的捐赠，指定要用这笔钱来建设一个独立的研究生院。"这意味着我们失败了，"威尔逊说，"我们永远不可能战胜一千万美元。"[51]

第二则逸事来自弗莱德·路易斯·帕蒂，他在1890年代成为接受政府赠地兴办的宾夕法尼亚州立大学的英语教授。1862年的《莫里尔法案》明确要求，接受政府赠地的机构应该突出"农科和工科，同时不将其他科学和经典学科的研究排斥在外"[52]，但赠地大学倾向于以就业作为衡量一切科目的标准。帕蒂在自传中写道，在他任教的初期，宾夕法尼亚州立大学的管理部门为了给更为技术的学科的实习课腾出空间，暂停了一门历史必修课。据帕蒂说，"当时，作为少数派的文科教员据理力争，说这两门科目属于完全不同的世界，但一切都是徒劳"。这项决定使下述问题成为当务之急："所有学生都被要求上木工课、做实验室里的工作，但我们能给文科专业的高年级学生安排什么样的实习课呢？"为了解决这个问题，帕蒂写道："我最后想到，研究可以作为一种解决办法。我可以让学生去做那些正准备攻读研究生学位的人做的功课。于是我马上开设了一门叫作英语研究的课。"[53]

这一事件很好地表明，为了给自己的利益争取空间，即使像帕蒂这样的通才也不得不支持研究事业。它还表明，研究这个概念在人文学科中具有变化多端的、实用的特点。正如马加利·萨尔法蒂·拉尔森观察到的，早期大学中的研究派将研究视为"纯粹"的、没有外在目的的探究的看法并没有妨碍他们向外人兜售它的实用性。[54]

"生活是一场肮脏的游戏"

早期通才最雄辩的论点是他们对美国物质主义的反对，这在此后将成为美国批评界的一个长期主题。但是，他们的社会批评最终大多以一种失败主义情绪收尾，认为自己已被时代抛弃，而粗俗的物质主义已占领了高等教育，使他们的生活本身成为一个矛盾。这种情绪导致他们中的一些人退出了教学工作——最著名的例子是乔治·爱德华·伍德贝里，他于1904年辞去了哥伦比亚大学的教职。据他的同事以及学生厄斯金说，对于学院，他表现出"一种挫败感"：

> 他感到自己生活在一个对更美好、更细微的事物抱有敌意的时代。在讲到巴特勒主席和学校的理事时，他总是非常尊敬，但同时又暗示他们分享着这个时代的精神，因此肯定是看轻人类天性中爱好艺术的那一面的。想与如此强劲的潮流抗争是徒劳的，他会这样说道；生活是一场肮脏的游戏。

93　伍德贝里对厄斯金说："让男孩们过一种——对他们来说——不自然的、道德的生活是无用甚至是有害的，之后一旦他们进入另一种生活，进入那场肮脏的游戏，他们就不得不放弃它。"[55]

　　乐观的厄斯金当时回答说，他"对这些想法没有同感"。然而厄斯金自己最终也会离开大学，转向公共演讲并在茱莉亚音乐学院任教。在他的学生伦道夫·伯恩看来，厄斯金健康乐观的心态在对抗现代世界方面并不比诺顿和伍德贝里的悲观主义更有效。据伯恩说，厄斯金称自己作为教师的目标是"将作者的精神传授给我的孩子们，让他们自己去评判"，他相信"我的孩子们能够感觉到从纯物质的角度来理解生活的不足"。[56]但这对伯恩来说是不够的。他注意到，虽然厄斯金"在经典批评方面的眼光无可挑剔"，但"对于那些渴望获取一些关于当下的文学迷宫的线索的学生，他却不愿意给出自己的意见"。伯恩总结道，在一个变化的世界里，厄斯金保持着"纯粹的信念"，而伯恩需要的则是一个不那么纯粹的信念。[57]

　　伯恩希望大学教育成为"一个为当代社会生活提供背景的场所"[58]，但这就意味着大学必须克服硬研究和软欣赏、专门化的研究和宽泛化的思想之间的对立。早在19世纪90年代，文学系就已经对"我们自己阵营中的意见分歧"有了充分认识。哥伦比亚大学的德国文学专家卡尔文·托马斯在1896年美国现代语言协会年会上的发言颇具代表性：

> 一边是文人及其簇拥，他们鄙夷语文学家的极端迟缓和周密，

并以身作则地示范，与文学打交道时最重要的事情——就像提索特先生说的——"是说得好而不是想得好"。他们心目中文学批评写作的理想形式是随笔漫谈，这种形式很容易趣味有余而正确不足。

另一边则是语文学家，他们

> 觉得文人的言论大部分都是措辞华丽的猜测、肤浅的判断和个人喜好。对他们来说，他们希望自己的工作建立在良好的基础上。他们关心的是织物的牢固，而不是美观。因此，他们容易低估形式的价值，把自己限制在多少有些机械化的调查研究中，来保证可以获得确切的、无懈可击的结论。他们对那些更宏大、更微妙的文学问题保持怀疑，因此他们的理想更接近无固定形式的专题论文，这种形式容易正确有余而趣味不足。[59]

94

文学爱好者与调查研究者：前者是有趣但不正确的普遍化推论，后者是正确但死气沉沉的精细个案，似乎只存在这两种极端。白璧德后来也有几乎同样的观察："在一个典型的英语系里，一边是中世纪语文学专家，他们的学术基础来自哥特语、古斯堪的纳维亚语和盎格鲁-撒克逊语；另一边则是文学爱好者，他们教授日常主题的课程，而且就像古代的智者一样，在单纯的年轻人还没有任何想要表达的东西时就教授他们表达自己的艺术。"[60]

1915年，美国现代语言协会主席、哥伦比亚大学的杰斐逊·弗莱彻注意到，一种类型的教授倾向于"迎合听众"[61]，另一种倾向于要求"一个满满当当而不是井然有序的头脑"[62]；一种兜售着"所谓'广泛的人性感召力'，把耳朵贴在地上听猫跳"，另一种则"以过分的精确"进行研究，而这种方法被研究生们盲目地模仿：

> 我参加过的最受尊敬的博士考试在外人听来大概是一连串软木塞的"砰"的响声，问题、回答、问题、问答、滴答滴答。博士候选

人就像一瓶充满了气的德国黑啤，充满了文学史的史实，听得人十分上头。在他的史实中，自然，有很多套话和"主义"。我不知道这些东西对他来说究竟有没有意义。

弗莱彻认为，麻烦的是：

> 几乎所有研究生都把文学的套话和"主义"当作一种事实。比如说，一个柏拉图学者向考官们报告了锡德尼或斯宾塞或雪莱是什么。"柏拉图主义本身呢"——柏拉图主义是一种关于女性的美的宗教。"柏拉图本人说了这样的话吗？"——没有，先生，是您说的。"是，但是柏拉图会说这样的话吗？"——我……我猜他会的吧，理论上。"'理论上'是什么意思？"——就是……呃……他的思想的逻辑。"什么逻辑？"——先生，我没上过关于柏拉图的课。

弗莱彻补充道，这些学生"把同样的习惯带到他们的研究中去，这从他们的论点和博士论文的第一稿中就可以看出来"。[63]

这样的观察引发了一系列关于更好的方法的专业讨论，相当一部分人支持各种"批评"，认为它是一种克服研究与欣赏的对立的方式。由于这场早期批评运动在后来才会产生较大的影响，我会把对它的讨论放到稍后的一章里。目前我们只需要清楚，暂时还没有一种被普遍接受的方法能够满足当时对审美阐释的需求。

不管怎么说，文学系需要的不仅仅是新方法，还有对文学研究的文化地位的严肃思考和公开讨论。因为，调查研究者和通才之间的矛盾归根到底并不仅仅是方法论层面的分歧，而是文学艺术在大众社会中的危机的一个组成部分，在这个社会中，受教育阶层的"高雅"传承与他们周围的"低俗"民主之间已经存在鸿沟。文学系不仅没有承认这个危机，努力使之成为自身工作的语境之一——这也是伦道夫·伯恩所设想的——反而表现得仿佛它们只要代表文化传统就足够了，尽管在大部分学生或者外人看来，把这些散乱的研究汇总起来甚至连一个连贯的传统

95

都谈不上。只要文学的文化危机没有成为文学研究语境的一部分，文学研究面临的问题就会继续被视为理论上或教学上的方法问题，而这又会转而推动向实证主义研究的转向，因为它是唯一一种看上去有确实方向的研究，因此也能得到管理者和竞争院系的尊重。

到了19世纪90年代，人们已经普遍对向本科生甚至研究生教授语文学这一抱负感到幻灭，虽然一部分院校比如约翰·霍普金斯仍然坚持把语文学置于本科生文学教育的核心。虽然语文学的势力衰退了，研究模式——随着其重心由语文学转向文学史——的势头却变得比以往任何时候都要强劲。通才的名声仍然显赫，他们的课堂仍然挤满了本科生，但大学对他们的接受恰好反映了他们在整个学界中的边缘地位——这意味着人们已经没有必要与他们争论或回应他们的挑战。在不断扩张的大学系统中，一个荣誉教职就能安抚通才，让他们可以不受打扰地从事自己感兴趣的研究。

行政系统的新原则与早期上流社会的行为准则出人意料地一致：两者都不鼓励公开的冲突，认为它不体面。洛威尔和卡特回避冲突的原因可能与类似桑塔亚纳的现世主义的教授不尽相同，但两者的结果却几乎是一样的。在维斯所描述的那种"区块化分隔"的架构之中，通才也拥有一席之地，但前提是，正统学者被默许无须认真对待他们。96

然而，令人意外的是，这一时期的很多学者仍然非常认真地对待了通才的质疑与挑战，以至于在1890年至1915年间出现了很多饶有意味的、文学专业的自我批评文献，这也是我们将在下一章中讨论的内容。97

第七章　开端的危机：1890—1915 年

　　铃响了，一群看上去十分疲惫的男孩，有时后面跟着更大一群眼神温顺的女孩，依次走进教室，落座，收起脸上的表情，在宽敞的座椅扶手上打开笔记本，开始听讲。他们像一房间的留声机，把铜喇叭举起。在背诵课上，他们也像留声机一样机械地、一字不差地复制讲课的内容，然而节奏和音质变化太大，让讲课教师想要否认那是他说过的话。教师试图通过夸张荒谬的言论、辱骂、自相矛盾的论点以及无关的玩笑给他们注入一点生命的迹象。没用；学生们只是把它们全部记下来。

——艾德文·E. 斯洛森

　　哈佛的教员有没有形成一个知识群体？他们之间有没有共同点，有没有任何影响力？我认为没有……我从来没听说他们中间涌现过任何观念、运动或文学风潮。他们是一群无名的珊瑚虫聚集在一起，每个人暗暗占一个小巢，在身后留下化石，扩大领土。

——乔治·桑塔亚纳

　　早期的教授"不知道拿英语课怎么办"，而现代语言学者成功地"把英语弄得跟希腊语一样难"[1]——当弗朗西斯·A. 马奇在1892年的美国现代语言协会年会上做出上述评论时，会场中一定爆发出了笑声。马奇的话的确有趣，但它也预示着对体制问题的指摘可以无伤大雅地升华为学术幽默。一心想着把自己的学科变得更难学的改革者们也可能受到质疑：他们不知道拿英语怎么办。这种质疑在马奇发表演讲时就已经存在。对进步和发展的吹嘘伴随着严苛的自我批判。在文学系开疆拓土的英雄年代，危机感已初露端倪。

　　这一危机引发的一系列专业的自我批评在今天仍然具有启发性，即便其间提出的替代方案的想象力远比不上它们对问题的诊断的准确性。在这一系列自我批评中，"学者"往往与"通才"持本质上相同的意见。如果讨论继续深入下去，他们可能会就以下这点达成共识，即当下的情况要求一种与以往的自由文化和新兴的语文学、文学史都不同的文学教育。然而这种共识并没有真正达成，专业化早期的文学研究呈现出一种过度自信与失败主义情绪夹杂的奇特状态。

经典书目的确立

　　就1890年代发展起来的大学入学要求展开的一系列讨论在帮助确立文学研究，尤其是"英语"的地位上发挥了很大的作用。随着大学规模的扩大和行政的标准化，教育者开始着手减少各大学入学政策的差异。在这一过程中产生了诸如十人委员会、统一入学要求全国联合会等组织，它们考虑在大学和中学课程中设置英语课。

　　在十人委员会1892年召开的会议上，成员们建议"每周五次，总共四年时间，用于学习英语相关的内容"。会议报告建议七年级的学生学习文学——"散文和叙事诗各占一半"——并且强调了学习语文学和修辞学的必要性，认为它们是"学生能够对文章获得哪怕一点点模糊的认识"的前提。委员会重申，英语学习可以"在训练或发展能力上与任何其他学科匹敌"，这也是当时教育界逐渐流行的看法。统一入学要求全国联合会的代表们于1894年起草了大学英语入学考试的书目。用艾

98

坡毕的话来说，大学入学的统一要求推动了文学在1900年左右成为"一门自足的、重要的学习科目"。联合会起草的书目不仅给大学英语下了一个文学性的定义，并且迫使中学遵从这一定义。每年入学考试的题目

99 "都会提前公布，而这将决定预科学校那一年的课程安排"。

19世纪90年代的各种联合会、委员会虽然巩固了英语的势力，却也加剧了不同观念之间的矛盾，这种矛盾使得任何关于这门新兴科目的固定认识都难以形成。具有代表性的是，1894年的联合会采用了两套不同的书单，"分别供'广泛'学习和'深入'学习使用"，作为"有纪律的学习的提倡者"与"欣赏及人文主义目标的推崇者"两者的妥协。[2]这正是我们在前两章中介绍过的，研究者和通才对文学研究的认识之间的冲突。

英语已经在中学和大学里成为一项"规定"科目，一套经典书目已经被确定下来，但这并没有使英语的性质变得清晰。经典的确立无法保证它们将以一种能有效传递一套连贯价值的方式被教授。到了20世纪初，英语课并没有成功地教化学生，反而使他们感到无聊、困惑，这已成为教育界的老生常谈。另一个老生常谈是，即使是英语系的教授自己也无法就英语的核心价值达成统一意见，尽管他们对核心文本的认识是一致的。1911年，威廉·福斯特，一位犀利的美国教育观察者表示："广泛教授英语的规定只是一个名义上的共识；在这个名义之下进行的活动千差万别，这说明我们还没有找到一条属于英语的'本质性'的道路。"[3]

德国性的退行：1890年代

到了19世纪90年代，美国大学中普遍流行着对狭义的德国式方法的反对。1894年《日晷》杂志上连载的一系列著名英语学者的文章已经出现了这一信号，这些文章于1895年被收录在威廉·摩尔顿·佩恩选编的《美国大学中的英语》一书中。这本书可能是关于这一时期英语研究情况的最佳材料，它富于揭示性地呈现了这门新兴专业内部的意识形态分歧，尽管对于它的接受已不成问题。

在这些文章记录的二十个文学系中，只有六个要求本科生上狭义的

语文学课程,而这其中只有三个强调语文学的中心地位。拉斐特学院（其时仍然在弗朗西斯·马奇领导下）的课程"主要关注对文学经典作品中的语言的研究"。[4]约翰·霍普金斯的本科生通过"古代英语和文学"来获得对英语的技术性认识。盎格鲁-撒克逊语和中古英语是选修更高级的课程,如哥特语和"英语以外的其他印欧语系语言"之前的必修课。[5]霍普金斯的文学专业课则更加以语言为中心。明尼苏达大学的英语专业把几乎两年的时间都花在古英语和中古英语课上,他们的计划是"把低年级的两年用于语言学训练,作为高年级的文学课的基础。我们的立场是,语言学和文学不仅不是彼此的敌人,反而是彼此的必要补充"。[6]余下的十四份报告都挑战了这一必要补充。

伊利诺伊大学的发言人最直言不讳:"把我们限制在乔叟的语法形式上已经够糟糕了;用同样的方式对待莎士比亚不亚于犯罪。不是说我们要完全不顾文学的语法和语言学层面,但对它们的研究必须尽可能减少,它们只能作为通往更重要的目的的辅助手段。"[7]芝加哥大学的报告称,"对英语经典中那些最迷人的作品的研究往往不过是考察古代生活、历史、地理、词源学、语音学、英语史和语言学等艰深问题的起点"。在芝加哥大学,人们试图"把文学经典作为文学艺术来研究"。[8]根据考尔逊的报告,康奈尔试图"从文学的本质而非历史性特征来呈现文学;尽管后者也会有所涉及,但学生的主要精力不会放在这个方向"。[9]印第安纳大学的文学项目也把重点转向了文学作品——是"作为艺术、作为人性的写照,而不是作为逻辑学、心理学或伦理学"的文学作品,也不是作为"作家生平或文学史的附属才有价值"的文学作品。[10]除了考尔逊以外——他提议的口头朗诵在别的作者看来大概有些过时——大多数报告都同意对文学的"感伤式"处理已经过时,文学"研究"不能与文学"欣赏"混淆。[11]用印第安纳大学的报告的话来说,"如果一位教授的主要目标是让学生爱上文学,那么他最终会把精力浪费在少部分无论如何都会爱好诗歌的学生身上,而牺牲大部分还没有成熟到能爱上文学的学生的利益"。[12]

文学史明显是当时的潮流趋势,这在概论课和院系组织的涵盖模

100

式里都有所体现。伊利诺伊把"整个第一学年的时间都花在英美文学
概论课上，尤其注重对重要作家和时期的学习"，然后以这门课程"为中
心辐射到其他课程"。[13]在卫斯理学院，大部分学生都会先选一门"介
绍英语文学全貌"的导论课，接下来再上针对主要时期和作者的专题选
修课；英语专业的学生则"在大一上一门盎格鲁-撒克逊语课，接下来
上乔叟课、莎士比亚课，一门乔治或维多利亚时期的诗歌课或一门维多
利亚时期的散文课，最后以一门讲英语文学发展的课程作为结尾"。[14]
当时正在实行"美学模式"[15]的芝加哥大学1898年也把重心转移到了文
学史上；J. M. 曼利根据哈佛模式进行了院系重组，规定"学科基本由六
门介绍不同时期——从16世纪到19世纪——文学的课程组成，每门各
一学季"。[16]

　　总体看来，《美国大学中的英语》中的文章表明，当时文学系的精细
化程度已经达到了出人意料的高水平。文章作者们反复强调旧教科书
那种把背景知识放在比阅读文学文本本身更重要的位置的教学方法的
不足，但同时又普遍认为对特定文本的研究需要与文学和文化史结合起
来。例如，盖利介绍，加利福尼亚大学二年级的课程为学生提供了"对英
语文学作为英语世界思想发展历程的结晶和表征的概览"。[17]修完这些
课程，学生才能学习更高级的课程，其中包括"修辞学和批评理论"课，
针对不同时期、作者、文学运动和文学类型发展的系列课程，以及一门
"概述艺术理论、文学理论、诗歌与散文的关系、韵律格式以及经典戏剧
批评"的诗学课程。[18]

　　盖利在1889年成为加利福尼亚大学的校长后，不再像他的前辈那样
将枯燥的语文学置于课程的中心。这些前辈在19世纪70年代向三年级
的学生教授"盎格鲁-撒克逊语、拉丁语、希腊语、英语、德语和法语语法
之间的比较研究"；在19世纪80年代，他们开设的英语散文文体课遭到
"由衷的憎恶"，以致伯克利的学生接连好几年都有焚烧该课程的教科
书——威廉·明托的《英语散文文学手册》——的年度活动。[19]一位佩
恩的《美国大学中的英语》的书评人读完该书后认为，像加利福尼亚大
学这样的西部学校已经在"哲学的"规划和组织方面远远超过了东部学

校[20]，而就像盖利描述的，加利福尼亚大学的文学项目看上去的确像是使
"一个院系的各种课程和方法服务于一个系统"[21]的有效尝试。

　　然而在实践中，盖利所说的"系统"却不像文章中所写的那样成功，至少在小说家、伯克利1890级学生弗兰克·诺里斯看来是这样。对诺里斯来说，盖利吹嘘的系统归根到底无非是一套机械的、由枯燥的教科书强加的分类方法。诺里斯的话值得大篇幅引用，因为其中有关于当时前沿英语项目对普通本科生的要求详尽的，虽然可能带有偏见的描述。

　　诺里斯说，分类

　　在加利福尼亚大学的"文学"教授看来是唯一可取的东西。年轻、思维活跃、想象力丰富的二年级学生被要求去"分类"，去数某个段落中有多少个"暗喻"。真的是这样——给它们列一个表格，把它们与"明喻"分开，然后比较各自的效果。学生还要学习句法结构，把德昆西的句子分类然后跟卡莱尔的句子类型比较……

　　　　到了三、四年级，他开始学习弥尔顿，布朗宁，17、18世纪的戏剧，英国戏剧，高级修辞学和美学。"美学"，简直无法想象！到这时学生还是像之前一样"分类"。他把"抒情诗"和"叙事诗"归类。他学习怎么像14世纪的人一样朗读乔叟，把词尾的"e"读出声；他意译弥尔顿的十四行诗，归纳某些散文段落的"骨架"和"设计"。

到了这一阶段，诺里斯说，学生的"热情已经基本消失"。他

　　为自己大一大二时那些富有原创性的想法和观点感到羞愧。他已经学会了以真正的学术文体写作"小作文"和"论文"，也就是说读几十篇教科书和百科全书里的相关文章，然后用自己的话把查到的结果重写一遍。他已经为写"小作文"总结出了一套系统。他知道老师想要什么，以此为依据去写作，然后在作文的开篇就得到表扬。

自然，那些面临困难的学生会寻求某些捷径：

年轻人……知道去哪里可以找到往届学生写的五十到一百篇"小作文"，它们被一些有远见的学生小心地收集并保存起来了。如果他在这里面找不到与他手头的题目相关的作文就糟糕了……你能怪他吗？他的方法与教授鼓励的方法——从教科书里剽窃一些话——有很大的区别吗？他重写的"作文"本身就是剽窃来的。

最后，诺里斯严苛地总结道："加利福尼亚大学的文学课无法培养学生的文学直觉。"[22]

根据一个人的证言就谴责整个文学项目难免有失公允——尤其是如果当时学生的课程评价与现在一样猛烈的话。诺里斯当时可能已经有了小说家的自然主义偏见，即认为任何"学术"都是与生活的残酷真相脱节的。诺里斯怀疑一切文学研究的有效性，称"最好的学习文学的方法是试着创作文学"。[23]1894年从伯克利辍学之后，他进入哈佛，发现那里的高级随笔和小说写作课更富有生命力。[24]在盖利的传记作者笔下，盖利的课程给人的印象不像诺里斯描述中的那么差，它能吸引上千学生毕竟是有道理的。[25]尽管如此，在允许一定夸张的前提下，诺里斯的批评听上去是有道理的，也符合当时正在浮出水面的批评的普遍模式。

"另外的百分之九十五"

批评不仅来自"通才"，也来自"调查研究者"，他们——就像我之前说的——经常在各种评估的场合持有与通才类似的意见。在1904年的美国现代语言协会年会上，协会中部分部主席、威斯康星大学的亚历山大·R. 霍菲尔德问道："钟摆的摆动是不是把我们带得太远了？"他声称，"在我们的协会中，旧式学院的理想几乎已经完全被优秀大学中发展起来的现代大学的理想取代了"，他鼓励听众带着欣慰回顾"学术如何超越并最终战胜了"旧式学院那些过时的方法。[26]但是，霍菲尔德又问："如今我们作为一个严格意义上的学术群体的力量已经巩固，我们是不是能够，而且应该把更多的注意力放在本专业一些更大的问题，如教育和实践的利益上？"（十年之后，霍菲尔德一定感觉到这个问题仍然十分紧迫，因为他在作为协会主席的致辞中又重复了这一批评。[27]）

弗兰克·盖洛德·哈伯德在1912年美国现代语言协会会议上的发言也带有类似的重估的语气，他说："一个曾以面向社会的智识和精神文化为主要目的的教育系统被卷入困惑和昏乱之中，可悲地失去了平衡，这不足为怪。它感染了工商业界的精神与渴望——大量入学人数、良好的设备、膨胀的广告、耸人听闻的特写、激烈的竞争、低价出售。"[28]在这些说法中出现了两种彼此关联的抱怨：学术已成为一个将批量生产看得比高远志向更重的产业，以及"教育和实践的利益"正遭到忽视。

之前我们曾提到，1892年，美国现代语言协会的前主席曾问，应该拿"另外百分之九十五"[29]对专门化的调查研究很难提起兴趣的学生怎么办。现在的"另外百分之九十五"与旧式学院中的又有所不同。大学中正在出现一种新类型的学生，他们没有准备好去理解提供给他们的更多元的文学教育。1880年到1910年间，大学入学人数大幅增长，而与此同时，"大学的社会和智识生活的转变"也正在发生。人们上大学的理由正向赤裸裸的机会主义转变——流行手册里强调，"薪酬好的学校想要大学毕业生"，并且保证在四年时间内，学生"能结识数以百计将来会成为各行各业领军人物的青年男女"。[30]用欧内斯特的话来说，"只有少部分学生上大学是在为牧师、法律和教育行业的职位做准备，大部分都是为了进入商业界……在校园生活中占主导地位的是大企业、金融和公司法行业的儿子……全国各个大学的年轻人都在效仿[哈佛、耶鲁和普林斯顿的]俱乐部、社交组织、体育运动——甚至模仿他们的着装和俚语"。[31]伦道夫·伯恩对当时大学的普遍规则有如下精准的描述："适应社交的人拿到兄弟会、经理职位、发表和社团；不登大雅之堂的人拿到荣誉学位和奖学金。"[32]

校园小说是一个了解20世纪初大学生生活中的势利、盲从和不加掩饰的反智主义的窗口。例如，在欧文·威斯特1903年的哈佛校园小说《哲学四人》中，主人公伯蒂和比利就因为各式奢侈的享受和消遣以及对用功学习的鄙视而被描写为赞美的对象。"金钱装满了伯蒂和比利

104

的口袋，"威斯特写道，"所以他们的头脑中可以没有金钱，而是满满当当的没那么狭隘的思想。"[33] 两人为了剑桥周边乡村里的一只云雀缺席了哲学课的期末复习，但仍然取得了高分；教授认为，他们即兴编出的答案"比死记硬背更好地捕捉到了课程的精髓"。[34] 威斯特告诉我们，伯蒂和比利毕业后将会成为富有的商人和管理者，不像他们出身工人阶级的助教，一个缺乏想象力的、做着乏味工作的人，注定只能成为饱受歧视的书籍评论员。[35]

与威斯特相反，欧文·约翰逊在《斯托夫在耶鲁》（1912）中表达了对这套规则的怀疑。斯托夫对耶鲁的俱乐部系统抱有疑问，与那些"不重要"的同学交好，并因此被孤立。然而与《哲学四人》一样，《斯托夫在耶鲁》中的世界的前提仍然是，大学的主要功能是社交，只有那些出身不好的学生才需要认真学习。小说中的一个人物观察到，"在美国还没有社交界的时期，家长们把儿子送去大学，让他们寻找社交定位；有的甚至直接公开表示，希望他们能够进入普林斯顿或哈佛的某个俱乐部或者高年级社团。这种状况大概很难控制，但它会把我们的大学变得越来越像社交中心"。[36]《斯托夫在耶鲁》中的一个具有代表性的症候是，学院中受到追捧的活动正从原先的文学和辩论社团向纯社交俱乐部和体育运动转移。我们读到，一个学生辩论俱乐部"一开始充满热情，但马上就显露出其局限。一旦新鲜感消退，太多其他的兴趣便蜂拥而至，抢走了它的生源"。[37]

在深受校园小说传统影响的《天堂的这一边》中，菲茨杰拉德笔下的主人公艾莫里·布莱恩将《斯托夫在耶鲁》奉为"教科书"。布莱恩被普林斯顿"作为美国最令人愉快的乡村俱乐部的美名"[38]吸引，然而他最终的幻灭和对学院肤浅生活的失望与斯托夫如出一辙。约翰·皮尔·毕晓普——菲茨杰拉德的同学、小说中的诗人托马斯·帕克·丹维里埃的原型——写道："很多来到普林斯顿的人的成功都取决于润发油和沉默的天赋。有时，似乎一个人外表讨人喜欢，行事比在预科学校里稍微成熟一些就足够了。任何过于极端的着装、休闲活动或意见都会被认为是'用力过度'，而'用力过度'就意味着失去社会地位。"[39]

据欧内斯特所说，在1880年至1917年之间，"C是'绅士的分数'这 106
一观念发展了起来"。我们之前已经看到，在19世纪60年代的耶鲁，"勉
强及格"是除了那些"追求高排名的人"以外大家普遍接受的做法，但在
进入20世纪以后，追求高排名的人明显减少了。1903年，一篇教职工委
员会的报告中写道，"最近，学者在耶鲁几乎已经成为禁忌"，努力学习变
得"过时"。"使用买来的小作文在耶鲁已经变得再寻常不过，以至于一
篇小作文的价格从五美元跌到了两美元。一栋三层的大宿舍楼里没有
一个学生的小作文是自己写的"，而年轻一些的教员又感到"向教授反
映作弊的情况是不讨人喜的"。19世纪80—90年代，"橄榄球成为耶鲁
的同义词"，并迅速席卷了全国各地的大学，"整个学院，从大一新生到院
长，无不受其影响"。[40]

欧文·白璧德说，以下情况在中西部的大规模大学里尤其明显：

> 男生们全去上科学类的课程，女生们则上文学类的。实际上，
> 在某些院校，文学课被视为"娘炮"的课程。一个太认真对待文学
> 的男生会有女性化的嫌疑。真正有男子气概的事情是成为一个电
> 气工程师。已经可以预见，典型的文学教师将会是某个年轻的、向
> 一屋子女生解释济慈和雪莱的文学爱好者。[41]

弗莱德·路易斯·帕蒂可以用开玩笑的口吻谈起那些"来找到我
并对我说，'听着，教授，这些玩意儿将来怎么帮一个家伙找到工作、赚到
好薪水呢？你说？'"但是他不得不承认"我内心深处是受伤的"。他还
注意到一个很讽刺的现象：这些年轻的文学知识分子表现得仿佛取笑教
授是一种特立独行的做法，但这种取笑本身已经在学生中间成为一种流
行。"教授，"帕蒂写道，"如今走进他最守规矩的一个班级，会发现同学
们储存了一大批这类新派的批评，把所有的教授叫作傻子、'胶状蠢驴'
和色情变态。"[42]

大学学生对人文主义教育无动于衷似乎已成为这一时期的常态。
帕蒂说，即使在尝试着教学的过程中，教授"心里也知道很难有真正有

价值的教学，如果教师和学生之间没有尊重、信任和对最好结果的共同渴望的话"，而这些都已经不复存在了。[43]1910年至1918年任教于威斯康星大学和俄亥俄州立大学的路德维希·路易逊描述，他放眼望去，看到的都是"沉闷的脸、空白的脸。没有一张脸显露出任何心智上的腐坏。我又看了看我的四周，想找到一张泄露出哪怕一点点灵魂上的忧虑、头脑上的渴望，有哪怕一点点火焰的闪光的脸。没有"。"事实上，任何头脑激动的表示在他们看来都是不得体的，是'高雅的'、古怪的，也就是说，与众不同的、个人化的，因而也是不民主的。"[44]路易逊说："在学习文学的过程中，想得到一点情感回应基本是不可能的。"[45]

如同弗兰克·诺里斯对学院的学究气的嘲讽，帕蒂和路易逊对学生的冷淡感到绝望可能也是受了文学传统的影响，但一些比较不带个人感情色彩的观察者的报告显示，他们的观点并非完全不可信。艾德文·斯洛森在其对美国大学富有洞见的概论中写道，本科生"在对生理心理学没有任何了解的情况下就发明了一种捷径，只要他们一打开笔记本，老师的话就会自动绕过他们的头脑直接从耳朵来到手上，无须途经松果体或者任何他们灵魂所在的地方"。[46]

然而这些作者可能也意识到了，他们笔下的学生的麻木某种程度上是因为学生在进入大学之前并不了解智识生活的成规，而大学也没有创造条件让他们去了解。比起旧式学院，高等教育更不能假定文学是绅士阶级教养的自然形式。伦道夫·伯恩说："旧式学院的教育是为一个小范围的、同质化的阶级服务的。它预设的那些社会和知识背景今天的绝大多数大学生都没有。"伯恩补充说："没有功利目的、为学习而学习的观念很诱人，但它的必要条件是一个从儿童期、青年时代起就通过家庭和环境的影响为学生准备了这种基础的社会。"然而，现代学生进入大学时，"对他们学习的哲学、历史和社会学术语以及背景都没有最基本的了解"。[47]伯恩认为，"现在，学院必须主动为所有新生提供那些之前的人们在校外就已掌握的背景"，简言之，它必须成为"一个为当代社会生活提供背景的场所"。[48]

大学的课程设置看上去仍然像是预设了一个学生已然熟悉这一背

景的社会。文学项目开设了一系列关于特定时期和运动的课程，让学生　108
自己为其提供语境。奥利弗·法拉尔·艾默生注意到，在一篇1908年的
美国现代语言协会致辞中，英语之下细分出"数量众多的分支"，以至于
一个学生"可能花几个学期上了一门或两门这样的课之后，仍然对自己
的母语文学缺乏一个总体的认识"。艾默生说，如果学生"已经非常了
解文学研究的基本要素，对主要的文学时期有较好的了解，并且已经阅
读过主要的名著"，这样的碎片化可能还无伤大雅，但是"除了那些最优
秀的本科生或研究生以外，这样的情况是极少的"。[49]

1907年开始在哈佛执教的布里斯·佩里也持类似的观点。当论及
"哈佛英语系铁打的核心课程……即从最早的盎格鲁-撒克逊作家一直
涵盖到伊丽莎白时代戏剧的语言学课和历史课"时，佩里说，"除了一小
部分有抱负的本科生以外，绝大部分学生的风气仍然是毫无章法地选
课以及机械地攒学分。有一些向各式各样和善的旁听者开放的容易的
课程很受欢迎；至于那些已经超越这一水平的学生，却没有得到任何指
导或鼓励"。[50]就像学者积攒的研究事实，学生选修的关于各个时期的
系列课程也被期待最终能形成一个有意义的整体，但这几乎是不太可
能的。

所有批评者都同意，对研究的盲目崇拜与大多数学生的需求背道而
驰。在1904年美国现代语言协会的致辞中，霍菲尔德推想，"必定有成
千上万的教师忙于向学生介绍那些与原创性研究关联甚少的知识"，他
也质疑要求所有教员都从事这种研究的合理性。认为每一位学院教员
都"可以或应该是一个具有原创性的研究者，这要么是对我们教育系统
的现状抱有天真的妄想，或者，更危险地，是对'原创性学术研究'和'研
究工作'的理解过于机械和肤浅了"。[51]问题的关键不仅在于不同教学
方法的优劣，还在于"现代语言学习应该在学生的知识训练中具体发挥
何种作用"。[52]于1906年获得哈佛博士学位的斯图尔特·舍尔曼指责像
基特里奇那样的学者把学生变成了"狂热的书目编制者和索引卡片汇编
者"，说基特里奇本人"是现今语文学与宏观思想分离的罪魁祸首"。[53]　109
舍尔曼写道，除了戏剧以外，哈佛在很长一段时间内"几乎没有能够满足

聪明的研究生需要的 16 世纪至 19 世纪的英语文学课程"。[54]他补充说，哈佛的情况"还或多或少严重影响了国内其他大学的英语教学"。[55]

从这些早期英语专业的批评者的论述中可以看出，他们明确地意识到这些问题主要是体制性的。然而当他们分析问题的原因时，他们总是倾向于责备那些不太可能改变的状况，比如学科的专业化、个别教授的懒惰自私或文化共识的丧失。当这些都还不够时，批评者就转而怪罪学生生性懒惰或者美国文化生性粗俗。这样的分析只会让问题看上去无法解决。

个人的失败与社群的丧失

将新专业的问题归咎于教授缺乏热情是一种最常见的分析。弗莱德·路易斯·帕蒂于 1909 年访问哈佛时，见证了佩里笔下那种学生的冷淡；他"参观了巴雷特·温德尔、基特里奇和其他教授的课堂，感到十分无聊而不是受到启发。到处都是灌输式的教育，学生像水桶一样被动地坐着。科普兰的课堂尚有足够的幽默和热情让学生不致打瞌睡，但在教桌和课桌之间，我没有看到任何唤醒人的触动"。[56]

很多人将缺乏"唤醒人的触动"归咎于教授的不负责任与自私，认为他们把更多的注意力放在了自己的研究，而不是学生需要的通识文化上。以 O. F. 艾默生为代表，这些批评者谴责教员"为了自己的乐趣牺牲学生的利益"，"开设与自己的专门研究相关的，或希望日后继续专攻的主题的课程"。[57]以布里斯·佩里为代表的批评者则攻击教授的"贪婪"，以及"对自己院系的排外式忠诚"[58]，并抱怨各个院系好比"一排光彩照人的歌剧女主角，都只在各自的角色里无比杰出"。[59]

所有批评者都认为，文学专业疾患的主要原因是文化和学科共同基础的丧失。早在 19 世纪与 20 世纪之交，美国现代语言协会的致辞就已经开始为 19 世纪 80—90 年代第一代现代语言学家那种团结和共同目标的消失而表示遗憾。从这一时期起，有协会成员抱怨他们不再能理解自己的同事。在 1902 年的年会上，霍菲尔德注意到会上发表的"论文越来越专业，导致大部分与会人员都能参与讨论的情况越来越少……未来的会议将面临诉诸普遍兴趣的主题越来越少的危险"。[60]1912年，协会主席弗兰克·盖洛德·哈伯德对"日益专门化的现代教育似乎使共同的智识兴趣越来越少"的情况表示了担忧。[61]

布里斯·佩里在其对哈佛文学系的观察中也回应了这一主题：

> 一个局外人很难找到院系成员的活动之间的共同点。文学系的基本哲学是什么？它的理想目标，它与作为一个整体的通识教育的关系又是什么？……我们的会议回避根本性的问题，宝贵的时间被消耗在对乏味的行政细节的讨论上。英语系这台机器的各个单独部分似乎都在正常运转，但各部分之间的关系是什么？[62]

佩里可能想到了，使这种安排得以维系的正是领域覆盖的组织原则。这一原则使避免问题变得轻而易举，也为"英语系这台机器"能够在对其核心工作既没有共识也没有争论的情况下平滑运转创造了条件。

用约翰·厄斯金的话来说：

> 据说，只要学院聚集了足够数量的专家，即使他们每个人都只懂某个学科的一小部分，这个学科的内容也可以算是被全面覆盖了，他们所属的学院科系也可以视作师资完备了。传说在古爱尔兰有一座塔，塔很高，需要两个人才看得到顶。一个人从塔底开始，一直看到目力所及之处，另一个人则从第一个人停止的地方开始，把剩下的部分看完。[63]

厄斯金的比喻很好地揭示出，领域覆盖原则通过向每一位教授授予指定领域的统治权，使得没有人需要为整体负责，并寄希望于整体能够自行向学生显现。领域覆盖原则满足了各种冲突的利益，甚至包括厄斯金和佩里所维护的整体的利益，但它将这种利益降格为机器的众多部件之一。

111   显然，很多对于专门化和个人主义的攻击是有道理的。文学专业早
期的风气是将学者视为其学生和领域的拥有者，认为研究是一种私人财
产，任何有理智的学者都会提防其潜在的竞争者。亨利·塞德尔·坎比
回忆道，在19世纪90年代，耶鲁的教授"甚至连一个门外汉对他的领域
感兴趣都会感到不满。他自己历经千辛万苦学会了在处理事实时要谨
慎，故对任何邻人针对这些事实提出的意见都唯恐避之不及"。[64]据坎
比回忆，对阿尔伯特·S.库克来说，"你要么是他的学生，要么是别人的，
如果是别人的，那就要小心了！没有仁慈，没有帮助"。[65]

对此类行为的抱怨尽管可能确实合情合理，但它们没有提出任何明
确的解决方案，最后往往导向失败主义和无可奈何。指责研究型教授的
自私有什么意义呢？如果奖励机制决定了教授不如此作为就会处于不
利的地位。的确，"日益专门化的现代教育"不可避免地减少了"共同的
智识兴趣"，使人文主义者的活动失去了"共同标准"，但这难道不是民
主文化的必然前提吗？将专业化本身视为大学各类问题的根源不过是
19世纪70年代古典主义者抱怨腐朽的现代生活消解了学院"公共生活"
的老调重弹。

文学研究的批评者本可以提出更有建设性的意见，只要他们在承认
现状的前提下，着手在不同专业和意识形态分歧之间建立起可见的联系
或对照，而不是一味谴责现代文化如何不可避免地制造了对立。批评者
本可以努力直面各种定义和原则的冲突，并将这些冲突开诚布公，让学
生也参与讨论、从中学习，帮助他们摆脱无动于衷的状态，而不是像弗莱
德·路易斯·帕蒂所做的，为教师和学生之间的"尊重、信任和对最好结
果的共同渴望"[66]的消失而感到悲痛。可以说，人们需要做的是使文学
研究内部的矛盾冲突成为文学教育课题的一部分。

在领域覆盖原则使文学系得以回避自身智识连贯性问题这一点上，
112   厄斯金和佩里的认识是正确的，但由于他们理想中的连贯性是某种文学
系各类活动的"共同标准"，那么除非回到旧式学院的前民主时代，否则
这一目标就无法实现。文学专业的批评者需要的是一种想象不一致的
连贯性的方法，一种并非对于建立在智识和文化的共同基础上的、没有

预设一种统一的人文主义文化的连贯性，而是对于建立在美国文化中无处不在的矛盾基础上的连贯性的设想。

不一致的连贯性听上去像是一种乌托邦，但实际上，此时的哈佛哲学系已然达到了这一理想；威廉·詹姆斯、罗伊斯、芒斯特伯格、桑塔亚纳和帕默尔之间的观点分歧被视为一种可兹利用的教育资源，而不是一种需要中和的麻烦。哲学系系主任帕默尔说："我们一直公开承认观点歧异的存在。我们习惯于在课堂上攻击彼此……但我们的学生不会被这种攻击误导……真理是神圣的，而作为接近真理的最可靠方式的互相批评则是一个友善的、没有敌意的过程。"[67]帕默尔的描述可能或多或少有些理想化，但并不完全虚假，至少在维斯看来——他称赞哈佛的哲学家达到了一种"活跃的、没有分裂的智识争论"的平衡。

为什么哈佛的哲学家达到了这种平衡，而文学研究的教授虽然拥有同样的地位与能力，却没有达到呢？维斯的推测是，哈佛的哲学家拥有一套共同的关于社会和文化的基本认识，使他们能公开批评彼此的立场而不会引起不快：他们意见的相左"受到当时仍然弥漫着的剑桥的绅士氛围约束"。[68]但是，英语系的教员理应也分享着同样的"绅士氛围"，却没有形成任何争论的共同体。无论原因是什么，此处的教训似乎是，如果无法要求教员互相交流，让他们谈论彼此也能收到同样的效果。

美国现代语言协会的哀诉

如果文学专业能利用好自身内部的矛盾与美国社会之间的关联性，或许它将更容易完成自我批评向建设性改革的转变。一方面，早期的文学教授努力使自己相信，他们的事业是更大的国家意志的体现。从官方层面来看，文学系代表的不仅是一种统一而连贯的人文主义文化，而且是一种在国家的领导中占据重要作用的文化。另一方面，文学系的日常处境却使这一信念越来越难以维持。由于缺乏积极利用这些矛盾的自我形象，甚或将其公之于众的方式，其所带来的含混不清是致命的。

113

1902年，美国现代语言协会主席、约翰·霍普金斯的詹姆斯·威尔逊·布莱特称，"一个国家的语文学能力是衡量其智识与精神活力的标志"[69]，这也是协会致辞中的老生常谈。布莱特说，语文学家必须参与到"领导国家命运的工作"中去，然而他却并未解释，语文学家或其他文学学者具体要怎样帮助引领国家的命运。在像布莱特这样强调文学研究对于文化与国家命运的重要性的另一面，还存在着抱怨文学研究在"美国商业主义的汪洋大海"和"野蛮时代"里的"冷酷、犬儒、毁灭性的竞争"[70]中被忽略、被鄙视的声音。

以上这些引文出自1901年美国现代语言协会的中部分部主席詹姆斯·塔夫特·哈特菲尔德，西北大学著名的日耳曼语学家，他把对无教养的蔑视发展成了一场大学与本地居民之间的争执。[71]在他1901年的致辞中，哈特菲尔德哀叹，"纯粹人文主义的娇嫩花朵"正在枯萎，"美国最优等的头脑除了阅读'Phi Beta Kappa'的演说与毕业典礼致辞以外，再没有其他有益的活动可以选择"。像布莱特一样，哈特菲尔德认为，文学学者应该参与对国家的"直接服务"，然而就他目前所见，他们中的"绝大多数人都被拒之门外"，不是被商人就是被"过分自信的政治领袖——我们美国的超人"。哈特菲尔德还敏锐地补充道："一群语言学家是集体真正进步的希望，是其更高财富的守卫者，务实的人听了肯定会觉得有些可笑；他会在这种信仰中看到某些虚荣，但我们非常珍惜这种信仰。"[72]

在1900年至1920年间，类似这样的哀叹几乎形成了一种固定的演说类型，我们不妨称之为"美国现代语言协会的哀诉"。在这类演说中，对逝去的旧式学院的宁静的挽歌式回忆与对民主时代的精神堕落的控诉交替出现。与其17世纪新英格兰的原型一样，这些哀诉有着类似周日训诫的仪式氛围，它听上去越令人满意，人们就越明白没有人会负责将其规劝付诸实践。拉泽尔·齐夫将这种新英格兰式哀诉描述为"对时代的邪恶，尤其是繁荣带来的邪恶的程式化控诉"，并注意到它

不断作为一种套语而非务实的教导被言说，因为说出这些话的人与

听众之间的关系已经改变。他们过去是从一群杰出的人当中挑选出来、向这群人讲述共同问题的领袖，现在正在成为一群受雇的专家，在专门的职位上做着专门的工作，只要这种工作不会有任何实际的后果，就没有人会去质疑它。

正如齐夫所言，美国现代语言协会的官员们在典礼仪式等场合发表着这类崇高的人文主义辞令，即使他们似乎并不真的相信自己的同事会被打动，更不用说学院以外的人了。

学者们谈及"心满意足的庸众对学者的态度漠不关心，仿佛后者只是阉人，不需要拿他们当回事"。[73]他们将协会每次年会之间的时间视为一段"在一群陌生的粗鄙之徒中间的流放"[74]，为"充斥着整个社会"的"巨大的、正在发展的无知"[75]悲叹，担心"有名望的人正在失去用自己的语言说话或写作的权力"。[76]他们自问，"如果文化修养很高的人被归入越界者的行列，那么从那些缺乏教育的人身上可以指望什么呢？"他们说，可以预料的是，"一种语言的无政府主义、对新闻标题的迅速浏览只会越来越加剧"，而随着"移民不断拥入我们的城市，各自操着不同的语言"[77]，这种情况只会越来越糟。他们担心"取代了最高级的文学的大量劣等'流行文学'势必对思考和言语带来有害影响"。[78]

美国文化的庸俗导致了学生令人绝望的无知，而这种无知最终使文学系不用为任何失败负责。艾默生把责任归结于学生知识和智识准备的缺乏、校园中新的享乐主义和反智主义氛围，以及民主美国智识水平的全面坍塌。他坚称"学生群体中严肃性的缺乏"很不幸地是"这个时代的特点"，并以一种刻薄的防御性姿态说，文学很难与"体育运动、各种联谊会活动、社交愉悦，以及开心时间等"[79]竞争。在怪罪这个时代"缺乏严肃性"之前，艾默生也许应该问，文学系是否也在某种意义上缺乏严肃性。如果诚如艾默生所言，现在很少有学生学习现代语言是为了"它们对于通往最高尚文化的必要性"[80]，语言教员并没有使那种必要性凸显出来也是不争的事实。艾默生自己其实也承认这一点，他观察到，"某种德国文化的狭隘性"[81]充斥着新的文学系，而"虽然我们对教师的

115

职业训练有所加强，但在这个过程中文化的广度是否被频繁地牺牲，这是一个问题"。[82]

学者大声斥责着从"一种不知道有任何东西需要学习的无以复加的无知"中孕育的"自我满足"，它或许可以被称为"我们时代的主导精神"。[83]学生寻求的是"好对付的课程"以及"娱乐，而非教诲"。[84]学习被视为"困难且讨厌的"，因为学生"从来没有习惯集中精力；所有其他活动，无论是体育还是'社会服务'，对他们来说似乎都没有那么讨厌，因此也更加有用。大家都知道，我们的大学课程如果假设学生对任何主题有任何明确的了解，将是多么危险的一件事"。[85]据他们说，文艺已经被一种高唱着"打倒一切！"的虚无与毁灭精神战胜。"由于对过去的忽视，我们已切断了我们与一切标准的联系。"[86]

偶尔也能听到一些直言不讳的警告，说只有恢复人文主义文化的领导地位，美国才有可能控制下层社会。美国现代语言协会主席E. C. 阿姆斯特朗在1919年的年会致辞中预言，如果没有人文学科提供的"精神支票和余额"，那么"一个穷人远多于富人的社会将会把肮脏的物质财富一扫而空，而其中大多数人将会在尝试攫取好处的过程中毁掉整个社会结构"。然而此类宣言常常采取一种无能为力的口吻，体现出一种对于受教育阶层已然失去统治地位的认识。阿姆斯特朗哀叹道，如今，"物质文明已经远非我们目前发展出的智识与精神所能领导的了"。[87]查尔斯·霍尔·格兰金特抱怨道，虽然"现今知识的总量是以往任何时候都无法比拟的"，但"这些知识的大股东都不再处于领导地位也是事实。没有接受过训练的人们夺取了领导权，他们对自己的能力没有任何疑虑，因此也不会感到任何精进自身判断力的必要性"。[88]

阿姆斯特朗们只能提醒听众"精神的支票和余额"与"精神生活"的重要性，并反问"如果你告诉他怎么收集财富而不增加精神支票和余额的储备，这对他会有什么好处呢？"[89]其他人同样徒劳无功地敦促人们"反复灌输那种崇高的理想主义，它必须永远是一个伟大国家的教育机构首要的荣光"。[90]他们重申"一种有公共精神的学术研究是我们的智识领袖一贯的理想"，以及"大学的目的是培养品德，是树人"。[91]他们规劝大学重拾过去教派学院的"公共精神理想"，说"由于宗教的性情是公共精神的最佳来源，学者和教师应该拥有一定程度的宗教性情"。[92]1918年之后，他们断言，"战争的巨大浪费以及随之而来的严重道德松懈所引起的物质主义潮流，需要我们采取团结而激进的举措"。[93]

即使是那些看上去很有头脑的人也无可避免地陷入了怀旧情绪。哈伯德在1912年甚至声称，在如今这样的时代，"积极从事教育工作的人被迫将目光投向自己领域之外的地方，去探寻他与所有这些变化之间的关系，他自身在这一切混乱之中的位置，他对与自己最切近的活动的贡献，以及这些活动与同时代的社会奋斗之间的关系"。[94]但是哈德没有追问，文学研究如何面对这种新的社会情况，而只能哀叹，"和平与安宁似乎从学院大厅里消逝了；沉思和'书本甜美的宁谧'似乎越来越稀有……在愠怒的时刻，不止一个温柔的灵魂曾经渴想过中世纪修道院的远离尘俗"。[95]

这类哀诉规劝文学学者，只有他们才能使美国文化恢复人文性，然而在这一崇高使命的阴影之下，是对文学研究自身尚远未人文化这一事实的认识——它目前的特征不是"公共精神"和理想主义，而是一种"以牺牲文化的广度为代价的狭隘的专业主义"。[96]随着"文化的广度""崇高的理想主义"以及"精神生活"成为仪式化的表述，它们的作用无非是将注意力从文学系的真正矛盾上转移开，使得后者更容易被忽视。

117

118

学者与批评家：1915—1950 年

第八章　学者与批评家：1915—1930 年

　　知识本身及对知识的掌握都在进步，业余者的推测和批评家苦心孤诣的理论为健全的学识所取代，尽管那些无能而大声疾呼的美好旧时代的拥护者抱怨不断。

——埃德温·格林劳

　　从 1915 年到 1930 年，文学系的整体结构和基本方法都没有发生根本性的变化。语言文字学进一步让位给文学史，比较文学和思想史的新领域出现了，美国文学在战时爱国主义的影响下获得了可敬的地位。但文学研究的研究模式在某些方面比战前更加根深蒂固了。1902 年，《美国现代语言协会会刊》停止刊登"教学专栏"，用威廉·莱利·帕克的话来说，"美国语言协会已全神贯注于该领域的研究进展，准备把所有关于教学和招生的话题留给其他人"。[1]1916 年，美国现代语言协会的章程将协会的宗旨中被描述为"促进现代语言及其文学的**研习**（study）"的一条修改为"促进现代语言及其文学的**研究**（research）"（黑体为我所加）。[2]1929 年，协会主席宣布："从今往后，我们的领域就是研究。"[3]

　　与此同时，"批评"已经开始成为不同群体的共同事业，他们正在寻求一种替代研究模式的方法，以弥合研究者和通才之间的巨大裂隙。批

评事业吸引了通才，他们在第一次世界大战后开创了伟大著作计划；但

121 也吸引了系统的文学审美方法的倡导者，他们和学者一样，想要清除19世纪的多愁善感和业余主义的文学研究。代表批评的论战早在19世纪90年代就开始出现在专业文学中，那时我们已经可以预先感知到后来被称为新批评的学科和大部分教学主题。

然而，批评思想的发展并没有弥合分裂，反而造成了新的分裂，这部分是源于支持者和反对者对这一想法的构想方式。正是在这一时期，学者与批评家成为对立的名词，事实与价值、研究与鉴赏、科学专业化与大众文化之间的鸿沟进一步拉大。

新批评之前

1891年，伯特利学院的约翰·弗劳特在《美国现代语言协会会刊》上发表了一篇题为《恳请从美学角度研究文学》的文章。弗劳特和语文学家一样，对缺乏系统的方法感到遗憾，因为这种方法阻碍了专业的发展，但弗劳特接着说，文学教师不是通过语文学分析，而是通过理解"艺术作品的意义，被裹上了一层新的、更为优雅的尊严"。[4]查尔斯顿学院的谢泼德抱怨说："到目前为止，现代语言协会的趋势几乎完全是朝着语法批评和语言训诂的方向发展。语言的文学性在言语的混乱和语音学的纷争中几乎淡出了人们的记忆。几乎所有的阐释力、文学文化的审美光辉，都在献身语文学的学者眼中消失殆尽。"[5]

弗劳特和谢泼德都没有为文学的"意义"和"语言的文学方面"应当如何被关注提供多少线索。"批评"，如他们所言，包括对文学语言的评价和仔细审视，但在谢泼德对《悼念集》的分析中，批评看起来更像老式的来源研究，而不是我们现在所说的解释。事实上，谢泼德的讨论含有一丝绅士式的蔑视，认为解读是有教养的读者可能会觉得多余的过程。例如，他说，既然人们已经彻底理解了《悼念集》的"一般意图"，详尽的解释显然是一种累赘。[6]

1895年，印第安纳大学新任命的英语系主任马丁·赖特·桑普森明

确阐述了大学内部批评的情形。在为美国英语节目的电话调查写作的
一篇文章中，桑普森谴责"喋喋不休地谈论诗人或小说家的道德目的"
的习惯是一种"过时的观念"。不幸的是，E. A. 弗里曼的格言"英国文
学只是关于雪莱的闲聊"有"五分之四是真的"，桑普森警告说，除非教
师"在喜欢阅读和理解文学之间划清界限"，否则他们会"在洞悉本质的
人眼里显得可笑"。再一次，无论是语文学还是文学史都不是被需要的
系统方法，因为它们只会"给学生塞满传记和文学史"。

　　相反，桑普森认为，目标应该是让"学生与作品本身面对面"。应该
使他

> 系统地将作品作为一件艺术品来探讨，找出作品存在的规律、表现
> 方式、意义，及其意义的重要性，让学生解读这一艺术品，并确定是
> 什么使它成为它现在的样子而不是别的。

有趣的是，后来的新批评的很多纲领在19世纪90年代中期就已经成
形了：

> 　　文学研究指的是**文学**研究，它不是传记研究，也不是文学史研究
> （顺便说一句，这非常重要），不是语法研究，不是词源研究，它不是除
> 了作品本身以外的任何事物的研究，它应被视为创作者的写作，被视
> 为艺术，被视为人性的摹本——而不是逻辑学、哲学或伦理学。

桑普森说，他的观点已是"某一类教师司空见惯的日常真理"，但他补充
说，这些观点到目前为止还只是"理论的真理，而不是实践的真理——其
中有深远的差别"。

　　桑普森的计划面临着几个障碍。首先，他寻求的那种批评实践和教
育方法尚未有任何现存的模式。桑普森描述的位于印第安纳大学的项
目鼓励学生"在课堂上阅读，对细节投入最大程度的关注，选择一个或多
个作者最具代表性的作品"，并"在课外进行大量附带的阅读"。[7]这样

的计划可能超前地强调了"精读"，但除此之外，它很难与电话调查中所描述的其他项目区分开来。印第安纳大学对时期、流派和主要人物有一套标准的覆盖范围，偶尔也会有一些主题课程，比如韵律学。这一切听起来很像布里斯·佩里1907年在哈佛大学找到的"扎实的语言和历史课程"的"钢铁核心"，到那时，这类课程已遍地开花。

123 　　再者，桑普森们反对的是这样一种怀疑的学术态度，即认为批评永远无法超越异想天开的印象派。一位学者的观点很典型，他在1901年断然表示："在修辞研究中，个人因素的作用太大，以至于无法取得准确或科学的结果。"

> 那么，为什么要浪费时间和头脑去重新思考那些毕竟只是主观意见的东西呢？纯粹的美学理论应该留给杂志作家或真正有天赋的批评家，他们认为自己有能力追随莱辛的脚步。

> 我的看法始终是：学院（大学）是做研究的地方，是做学术研究的地方，是要发现迄今未被怀疑的东西的地方。这就是我们的图书馆和神学院的目的。外面的世界没有时间去做研究；我们必须做研究。

按照这位学者的说法，"有争议的风格问题"[8]就到此为止了。

批评与现代文学

大学里的批评运动经常伴随着将现代文学合法化为研究对象的努力。威廉·里昂·菲尔普斯在他的自传中讲述了1895年他在耶鲁大学开设"现代小说"本科课程的经历，课程要求阅读《无名的裘德》《奥迈耶的痴梦》《傻瓜威尔逊》《特丽尔比》等作品。菲尔普斯认为这是"世界上第一门完全局限于当代小说的大学课程"，他还指出，这一事件非同寻常，在美国和英国引起了报刊社论的关注。[9]它的不寻常足以引起菲尔普斯同事们的注意，他们威胁说，除非菲尔普斯在今年年底放弃这门课程，否则将解雇他。菲尔普斯选择了拒绝,而他的同事们则心软了,但在1910年,当菲尔普斯出版了一部名为《现代小说家》的论著时,他说评论家们"惊讶于一本关于当代作家的论著竟然出自一位大学教授之手"。[10]

菲尔普斯可能并没有像他所暗示的那样远远领先于其他教授。布兰德·马修斯声称自己于1891年在哥伦比亚大学开设了一门名为"现代小说的进化"的课程。[11]19世纪90年代,布里斯·佩里在威廉姆斯大学哪怕不是教授当代小说,也在写作关于当代小说的论著。在同一时期,几位《美国现代语言协会会刊》的撰稿人主张"英语教师应该把他的课堂工作推进到最近几个世纪"。[12]尽管如此,对菲尔普斯在耶鲁的课程的敌对反应还是十分典型的,学术界对当下或最近的文学作品的兴趣充其量只是犹豫和零星的。

124

无论对于学者还是批评家,更**受欢迎**的现代文学始终是难以接受的。"审美"批评的倡导者约翰·弗劳特将"当代小说形式的通俗文学"斥为"学徒工文学……它们是被制造,而不是创造出来的——为了销售而制造"。[13]佩里于1896年在《美国现代语言协会会刊》上发表了一篇文章,建议"将小说纳入大学研究",他坦承"广大的小说阅读人群——这些(大学)班级很快就要融入其中——对于判断标准的存在本身持怀疑态度"。佩里担心"这一毫无章法、变化无常的公众,不惜任何代价渴望刺激,既不知道也不关心小说真正的目的和视野,终究有权对书的优劣投下决定性的一票"。但对佩里来说,正是大众品位的堕落状况急需现代小说成为一门大学课程。需要"派那些能分辨优劣、明辨事理的人到公众中去,充当酵母的角色"。[14]

佩里在他的同僚中属于少数派,他认为应该将好的当代文学从坏作品中区分出来。尽管"当代文学"逐渐有了两种不同的含义(取决于讨论的是"高雅"还是"低俗"品位),但大多数教授对这两种文学都持怀疑态度——通俗娱乐文学因其肤浅,较为严肃的文学则因其不道德、物质主义和悲观主义。问题不在于文学作品是不是当代的,而在于它是否强化了传统的文学理想主义——就像越来越少的当代文学看似在做的那样。阿尔伯特·S.库克在1906年写道,似乎再也没有诗人"能带来启示了,也就是说，没有人能够果断而有说服力地宣布一种教义，或道德宇宙的世界观，那种能激荡人们的灵魂，引领他们超越习惯和平常的情绪的力量"。[15]

查尔斯·霍尔·格兰金特在1912年赞许地援引了英国评论家弗雷德里克·哈里森的判断，即新的艺术和文化运动（他提到后印象主义、立体主义和未来主义）代表了"对邪恶的崇拜"，一种"对丑陋、肮脏、野蛮的崇拜或敬仰"。诗歌、传奇、戏剧、绘画、雕塑、音乐、礼仪，甚至服装，如今都被重新塑造以适应大众口味，采用了迄今为止被视为令人不悦的、粗俗的或实际上使人厌恶的形式。精致成了"伪善"；肮脏的俚语则是"如此真实"。[16]

然而，学院态度表面呈现的传统主义可能再次具有欺骗性。如果那些猛烈抨击前卫艺术虚无主义的学者仔细审视自己的实践，他们或许能从中发现与自然主义小说家和立体主义画家正在培养的临床客观性之间的亲缘性。保守的学者和前卫的艺术家赞成的是同一种"突破性"伦理的不同版本，这种伦理即使试图为传统的理想主义服务，也具有颠覆传统理想主义的效果。正如白璧德指出的，研究中时新的"培根式"科学主义可以与文学趣味中老式的"卢梭式"感伤主义携手并进[17]——研究和文学趣味之间并没有显见的联系，这甚至使之变得更为容易了。

统一的批评战线

在1900—1915年间，对美学批评的呼吁仍然贯穿于专业文学研究之中。他们敦促教师"揭示一本书作为文学作品的一般思想，其有机组成部分的比例和对称，以及达成艺术统一性的构成计划"。[18]或者，他们建议以对评价和"阐释性批评的重新强调"来替代或补充"对文学关系、渊源、影响、主题或形式的发展的探究"。[19]批评正在成为一种为各式各样的利益和态度而战斗的共同的口号，这些利益和态度除了都对纯粹的科学和纯粹的印象主义感到不满以外，并不总是有很多共同之处。

在批评光谱的一端，是审美形式主义的支持者，比如哥伦比亚大学的乔尔·E. 斯宾加恩，一位对系统的艺术哲学充满热情的文艺复兴学者。19世纪90年代中期，斯宾加恩先后在哈佛大学和哥伦比亚大学完成了他的研究生学业，在那里，路易斯·E.盖茨和乔治·爱德华·伍德贝里各自影响并激发了他对印象派艺术观点的兴趣，对此，他在贝奈戴托·克罗齐的作品中发现了系统性的支撑。斯宾加恩说，克罗齐为他提供了"伍德贝里思想中隐含的东西的哲学解释"。[20]他在于哥伦比亚大学写作的论文基础上写成了《文艺复兴时期的文学批评史》，于1899年出版，被学者誉为"第一流的重要先锋作品"[21]，当时斯宾加恩只有二十四岁。此书直到1963年仍在重印。

刘易斯·芒福德称斯宾加恩为"大学里**那个**杰出的年轻人"。[22]然而，1911年，当斯宾加恩反对尼古拉斯·默里·巴特勒以古典学者哈里·瑟斯顿·佩克的不道德行为为由解雇后者时，他立刻就被巴特勒解雇了。斯宾加恩被解雇后，开始从事出版，并于1919年成为哈考特·布瑞斯的创始人。斯宾加恩是一个热情奔放的人，一个政治自由主义者，一个直言不讳的学术自由的捍卫者，后来又成为全国有色人种协进会的官员，他本能地与巴特勒等人发生冲突，并在他们身上看到了"躁动不安的管理和组织之神"[23]的化身，这些人"将机械的效率和管理常规视为大学努力的目标"。[24]

斯宾加恩是那种认为"管理"应由精神召唤引导的教授的典型，这种态度通常不会受到同事的欢迎。他告诉约翰·厄斯金，"他无法遵守毫无意义的学院陈规"，他忽视学生，并将自己的职责限定于"教授他自己选择的课程，并指导他自己允许在他手下攻读博士学位的学生的工作"。[25]在这种对行政管理的蔑视中，斯宾加恩是在实践他克罗齐式的美学理论：根据他的传记作者马歇尔·范·德乌森的说法，斯宾加恩的艺术"是美国实用性的解毒剂，艺术家要挑战那些'躁动不安的管理之神'，后者甚至威胁到了教室和图书馆里的学者"。[26]

在《创造性批评》（1917）中，斯宾加恩发展了这样一种理论，即艺术作品是独特的自我表达行为，"必须以自身的标准来评判其卓越性，而无须涉及道德"。[27]斯宾加恩在一篇文章中写道："说诗歌作为诗歌是道德的或不道德的，就像说等边三角形是道德的，而等腰三角形是不道德的，

126

或是说音乐和弦或哥特拱门是不道德的一样，是毫无意义的。"[28] 这篇文章，甚至连无情的 H. L. 门肯教授也感到满意。斯宾加恩认为美国的批评"缺乏哲学的洞察力和精确性"。他说，"金科玉律不少"[29]，然而"不连贯的文学理论体系"与"纯粹的实践方案"已经取代了"真正的艺术哲学"。[30] 斯宾加恩清理批评中的概念混乱的状况的愿望，预示了 I. A. 瑞恰慈即将在20世纪20年代的剑桥开展的项目。与早期的批评改革家一样，斯宾加恩认为，在学院的风土中，单纯地怀疑业余主义是致命的，如果批评希望公正地与语文学竞争，就需要发展出一个有序而全面的体系。

与斯宾加恩相对的另一端是新人文主义者[31]——哈佛大学的白璧德、伊利诺伊大学的舍尔曼、北卡罗来纳大学以及后来的爱荷华大学的诺曼·福尔斯特、普林斯顿大学的保罗·埃尔默·摩尔。人文主义者认为斯宾加恩的审美形式主义毫无用处，也无意将批评纳入哲学秩序之中。他们指责斯宾加恩的逃避主义和排他性，或者，明显考虑到他的政治立场，他们把他描绘为一个无政府主义者或自由论者。[32] 对于斯宾加恩来说，批评意味着将文学中使其有别于世界上一切其他事物的元素分离出来，而对于人文主义批评来说，最有价值的批评关注的是文学与哲学、伦理学，以及"一般观念"所共享的特质，后者在学院文学研究与教学中如此欠缺。这些对立的文学观点最终将成为新批评中的对立倾向，使其在努力清除文学中的社会、道德杂质，与将文学作为一种可以拯救世界于科学和工业主义的知识形式加以推广之间摇摆不定。

但是，只要研究型学者仍是共同的敌人，批评阵营中潜在的冲突就不会导致彻底的决裂。这些学者很容易受到审美形式主义者和人文主义道德主义者的攻击，因为，可以说他们以对立的方式同时冒犯了这两方：他们混淆了文学与非文学的话语形式，同时又将文学与社会和伦理问题分离开来。面对这个既不尊重道德，也不尊重艺术审美的共同对手，道德主义者和唯美主义者一时觉得他们同属一条松散的统一战线。

也许这一战线中最不安的盟友是那些"通才"，对他们来说，批评不是研究的替代方法，而是方法本身的替代物。像佩里、菲尔普斯、马修斯和厄斯金这样持中立态度的批评普及者不信任学者的迂腐，但他们同样对斯宾加恩的方法论纯洁性或人文主义者的纲领性道德持谨慎态度。厄斯金代表他们说，作品应该为自己说话，在"学生和书本之间"不应有精心设计的"历史和批评装置的屏风"。[33]这一观点在教学法中的表现，就是厄斯金于1917年构想，并于第一次世界大战后在哥伦比亚大学中以"一般荣誉"为名推行的伟大著作课程。

战争气候

第一次世界大战引发了对教育价值观的普遍重估，最终推动了批评事业的发展。在《马尔斯和密涅瓦：第一次世界大战与美国高等教育的作用》中，卡罗尔·S. 格鲁伯讲述了威尔逊的战争观如何被美国教授广泛接受，并由此得出结论，"他们的社会功能应是毫无保留地为国家追求军事胜利而奉献自己"。[34]在战争的反德气氛中，学术上的"德国性"和"日耳曼狂热"的痕迹被愤怒地根除了。例如，在1918年的伊利诺伊大学，公众施加压力要求停止德语课程。[35]据说，斯图亚特·舍尔曼警示全国人民防止"普鲁士主义通过卡莱尔的四十卷著作涌入盎格鲁-撒克逊社群"。[36]范德堡大学哲学系主任"吸收了德国学术的精神和技巧"，是"一个直言不讳的德国同情者"，校长警告他说"其治下的所有教员都是爱国的美国人"。[37]马尔科姆·考利回忆，在哈佛，"1916—1917年的冬天，我们的教授不再谈论国际文学共和国，而开始宣扬爱国主义"。[38]罗伯特·莫尔斯·洛维特因参加1917年的和平集会而被他芝加哥海德公园的邻居吊在了雕像上。[39]

战争激起了高等教育的官方动员。1917年，《国家教育局公报》"号召全国各地的大学教授向听众讲授国家为之奋斗的原则"。[40]校园被改造成了部队训练中心，现有的课程被重新定义为"战争问题"课程。例如，在伊利诺伊大学，"教授历史、政治、经济和文学的目的是灌输同盟国的道德优越性"。[41]在密歇根大学，授课的讲师断言，"德国人民没有公平竞争的人道主义精神，而英国、美国和法国都具有这种精神"，并补充说"臣服于法国的人民热爱他们的主人"，"马达加斯加、突尼斯和阿尔及尔人民

128

自愿派遣军队与法国人并肩作战"即是明证。[42]伯克利的查尔斯·米尔斯·盖利在1917年把他的伟大著作课程改成了"关于伟大战争的著作"课程，他在大学后面的希腊剧院为"3 000—7 000名学生和游客"授课。同年，盖利还出版了一本书，题为《莎士比亚与美国自由的缔造者》，"将莎士比亚的话语解释为一种对世界大战的预言"，并试图证明"莎士比亚的政治哲学……就是美国自由的缔造者与《独立宣言》的政治哲学"。[43]

厄斯金回忆说："[哥伦比亚大学]在战争威胁出现之前一直鼓励的和平主义精神，突然变得与共产主义一样让保守派深恶痛绝。"1917年，哥伦比亚大学的受托人"公布了他们调查整个教授组的意图，以确保哥伦比亚大学没有传播任何不当学说，也没有给学生树立任何坏榜样"。[44]哥伦比亚大学的英语教授亨利·W. L. 达纳因发表反战演讲而被尼古拉斯·默里·巴特勒解雇，美国著名历史学家查尔斯·比尔德也为抗议类似行为而辞职。[45]1917年，一位现代语言学者提到"罗曼语系的同事宣称他们永远不会接受任何一个拥有德国大学学位的人成为他们的同事"。这位学者说他"自从战争爆发以来就听到其他同事宣称，他们手下的每一位教员都必须是亲协约国的……学生捕捉到了[这种]有害的精神氛围，他们在很大程度上以基于欧洲政治情形的部门间竞争来解读我们"。[46]

美国文学研究（将在后面的章节中单独讨论）很大程度上要归功于战时超级爱国主义的推动。弗莱德·路易斯·帕蒂观察到"一种教育的门罗主义"正逐渐形成，其座右铭是"为美国人的美国文学"。[47]在1919年一篇学校教科书的前言中，帕蒂写道：

> 最近美国爱国主义的表现，欧洲对美国灵魂的新发现，以及在我们的学校和学院，特别是在那些一度受政府控制的学校和学院里，对美国精神教学新的坚持，使美国文学研究前所未有地受到重视。现在人们越来越清楚地看到，美国的灵魂、美国的民主观念，以及美国精神应该在我们的学校课程中被突出表现，以防范伟大战争之后兴起的实验性的无章法的精神，并作为如今正在为未来努力的一代人的指南。[48]

正如帕蒂所谓的"实验性的无章法"所预示的，美国文学的教学最终有望唤醒学院文学研究，使他们意识到"领导"国家的责任，而这正是他们迄今未能实现的。

在帕特发表此文的同年，北卡罗来纳大学的埃德温·格林劳和詹姆斯·霍利·汉福德编纂了一本大学阅读文集《伟大的传统》，囊括了从英美散文和诗歌中精选的作品，阐述着自由、信仰和行动的民族理想。编纂者们将这些选文描述为"盎格鲁-撒克逊心智从现代时期往前迈进的里程碑"。[49] 在格林劳参与编纂的另一本英美文学大学教科书《文学与生活》(1922) 中，他坦言，美国文学部分的选文呈现了"对美国思想和理想的连续阐释，它们使美国文学的故事成为公民训练强有力的辅助"。[50] "我们的民主制度的意义，"格林劳写道，"最为这些人所理解，他们富有爱国情感，熟悉政府机构的运作，更重要的是，他们学习过那些奠定我们信仰的理念的历史，尤其是阐释这些理念的文学作品……因此，文学研习不是一种副产品，不是闲暇时的消遣，而是学院的核心。"[51]

我们不应忽视这样一个事实：遏制"实验性的无章法"和促进"公民训练"是塑造这一时期文学研究观念的核心动机。但我们也不应忘记，这些目标在学院层面可能比在大学层面更具效力。尽管某种公民意识形态显然决定了何为正典，正典的存在却并不能保证它将以一种意识形态上连贯一致的方式被教授。这一点似乎值得注意，尽管格林劳的大学读本《文学与生活》中有一部分选自当时的经典《织工马南传》，但这种选择并非出于公民意识和理想主义——这正是选集表面上的主题——而是因为它是一部现实主义作品，"从大街上和其他同类型书籍的巨大人气中就可以看到现实主义已成为一种风尚"，即使学生"离开学校后"也会阅读这类作品，因此它"尤其令人向往"。[52] 公民意识的提升在大学教科书和美国文学选集中无疑是一个持续性的、不断重现的主题，20世纪50年代，作为对冷战的回应，它再次浮现，但自20世纪20年代中期以来，它往往只是诸多主题中的一个。[53]

美国文学仍然是按照老旧的雅利安种族理论来解释的，比如布里斯·佩里的《美国的心灵》(1912) 和《美国文学精神》(1918)，但如今的

130

表述明显比第一次世界大战前更加犹豫和限定，涉及对种族的概括性描述时，带有某种学术上的谨慎。例如，佩里警告说："没人能用他的大脑理解美国。它太大了，太令人费解了。它具有诱惑性和欺骗性。"可以肯定的是，佩里的意思是，人们只有通过情感直觉，才能感受到美国人的基本"情感"，他把这种情感描述为一系列"依稀感受到的敬仰、付出、同胞情谊和社会信仰"，但佩里补充说："没人能列出美国人品质的清单，就像我尝试做的那样，同时又没有意识到很多东西会从这一分类中逃逸出去。对民族性格的有意识的批评和评估，是理解民族特色的根本；但人们或多或少感到，这张网并不牢固。"[54]

约翰·厄斯金在《智慧的道德职责》(1913) 一文中，仍然可以将"我们良知的起源"追溯到"德国的森林"，在那里，它"效忠的不是智慧，而是意志"。[55]但厄斯金补充说："对于美国而言，尽管我们可能会感伤哀叹，英国（因此德国）似乎注定越来越无法成为文化、宗教和学识的源泉。我们的土地吸纳所有的种族；每一艘船都停泊在我们的港口，因此，我们古老的英国思维方式必须挨挤得更近一些，以便为新的传统腾出空间。"[56]

令人惊讶的不是学院空气中有多少明目张胆的沙文主义意识形态，而是这种意识形态多么频繁地受到攻击。即使在战争歇斯底里的巅峰时期，关于一种超越民族沙文主义的"国际文学共和国"的想法也有着惊人的成功。尽管无疑是被整个国家忽视了，1914—1919年间现代语言协会的演讲往往是世界主义的、反民族主义的，甚至公然蔑视一位学者所说的"将一种完全狭隘、自私、邪恶的民族主义和虚假的爱国主义引入我们的学术关系"的做法。[57]"今天，有甚于以往的任何时候，"有人说，"启发现代语言和文学研究的精神是启发了莱布尼茨、赫尔德和浪漫主义者的普遍性观念。"[58]人们援引康德、赫尔德与莱辛，期望"所有民族都能逐步迈向共同人性的理想"。[59]人们反复推崇歌德，因为他"敏锐、宽广的心智……保持着纯洁，没有受到民族偏见的约束"，他"对每一场文化运动，无论其起源如何，都怀着始终如一的兴趣"。[60]

这种针对狭隘的特殊主义的，对西方文化的辩护，承诺恢复一种古

131

老的，对于文学的历史研究的文化使命感。然而，获得成功的是批评，而不是历史研究，因为批评与对破坏性的沙文主义观点的质疑性剖析，以及对政治党派和公正的阐释的区分是联系在一起的。有人说，在社会动荡的时代，学院文学研究必须对其自身在世界上的位置更加自觉。而这种高度自觉的载体就是批评。

132

批评、伟大著作与文化的危机

美国现代语言协会会长杰斐逊·弗莱彻阐明了批评在动荡时期的角色，他在1915年的会议上说：

> 人们很容易将伟大作家的意图曲解为党派目的，尤其是在党派偏见极端强烈的时代。文字确实是有力的，但也没有什么比文字更无助……在过去的一年里，冲突双方都搬出歌德来证明各自的正确性。这位伟大的诗人真是这样的"双面人"吗？或者由他的精神授权的文字已被强烈的偏见模糊了吗？除非是以事实武装的学者，训练有素的头脑，公正明断的良知，否则谁能回答？[61]

在这里，具有"公正明断的良知"的学者成了评判歌德是否被恰当地阐释为一个党派人士或是超越党派的诗人的仲裁者。类似的观点认为，批评是治疗基于意识形态的错误传达和误解的药方，这很快激发了瑞恰慈20世纪20—30年代的批评宣言，以及与阿尔弗雷德·科日布斯基、塞缪尔·早川和查尔斯·莫里斯等人相关的语义学运动。[62]早期对阐释教学法的呼吁与期望通过语言分析来遏止过度的意识形态偏见和宣传是联系在一起的。

正是我前面提及的弗莱彻区分了追求"正确"的学者与追求"有趣"的文人。[63]弗莱彻视批评为最终弥合这种长期以来的分歧的手段，它会使文学研究"既正确又有趣"，也就是说，"对我们自己以外的人来说也有趣"。弗莱彻认为，由于"各民族都在为自己的生活理想奋斗"，对于大多数人来说，"文学的兴趣比以往任何时候都更多地体现在对生活的评价上"。正是"对阐释性批评的重新重视"将引导这些评价，并重新建立起与"我们自己以外的其他人"的联系。[64]

也许弗莱彻心中的阐释性批评正是厄斯金在伟大著作课程中运用的方法，伟大著作课程实际上最初是为在法国的美国士兵开设的成人教育课程。厄斯金的"一般荣誉"课程是在"很多位高权重的同事的强烈反对下"勉强被采纳的，"讲的是西方世界的经典，即伟大著作，从荷马开始，一直到19世纪——在那时，还没有公认的20世纪经典"。[65]厄斯金的想法是，像对待当代文献那样对待经典。他每周花一整晚来研读一本书（包括哲学和神学论文以及想象文学），并鼓励每个班的学生（十五人左右）阅读这些"古代的畅销书"，"就像阅读当今的畅销书一样自然而然地"感受它们，并"在自由讨论中即刻形成自己的观点"。[66]

厄斯金说，当"愤怒的同事告诉他，一部伟大的著作不可能在一周内读完，这不明智！"时，他回答说，"当这些伟大著作首次出版时，它们很受欢迎"，而"最初喜欢它们的公众会读得很快，也许只用一个晚上，不用等着去听那些关于它们的学术讲座"。[67]用特里林的话说，"对于一些终生致力于研究某些作者或书籍的学者来说，假定本科生能在一周之内理解这些作者或书籍，近乎亵渎。厄斯金回答说，每本书都必须在某个时刻被第一次阅读，通过阅读初识一部伟大著作，与对其进行学术研究，是不同的。对于阅读伟大著作的翻译相当于完全没有读过它这样的断言，他回答说，如果是这样，那么他的同事中鲜少有人读过《圣经》。"[68]

厄斯金并没有发明"伟大著作"这一想法，而是将一系列实践正式化了。这些实践早先由伍德贝里（厄斯金的导师）、菲尔普斯、佩里和盖利等人发起，盖利自1901年起就在伯克利教授一门名为"伟大著作"的课程。[69]但正如特里林所说，正是从厄斯金的课程开始，"人文学科的通识教育运动兴起了，并且不仅在哥伦比亚大学，也在全国很多大学中确立了自己的地位"。[70]一般荣誉课程最初是为选定的低年级和高年级荣誉学生开设的为期两年的课程，到了20世纪20年代中期，它已成为哥伦比亚大学的一门必修课，其他地方也在开设类似的课程。20世纪20年代，莫蒂默·J.阿德勒是厄斯金的学生和同事之一，他后来进入芝加哥大学哲学系，并使年轻的校长罗伯特·梅纳德·哈钦斯相信，伟大著作课程将成为通识教育课程的典范，而后者可以对抗科学实证主义与职业主义根深蒂固的力量。[71]厄斯金不喜欢阿德勒和哈钦斯在这门课程中植入的托马斯主义形而上学，他脱离了芝加哥大学的事业，并说他"不关心哲学，也不关心全面教育的方法；我只希望教人们阅读"。[72]

134

正如特里林所说，一般荣誉课程的课堂形式有一种"原始的简单"[73]，这似乎是"批判性"学习，或者更一般地说，任何讨论广泛问题的教学（而非历史导论课上了无生趣的信息传授）的自然环境。这里有一个戏剧性的转变，因为我们可能还记得，当讲座被引入19世纪的大学时，它是与德国的教学自由联系在一起的，并被视为摆脱烦琐仪式的解放。[74]然而，随着对研究模式的幻灭扩散开来，讲座也沾染上了过去加诸经典记诵的机械学习的污名，智识本真性的光晕转而传给了研讨课。

然而，直到20世纪40年代，这种趋势才大规模显现出来。首先，一般荣誉课程的模式要求的小型研讨课需要很多投入，尤其在哥伦比亚大学，这种课程是由两位导师进行"团队教学"的。大规模实施所需要的经济投入远远超出了20世纪20—30年代大学的水平。其次是来自研究学者的反对，他们怀疑研讨课是半吊子作风，而通识教育项目则是他们教授自己专业的障碍，他们的反对使得此类实验一直被边缘化，直到第二次世界大战结束后。

随着一般荣誉课程的理念在第一次世界大战期间形成，另一门著名的、被广为效仿的哥伦比亚大学通识教育课"当代文明"也诞生了。它被称为"C. C."，"直接由哥伦比亚大学1917年开设的'战争问题'课程演变而来"。格鲁伯注意到，战争结束后，课程恢复了"绝对善对抗绝对恶的主题……简单地把'德国佬'替换成布尔什维克，作为世界各地的民主的威胁"。例如在1918年的密歇根大学，课程教师谈论"革命者的野蛮暴行"（这些革命者当中犹太人的数目惊人），并警告说布尔什维克的朋友和同情者"无处不在——在德国、法国……意大利、荷兰、英国、美国——他们也在密歇根大学的校园里"。[75] 然而，"战争问题"课程中引入的"历史、政治、经济与文学"的融合逐渐成为一种跨学科教学模式，后者不再那么粗暴地与民族主义目的联系在一起。

135　　不幸的是，"当代文明"课程和"一般荣誉"课程本身却不像最初设想的那样具有融贯性，因此"文学"仍然与"历史、政治和经济"分离。虽然"一般荣誉"课程与"当代文明"课程被认为是互补的，但除了选这两门课的学生自己想办法建立的联系之外，两者没有任何关联。这是一个关键的弱点，因为，与厄斯金的假设相反，学生们无法像伟大著作最初的读者一样来阅读它们，除非能为他们重新创造关于这些著作及其读者的某些历史背景。将柏拉图和莎士比亚视为当代作家是令人愉快的，如果这样来教授他们，我们也会取得一定的成功，但随着他们的世界与我们的世界之间的鸿沟的扩大，协调不同时代的问题变得尖锐起来。正因为这些伟大著作不是当代文献，如果把它们当作当代文献来教授，就会绕过整个历史与文化变革的问题。

　　"一般荣誉"课程与社会学和历史学保持的距离表明，批评的支持者如何可能以自己的方式强化他们希望通过批评来弥合的隔阂。"一般荣誉"课程表达了厄斯金在第一次世界大战前的文学理想主义，在他的学生伦道夫·伯恩看来，这种"火焰"因厄斯金而得以延续，却与现代世界联系微弱。[76] 这门课程看起来是社会与政治世界之外的另一种选择，而不是理解它的方式。另一方面，"当代文明"是不加反思的历史主义和自由-社会-科学主义，而"一般荣誉"则是永恒的人文主义。"当代文明"体现了约翰·杜威的实用主义以及詹姆斯·哈维·罗宾孙与查尔斯·比尔德的"新历史"的影响，强调"社会变革与时代的新异"。[77] 其主题是"人的社会进化"以及"历史作为社会进程"的观念。厄斯金的学生莫蒂默·阿德勒感到两门课程互不相容，他"从杜威办公室的门缝里塞进长篇大论的信件"[78]，表达了对实用主义的敌意。莱昂内尔·特里林后来关于"自由主义的想象力"的批评，以"一般荣誉"的视角表达了对"当代文化"的反对，尽管事实证明，对于哥伦比亚大学英语系来说，特里林自己就太社会学（也太犹太人）了。[79]

固守的学者

第一次世界大战后的研究学者倾向于在原则上让步，承认批评拥有合法的一席之地。他们现在说，他们反对的不是批评本身，而是过早的批评，是学术"基础"尚未打下之前的批评。但是，只要大多数学者仍然认为批评是一种与可证实事实相对的主观印象，这些让步就是空洞的。只要这种假设仍然盛行，批评就不太可能被接受为文学学生必须关注的一部分。 136

我们可以通过1922年法国学者安德烈·莫里泽出版的一本标准的研究生指南《文学史问题与方法》来判断学术保守主义的倾向。根据诺曼·福尔斯特的观点，莫里泽的手册"把自己推荐给开设书目与方法课程的教师，这些课程将告诉认真的学生他要去往哪里，以及他必须走哪条路"。[80]莫里泽承认"印象主义批评"的价值，他说"文学史只要求[批评家]根据经历史证实的事实来做出个人反应"。[81]"那些对文学史有信心的人，"他补充道，"只要求批评家，在构建体系之前，在赞扬或指责、崇拜或嘲笑之前，能明确地知道自己在说什么。他们要求，在批评之前，他一定要确保批评的是既定的事实、无可争议的年表、正确的文本、准确的书目。"[82]必须对学生明确这一点：任由你的品味来做出批评，如果你一定要这样做的话，但不要将它混同于真正的知识或思考。

莫里泽礼节性地向柏克和泰纳的英雄理想鞠躬。他拂去了泰纳的种族、环境与时代三要素，认为个人的著作是对"'社会转型'的历史"的反映，而通过研究纯文学以外的各类作品，"我们有望提取出特定时期的思想或道德意识的一般形态"。[83]他告诫学生永远不要满足于"收集奇闻逸事或孤立的事实，无论它们多么有趣和突出"，并敦促他们"寻找一般、普通与惯常——所研究的地方或时期的社会、道德与世俗生活的整体"。[84]他还建议，"对资料来源的每一次研究都应指向明确的目的：更广泛、更真实地了解作者，他的思想、他的艺术发展、他的工作方法、他的性格和他的独创性"。[85]

但莫里泽的吁请表明，他所提倡的方法只适用于编辑准备、确立关

137　键书目、研究和阐释来源、证明真实性和归属等任务。莫里泽认为"科学的意识和精神"是"不做任何臆测的决心，在不抑止主观印象的情况下，将它们与有依据的事实完全分隔开"。[86]这里的假设似乎再次认为，与作品相符的文化背景可被视为理所当然的。

　　韦勒克后来评论说，莫里泽的书"给人的印象是，文学史几乎仅局限于编辑与作者，来源与生平的问题"。"无论这些前期工作多么必不可少，过分强调它们往往会导致琐碎与无用的迂腐，这恰恰会引起门外汉的嘲笑以及学者对于徒耗精力的愤怒。对于那些对文学价值漠不关心的人来说，这样的作品过于有吸引力了。"[87]福尔斯特早些时候曾评论说，"不管它的方法论多么专业"，莫里泽的书"可悲地未能传达一种关于学术的非科学方面的清晰概念"。[88]

　　福尔斯特的这些批评可见于《美国学者》(1929)一书，此书是人文主义针对学者权威的全面论战，继承了科林斯、考尔逊、白璧德，以及爱默生散文的传统（书名即取自爱默生的散文）。福尔斯特是白璧德的学生，也是新人文主义的皈依者，但他克服了宗派主义，在他漫长的职业生涯中体现出了当时大量涌现的职业倾向。福尔斯特是反对研究学者的批判运动的早期代言人，是人文主义者与新批评派之间的纽带，也是美国文学研究的主要创始人之一，并致力于缩小研究与批评的距离。他出版的著作有《美国文学中的自然》(1923)、《爱默生》(1924)，以及《美国批评：从坡到当下的文学理论研究》(1929)，他还编辑了《重释美国文学》(1928)这部重要文集，此书标志着美国文学成为一个成熟研究领域的转折点。此外，福尔斯特还是"创意写作"学科的先驱之一，在他看来，创意写作的兴趣与批评密切相关。1931年，他离开北卡罗来纳大学，担任爱荷华大学文学系主任，他在那里的第一步就是设立创意写作研究生项目，这个项目后来发展为爱荷华作家研讨会。[89]这本身是一个很有启发性的故事（尽管在这里不能过多讲述），因为福尔斯特没有预见到创

138　意写作项目会迅速脱离其最初的综合目的，成为一项独立的事业——正如批评自身也会如此。

　　在《美国学者》一书中，福尔斯特开篇就抨击语文学家们"混淆了

手段和目的，强调语言工具而非文学效果，忽视了能为学术正名的更高任务"，并"与敌视人文学科的势力合作"，背叛了自己的事业。[90]然后，他又抨击了历史学家，他们沉浸于纯粹的描述，"对一本好书和一本烂书怀着同样的兴趣"，他们"盲目地追求事实，漫无目的地为知识总体增添微小的补充"。[91]福尔斯特抨击那种追求"与其他沉浸于文学史的学者'保持同步'"[92]的狂热，并敦促道："我们必须着手恢复学术与批评的传统联盟，两者的分离对双方都造成了伤害，并严重危害了教育。"[93]

然而，福尔斯特自己有时似乎也鼓励这种分离，这也许是因为他接受了人文主义者在人与自然秩序，在"人的法则"与"物的法则"之间造成的严重分离。虽然福尔斯特对学术和批评的分离感到遗憾，但他有时会将两者定义为似乎它们之间不可能形成任何联系。"我们常常忘记，"他说，"艺术和科学是两个截然不同的领域，艺术的内在性和科学的外在性本质上是不同的。"[94]这样一种学说使得福尔斯特归于学者的功能与归于批评家的功能之间不再有关联，前者是"使我们的知识越来越精确和透彻"，后者是"使我们的价值标准越来越权威和实用"。

福尔斯特自己在《重释美国文学》中与文学史学家合作，他在爱荷华大学将文学史作为研究生写作项目的一部分[95]，在《美国学者》的结尾处，他简要勾勒了一个替代项目的模型，"在这个项目中，文学史将被用来阐明而不是遮蔽文学本身"。[96]然而福尔斯特有一种令人担忧的倾向，他认为文学史与文学的分裂并不纯粹是糟糕或狭隘的文学史所导致的结果，而是一种不可挽回的分离。他将某些学者由文学转向文学史或一般社会史的"效忠对象的转变"称为"背叛行为"。[97]指责历史学家放弃"文学史，而偏爱一组组孤立的事实"是一回事，暗示哪怕是更宽泛理解的历史也会是对文学的背叛，是另一回事。在后一种声音中，福尔斯特与历史学家的距离并不遥远，后者也将历史与批评分开看待。

139

学者们以埃德温·格林劳1931年的著作《文学史的领地》回应福斯特的宣言。格林劳是一位斯宾塞学者，《语文学研究》的编辑，也是20世纪早期学术界的重要人物之一。（"不要反抗格林劳的信任"，一位记者说他在20世纪20年代末还在做研究生时曾收到这样的警告。）1914年，格林劳聘用福尔斯特到北卡罗来纳大学任职,两人在那里一直共事到1925年。那一年,格林劳去了约翰·霍普金斯大学,一直在那里工作到他去世(1931年)。从中可以看到当时这个行业的社会同质性,如此激烈竞争的智力对手也可以成为亲密的同事和朋友。[98]

在《文学史的领地》中,格林劳似乎比十年前的莫里泽更认真地对待来自批评的挑战。他承认,"我们将永远需要文学批评,文学批评通过将一部杰作与其他杰作进行比较来考验这部作品",它还决定了一部作品与"悲剧、史诗或任何其他伟大文学形式的意义,以及那些定义了作者的天才及其人生观的基本概念之间的关系"。格林劳说,他"唯一的观点是,这种方法虽然有趣且有价值,但并不是唯一的方法。文学史学家不只是收集批评家将使用或不会使用的事实;他的方法贯彻了逻辑目标,也在批评中提出问题,这是批评的基础,否则它就是不完整的"。[99]

这里有一丝潜在的和解暗示:文学解释和判断可以安置在广泛的文化史中。然而,最后,格林劳又回到了旧的防御性论辩中:没有理由尽力扩大文学研究的范围,因为如果按照泰纳那种宽泛的意义来恰当地理解文学史,文学史已经具有足够的包容性。文学史的诋毁者不是在评判这种方法真正的实践,而是在评判它偶尔流于滥用的情形。

当然,格林劳承认,"针对资料来源的对照研究可能会导致荒谬",而且"学术期刊的产物可能散发着迂腐气息"。[100]但恰当理解的文学史不只是资料的积累,而是建立在"了解作为整体的文明史的愿望"之上的。[101]学者"假如明白自己正在帮助书写人类文化史,就可能会获得灵感和远见"。[102]他参与了济慈所谓的"智识的大行进"。[103]那么为什么文学史会受到攻击呢?因为那些不喜欢它的人深陷怀旧情绪——他们是"无能而大声疾呼的美好旧时代的拥护者"。[104]

当然,从理论上看,格林劳的论点足够合理:像批评家有时候做的那样,以文学史的较弱表现形式来评判它是不公正的,而且一些文学史的诋毁者确实是美好旧时代的无能的拥护者。恰当地评判,文学史与福尔斯特的人文主义理想并非不相容。格林劳自己的学术研究涵盖的范围相当广阔,[105]而无论人们如何评价他编的爱国主义教科书,它们都反映了一种并非不同于福尔斯特的宽广的理想主义。[106]但是格林劳从来没有自问，他的更宽泛的文学史观念，在多大程度上实际反映在了现存的文学学院中。"智识的大行进"在多大程度上进入了专业期刊、研究生研讨会和本科课程？

在他书中的其他时刻，格林劳改变了方向，采取了一种更让人放下防备的策略：他没有继续主张文学史研究具有广泛的教育价值，而是承认大部分文学史研究确实与人文学科的文化和教学目标无关，而人们不应抱有另外的期望。格林劳可以指责像福尔斯特这样的新人文主义者未能"区分适合学院的学习课程与研究项目"[107]，不恰当地期望一者的文化和教育目的能由另一者的研究实践来满足。从他们崇高的理想主义的高度来看，福尔斯特这样的人文主义者看不到教学的目的是"学院的和神学的"，"与学问无关"。[108]

> ［格林劳说］研究的批评者非常不愿意承认，研究生部一方面有别于大学预科学校，另一方面有别于教育学校，我们工作的目的不是培养创造性的文学艺术家或教师，甚至不是文化传播，而是发现和传播一种学问。[109]

在这里，格林劳似乎不再主张他所捍卫的学问与"文化传播"有任何关联。但是，如果学问与文化传播毫无关联，什么才与文化传播有关呢？当被委以这一职责的机构被公认为是为了其他目的而组织时，文化传播如何发生？格林劳承认，"不是所有的大学教师都应成为研究人员"，但他不太可能没有注意到，大学管理者的想法和行动与此不同。[110]

又一次，使本科生与研究生学习相互分离的劳动分工为"所有利益都在得到满足"这一借口提供了合法性。有人可能会说，研究生教育并没有因为研究中缺乏人文主义的内容而变样，研究生们难道不是已经在本科期间获得了他们研究所需的人文主义背景吗？而本科学习也不会受到研究的威胁，它本就与研究无关。但在这一点上，格林劳的立场实际上与福尔斯特这类充满敌意的批评家相去不远——福尔斯特将批评

141

与学术功能分离开来。如果正如福尔斯特所言，"艺术的内在性与科学的外在性"本质上是相异的，那么两者可以栖身于各自的制度范围内，彼此互不影响；所有利益都将得到满足，没有什么需要改变。

改变的阻力并不仅仅来自思想领域。保守主义为一种默认的假设所巩固，即高级教授实际上拥有他的领地，包括垄断研究生研讨会和高级课程、指导论文、控制初级职位的任命——尽管这种家长式作风至少在为学生找工作时承担了责任，这是后来更为民主的制度所不具备的。面对试图改变这些贵族式安排的尝试，年长的教授们倾向于认为，如果**他们**必须在这个体系中以自己的方式往上爬，为什么其他人不应该这样做呢？（根据一个大学院系里的传说，20世纪50年代初，当"他的"研讨会向初级职位的同事开放时，一位高级教授的痛苦反应是："我拼尽全力掌控这门课"，据说他抗议道，"而你们现在想把它送出去"。）然后，与旧的心智训练理论相呼应，学者们倾向于辩称大部分工作必然是枯燥乏味的，尤其是在研究生阶段。霍华德·芒福德·琼斯在1930—1931年间写作《研究生英语学习：它的依据》一文时可能没有明说，但他的文字已有暗示，"没有一位勤勤恳恳的研究生教师会遗憾地意识到，他的日日夜夜实际上都付诸了平淡而必要的信息与技术传授；尽管他很乐意推进更高层次的事情，但实际上他无法那样做"。[111]

来自内部的怀疑

在第一次世界大战后的岁月里，学者们正处于信心最高涨的时期，然而在他们的队伍中，分歧继续出现。不只是福尔斯特这样的新人文主义者，一些具有无可指摘的地位的学者，也对这种研究模式提出了根本性的批评。锡德尼作品的编辑、耶鲁大学的阿尔伯特·费耶勒特在1925年写道，尽管科学方法是"对那些在归纳分析的时代里仍然相信纯粹主观主义的偶然灵感的人们模糊而无根据的结构的有益反应"[112]，研究已经退化为迂腐卖弄，手段本身成了目的，一味积累"事实，更多的事实"，却没有将它们用于"某些超越于此的目的"。[113]此前，费耶勒特曾说，学者"一度是诗人、教授和批评家。但是现在，学院批评与文学批评几乎完全脱节了"，以至于"称一个文学批评家为学者是一种侮辱，近乎破坏了他作为一个有头脑的人的声誉；而一个学者被误认为文学批评家，则足以让他感到困惑和羞耻"。[114]学术从批评中抽身而出，因此它也放弃了"在整个国家的教育中发挥作用的雄心"。"让我们坦率地承认我们犯了一个错误，"费耶勒特恳求，"折返回学术与批评开始分离的那个十字路口。"[115]

1927年，哈佛大学的约翰·利文斯顿·洛斯在美国现代语言协会的主席演讲中，也对研究脱离了其正当目的表示遗憾。洛斯著名的柯勒律治研究《仙境之路》(1927)，似乎是来源研究的缩影（尽管不止于此）。在哈佛，他与白璧德展开了激烈的公开论辩，捍卫学术的价值。[116]然而，任何听过洛斯演讲的人可能都会认为那是白璧德本人在讲话。洛斯说："我们的兴趣变得越来越特殊、细小和分散。五十年来，我们的重心已经从为更远大的目标而做的学术转变成为学术而学术。"[117]"也许有一天，会有人把我们的积累用于更有意义的目标——但是，看在老天的分上，为什么**我们自己**不能更多地这样做呢？"[118]

比这种公开的自我批评更具破坏性的，是那些不太为人觉察地陷入了自我辩护的供认。在1929年美国现代语言协会的主席演讲中，威廉·A. 尼兹赞美了学者，贬斥了批评家，并且——预示着格林劳对福尔斯特的攻击——语带抱怨地问，为什么"这个国家的人们仍然在以学术目标以外的标准衡量学术"？尼兹宣称，"致力于研究个别来源的"，强调"各个独立而不相关的单元的""我们学术的维多利亚时代"，已经圆满结束，让位于"研究横断面的人类史，尤其是对人类史所有不同方面的'整合'"。为了证明这一点，他举出了诸如《仙境之路》、J. M. 曼利的《乔叟新解》、鲁特版《特洛伊罗斯》，以及贝迪耶"关于《罗兰之歌》的'整体性'的精彩篇章"。

然而，尼兹继续暗示，可以从这些作品中获取的综合影响，却很少体现在协会整体中。他重提了早在世纪之交便曾发出的悲叹，即协会的各种活动缺乏相关性。

143

1920年，成员被划分为两个研究小组，使这一问题变得更加严重。到了1929年，总共有了39个这样的小组——"一般话题与比较文学各5组，英语14组，法语和德语各5组，西班牙语2组，意大利语1组，斯堪的纳维亚语1组，斯拉夫语1组。"尼兹观察到，这些不同的小组不仅彼此之间没有什么关联，甚至小组内的讨论也缺乏概念上的焦点。尼兹认为，一项"合理的政策"将能

> 从研究小组中剔除那些五花八门的论文。例如，我不认为一篇关于che si chiamare（一个意大利语词组）的批注，无论其本身多么令人钦佩，能够成为《克罗齐的体系作为一种错误论》这样的论文合适的组配文章，如果，正如我所想象的，造成这种不匹配的原因仅仅是恰巧有一个意大利语研究小组，或者意大利人希望有一个研究小组……这种境况的逻辑要求我们将研究小组用于具体的、协作性的工作。

在演讲的最后，尼兹说："我们有太多的论文，太多的小组，每个小组中又有太多分散的兴趣，还有太多安排在同一时间的会议；而原本计划用于讨论的时间永远不会到来。"（尼兹会如何看待20世纪80年代美国现代语言协会的常规？）尼兹建议将一次会议单独作为"我们彼此交流想法的空间"，将议题"从隐秘的角落带到开放的空间里，偶尔也将它们置于相互关联之中，以便看清它们可能包含的意义"。也许到那时，协会"能够大致清楚我们的研究正在走向何方"。[119]

尼兹无意中回答了他自己的问题：为什么"这个国家的人们仍然在以学术目标以外的标准衡量学术"？显而易见的答案是，学术决定了学院的教育和文化方向，因此不能仅凭技术标准来衡量它。在大学规模较小的时候，用费耶勒特的话来说，学术未能"在整个国家的教育中发挥作用"不会产生重大后果，而学者可能会振振有词地抗议，大众教育不是他们的分内之事。但随着大学的扩张，这样的失败被放大了，而这样的否认看起来也是不负责任的。学者们自身已经得出了支持批评的理由。

144

第九章　寻找一种秩序准则：1930—1950年

　　教授们在自我改造时十分踌躇不定，作为一个目标明确的小团体，给他们提供一些概念和定义，为他们指明道路，或许会是一项成功的举措。

——约翰·克罗·兰瑟姆

　　自20世纪30年代初创以来，这个被贴上了"新批评派"标签的松散团体就饱受各方压力困扰，这些力量不断将其拉扯向相互矛盾的方向。我曾在别处指出，新批评派需要与各式各样的派系斗争，由此可以解释为何其理论时常显得自相矛盾。他们会根据论敌的观点随时调整重心，比如在回应道德人文主义者、马克思主义者、历史还原论者时，他们强调要尽量减少文学的指涉价值和人文价值；而他们又用文学的指涉价值和人文价值来对抗实证主义者和粗鄙之辈。[1]然而，在新批评派面临的诸多外部压力中，很重要的一点是他们需要达到那些仍然掌控着文学系的反对者所设立的制度标准。

　　学者们已经确立了一种严格方法论式观念，遵循这种观念是在职业内受到尊重的条件之一。批评家们指出，这一观念将文学孤立于哲学、政治和历史，仿佛文学是一种具有独特"存在方式"的自治的话语模式。

这一观念还赋予那些看似系统且容易复制的方法至高无上的价值。随着大学规模的扩大，要求简化教学法的呼声也日益高涨，这也促使"细读"逐渐脱离其最初的文化目的。

145　　　也有其他一些因素使潜藏于新批评理论中的更为狭隘的美学和方法论浮出水面，相比于制度因素，人们对这些因素关注得更多，因而这里不做详细讨论。其中一个因素是20世纪30年代的政治形势，其催生的艺术理论不过是粗鄙的政治宣传，以至于将艺术从政治中抽离出来似乎成了一种富于诱惑力甚至是必要的立场。另一个留待后面章节讨论的因素是围绕现代主义文学革命的敌对的学术氛围，新批评家正是这场革命的代言人。

由于各种独立因素的汇聚，20世纪30年代中期以后，大学里那些更为激进的批评派别开始逐渐脱离曾经与之共存的各类"通才"团体。或许可以说，新批评切断了与其初创者所属的社会文化批评的联系，这是其制度化的前提之一。"新批评"一词最终将成为在真空中解读文本的同义词。它在制度化实践的过程中变成了这副模样，但这绝不是它最初诞生时的样子。

统一批评战线的崩溃

我们可以根据格林劳在《文学史的领地》中对"无能而大声疾呼的美好旧时代的拥护者"[2]的蔑视做出推断，在1931年，学者仍无须太拿他们的批评家对手当回事。在格林劳这样的学者看来，没有哪个批评学派具备获得学术认可所必需的严格方法论。芝加哥大学的尼兹在1929年美国现代语言协会的主席演讲中毫不讳言："我们的文学批评家是一群郁郁寡欢的人……他们或是仍在寻找一种秩序准则，或是打着社会学或新闻行业（而非文学）的算盘。"[3]这样的评论清楚地表明，假如批评要在大学里获得认可，就必须经过自我净化，获得某种秩序准则，并且放弃任何文学以外的对于社会学或新闻行业的打算。

到了20世纪30年代中期，通才的队伍逐渐缩减：20世纪20年代中期，舍尔曼和厄斯金离开了这个行业，1926年舍尔曼去世。1933年白璧德去世。佩里、菲尔普斯、薇达·斯库德和弗莱德·路易斯·帕蒂在20世纪30年代退休。新人文主义者在部分东部大学以及一些西部前哨，比如内布拉斯加大学英语系中仍保留了一些势力，后者是以普罗瑟·霍尔·弗莱为首的人文主义者小圈子的港湾，他们还办有自己的刊物。[4] 但讽刺的是，正如学者出于一种沉重的道德主义而轻易地视人文主义者为无能之辈，学院里的年轻一代也正是怀着同样的道德主义视其为"教授"而非"批评家"。伊沃·温特斯在回顾其20世纪20—30年代的思想时说，他与这一时期的其他年轻作家都视白璧德为教授之首，尽管他们意识到，对于白璧德的同事来说，"他很大程度上是一个被容忍的人：他确实是一个危险的创新者。他是一位批评家，曾捍卫批评作为一门学院学科的地位，并抨击高等院校对批评的忽视"。对于温特斯和其他学院青年来说，白璧德仍是一名教授，"他在哈佛大学拥有教授头衔，他显然读了很多书，他在诗评写作方面显然缺乏感受力"。[5] 当然，他对当代文学只有嘲讽。

很多具有通才习性的年轻批评家都转向了新闻行业和波西米亚作风的文化界——在一个允许通过书评、翻译和偶尔的编辑工作来维持生计的经济环境中，这些机会仍是开放的。20世纪20年代，一个明显具有反学院倾向的文学记者群体形成了，其中包括范·怀克·布鲁克斯、H. L. 门肯、埃德蒙·威尔逊和马尔科姆·考利。当这类人在大学里教书时，比如伯纳德·德瓦托曾在西北大学和哈佛大学任教，他们通常只在临时的岗位上就职，直到出现另一种选择。[6] 然而，另一些人开始将他们的通才兴趣融入新批评的方法论模式中，还有一些人则开始完全脱离通才的道德和社会关切。要达到尼兹这样的实证主义学者所设定的方法论纯粹性与秩序标准，即放弃任何文学以外的对于社会学或新闻行业的打算，便意味着将道德与社会的重负从批评中剥离。

1935年，芝加哥大学的R. S. 克兰提出了一种改良的文学项目，他写道："我们几乎不能任用那些老掉牙的印象主义者，至于残存的人文主义者，他们代表的基本上是政治和伦理原则，而不是审美原则，几乎不能指望从他们那里获得什么。"[7]政治和伦理原则如今剥夺了一个人为学院批评项目做出贡献的资格，这便是即将发生的事情的预兆。克兰对批评的辩护显然是针对像他的同事尼兹这样的历史学家，然而，克兰为批评辩护的措辞又吊诡地与尼兹的衡量标准如出一辙。

147　　约翰·克罗·兰瑟姆在1938年对克兰的支持表示欢迎，称克兰是"第一位主张将［批评］作为英语系主要方针的伟大教授"。在一篇题为《批评公司》的关键性文章中，兰瑟姆写道："大学文学教师……应是能够从事批评活动的高度专业的人士，那正是我们所需要的。"兰瑟姆注意到，在目前的情形下，英语系与"作为一门艺术的文学"之关系如此淡薄，以至于它"几乎可以宣称自己并非完全独立，而是历史系的一个分支，甚至偶尔可以说是伦理学的一个分支"。人文主义者的"转向"助益微乎其微，兰瑟姆说："从长远来看……事实证明它几乎与它突然偏离的那些研究一样'非文学'。"而无产阶级批评家不过是另一种"异端分子"，其关切之"外在于文学"不亚于人文主义者。

兰瑟姆指出这些群体的局限性当然是有道理的，但当他断言"批评是试图定义和享受文学的审美价值或特征性价值"，仿佛不言自明时，便是将潜在的复杂问题简单化了。一旦人们认为存在着可以与其他价值相区隔的"文学的审美价值或特征性价值"[8]，那么结论必然是，独立的文学系自然比一个视文学与历史、哲学、心理学和社会思想密不可分的学院更可取——而在另一种批评观念之下，则未必会得出这样的结论。自治的诗性语言要求有独立自主的学院来教授它，以便捍卫其领土权利。正如兰瑟姆所说："我认为，目前的战略要求批评拥有自己的权利法令，并且可以独立地运作。"[9]

撤离政治

然而，像兰瑟姆这样的新批评家并不认为他们是在背弃文学的道德与社会功能。对他们来说，更重要的是在文学作品的内部结构中定义这些社会和道德功能——而通才们却严重忽视了这一点。并不是要将道德与社会意义从文学中清除出去，而是要说明这种意义如何成了作品本身形式结构的一种功能，而非某种外在或附加的东西。因此，无须将诗歌与小说粗暴地简化为工具或教条，便可以使文学的道德和政治性得到承认。这既符合通才的人文主义兴趣，又符合方法论的严谨性——批评的方法论正是调和两者的手段。但事实上，这些兴趣并没有真正得到调和。

148

以往统一的批评战线破裂了，不仅新批评家与新人文主义者、新批评家与文学记者之间产生了断裂，即使是新批评内部也存在相互冲突的力量。无论人们如何看待他们保守主义倾向为主的政治，不容忽视的事实是，第一代新批评家既不是唯美主义者也不是纯粹的阐释者，而是文化批评家，他们有相当大的目标，即反对现代大众文化的技术官僚倾向。即使是他们将作品中的社会面向最小化的举动，也体现了一种社会关怀；因为强调审美而非直接的社会性，是一种对抗他们眼中现代城市社会的过度追求与实用主义基调的方式。艾略特和南方的新批评家对复杂而有机的、说教式的"柏拉图式"诗歌的偏爱，并非纯粹出于他们对有机的、等级化的社会而非机械工业主义抽象的仰慕，尽管这也是事实。这些批评家对诗歌体验的非功利本质的坚持，是对功利主义文化的一种含蓄的拒绝，因而它本身也是一种十分"功利主义的"姿态。[10]

对新批评的形式主义的指控在心怀不满的非学院派批评家中流行起来，比如范·怀克·布鲁克斯在1953年就曾谈到新批评派"过于关注形式问题"，并指责其以"技术的纯熟作为唯一的标准"。布鲁克斯说，这种批评"以牺牲作家正常成长所需的情感能力为代价来刺激大脑的功能"，他还指责这种批评"阻碍了小说和诗歌的血液循环"。这是一种背离了文学的社会和文化功能的"学术的过度"。[11]但即使是在其最"形式主义"的时候（或者尤其是在那个时候），新批评的诗歌观也提出了对社会和文化的看法，拒绝所谓被污损的"非人化社会"的语言。正如艾伦·泰特所说，在这样的社会中，人们可以"交流，但无法生活在完全的契合中"。在泰特看来，"目前的战斗是在模仿笛卡尔的机械化自然的世俗主义的非人化社会，以及与人类精神相契合的永恒社会之间展开的"。[12]无论人们如何看待这种观点，将新批评贴上形式主义、美学或非政治的标签都是一种误导。

早期的新批评家并非像人们经常指责的那样，在真空中解释文学。艾略特不太喜欢解释，他向往这样一种文化，在其中诗歌将自然而然地成为共同意识的一部分，无须解释，他嘲笑他所谓的"柠檬榨汁器批评学派"。[13] 至于瑞恰慈，他确实通过他的实践批评项目促进了诗歌解释，但我们看到，这一项目是更广泛意义上的语义治疗的一部分，旨在减轻科学与民族主义的破坏性影响。[14] 第一代新批评家对文学的阐释不仅止于阐释：它们是文化与哲学论文，在他们的论述中，《封圣》《驶向拜占庭》这样的文本，以及爱伦·坡的诗歌成了关于感性的分离、技术理性的支配、老南方的衰落，或是其他一些同样宏大的主题的寓言。鲁本·布劳尔的《光之域》（1951）可能是新批评派第一部没有涉及文化论题的重要诗歌阐释作品。[15]

理查德·欧曼是该学派最严厉的批评者之一，在我看来，他的如下观点似乎是正确的："新批评的每一页都有道德的纤维贯穿其中，几乎是在强硬地敦促文学承担社会使命。"[16] 但到了20世纪30年代末——1939年《德苏互不侵犯条约》令左翼和右派都感到尴尬——文学的社会使命已经妥协。[17] 文学的政治应被视为其形式的一部分，这一论点巧妙地转变成了文学无涉政治，除非是作为一种无关的、外在的关切。

我们可以从R. P. 布莱克默尔1935年的文章《批评家的工作》中看到这种转变，这篇文章抨击了格兰维尔·希克斯针对美国文学的马克思主义研究《伟大的传统》中的"倾向性"，其原初的"鼓动性假设是，美国文学应该以马克思主义的观点反映阶级斗争，从而激发政治行动并成为其指南"。布莱克默尔指出，希克斯的方法"关注的是文学中可分离的内容，而不顾特定历史背景及其留存于形式中的幽灵"。[18] 布莱克默尔私下里声称自己"仍属于不受待见的独立的自由主义者"[19]，但他同意保守派批评家的观点，即"批评的对象"——希克斯的方法无法将其涵盖——应是"使我们直接掌握作品赖以运作的原则，而不伤害或瓦解作品本身"，而这个目标只能通过"与手头的作品……持续的接触"[20] 来达成。

左翼批评家反驳说，"作品赖以运作的原则"与信仰和意识形态问题是密不可分的。这一合情合理的观点因其粗俗的应用而大打折扣，例如希克斯在《伟大的传统》中驳斥亨利·詹姆斯，理由是他大部分的小说和故事"似乎与大多数人的生活完全脱节"。"称赞詹姆斯的技巧没问题，"希克斯说，"但是，难道就没人能公正地描述一下被我们称为一种游戏的文学过程吗？"[21]像这样的段落，或者像马尔科姆·考利在1934年版《流放者归来》的结尾令人尴尬的斯大林主义式武装呐喊（大多数读者熟悉的1951年重印版已悄然将其删除）[22]，很容易让人认为任何形式的意识形态批评本质上都是粗俗的，并对其加以拒绝。

兰瑟姆、布莱克默尔和其他一些人对无产阶级学派的缺陷的指责越来越多地被拿来反对任何严肃对待政治和意识形态的文学方法。想想埃德蒙·威尔逊1931年的现代主义文学研究《阿克瑟尔的城堡》——一部反映了马克思主义批评之影响的作品——所引起的反响吧。它绝不是对现代主义颓废的攻击——从某些观点来看，它是对现代诗歌革命的辩护。克里斯蒂安·高斯为威尔逊感到高兴，因为他向"一个思想和同情失去了灵活性，通常对新文学不感兴趣的学术团体"展示了新文学的重要性。[23]但威尔逊的研究指责艾略特和瓦莱里鼓励"将诗歌视为一种纯粹而罕见的美学实质，与人类的实际用途毫无关系，出于某种从未解释过的原因，只有散文技巧才适用"。他指责现代诗人的观点是"绝对非历史的——一种试图使审美价值独立于所有其他价值的不可能的尝试"。[24]他对艾略特关于诗歌可以与信仰分离的说法提出了质疑，并且发现艾略特诗歌表面的淡漠背后隐藏了"一种反动观点"。[25]他还说："当我们阅读卢克莱修和但丁的作品时，我们会受到他们的影响，就像我们会被那些富有表现力和想象力的散文家打动一样——我们不得不认真对待他们的观点。"[26]

布鲁克斯在《现代诗歌与传统》(1939)中回应了威尔逊的论点，对怀抱社会意识的批评家们给出了一个标准的新批评式回答。他指责威尔逊将诗歌与其信仰混为一谈，仿佛"只要诗人愿意，他就能直白地陈述[思想]"。[27]在布鲁克斯看来，诗人的陈述无法从整首诗中分离出来：

151　"他'传达'的经验，本身就是由他所使用的符号组织起来的。因此，整首诗便是一种交流，两者无从区分。"[28]布鲁克斯正确地指出，威尔逊没有充分讨论艾略特作品的诗意结构如何背离、反讽或是以其他方式篡改他的信仰，不过他并没有急于得出这样的结论：诗歌结构之中的"化身"，必然会消除诗人的信仰作为信念的力量。事实上，艾略特并不是说但丁在他的诗中没有提出信仰（布鲁克斯和威尔逊都认为他是这样说的），而是说但丁可以假设，在他从事写作的文化中，人们的信仰是一致的，因此无须明确地或是教条式地对信仰做出断言。

　　布鲁克斯没有纠正威尔逊对艾略特诗歌思想过于简单的理解，而是选择否认诗歌可以断言思想，这种观点不仅提前中和了威尔逊提出的意识形态问题，甚至还将布鲁克斯推至一个比他所意欲的更为尖锐的立场。如果文学不能"说"什么，或者说，它所说的过于复杂以至于难以重述，那么文学就无法言说，因此原则上可以免除任何责任。这种关于文学论断的"有限责任"论，正如我在别处所说，正在成为一种普遍的观点，而不仅限于保守主义批评家的圈子。批评在大学里确立地位的关键时期，于是也成了知识分子远离政治关怀的时期。

"确立"批评

　　可以认为，1937—1941年是批评在大学里巩固自身地位的转折点。1937年，兰瑟姆从范德堡大学转到了凯尼恩学院，不久便成为《凯尼恩评论》的创始编辑，而后又担任了凯尼恩学院英语系主任。1938年，克林斯·布鲁克斯和罗伯特·佩恩·沃伦出版了他们极具影响力的教科书《理解诗歌》。1935年，布鲁克斯和沃伦在路易斯安那州立大学共同创办了《南方评论》，罗伯特·B.海尔曼加入了他们的队伍。1939年，布鲁克斯的《现代诗歌与传统》出版，将艾略特、瑞恰慈和兰瑟姆的不同观点和判断综合为了一种简洁而实用的修正版诗歌史理论。1939年，兰瑟姆曾在范德堡大学教授过的另一名学生艾伦·泰特离开北卡罗来纳女子学院，成为普林斯顿大学的创意写作常驻研究员。当泰特于1940年离

开时，他安排布莱克默尔接替了他的职位。戴尔莫·施瓦茨于1940年成　
为哈佛大学的讲师。

1939年，勒内·韦勒克从欧洲返回美国，就职于爱荷华大学（他曾于1927年他23岁时从布拉格移民至美国，并于1929—1930年间在普林斯顿和史密斯学院任教），而在1946年，他将在耶鲁大学任教。1940年，曾在天主教中学和大学里任教十年的威廉姆·K. 威姆萨特来到耶鲁大学，而20世纪20年代初曾在哈佛大学师从欧文·白璧德的奥斯汀·沃伦也成了爱荷华大学的教员。伊沃·温特斯自1927年开始就在斯坦福大学任教。肯尼斯·伯克在1943年成为本宁顿学院的教师之前，一直在临时的教师岗位上工作。使"新批评"得名的兰瑟姆的著作出版于1941年（尽管斯宾加恩在1910年的一篇文章中创造了这个词，但含义有些不同）。正如这张名单所显示的，很多最初在哈佛立足的批评家靠的是他们的诗歌才能而非批评工作。若不是与创意写作联系在一起，批评运动不会在大学里取得成功。这一点值得深思，因为批评很快便与创意写作分道扬镳了。

到了20世纪40年代初，批评家们已经拥有足够强大的地位，并且彼此在普遍原则上充分达成了一致，从而可以采取统一的行动。这并不是说他们不再轻易受到那些视其为业余入侵者的学者前辈的烦扰。泰特只有学士学位，伯克仅受过两年大学教育，布莱克默尔则根本没上过大学。尽管其他人大多获得了传统的高等学位，但几乎所有人的学术资格都会受到质疑。布莱克默尔的传记作者拉塞尔·弗雷泽写道：

> 系里老一辈的学者认为瑞恰慈出现在普林斯顿是荒唐的，他们惊恐地发现"一种布莱克默尔崇拜"正在他们周围兴起。他们警告自己的学生远离……在罗伯特·K. 鲁特看来，瑞恰慈走在他拿骚大厅窗户下的绿地上似乎是一种亵渎。当这位著名的乔叟学者从系主任晋升为院长后，他尽了最大的努力驱逐那些令人不快的人，他的朋友们都为此感到震惊。[29]

在斯坦福大学，温特斯的主任A. G. 肯尼迪，就像中世纪学者鲁特一

样，让温特斯教了很多年的新生作文课。温特斯说肯尼迪警告他："批评和学术不能混为一谈，如果我想成为一个严肃的学者，我就应该放弃批评。他也告诉我，诗与学问不可混同，他在25岁时就放弃了写诗。他还说我的出版物是学院的耻辱。幸运的是，他是四个学院领导中唯一持如此观点的人，但仅有一个就足够了。就整个行业而言，他绝非特例。"[30]

在哈佛，戴尔莫·施瓦茨和约翰·贝里曼对未来的不确定性深感忧虑，他们在酒精中寻求安慰。"我们两人都感到被压垮了，"贝里曼说，"但渐渐地，我们喝得越来越多，谈论莎士比亚和诗歌，最后，我们在绝望和耻辱的环境中也获得了期望的快乐。"[31]当施瓦茨接受审核时，尽管学院委员会大概已经读过他出版的作品，但一位委员仍然问他是否写过短篇小说。另一位"声称他对文学一无所知，而他的一个很明显的印象是，我是达达主义者。他们决定毫无保留地推荐我，但暗示说，这些任命本不应授予我这样的作者"。[32]

对批评家的偏见偶尔会因为对犹太人和任何其他被怀疑具有波西米亚倾向的团体的偏见而加强。卡尔·夏皮罗指出："这一代人已经忘记了20世纪40年代学院里的道德约束，一夫一妻制，英国教授高傲的反犹主义，拘谨、警惕和墨守成规。"[33]在第一次世界大战之前，哥伦比亚大学英语系的一位教员——他"冷静而亲切的微笑"令人印象深刻——告诉路德维希·路易逊他没有获得研究生奖学金，原因是"在我们看来……学院并没有对你产生充分的影响"。[34]从莱昂内尔·特里林的笔记节选[35]中可以清楚地看出，直到20世纪30年代中期，哥伦比亚大学的这种态度也几乎没有改变。在特里林的几位同事看来，他的犹太性、他对批评的兴趣以及"对'社会学'的强调"不过是同一种情结的不同方面，他们认定他"不适合"哥伦比亚大学，也不会在其中感到"快乐"。英语系主任警告特里林，他的教学"将文学当作社会学和心理学来讨论，激怒了很多新生"。另一位同事埃默里·内夫则告诉他说，他的"社会学倾向掩盖了他的文学天赋，无论是在论文里[特里林当时正在写的关于马修·阿诺德的博士论文]，还是在课堂上"。人们怀疑特里林"为太多的观念所裹挟"；"太敏感"；"因为是犹太人所以无法适应"。[36]当特里林最终升职时，内夫表示"既然莱昂内尔已经是系里的一员，他（内夫）希望他不会利用这一点，让英语系的大门向更多犹太人敞开"。[37]

尽管受到各方责难，情形已经开始变得有利于批评家，但并不是对于他们事业的真正价值有利。自1900年以来，美国的大学一直稳步扩张，有资格上大学的人口比例在40年间从4%上升到了14%，1940—1964年的入学率更是突飞猛进，达到了40%。[38]维斯说，在20世纪40年代末，"接受高等教育的美国人口比例激增。退伍军人仅占这一戏剧性增长的一部分，这在更广泛的层面上反映了中产阶级和技术工人阶级的一种意识，即为了维持生计，有必要接受某种形式的大学教育"。[39]

虽然研究生课程的大爆炸式增长直到20世纪50—60年代才出现，但数据显示这种增长在十年前就已经开始了。1938年以前，印第安纳大学只授予了7个英语博士学位，而在1938—1950年间，它授予了20个博士学位。1920—1929年间，北卡罗来纳大学有20名学生获得博士学位，而1930—1939年间有36人获得博士学位，1940—1949年间有52人。[40]这种增长加上战争的影响，激发了一种有利于教育实验的反思情绪。正如罗伯特·菲茨杰拉德回忆的那样，"大学里的批评运动……兴起于战争之前，但战争使它变得更加严肃"。[41]战后的学生群体因受益于《退伍军人权利法案》而膨胀，这是一个特别严肃的群体。肯尼斯·林恩是其中一员，据他说，他们是"这所大学曾接收过的最年长、最有经验的学生"。[42]

如果说有一个人的批评生涯中，个人轨迹与批评的制度化命运完全吻合，那就是约翰·克罗·兰瑟姆。兰瑟姆出生于1888年，他在纳什维尔的学校和范德堡大学（1909级）接受了传统的古典教育，之后在中学教授希腊语和拉丁语，并作为罗德学者在牛津大学学习古典文学和哲学。1914年，兰瑟姆成了范德堡大学英语系的教员，该系刚刚根据历史原则重组，开设了"从《贝奥武甫》到吉卜林的英国文学发展"系列必修课程。在这些课程中，学生必须"熟悉系主任教授的内容"，以便记住他认为最能代表他们文学遗产的约五千行诗。

兰瑟姆没有采用这些方法，据他的传记作家托马斯·丹尼尔·杨所说，他"几乎立刻开始采用后来因罗伯特·佩恩·沃伦和克林斯·布鲁

155

克斯的《理解诗歌》和《理解小说》而流行起来的方法教授文学"。[43]这种教学法的背后可能是兰瑟姆在牛津大学阅读康德和柏格森时产生的对于"诗学理论"的思考。[44]在一些草拟的散文和私人信件中，兰瑟姆已经提出了想象与逻辑或实践经验之间的对立，这是他后来成熟的诗歌理论的基础。无论出于什么原因，兰瑟姆并没有像他的同事那样"讲授全部或几乎全部的莎士比亚戏剧"，而是"专注于四五部戏剧，细致地分析，并特别强调诗人对语言的运用"。[45]

20世纪20年代，兰瑟姆与他的一群学生组成了"范德堡逃亡者"组织，开启了南部诗歌与文化革新计划，并最终于20世纪20年代末出版了《我要表明我的立场》。在一段不长的时间里，兰瑟姆曾为宣传重农主义而在南方各地奔走。但到了20世纪30年代初，他感到农业计划没有真正实现的机会，于是停止参与政治，专注于诗歌和批评。兰瑟姆是否确曾相信重农主义有机会实现，这一点值得怀疑。反讽是兰瑟姆早年便形成的一种态度，了解了这一点，我们便不禁怀疑他是否也如此看待自己的政治经历——推动一项人们仅对其未来将信将疑的政治事业。

无论如何，兰瑟姆在20世纪30年代初就得出结论："对于传统主义者来说，艺术形式与他的宗教、国家或其他任何价值观一样重要。"[46]但只要留在范德堡大学，兰瑟姆就无法在制度层面将他的想法付诸实践。直到1937年被凯尼恩学院录用，兰瑟姆才获得了这一机会。跟随兰瑟姆从范德堡大学来到凯尼恩学院的两个学生是罗伯特·洛威尔和兰德尔·贾雷尔，这也使该举动显得更具有预兆性。安东尼·赫克特是得益于《退伍军人权利法案》而来到凯尼恩学院的，他回忆起他和其他学生因能师从兰瑟姆而自觉是"快乐的少数"："在20世纪40年代中期，成为凯尼恩学生中的一员，不仅是在兰瑟姆先生非凡的教育下加入他们的行列，而且还融入了一种教化传统，现代智识庞大的分类结构中被拣选的一支……可以说，兰瑟姆先生完全是无辜的，他对我们的愚昧一无所知。"[47]

兰瑟姆认为，新创办的《凯尼恩评论》、《南方评论》以及《塞瓦尼评论》，将是传播他与其他人撰写的新型的、立足大学的批评的最有效途径。这种批评既不像《美国现代语言协会会刊》上的学术论文，也不像

156

《新大众》、《新共和》以及《党派评论》上的文化与政治批评。作为《凯尼恩评论》的编辑，兰瑟姆强调——用他的传记作者的话来说——"需要专业的文学评论家，即那些坚持关注形式和审美价值，聚焦于艺术世界本身的文学方法的人"。[48]

《凯尼恩评论》创刊号（1939年1月1日）上的社论说，该杂志希望"用一种更为严格经济的语言来展开文学和美学讨论，前提是无须牺牲文体的温度和文学的品质"。[49]"更为严格经济"也意味着不再强调政治。正如兰瑟姆在1937年写信给泰特，试图吸引他担任杂志副主编时所说的："我们的主线是完全坚持文学。世上并不存在一个持久的、体面的书写政治的团体……而在严肃的文学领域，在批评、诗歌、小说中，我们还有很多使命。"南方重农派的地方主义将被专业精神取代，因为达到"专业水平的杰出"意味着"不涉及任何地方背景"。[50]正如专业主义早先与学者的人文传统相冲突，它如今又开始与批评家的社会利益产生冲突。

兰瑟姆在给泰特的信中补充道："我感到，如果我们能在这件事上团结起来，就真的能将批评创建起来。"因为"教授们在自我改造时十分踌躇不定，作为一个目标明确的小团体，给他们提供一些概念和定义，为他们指明道路，或许会是一项成功的举措"。[51]

英语学校与高斯研讨会

1948年，兰瑟姆参与了另一项事业，事实证明，这是在大学里"创建"批评的重要一步。在洛克菲勒基金会的四万美元的资助下，兰瑟姆创办了凯尼恩英语学校，这是一所暑期学校，研究生和初级教员将在兰瑟姆、泰特、布鲁克斯、燕卜逊、温特斯和奥斯汀·沃伦等主要批评家的指导下学习。（1951年，该校迁入印第安纳大学，更名为文学学校。）这并不是基金会第一次资助一个学院文学学派对抗另一个学派。1939年，卡内基基金会向高斯提供了一笔用于启动"创意艺术项目"的资助，高斯才得以聘请泰特和布莱克默尔到普林斯顿大学任教。这一项目将吸引一批作家来到普林斯顿大学——这是该时期批评与创作兴趣结合的又

157

一例证。

在给洛克菲勒基金会的申请书中，兰瑟姆声称批评比现有的学术方法更具优势。他写道，现有的英语课程"既没有恰当地考虑到正在成熟的学生们的文学兴趣，也没有考虑到学科自身的可能性"。他说，更富有精神活力的学生"不会满足于背诵那些虽然重要但基本上是二流文学的事实，这些事实也没有在智性目的的指引下被加以运用"。这样的学生明白，"批评家对于作为人类探险的创作过程有着更深刻、更有识见的兴趣"。因此，英语学校将"通过把批评传授给那些即将成为教师的人，使批评更快地进入学院"。[52]

英语学校就这样诞生了，其目标十分明确，即训练和再训练一批新的骨干以取代或至少是补充已有的人员。正如20世纪70年代后期的批评理论学校是为了将批评家和学者重新训练成理论家而诞生的，英语学校的创立也伴随着一种令人振奋的，尽管有些欺骗性的反传统和冒险的感觉。乔治·兰宁回忆说，他与其他学生都觉得自己

> 是来帮忙打理文学批评的荒野的。也许我们就像早年的"垮掉的一代"——尽管这种联系乍看起来是荒唐的。但我的意思是，我们一开始便有一种像他们一样的兴奋。而且我们知道，在我们的四面八方，甚至是我们中间都有我们的敌人，也就是那头毛茸茸的原始批评的野兽，我们打算在它的领地定居下来。而它正奋力反击。我们在课堂内外使劲地"解释"；这样我们就能在一千码之外发现一件珍贵的东西；在我们找不到含混的地方，我们就制造一个。[53]

这头野兽也许正在奋力反击，但已经有四万美元的赌注赌它会被驯服。

如果我们看一下英语学校和文学学校的高级研究员委员会，就会发现他们中的大多数人都在这两所学校任教过一段时间，而他们所传授的批评模式绝不只是像上文引述的乔治·兰宁所说的那样，整体上局限于纯粹的解释。这个名单范围很广，包括了像埃里克·本特利、理查德·蔡斯、F. O. 马蒂森、莱昂内尔·特里林、雅克·巴赞、肯尼斯·伯

克、阿尔弗雷德·卡赞、亚瑟·米泽纳、菲利普·拉霍、马克·舍勒、戴尔莫·施瓦茨和伊沃·温特斯这样的批评家。然而，当时的学术形势对纯解释派的偏爱达到了无以复加的程度，以至于一些批评家后来会感到遗憾。

布莱克默尔已经有了疑虑。罗伯特·菲茨杰拉德在其内容丰富的回忆录《扩大变革》中写道，布莱克默尔担心批评运动"在兰瑟姆和燕卜逊那里，尤其是在肯尼斯·伯克的'语法'中，正逐渐成为一种自我中心的方法论"。[54]（不过，伯克和燕卜逊可能与他有同样的担心。）1949年，普林斯顿文学批评研讨会，著名的"高斯研讨会"，在布莱克默尔的领导下开展。它最初被视为传播更广泛的文化与政治关切的途径，然而布莱克默尔本人在他此后的批评作品中从未充分阐明这些关切。

与凯尼恩英语学校一样，普林斯顿的研讨会也得到了基金会的支持，先是卡内基基金会，而后是洛克菲勒基金会。但在向基金会寻求支持时，布莱克默尔并没有像兰瑟姆那样将批评的使命与文学研究改革关联在一起，而是指出它与重估人文学科在美国人民生活中的地位息息相关。在布莱克默尔看来，正如（协助他管理研讨会的）菲茨杰拉德所言，这些研讨会将有助于国家在第二次世界大战后进行全面的清点，用菲茨杰拉德的话说，"公民可以思考一下——如果他们愿意且有能力的话——他们仍然拥有的生命的意义"。布莱克默尔认为，战后的美国人如今拥有"有利于艺术的金钱和闲暇"，因此也就有了"利用智慧的源泉"的动力。布莱克默尔的想法是：

> 在国家分裂的过程中，某些传统的基础结构暴露了出来，使美国深思……整个世界环境似乎需要某种中心、基础和约束——因此大学开始依据自己的立场重新重视人文学科，而不是把它作为社会科学或其他科学的附属，或是受过良好教育者的装饰物。

159

批评运动将取代早期的两种人文主义教育模式——受过良好教育者的装饰物或是其他学科的附属——它将指导全国人民如何使人文教育不

至于沦为一种肤浅的装饰。布莱克默尔认为"普林斯顿正适合做这种尝试，研讨会应该指导批评……至少，他最初的推测是这样的"。[55]

正如菲茨杰拉德的叙述表明的，20世纪50年代早期的高斯研讨会确实聚集了一群视野异常开阔的文学人物。"学者"如雅克·马里坦、恩斯特·罗伯特·库尔提乌斯，"批评家"如马克·舍勒、弗朗西斯·弗格森，以及跨越两者界限的勒内·韦勒克、埃里希·奥尔巴赫，和诗歌批评家布莱克默尔齐聚一堂。在另一个层面上，研讨会聚集了美国本土与大量战后自国外移民而来的欧洲比较文学大师。虽然我在叙述中省略了这一点，但值得注意的是，这一时期比较文学的发展提供了一种旧学术和新批评的替代物，由此产生了现象学批评和后来的解构主义。在这些旧学者、新评论家、富有创造力的作家和欧洲知识分子之间，很难不发生有趣的思想碰撞。然而，见证者们最后似乎都承认，这些交流缺乏有用的定义和连贯性，不同立场之间的关系也没有得到澄清和解决。韦勒克是1950年研讨会的发言者之一，他"承认自己'经常（对布莱克默尔演讲中提出的问题）感到困惑'"。[56]另一些人则认为问题出在发言者自己身上，他们称赞布莱克默尔抓住了"研讨会在无止尽的一小时内不断抛给我们的零散碎片"，并设法"理解，他实际上讲了一些非常有趣的东西"。[57]

尽管高斯研讨会雄心勃勃，但它早早地证明，一种新的分歧正在取代实证主义研究者与业余通才之间的旧有分歧。那是一种精确、有序、幽闭恐惧的解释性批评与包罗万象却缺乏清晰形态的文化批评之间的分歧。批评曾经承诺要弥合乏味的通识与迂腐的研究之间的裂隙，但它却在自身内部的冲突面前不堪一击。

批评家们已对那位曾在1929年指责他们或是"仍在寻找一种秩序准则"，或是"打着社会学或新闻行业（而非文学）的算盘"的学者做出了回应。正如凯尼恩英语学校的校友所说，聚集到那里的人是"来帮忙打理文学批评的荒野的"，他们很大程度上成功地建立起了秩序。令布莱克默尔感到困扰的是，这似乎并不是他们想要的那种秩序，但他也没有其他清晰的选择。

1953年，勒内·韦勒克表示，在抛弃了"旧的语文学及其明确的方法和知识体系之后"，批评家们"将不得不以一种新的学说体系，一种新的系统的理论，一套可教的、可传播的、适用于任何文学作品的技术和方法论来取代它"。不难理解为什么批评要在大学里取得成功，就必须有一套"系统的理论"和一套"可教的、可传播的、适用于任何文学作品的技术和方法论"[58]，但也很难想到这样做的任何其他理由。我们稍后将会讨论批评如何变得可教和可传播，但现在应该清楚的是，当批评使自身一体化以符合学术规范时，它便舍弃了其自身的一些更为有趣的关注。与兰瑟姆一样，韦勒克似乎没有注意到，当他在为批评项目制订计划时，恰恰给了那些反对派决定条款的权利。

161

第十章　通识教育与批评教学法：1930—1950 年

> 每一个关于固定而永恒的第一真理的断言都隐含着某种人类权威的必要性：在这个充满冲突的世界里，必须有人来决定这些真理是什么，以及应该如何教授它们。
>
> ——约翰·杜威

> 如果这是一个节选，那么应该选取更多以便我们做出判断。如果不是，那么我们可能需要一些传记信息。坦白说，我不明白。
>
> ——匿名评论者，参见 I. A. 瑞恰慈，《实用批评》

　　就确保文学批评在大学和中学里的命运而言，没有什么比通识教育运动影响更甚的了。20世纪30年代，通识教育在芝加哥大学的罗伯特·梅纳德·哈钦斯的复兴下获得新生，并在第二次世界大战之后开始制度化。通识教育运动是对两种担忧的回应：一是学科专业化程度的加深以及对职业培训的过分重视导致了知识的碎片化；二是意识形态冲突的加剧使西方文化的统一性逐渐瓦解为一种混乱的相对主义。通识教育表达了恢复共同信仰和价值观的愿望，人文学科则被视为实现这一目标的关键，因为它能赋予学生对于共同文化遗产的意识。

第二次世界大战使教育的危机达到了顶点。用詹姆斯·斯隆·艾伦的话来说，"战争的余波再次为教育理想主义注入了新的活力。正如第一次世界大战的结束见证了通识教育——包括'伟大著作'观念——的兴起，第二次世界大战的结束带来了类似的课程改革的复苏"。[1]哈佛委员会1945年的报告《自由社会中的通识教育》对通识教育的理想做出了影响深远的阐述，是备受推崇的哈佛"红皮书"。"红皮书"对高中和大学文学教育的建议尤为重要，因为这些建议与当时学院文学批评所采取的方向惊人地吻合。通识教育与批评的结合并非偶然：瑞恰慈1931年离开剑桥去哈佛访问，又在中国待了一段时间后，于1943年成为哈佛大学英语系教授，被詹姆斯·布莱恩特·科南特任命为哈佛委员会成员。瑞恰慈显然参与了报告中有关文学教学部分的编写。

批评教育学回应了通识教育的需要，它提供了通往统一的文化传统的路径，这种文化传统似乎潜藏在伟大的文学作品中，隐匿于零碎而不连贯的历史长河与历史知识之下，又或是超越于其上。新的解释教学法使人们感到，无须提供详细的历史背景便可将传统与文化的统一性传递给学生。

伟大的对话：芝加哥计划

罗伯特·梅纳德·哈钦斯于1929年成为芝加哥大学的校长，20世纪30年代初，他提出了通识教育哲学最具影响力的战前构想。哈钦斯的很多主要思想都来源于他年轻的哲学教授莫蒂默·J. 阿德勒。我们记得，阿德勒曾是哥伦比亚大学约翰·厄斯金通识荣誉课程的研究生，后来也曾担任这一课程的教师。阿德勒使哈钦斯相信，西方知识传统构成了"伟大思想家之间关于一般主题的伟大对话"，而将这种伟大的对话置于教育的核心，通过讲授伟大著作课程的形式，教育者就能够抵御现代唯物主义、职业主义、专业主义、部门主义、经验主义和相对主义的去道德化浪潮。"伟大的对话"一词是厄斯金的发明，其背后的假设是"尽

162

管时间、地点和语言各不相同，但西方传统思想家分享了一种共同的人类经验，在不同的时代里……他们以共同的主题来讨论这些经验"。[2]

163　　这些想法的大规模制度化表达就是哈钦斯在20世纪30年代初提出的"芝加哥计划"，该计划要求将大学的七十二个科系合并为四个更高层次的部门（生物学部、物理学部、社会学部，以及人文学部），而作为其基础的预科学院则完全致力于通识教育，学生将先在预科学院学习两年，然后才进入各个部门。"学院开设了为期一年的讲座课程，辅以讨论小组，集中讨论这四个部门根本性的观念议题。"预科学院的教师是一个独立于各部门的团体，因其兴趣的宽泛和对教学的投入而被选中，对于他们没有科研上的要求。1930年，哈钦斯和阿德勒开始在芝加哥教授第一门关于伟大著作的课程，名为"一般荣誉"，也就是从荷马到弗洛伊德的"西欧文学经典阅读"，几年后，他们在该大学的高中部也开设了这门课程。[3]

　　然而，芝加哥计划在最初的十年内没有得到充分实施，部分是因为"哈钦斯的执拗和阿德勒的粗暴态度使他们遭到了太多的反对"，部分是因为很多研究机构的成员非常反对该计划对他们的专业构成的威胁，以至于在任何情况下都拒绝与之合作。在这项试验开展之初，阿德勒就曾提醒哈钦斯："有组织的部门和具有门户之见的人并不理解（这项计划），他们憎恨它，质疑它"，专业学者则认为"这项工作一定是草率的，因为这不是他们所做的那类学术"。[4]芝加哥计划最成功的实施是在其他院校，比如哈钦斯的前同事斯特林费罗·巴尔和斯科特·布坎南于1937年接任校长和院系主任的安纳波利斯的圣约翰学院，以及圣母大学、加州圣玛丽学院和堪萨斯大学。[5]

　　哈钦斯卓越的影响力来源于他在20世纪30年代出版的一系列书籍，尤其是《美国的高等教育》（1936）。哈钦斯认为："时代要求建立一种新的学院，或是在一些旧大学里发起一场福音运动，其目标是使个人，最终是使教师职业转向真正的通识教育理念。"而这需要"这样一门课程，它涵盖了西方世界最伟大的书籍，以及阅读、写作、思考和说话的技艺，还有数学，人类理性过程的最佳范例"。其理念是"制定一门能引发我们共同的人性要素的课程"，它将传授"往昔的伟业以及最伟大人物的思想"，并提供"一系列共同的思想观念以及对待它们的共同方法"。[6] 其效果将是克服"专业化、职业主义和无条件的经验主义所导致的混乱"及其诱因，即对金钱的狂热追求，并"通过一种理性原则"将各学科联合起来，"教授和学生都将为使自身受益而追求真理；他们将会明白应当追求什么样的真理，以及为何要追求这些真理"。[7]

尽管哈钦斯的计划遭遇的阻力很大程度上源于教职员工的既得利益，但部分也是因为人们意识到，哈钦斯的思想根本上与专业精神和民主格格不入。哈钦斯最敏锐的批评者之一是芝加哥大学的经济学家，后来的布鲁克林学院院长哈利·吉迪恩，他写了一篇题为《民主国家中的高等教育》的短文来回应《美国的高等教育》。在吉迪恩看来，哈钦斯的立场不仅没有明确他所谓统一的"理性原则"是什么，也没有明确它将如何实施。"如果要统一高等教育，"吉迪恩问，"这种统一将是自愿的还是强制的？"如果它是自愿的，那么它难道不应产生于"学者群体"自身，并依赖于"当代资源以及获得洞察力的方法的多样性"吗？

吉迪恩有理由怀疑"一个国家的教育机构能比其所处的社会多多少一致性"。他认为，哈钦斯想要的统一性只能由权威强加，相比之下，倒可能是"混乱与无序"更可取。因为混乱和无序"至少预留了一块向着新的真理以及获得洞察力的新方法敞开的领地"。[8]我认为吉迪恩非常正确地看到了，无论一个通识教育项目可能包含多少多样性，只要它的根基是统一的真理或文化观念，那么它必然或是被边缘化，或是会将合理的观点排除在外。

在这一点上，吉迪恩表现出了一种历史感，自诩传统主义者的哈钦斯本应从中有所领悟。吉迪恩指出："在一代人的时间内……一门为拥有良好社会与智力'背景'的相对较小的群体设计的学术课程，已经经历了一次人员变动，使它几乎完全不适合当今大学里的绝大多数学生。"然而教师们认为"学校在整个社会中的地位与早年间并无不同"。[9]必须面对的事实是，恢复到知识统一的早期阶段（如果确实有过这样的阶段的话），就像哈钦斯试图做的那样，是毫无希望的。

164

20世纪30年代后期，一个更具影响力的哈钦斯的批评者是约
165　翰·杜威，他与吉迪恩一样指责哈钦斯"轻巧地忽略了"一个问题，即
"由谁来决定构成学习层级的绝对真理"。因为"每一个关于固定而永
恒的第一真理的断言都隐含着某种人类权威的必要性：在这个充满冲突
的世界里，必须有人来决定这些真理是什么，以及应该如何教授它们"。
杜威认同哈钦斯的观点，即当前教育中的诸多弊病都来源于职业主义和
物质利益的直接社会压力，但他认为，哈钦斯"与世隔绝的策略"并不是
问题的解决方法。

在此，杜威补充了一种敏锐的政治观点：他说，哈钦斯的政策实际上
相当于"接受一个在美国很流行的口号，'安全第一'"。像哈钦斯那样
将教育与眼下的职业世界割裂开来，不过是让商业与权力的世界在未经
审查的情况下蓬勃发展。另一方面，杜威指出，"关于我们对金钱的嗜好
造成了邪恶影响的事实陈述"难道不是应该合理地引起"为热爱真理而
献身的机构"的注意吗？亦即"对那些生产这种过度嗜好的经济机构，
及其对教育机构的脾性以外的事物产生的社会影响的关注；以及对可能
改变这一情形的手段的关注"。杜威提醒哈钦斯与其他传统主义者，参
与进"自己时代的科学和社会事务"，而不是从中撤退，是哈钦斯不断援
引的柏拉图、亚里士多德、圣托马斯以及其他先贤的策略。[10]

当他们的计划最终于1942年在芝加哥大学付诸实践时，哈钦斯和
阿德勒已经厌倦了与那些毫无同理心的教授做斗争，转而开始寻找新的
领域来实现他们的想法。成人教育是一个没有任何部门或专家阻碍的
领域，20世纪40年代初，哈钦斯和阿德勒建立了他们的伟大著作讨论小
组，很快便成为"全国最受欢迎的成人教育计划"，它"覆盖了全国各地，
吸纳了五千多人"。[11]参照《大英百科全书》，阿德勒与哈钦斯合作出版
了多卷本《西方世界的伟大著作》，辅以阿德勒的《主题工具书》，将伟大
的对话简化为其构成主题，供读者参阅。哈钦斯的兴趣越来越远离大学
（他于1951年卸任芝加哥大学名誉校长的职位），转而关注成人教育和
166　1945年后他开始从事的世界政府事业。[12]

无论如何，哈钦斯的计划并没有达到统一芝加哥大学高等教育的目

标。讽刺的是，它最大的成功可能是，它成了人们激烈反对的目标，从而促进了整个校园内的论辩气氛，使芝加哥大学在这一时期内因活跃的学术生活而享有盛名。学生和教授被要求公开辩论"知识的本质"，而"关于教育的目的、形式与内容的争论在整个大学校园里如此激荡着"，以至于，据阿德勒所说，它们影响了"从校长到门卫"的每一个人。[13]

没有历史的传统：哈佛"红皮书"

对哈钦斯来说，通识教育理想在世界政治中的对应物是一种国际主义的普遍政治秩序观念。不过，战后发展通识教育理论和实践的其他人则接受了更具民族主义色彩的文化统一性观念。在一本关于美国高中教育的著作《分裂世界中的教育》(1948) 中，哈佛大学校长詹姆斯·布莱恩特·科南特直言：

> 一套共同的信念对于自由社会的健康和活力而言至关重要。正是通过教育，这些信念才得以在年轻人身上发展，并在日后的生活中得到发扬。有人可能会说，这是通识教育的社会面向。我们渴望教育的未来公民应具有高度的忠诚和公民勇气。这种忠诚应是对我们所设想的社会类型和作为这个社会的家园的美利坚共和国的忠诚。这种情感态度在一定程度上是一种共同知识和一套共同价值观的产物。[14]

科南特对"共同的信念"和"一套共同价值观"的呼吁是冷战时期反共产主义的直白表达。正如科南特所言，"19世纪基于阶级斗争概念的欧洲激进主义的影响"使其成为必要。这些激进的教条已使"具有前瞻性的男人和女人的注意力从美国本土传统所隐含的社会目标中转移开去"，并使美国的政治、社会和经济体制在20世纪中期的严酷世界中经受考验。通识教育运动是与"将全民教育体系视为国家政策工具"的意图联系在一起的。[15]

三年前，在为哈佛"红皮书"撰写的导言中，科南特曾对这些主题做过更为慎重的阐述。他宣称："这场战争催生了大量有关教育的书籍和文章。尤其是，文理学院的未来已成为学术圈内外广泛讨论的话题。在战争年代，国内几乎没有哪所大学或学院不具备一个审议基本教育问题，并为重大课程改革制订计划的委员会。"[16]根据哈佛大学委员会，引发这种关切的原因包括"主要由专业主义导致又反过来促进了专业主义的惊人的知识膨胀；以及与之并行的、同样惊人的教育体系错综复杂的阶段、功能与体制类型的发展；最后则是社会本身日益增长的复杂性"。

"一面是为了于千万种命运中选择其一而进行的专业训练，一面是基于共同文化遗产的、培养共同公民意识的教育"，问题是，"两者之间应当是什么样的关系？"[17]可以毫不夸张地说，对于这个问题的回答将影响到我们社会的性质。报告分析的核心是，有必要调和多样性——"甚至比目前大体上仍显学究气的课程设置所包含的更多"[18]的多样性——与"共同文化遗产"和"共同公民"的意识。这意味着需要协调"特定领域的职业能力"与"为广义上的人类生活所做的准备"。[19]尽管承认"工作的分散和划分"[20]是可取且不可避免的，但报告强调了"统一原则的必要性，因为没有统一原则，课程就会支离破碎，甚至任何一个学生的学习都会是原子化或不均衡的，或者两者兼而有之"。[21]这些问题都不是什么新问题，但在不断扩大的高等教育体系中，它们显得比以往任何时候都更为迫切。

这一切对文学教育意味着什么呢？尽管委员会一开始就警示说，"并不存在一种向人们介绍荷马、柏拉图或但丁的最佳方式"[22]，但他们确实偏爱一种方式，那就是"伟大著作"的哲学：

> 所有学生都必须修习的人文学课程，或许可称之为"伟大的文学文本"。这门课程的目的将是使学生全面理解他们所阅读的作品，而不是其中呈现的人物或时代、表现的技法、展示的历史或文学的发展，或者别的什么。只有当作品需要借助这些其他事项来自我

言说时，才会将它们引入课程。不然，就应该将它们留给专门教育，　168
而不是通识教育。

尽管委员会在此承认，有时作品可能需要"借助这些其他事项"来自我
言说，但它认为这些事项通常可以忽略不计。基础通识教育课程的目的
是重述旧有观点，把伟大的作品从重重负累中解放出来，以便它们能够
为自己说话。正如委员会所说："教师只能尽力成为作者讲授这门课程
的一种手段。"[23]

委员会明确反对"强调文学史，反对以对时期、趋势和既有价值的概
括取代对文本更深入的熟悉"。他们反对"将批评术语（浪漫主义、现实
主义、古典主义、感伤主义）用作夹在读者和作品之间的标签"。[24] 在委
员会看来，"一门包括部分或几乎全部人文学科的板块导论式课程是完
全不可取的"。毕竟，报告中提出了这样的问题："怎样的综合原则才能
将哲学、美术、音乐和文学的主题融汇入一门或两门课程中？"委员会并
没有坐等这一问题的答案，而是得出结论："这样一种对几乎毫无共同点
的领域的浮泛导论"只能产出"少量令人浅尝辄止的信息"。[25] 他们似
乎假定，只有就一种历史的综合达成一致意见，历史才可能成为人文学
科的背景。

诚然，仅仅令人浅尝辄止的信息正是旧式导论课通常所能取得的
效果，但这是否意味着人们可以心安理得地彻底舍弃历史原则呢？当委
员会说"倘若学生看不出他所阅读的书与其他的书有任何关联，我们便
会失去无尽的教育的机会"[26] 时，它差不多意识到了历史的必要性。但
委员会希望，赋予这些书籍"相互关联"的，并不是历史连续性或历史背
景，而是它所谓的"共同的传统"[27]，一种与历史全然不同的事物。这意
味着，伟大的作品本身便形成了一种连贯统一的秩序，因为它是"人类最
伟大、最普遍的事物"[28] 的宝库。

委员会一方面迫切地诉诸统一的文化遗产，一方面又无法明确指出　169
这种文化遗产的实际内容，显示出怪异的不协调。委员会关于必须恢复
文化统一性的主张，不过是承认这种统一性已成过往，其自我重建的可

能性微乎其微：

> 我们当下的文化是一种离心的文化，迫切需要统一的力量。我们的处境十分危险……几乎要失去与人类过往的联系，并因此而失去彼此之间的联系。补救的办法不是获取更多关于往昔的知识。这些知识已堆积如山，但以往任何一个时代的人们都不需要这样的知识。其突然的、几乎势不可挡的增长是我们面临的主要问题之一……人文学已变得如此涣散，以至于"哪怕伟大的学者也无法稳定而整体地看待人类的储备"。[29]

瑞恰慈在其早期著作，比如《科学与诗》中曾讨论过科学"对自然的中性化"所引发的危机，它使历史与其他事物变得毫无意义。上述陈述可以说是这一讨论的回声。正是这样的危机引发了哈钦斯曾经回避的问题：若不是一种统一的遗产已经从"离心的文化"及其学院学科中有机地生长起来，又有什么能促使它自我重建呢？

答案是，教授**最伟大的**文学作品，它可以克服现代历史的碎片化、不连贯和意义缺失。委员会写道，正是碎片化这一现代处境，是"在文学课程中尽可能运用伟大著作的根本理由"。[30]他们假设连贯一致的传统已然瓦解，不然为什么要恢复它呢？不过他们相信，假如只教授"伟大著作"，或者更确切地说，假如能将它们从其历史背景中解放出来，允许它们自我言说，传统便有望重建：

> 正是通过诗歌，通过对事物富有想象力的理解，心灵与心灵之间才会有最深刻、最本质的相遇。因此，无论诗歌还是散文，无论史诗、戏剧、叙事作品还是哲学，只要它们曾是最重要的会合点，只要它们曾深刻地影响了那些转而又影响了其他人的人，那么只要我们有进入这些作品的更好的途径，就不能将其忽视。可以肯定地假设，一部令几代普通读者欢欣鼓舞并给予他们指点的作品，对他们来说就是一种共同的财富，它使人丰富，又反过来为人所充实，比那

种独自走向黯淡之域的作品更受欢迎，后者甚至无法将两代学生联结在一起。[31]

在此，人们寄望于伟大著作的力量能克服时间、地域和文化环境的差异。但是，如果伟大的著作真的能克服这些差异，那么为何它们至今还没有这样做呢？这项计划的成功，实际上并不取决于作品本身，而在于能否找到"进入这些作品的更好的途径"。

瑞恰慈与其他新批评家自20世纪20年代起便不断改进的实践批评方法，被认为是实现这一目标的途径。实践批评承诺，不需要历史知识便可接近伟大著作中所蕴含的永恒的普遍传统，正如委员会明确指出的，历史知识无法为文学提供连贯的背景。一味地将"更多关于过往的""堆积如山的""以往任何一个时代的人们都不需要的"知识打包塞进"板块导论式课程"，并不是解决方法，这样的"历史"本身就是问题的一部分。实用批评通过将往昔复原为永恒的存在，把传统从历史的深渊中解救了出来。

这里重申了第一次世界大战前后通识教育倡导者的梦想：只要文学本身能发挥其潜在的魔力，一切都会好转。教师无须思考如何为文学提供语境，而是要尽可能地去语境化。随着哈佛大学、芝加哥大学和哥伦比亚大学的人文学入门课程成为文学通识教育课程的典范，通识教育与新批评逐渐融合，而文学与历史之间形成了一种新的制度性划分。正如丹尼尔·贝尔在《通识教育改革》(1966)中所说的，文学通识教育课程倾向于"一种极端的'新批评'，即在没有任何历史背景的情况下阅读文学作品"。[32]历史类导论课并没有从课程表中消失，就像文学史家不会从教员中消失一样。但现在，这门导论课往往成为历史与批评之间一个奇怪的折中方案——在这门课程中，学生按照编年顺序以新批评的方法阅读文本。[33]

正如我们所见，在哥伦比亚大学，人文学科的要求源自厄斯金的"一般荣誉"课程，其最初目的是为"当代文明"重点讨论的历史和社会思想提供参照和补充。从理论上说，人文学科应该"在思想与想象的领域给

170

人一种思想运动和事件同步的感觉"。[34]但根据贝尔的说法，人文学科的课程"从未意识到这种正式的意图"，他将这一失败归因于"人文学科

171　与'当代文明'阅读之间缺乏任何直接联系"。这种不相关"使很多学生对课程感到困惑。在人文学科中阅读的西方心灵的伟大著作，是对个人想象力的孤立体验，但通常缺乏将这些思想和不断变化的情感（以及表达方式）与制度和社会发展联系起来的历史或社会背景"。[35]在芝加哥大学，人们也能或多或少觉察到这种缺乏相关性的现象，在那里，人文学与社会学课程所包含的知识传统从未相互接触。[36]

这篇哥伦比亚大学委托贝尔撰写的报告标志着人们对20世纪60年代校园内的动荡所引发的通识教育的旧问题产生了新的兴趣。然而到了那时——或许是在那种炽热的氛围中——这些问题已不再激起教师们的兴趣。十年后再回顾，特里林评论说，"对于［贝尔的］报告提出并试图回答的问题……"哥伦比亚大学的教师"令人悲哀地明显"缺乏兴趣，"经过时代精神的洗礼，大多数教师已不再关心'通识教育'一词广阔而令人敬重的含义"。

特里林理所当然地为他的同事的冷漠感到遗憾，因为贝尔道出了一些他们不应忽视的事实。然而，特里林承认，"某种程度上，正是因为教师履行了他们教学职能的严肃性，他们才不再对教育理论的大问题感兴趣"，因为"这些问题的答案不时变为枯燥乏味的陈词滥调与纯粹的虔诚声明，在这种情况下，一位教师可能会自然而然地，并且正确地感到，能使学生受益最多的做法，不是想象他们的思想最终应当具有什么样的形态和气质，而是将学科内坚实的实质与诸多精确性强行灌输给学生"。[37]

特里林似乎没有意识到（或者至少没有谈到）贝尔建议通识教育理念需要"改革"时提出的观点：在一个复杂多样的文化中，对于学生的思想"最终应当具有什么样的形态和气质"可能存在诸多针锋相对的观点，任何想要将某种特定的"形态和气质"抽象化为目标的企图，必然会变得贫弱以至于"平庸乏味"。特里林悲哀而准确地觉察到的通识教育修辞中的空洞，本身是如下事实的结果：不再存在一种富有默契的共同文化，在这种文化中，上述修辞的前提是毋庸置疑的。可以说在这样一

种文化中，只有将旧时的普遍性彻底历史化才能恢复其兴趣。通识教 172
育理论家认为，人文学科的丰碑必须从历史中抽离出来方能重新获得力
量，在这一点上，他们恰恰排除了伟大著作有机会重获力量的唯一条件。

　　人们惯于将通识教育实验的停滞不前归因于它无法将教师从各个
专业中吸收过来（因为奖励机制与专业直接挂钩），而不是从它自身的观
念矛盾中寻找原因。[38]虽然这种分析一定程度上是准确的，但它暗中复
活了将教育问题归咎于专业化、部门化、研究化以及专业化本身所固有
的"自私"的旧观点，从而使任何解决办法从一开始就毫无希望。或许
更切合现实的假设是，通识教育项目长期以来无法迫使教师支持，本身
就是一种症候，表明在一个天生顽固、充满意识形态冲突的专业和文化
环境之上强加一种统一性或连贯性，是不可能的。

　　换言之，任何并非由专业工作与文化冲突的偶发活动所催生的项目
都会失败。或许我们很难理解在相互冲突的观点和活动的碰撞中，究竟
能生发出什么样的连贯性，但似乎可以肯定的是，任何围绕单一文化理
念进行组织的项目从一开始就注定会失败。连贯性必须包括对第一原
则持一致意见，或是享有共同的知识文化传统，这一假设注定使民主社
会中的通识教育理念在术语上显得自相矛盾。

文本本身

　　新的教学法专注于文学"文本本身"，其初衷是抵抗文化碎片化、历
史断裂以及学生的疏离淡漠等大问题。不过，将重心放置在文本本身还
有一个更为卑微的优势：这似乎是一种尤其适用于新一代学生群体的策
略，人们无法指望将一种共同的文化背景重新带回大学之中——这同样
适用于教授群体，他们可能往往仅比学生略胜一筹。这种解释性的新方
法能使文学高效地由仅具备少许历史知识的教授传授给几乎没有任何
历史知识的学生。

　　显然存在一种危险，即解释方法更为宏大的目标会被忽视，而这种 173
方法仅仅成为一种必要的美德，一种对强加于学生和教师的困境的最小

抵抗力。在真空中阅读文学文本是一种富有诱惑力的权宜之计，因为在一个人们无法假定任何共同语境的机构里，无人知道其他人知道什么，也无人能在足够一致的基础上与他人交谈以便找到答案。

一些文学批评的信徒也清楚地预见了这一问题。例如，在《文学理论》中，韦勒克和沃伦注意到"对孤立的'伟大著作'的研究……对于教学目的而言或许是十分值得称道的"，但这类研究"除了将社会的、语言学的、意识形态的背景，以及其他限定环境模糊化以外，还使文学传统的延续性、文学体裁的发展变迁，以及文学过程的本质变得难以理解。它实际上在历史、哲学以及其他类似的学科中引入了一种过分'审美'的观点"。[39] 不过至少可以说，我们很难看出一种使"文学过程的本质"变得难以理解的方法，如何可说是对于教学目的而言"十分值得称道"的。

正如韦勒克和沃伦所言，问题在于，在真空中聚焦"文本本身"将使学生失去把握文本本身意义的一切途径，除非他们已经将恰当语境视为理解文学作品不言而喻的途径（很少有人这样做）。瑞恰慈曾在《实用批评》中尝试思考文学教学法的问题，这本是一种英勇的尝试，但其中存在一个致命缺陷。他向我们展示，即使是相对有教养的剑桥本科生也很难理解一首诗的简单"含义"，更不用说把握它的精微之处了。他认为这证明有必要采取一种更为内在的文学教学法。瑞恰慈的实验的确令人大开眼界，它暴露了现有教学方法的明显不足，然而事后看来，他从数据中得出的结论与他本应得出的结论恰好相反。瑞恰慈的实验无意中表明，尽管学生可能需要更多与文学的"直接"接触，但假如提供这种接触的方式是不向他们透露一首诗的年代、作者和创作环境，那么他们是无法成功地把握这首诗的。

瑞恰慈邀请的评论者们有时会痛苦地发出求助信号，并试图指出这一点，但瑞恰慈一概将其忽视，或是从中得出错误的结论。评论者们这样说："我想，我当真不明白这些诗句，当然，我希望能有一些背景、一些'坐标'来提供宝贵的线索。"[40] 或者他们会说："**如果这是一个节选，那么应该选取更多**以便我们做出判断。如果不是，那么**我们可能需要一些传记信息。坦白说，我不明白。**"瑞恰慈认为诸如此类的要求不过是"借口"[41]，尽管当他注意到一位读者难以理解多恩的《在球形地球的想象角落中》似乎是由于他"不熟悉审判日的出席规则"[42]而非对诗意本身缺乏敏感时，他好像模棱两可地承认了这些要求的合法性。无论如何，这位读者很可能并没有意识到诗歌的语境是审判日——倘若瑞恰慈没有向他隐瞒此诗是由一位圣公会的神职人员所作，并且题为《神圣的十四行诗》，他可能会意识到这一点。

在评论者的各种"老套反应"中，瑞恰慈最反对的倾向就是为诗歌编造大量假想的历史情境。在他看来，这种习惯不过表明评论者无法以自己的方式面对诗歌。但是，任何解释者都只能通过对话语的某些语境进行推测，才可对意义做出推论（正如瑞恰慈和奥格登在《意义的意义》中所指出的）。如果你剥夺了读者推断可能与文本相关的情况所需的信息，你就是在迫使他们退而求其次，即构建一组不大可能真实的背景，这正是瑞恰慈那些可怜的评论者一直在做的事情。由于缺乏做出恰当反应所需的信息，他们除了自然而然地抓住一种"老套"之外，还能怎样呢？

一位最近的言语-行动理论家玛丽莲·M. 库珀简要地指出了问题所在：

> 当瑞恰慈要求他的学生对不明的诗歌做出回应和评论时，学生们不断尝试通过提供缺失的语境来理解诗歌。他们猜测作者的身份："一位苦心孤诣、多愁善感的老处女，或者也许是华兹华斯……"他们猜测作品所处的文学时期："让人想起后伊丽莎白时代的激越运动或是过分矫揉造作的语调……"他们通过推想诗歌所实现的目的来猜测作者的实际意图。[43]

瑞恰慈没有意识到这一点，因此他对评论者艰难挣扎的反应有时显得彻头彻尾地冷酷无情——他用嘲讽的着重体写下了一位评论者绝望的推测，即霍普金斯的十四行诗《春天和秋天，致一个孩子》中，"玛格丽特**显然是被抛弃了**，她非常明智地在金色树林的秋色中**寻找慰藉**"。[44]老套

175

反应？或许是吧，但当读者不知道这首诗的标题，或是不知道它出自一位醉心于变化与死亡的耶稣会士之手时，他能有什么其他反应呢？

也许每二十个读者中会有一个能够敏锐地从《春天和秋天》的文本中推断出必要的信息，但期望一群普通读者做到这一点似乎不切实际，而且这不过是为程式化的哀叹——学生普遍准备不足且不够专注——提供了又一个借口，这种哀叹本身也是一种老套反应。

瑞恰慈坦言他感到很震惊，"如果没有进一步的线索（作者、时期、流派、对文集的赞扬或语境的暗示），他们便感到'对这些作品做出肯定的判断'，甚至是形成一些可供拣选的观点，都是超出他们能力范围的任务"。[45] 但事实上，没有人能不借助瑞恰慈所说的"线索"来准确地阅读，瑞恰慈本人也做不到。当我重读《实用批评》中那些用于实验的诗歌时，我发现自己几乎读不出其中的大部分"意义"。仅有两三首诗歌我能顺利地阅读，而原因是我对它们的背景多少有些了解。无疑，瑞恰慈的受试者们的阅读习惯并不好，但我们无法知道到底有多坏，因为瑞恰慈设置实验的方式并没有提供一个良好的机会。实验的情形至少证明有一定程度的"绝望的音调"萦绕在受试者的评论中。但即便我们与瑞恰慈一样对实验结果感到震惊，也不能由此得出结论，认为解决问题的办法在于运用一种不那么具有历史性的教学模式。

在最近的一篇分析中，保罗·博维将瑞恰慈的实用批评描述为一种"根本上保守，甚至反动"[46]的计划，一种将高雅文化印刻在"刚进校门的大学新生"头脑中的工具，福柯笔下的全景式监狱的文学对应物。在博维看来，实用批评是"西方规训式资本主义的霸权话语和实践"的延伸，是"那个先进的资本主义社会的规训机器的一部分"。[47] 类似地，"瑞恰慈坚持认为有必要确立一种能为一切语言和文学现象提供统一解释的语言理论，不过表明人文主义无法容忍差异"。[48] 博维总结道，实用批评的作用一向是模糊"批评在知识生产网络中的地位，及其与美国文化中的主导力量的关系"。[49]

"西方规训式资本主义的霸权话语和实践"是一个如此宽泛的范畴，以至于难以想象有什么能够摆脱与之暗中勾结的嫌疑。但是，所谓实用批评与"美国文化中的主导力量"之间的联系似乎只是一种断言，主要基于一种对彼此迥异的整体化与规约的简单融合。瑞恰慈寻求语言和文学的"统一解释"本身并不能证明他的计划在社会领域中"无法容忍差异"，正如不可将解释简单地理解为类似于对阶下囚的"规训"。正如博维指出的，瑞恰慈的政治实际上更像技术官僚和"功能主义"而非"对立主义"[50]，但若要对他的计划做出更为辩证的评估，就必须考虑到它在打破此前"高雅批评"的"霸权"方面有明显的进步作用。然而，对于实用批评模糊了文化与政治之间的关联，并促成了20世纪50年代及其后学术话语普遍的去政治化的指控却是恰如其分的。事实上，似乎正是这种去政治化的话语反射性地催生出了博维与其他近代批评家高度政治化的话语。

将实用批评与《自由社会中的通识教育》中所提出的文学教育理论联系起来的是这样一种假设：伟大的文学作品独立于历史和文化，从今往后的文学教育必须建立在对这些作品的"直接"经验之上，而不以历史为中介。我们记得，报告中写道，"可以肯定地假设，一部令几代普通读者欢欣鼓舞并给予他们指点的作品，对他们来说就是一种共同的财富"，它自然比那些并不具有如此广泛的吸引力的作品更容易引起人们的热情。[51]这就是20世纪20年代厄斯金的设想，学生可以像阅读当代畅销书一样阅读伟大的著作。但这根本不是一个安全的设想，事实上，这是一个错误的设想。

社会学家丹尼尔·贝尔指出了错误之所在："年轻人应该直接接触工作，这样他们就可以直接体验到伟大带来的令人振奋的影响。"贝尔指出：

> 任何一个年轻人都可能以全新的经验接触到一部伟大的作品，作为他的个人体验，他回应这部作品的方式很大程度上受到当时的普遍模式或惯习的影响……这门课程的关键之处不是让学生知晓文本，而是要让他们清楚作品诞生的学术背景……总之，绵延交替的思想史和情感史与学生（和教师）自己的"天真"反应一样，是解读文本不可或缺的因素。[52]

177

试图将"人类最伟大、最普遍的关切"从其历史中分离出来，只会使这些关切显得更加难以触及。

欧文·豪的一些自传性评论似乎印证了贝尔的观察。他回忆说，当他于1953年在布兰迪斯大学任教，以及20世纪60年代在斯坦福大学和纽约城市大学任教时，他"几乎不假思索地采用了一种不那么严格的新批评式教学法"。他发现，"只有在学生已经具备一定的读写能力和历史知识储备的前提下，布鲁克斯和沃伦在其著名的教科书中发展出来的细读技巧才可能取得成功"。[53]"在布兰迪斯大学，细读法对于受过训练但头脑清醒的学生很有效，可以迫使他们遵循某种规则，抑制他们高谈阔论的喜好。"但在斯坦福大学，"训练有素却基本上难以教授的学生很快就把它变成了另一种炮制论文的常规方法"。而在"大众教育问题严峻"的纽约城市大学，他不得不"放弃先前使用过的任何新批评方法"，因为那里的大学生"害怕批评的抽象，仿佛所有关于反讽与含混、结构与修辞的讨论都是他们担负不起的奢侈品"。纽约城市大学的学生缺乏使新批评发挥作用的语境，而斯坦福大学的学生则过分地让它发挥了作用："因此，新批评对于那些受过教育、反应灵敏但不太守规则的学生最有效；而在那些不需要它的优秀学生，以及大量未经训练、难以忍受它的学生身上，它往往会失败，至少以我的经验来看是如此。"[54]

最需要新批评的也许是教师。就我的个人经验而言，作为一个在20世纪60年代初接受了博士学位强化培训的人，我可以证明我通常能够幸运地在前一个晚上备完本科课程。作为一名刚刚起步的助理教授，当我意识到只需专注于文本本身，而不必了解作者、写作背景或接受史便可对几乎任何一部文学作品侃侃而谈时，我感到如释重负。此外，一旦教学情境被简化为与作品的去语境化接触，我便无须了解学生们知道多少，无须了解他们在高中所受的教育以及他们在大学里的其他功课——正如他们也无从了解我知道多少。鉴于讲台两边都保留着巨大的未知，"作品本身"确实是我们的救星。

战后教育理论家认为，只有将人文学科从历史中分离出来，才能挽救人文学科的力量。如今，借助后见之明，我们很容易看到这种假设的错误之处。在大学里，几乎人人都习以为常的"历史"模式，似乎不仅与人文学科有益的文化运用毫无关系，甚至正如哈佛报告所指出的，它是阻碍这一目标实现的"主要困难"之一。这一时期的教育家没有考虑到实证主义史学所代表的"历史"观念并非唯一可用或可能的历史模式，这不足为奇。

　　换言之，未曾有人提出，对糟糕的文学史教学的补救办法可能是更好的历史教学，而不是将历史简化为一些读者不如不具备的辅助信息。　　179

学者与批评家：1940—1965 年

第十一章　历史与批评：1940—1960 年

传统学院学术真正应当受到指摘的并非其历史性，而恰恰是它不够具有历史性，或者说，它对"历史"的理解过于狭隘。

——欧文·豪

新批评在理论与实践上是"非历史"的，这已是老生常谈，但不如更准确地说，是新批评家接受了同时代大多数文学史家的历史观，并在其视野内开展工作。这种历史观将历史简化为原子化的"背景"信息，只看得到历史与文学的"外在"联系。新批评家沿循了历史学家的思路，认为文学史不过是一组初级信息，无论这些信息多么不可或缺，只要潜在的阐释者稍做功课，便可将其搁置一旁。批评家们并没有挑战这种狭隘的观点，而是与历史学家同声相应，认为历史学只是一种初级活动，人们可以从它出发迈向更具有文学性的事物。

即便如此，20世纪40—50年代的批评家和学者仍然达成了共识，在一定程度上弥合了彼此的分歧：批评家处理的是文学"本身"，他们以一种"内在"的方式对待文学作品；而历史学家则研究文学的"外部背景"。更准确地说，文学批评与历史学不过是整个文学理解活动的不同方面，因此，任何教授都可能既是批评家又是学者，而两种功能之间看似必然存在的对峙也开始缓和。尽管"学者"和"批评家"这两个词仍然指代不同的原则和方法（直至今日有时仍然如此），但人们越来越明白，这种区分不过是强调的侧重点不同，并不构成内在的原则性冲突。人们一致认为，文学批评与历史学相辅相成，任何健全的文学教育都不能舍弃任何一方。

183

但是，这种人们一心期望的合流会对理论、实践和教学产生什么样的效果呢？只要人们仍然接受内在与外在、作品本身与其历史背景的二分法，那么在概念层面就仍然蕴含着一种张力，一种尚未得到解决的制度张力的镜像。

韦勒克的文学史批评

勒内·韦勒克在1941年的一篇文章中对既有历史研究的不足做出了最彻底的诊断，这篇文章后来收录于韦勒克和沃伦极具影响力的著作《文学理论》（1949年第一版）。在当时，批评家攻击旧学术已不是新鲜事了，但这回是由一位对旧学术的内在有透彻了解的学者做出的空前详尽的批评。韦勒克本人是一位学者，著有关于康德对英国和英国文学史的影响的论著，但在1939年移民美国之前，他在与布拉格语言学派的交往中获得了一种"批评"的思维方式。

"大多数的文学史，"韦勒克写道，"或是文学中折射的社会史或思想史，或是多少按照时间顺序罗列的对单个艺术作品的一系列印象与判断。"一些文学史家"将文学视为阐释国家或社会历史的文件"。韦勒克将托马斯·沃顿、哈勒姆、莫利、斯蒂芬、考托普、泰纳、朱塞兰、卡扎米安和格林劳归于这一群体，他们未能写出特定的**文学**的历史。另一些文学史家虽然"认识到了文学首先是一门艺术，但似乎没有能力书写历史。他们写了关于各个作者的断断续续的篇章，通过'影响'将他们串联在一起，却没有形成任何真正的历史演变的观念"。面对这对孪生兄弟的失败，韦勒克开始思考，"是否**可能**写作一部文学史，也就是说，写作一部既有文学又有历史的文学的历史"。[1]

对于韦勒克而言，A. O. 洛夫乔伊竭力构筑的思想史大厦是文学性与历史性之间显见的不可协调性的最好明证。在20世纪30年代中期，洛夫乔伊的方法在很多文学史学家看来，似乎是他们期待已久的综合之路，长久以来，他们因无法实现这一综合而备受指责。洛夫乔伊在《存在之巨链》(1936)的序言中指出，思想史可以为知识学科的扩展所导致的"很多当下尚未彼此关联，因而尚未取得充分理解的事实提供统一的背景"。洛夫乔伊补充道：

> 它将有助于在经历专业化和劳动分工之后，打通大学各部门之间的壁垒。这是一种值得赞赏的努力。大学各部门的工作应该经常相互沟通。我尤其想到哲学和现代文学的各个部门。[2]

洛夫乔伊在他1948年的《思想史随笔》中再次呼吁，如今，在不同学科之间建立"联络"的需求比以往任何时候都更迫切。[3]

然而，在概述他自己的例子时，洛夫乔伊曾不经意地说："严肃的反思性文学作品中的思想当然大多是伟大哲学思想的稀释。"[4]针对这种修辞，韦勒克曾在他1941年和1953年的文章中，后来又在《文学理论》中加以引用，并认为，洛夫乔伊不过是把文学看作"注入哲学中的水"。也就是说，对于洛夫乔伊而言，"思想史可以将纯粹哲学的标准加诸想象的作品"。[5]洛夫乔伊至少为他不幸的化学类比加上了"大多"这个限定语，并暗示他所谈论的只是"反思性"的文学作品，然而，韦勒克认为洛夫乔伊典型地将文学作品视为"单元观念"的载体这一评判并非不公正的，而R. S. 克兰在1954年对洛夫乔伊的批评则进一步强化了韦勒克的观点。[6]诚然，洛夫乔伊有时也暗示弥尔顿风格与思想的"独特之处"以及"其他地方对同样思想的表达"之间的关联，但他只是断言这种关联存在，而没有解释它可能是什么。[7]

如果说洛夫乔伊的思想史未能令人满意地调和批评与历史之间的张力，那么它至少戏剧性地呈现了一些历史学家对旧方法的不满。直到20世纪40年代末，历史学家们的斗争仍然没有结束，但他们反对批评家

184

的措辞已经温和了不少。

寻求妥协

道格拉斯·布什于1948年在现代语言协会发表的主席演讲，《新批评：一些老式问题》，是老派历史学者最后一次挑衅的怒吼。在这场著名的论战中，美国文学协会主席、哈佛大学教授、文艺复兴"基督教人文主义"的倡导者布什愤怒地抨击了批评家。他指责他们"发明了非历史的理论，将现代的态度和思想代入过去"。"在强调复杂和含混时，"他指出，"批评家往往不愿意再接受其他任何事物。"因为"一旦复杂和含混被奉若神明，那么除了批评家自身想象力的界限以外，阐释的无责任性便似乎不再受到任何约束"。这种无责任性不过表明了这样一个事实："诗人和批评家"切断了与"普通读者"的联系——后者仍然"可能认为诗歌与生活有关"——他们"决心只为彼此写作"，从而使批评成了一种封闭自足的目的。[8]布什将他的"信条"定义为重述传统人文主义的"诗歌观"，这种观念在文学史上最伟大的时期统治了大约2 500年，而新美学家则称之为"说教误说"(didactic heresy)。

如今，这种攻击的传统手法已变得像斗牛士的手势一样仪式化，布什的讲话重述了莫里泽们、尼兹们，以及格林劳们在很久以前便已定下的论调：最初的让步，正确实行的批评是一项不可或缺的活动，但它被可悲地忽视了；明智的警告，在学术基础尚未奠定之前就试图进行不成熟的批评，是毫无益处的；必然的结论，令人遗憾的是，这种不成熟的批评事实上已成为当今几乎所有批评的条件。（弗雷德里克·克鲁斯在《维尼困惑》[9]的最后一章中巧妙地戏仿了这里的论点和语气。）

然而有趣的是，布什的演讲不再是表面看来的空洞修辞：

> 学者尝试通过作者与其同时代人的思想来理解一部作品，他相信，如果我们就一部作品孕育于自身时代的情境来理解其

意义，我们就会有意识和无意识地允许变换情境，从而区分出世俗的意义与永久的意义。批评家则会从作家的创作行为或现代读者的阅读行为入手，但无论在哪种情况下，他都倾向于**在真空中**分析作品，仿佛它是一个无时间性的自治实体。历史的方法与批评的方法都是必要的，但当它们各自踽踽独行时，它们都是不充分的。[10]

表面看来，布什是将"世俗"的意义归于学者，而将无时间性的"永恒"的意义归于批评家，但事实上，他在原则上做出了让步，即承认批评在文学系中拥有正当地位。此外，与早期学术界对批评的抨击不同，布什并没有将批评定性为一种主观活动。相反，"在真空中分析作品，仿佛它是一个无时间性的自治实体"，显然与莫里泽和格林劳所摒弃的主观印象主义截然不同。正如评论家伊莱西奥·维瓦斯在1951年写道的，争论的术语正在发生变化，尽管"人们听到学者们对所谓'新批评'时而愤怒，但更多时候是傲慢的轻蔑，那些老牌学术研究期刊已开始试探性地、小心翼翼地开放自己的版面，接受批评"。维瓦斯预测，"双方的相互渗透"将弥合小型期刊与研究型出版物之间的"似是而非的分裂"。[11]

然而，仍有一些问题没有得到解决。如果布什愿意承认批评家不必关心文学的"世俗"意义，那么他为何还要攻击他们"非历史的理论"与时代错置的误读呢？布什的区分没有阐明世俗意义与永久意义可能具有何种关联，以及当二者发生冲突时我们应该怎么做。例如，"基督教人文主义"是否可以理解为文艺复兴诗歌的"世俗"意义，而新批评家在诗中发现的悖论与反讽则是其"永恒"意义？如果布什对文艺复兴诗歌的解读在批评家看来是"说教误说"，那么妥协的基础何在呢？批评针对的是"一个无时间性的自治实体"，这一说法显然剥夺了它与历史的任何可能关联。

大约同一时期的批评家也开始表现出和解的姿态，但在澄清批评与历史的关系方面，他们并未比学者做得更多。如今他们承认文学史对于

186

批评而言具有无可替代的重要性。在《理解诗歌》的第二版中，布鲁克斯和沃伦做了他们在十年前的第一版中所说的"转移了重心"。彼时，他们认为诗歌与其历史背景的关系，以及它在语境中的位置可以"含蓄地"留给"暗示"。而如今他们说，其后的几年表明，"不可能万无一失地将这些关系留给暗示，它们应该得到阐明，而不仅仅是被暗示"。正如布鲁克斯和沃伦所言，这"不是拿两磅重的传记研究或是三段文学史来与相应数量的诗歌匹配的问题。**问题是要探索历史、文学以及一般事物如何与诗的意义产生关联**"。[12] 因此，修订版中收入了对马维尔的《贺拉斯颂》和《荒原》的广泛的历史讨论。

187

然而，就像道格拉斯·布什一样，布鲁克斯和沃伦以及其他新批评家也仍然常常像谈论"几磅或几段资料"一样谈论文学史，而并不将其视为一个丰富的历史过程。看来欧文·豪的论断没错，传统学术真正应当受到指摘的"并非其历史性，而恰恰是它不够具有历史性，或者说，它对'历史'的理解过于狭隘"。[13]

作为"背景"的历史

比如，当布鲁克斯在1941年写下下面这段话时，他预设了一种典型的饱受诟病的历史概念：

> 几乎每一位英语教授都在孜孜不倦地致力于发现"约翰·济慈喝了什么粥"，这就是我们的典型研究：英国文学的背景。我们希望在我们的导论课教科书里写满诗人的生平注解。但人们可能了解诗人吃什么、穿什么、发生了什么意外、读了什么书，却偏偏不理解他的诗。[14]

一旦历史被认为是一件关于喝粥和穿衣的事情，它当然只会变得与批评无关，但问题应该是，一种更广阔的历史观是否可能。

有时新批评家给人一种印象，仿佛他们所能想象的唯一一类文学史就是闲言碎语。当韦勒克在1953年宣称"文学人物传记……往往与对作品本身的理解和评价没有多大关联"时，他所理解的传记只是关于"作者的活动、争吵和风流逸事"的"信息"。[15]在这种时候，便很难看出韦勒克概念中的文学史研究能比安德烈·莫里泽的研究生学习手册有趣多少，正如韦勒克所说，后者给人这样一种印象："文学史几乎仅局限于编辑与作者，来源与生平的问题。"[16]同样，在威姆萨特和比尔兹利对"意图谬误"的著名攻击中，外部证据对文学解释的重要性被减缩到最小，他们举出的外部证据的例子是关于"诗人如何或为什么写诗——坐在什么样的草坪上，或在哪位朋友或兄弟去世时，写给哪位女士的信件或被记录下来的谈话"。[17]

布鲁克斯也说，历史似乎可以"增添诗歌作为（诗人）个人生活记录的意义"，但恐怕无法增添它作为一首诗的意义。布鲁克斯承认，有些"诗歌的基本意义确实取决于对其中提到的历史人物的了解"，但同样，"诗中提到的历史人物"这样的短语暗含的意思是，历史主要是用来识别典故的脚注。[18]

而且，即使批评家以更为宽泛的术语来思考历史，另一个问题也会由此产生：这样的历史似乎仍然不够具有文学性。对于韦勒克来说，格林劳将文学史视为对"文明"进行全面研究的构想，其问题最终并非如人们所想的那样，即学者们实际上并没有书写这样的历史，而是这一概念本身就有问题。韦勒克认为，格林劳的"研究一切与文明史有关的东西"只会"排挤严格意义上的文学研究。所有的区隔都将消失，无关的标准将被引入文学中来"。[19]因此，韦勒克不得不得出结论，历史学家"也许应该克制通过别的东西来解释文学的企图"。[20]（1941年似乎对"别的东西"尤其不友好。约翰·克罗·兰瑟姆宣称，"严格地说，文学批评家的工作完全是一种审美批评。而道德家的工作，自然与别的东西有关"。[21]）

同样，韦勒克的观点并不是拒绝文学史，而是要将它从非文学关涉的重负中解救出来。他的解决方案是写作一部"内部历史"，它将追溯"文学作为一种艺术的历史，这一历史与社会历史、作家生平或者互不相关的对单个作品的欣赏保持着一定的距离"。这种内部历史将"从集体意识形态内部的如语言系统般作为社会性事实而存在的符号体系和隐含规约中，寻找艺术作品的本质"。[22] 韦勒克的多卷本《近代文学批评史》(第一卷于 1955 年出版) 便是由这一观点发展而来的，书中所讲述的批评的故事遵循着"观念演变的内在逻辑"，甚至独立于批评所关涉的艺术作品的演变。[23] 玛莎·伍德曼西指出："幸运的是……在实践中，韦勒克并不总是遵守这些原则。"例如，他将新古典主义批评的衰落归因于"诗人及其受众兴趣的转变"。[24]

189　　我无法在此停下来讨论历史解释这个难以捉摸的问题 (我在其他地方已经尝试过了[25])。但我认为，即使一部纯粹的内部文学史是可能的，它也会缺乏解释力，因为如果不参照社会和哲学的状况，是无法令人满意地就文学的形式和理论的变化做出解释的。例如，文学的定义可能很大程度上受到对特定文化环境的反应的渲染。直至工商业以及功利主义文化兴起之后，众多文艺理论家才认为文学 (或艺术) 的本质必然是非实践性、非功利性和非指涉性的。从传统文学的工具主义和模仿理论陡然转向这种观点，某种程度上可能是对社会历史环境之变化的反应，但没有一种纯粹内在的观念逻辑能够解释它为何发生、何时发生以及如何发生。

外部与内部

　　然而，这并不是说文学史是外在的而非内在的，而是表明这种区分需要重新考量，事实上，很多近代历史学家和理论家都曾这样做过。在反对历史学家对外在信息的依赖时，批评家们并没有进一步反思，所谓内在或外在的阅读指的是什么。他们诉诸一首诗"本身"，而将与之相关的外在的二手信息排除在外，但这种诉求是欺骗性的。正如瑞恰慈在《实用批评》中无意间展示的那样，任何读者对于一首诗 (或任何其他文本) 的理解都不可避免地依赖于无法从文本本身推断出来的信息。

　　布鲁克斯因此提出了一个关键性的问题，他说："即使我们对作者的个性和思想有足够的了解，**我们也很少能了解诗歌本身能透露给我们的关于**

其自身的东西。"[26]问题在于，我们无法判断一首诗或任何其他文本"能告诉我们多少关于它自身的东西"，因为这与读者掌握了多少必要的背景信息相关。我们无法预知某个文本在多大程度上独立于它的背景信息，因为这将取决于是谁在阅读、在何时阅读以及在什么样的情境下阅读。

因此，我们无法笼统地说某个证据对于一个文本而言是内在的还是外在的，因为对于一个读者来说是内在证据的，对于另一个读者而言却可能是外在的。如果我在读《封圣》之前就已经知道，对于多恩的同时代人来说，"die"这个词也可以指性交，那么当我读这首诗时，"die"的含义对我来说就是内在的；而对于一个不具备这方面信息的人来说，这一层含义将是外在的，它必须被给出。如此看来，任何意义都可以既是内在的又是外在的，它是否可被理解，取决于是否借助额外的信息。

这是威姆萨特和比尔兹利在《意图谬误》中忽视的一点，假如这篇文章被冠以"外在谬误"之名，倒可能不会引起那么多混乱。如果我们仔细阅读这篇文章，我们就会发现，威姆萨特和比尔兹利并不是真的想说作者意图**不能**作为文学解释的对象，尽管他们至少一度是这么说的。威姆萨特和比尔兹利主要攻击的不是探究作者意图的做法，而是仅仅通过传记资料、时代精神的假想结构（比如"伊丽莎白时代的世界图景"），或文本之外的作者关于他或她想表达的"真正的意思"的陈述来确定作者意图，却从不过问由这些形式的证据所引导的解释与文本本身暗含的解释是否一致的做法。这种反对意见是有道理的，因为一些文学史学家似乎毫不留意文学文本便得出解释性的结论。但这并不意味着，在不参考任何传记或历史著作的情况下仅从文本中推断出解释，读者就能始终保持在文本自身的轨道之内。

只需回想一下威姆萨特和比尔兹利举出的历史-意向主义误读的主要例证，即查尔斯·M. 科芬将多恩的《别离辞：节哀》中"天体的震动"一语理解为暗指哥白尼的新科学：

> 地动会带来灾害和惊恐，
> 人们估计它干什么，要怎样

190

可是那些天体的震动，

虽然大得多，什么也不伤。

威姆萨特和比尔兹利反驳，当科芬将这些诗句解释为对于新科学的指涉时，他更倾向于"私人证据而非公共证据，外部证据而非内部证据"。[27]问题在于，科芬并不是从诗歌本身，而是从"外部"证据——对文艺复兴学者而言是"私人"证据——文艺复兴时期的知识氛围中发现了新科学。威姆萨特和比尔兹利认为，如果读者忠于这首诗本身，便会更倾向于认为这些诗句指涉的是地震而不是新科学。

191　　　但是威姆萨特和比尔兹利的地震解释并不比科芬的新科学解释更私人、更外部，或更公共、更内部，因为解码一个对于地震的指涉与解码一个对于新科学的指涉同样需要依赖背景知识。相较于新科学，地震可能更为非学院人士熟知，因而在某种意义上不那么"私人"，但这一事实与多恩想要表达何种意思无关，除非有人能辩称，我们可以从其他语境中得知，多恩是喜欢深奥典故的诗人，并且在他的时代里，新科学比地震更为深奥。我们也许没有足够的证据来猜测多恩实际上指涉的是新科学、地震，还是其他的什么，但无论在何种情况下，都不存在那种我们可以优先采用的"内部"证据，即完全独立于我们在某些时刻需要学习的信息的证据。

　　批评家们在接受专业学者的私人证据方面犹疑不定，似乎是出于一种不合理的恐惧：如果允许一首诗的意义建立在这类证据之上，那么它的普遍性，甚而它的价值就会减损。他们担心的是，将一个文本与某种历史背景关联将会导致相对主义以及随之而来的价值的消亡。批评家们认为他们自己的方法是通向内在意义与内在价值的特许门径。在布鲁克斯看来，批评"必须区别于思想史研究，因为显而易见，思想史家会在一首拙劣的诗中找到与在一首好诗中同样多的可供解释的东西"。因为"单纯地收集资料并不会告诉我们诗人用它们做了什么"。[28]或许确实如此，就目前来看，详述一首诗的来源不足以解释它为什么应该受到重视，但分析其结构中的悖论和反讽也不足以解释这一点。毕竟，同样的反讽和悖论也可能出现在一首坏诗或其他非诗的文体中。

R. S. 克兰在引用爱因斯坦的质能方程$E=mc^2$时指出了这一点，并讽刺道，"如果完全按照布鲁克斯的诗歌结构标准来评判"，它是"20世纪迄今为止最具'反讽性'的诗歌"。[29]克兰的观点是，对于诗歌而言，悖论和反讽等逻辑结构并不比传记资料或单元观念更"外在"（或"内在"）。正如对"私人"解释的恐惧，对价值相对主义的恐惧再次表明了这样一种感觉：如果认为文学的力量植根于历史，那么它就会受到某种程度的折损。相对主义的危险是真实存在的，但在一个据称不受相对主义影响的内在领域四周画一个圈，同样难以规避这种危险。

192

未解决的冲突

到了20世纪50年代初，学者和批评家正式达成共识：他们的方法是互补的，但双方都不确定批评与传统学术要如何在理论或制度层面上结合起来。战后的新一代专业人士已悄然达成了一种切实可行的解决方案，他们不是往昔争论的既得利益者，而是渴望将历史和批评融入自己的工作之中。学者和批评家身份开始在同一批人身上融合，这无疑极大地丰富了各个领域，他们作品的质量相比战前的大多数作品有了显著的提高。不过，在院系组织和课程安排的层面上，历史与批评的关联或对比却没有任何相应的改进。各院系并没有试图厘清两者之间的关系，并据此联结各学院派系，而是倾向于认为，只要学者、批评家以及学者-批评家被充分地代表，只要解读课补充了导论课，一种恰到好处的平衡就会渗入学生的体验之中。一个院系越是进步，就越能给予教师自行解决批评与历史之整合问题的自由，就越是相信不同的教师偏向会形成自然的平衡，并赋予课程整体的广度。

正如乔纳森·卡勒所言，其结果"与其说是对历史与批评的综合"，不如说是"一种奇怪的叠加"，在"以《理解诗歌》为教材的导论课中，历史的考虑可能会被排除在外。但是，进阶课程依据不同时期划分文学作品，因此批评家需要像学者一样对某一特定时段有专精的研究"。[30]在很多情况下，结果便是我在前面章节中提到的症候性妥协：出现了一系列运用新批评方法、按年代顺序研究文学名著的课程。领域覆盖原则仍是不容置疑的，它在课程设置、保持院系独立性上仍起着决定性的作用，使老派学者与新批评家都不必再讨论彼此的分歧与一致，并尝试着将种种意见融入文学项目之中。

如果学者和批评家不得不研究彼此之间的分歧以决定如何组织文学项目，那么无疑会留下很多无法解决的问题，这或许只能表明双方的观点不具有通约性。然而，即便如此，可能也比实际上静默无声的权衡与协商和解更具启发意义。这并不是说双方未曾有过争论，事实上，整个20世纪40年代的专业期刊上各种声音异常活跃，围绕着诸如内在与外在问题、"信仰问题"以及现代批评的种种"误说"和"谬误"展开了激烈的辩论。不过，这些辩论都未能突破初创理论的教授与研究生的狭小圈子而触及更广泛的受众。如果说我在20世纪50年代中期的经历足够具有代表性的话，那么这些争论几乎完全没有影响到本科生。我修习的英语专业，尽管在各方面都值得尊敬且合乎标准，却使我免于陷入这些问题，直到多年后我才了解到，当时关于这些问题的争论正空前激烈地进行着，它可能会提供我的研究所缺失的背景。事后我才惊讶地发现，我的几位老师都在这些辩论中采取了典范性的立场，这也反过来启发了他们的教学方式；不过如今一切都已烟消云散。

于是，那些可能营造具有启发性的论辩氛围的条件便溶于一片礼貌的祥和之中，古文物研究者和新批评家，只要他们仍然认为彼此是对立的类型，就会轻巧地把对方撇在一旁。一位资深的"文艺复兴人"可能私下里对大厅下面办公室里那个放荡的年轻"现代主义者"感到愤怒——他对弥尔顿和雪莱太无礼，对肌理、结构和客观联系又有一种自命不凡、不可理喻的偏执。但宽容的系主任只需提醒这位老学者，他个人无须与这个无礼的年轻人有任何瓜葛，不管怎么说，他的课程吸引了这么多学生来到系里，院长可能也就很快能再招收一名中世纪研究者。这位"文艺复兴人"退休以后，他的继任者很可能是一个暗自吸纳了批评方法的人，而那些恼人的偏见也会随之消失。

第十二章　大学里的现代文学：1940—1960年

> 青年人更容易理解自身所处时代的文学作品。他可以快速地阅读，而不为历史背景或过时的风格所困扰。
>
> ——大学教科书（1948）

> 我开始认为，试图将现代英美文学教授给一群准备不足的学生，是一项不明智的举动。很多文学作品都很有趣，有的甚至十分精彩；但其中大部分内容所涉及的思维方式和行动模式，对大多数学生来说是如此陌生，以至于他们十分被动，或是变得迷惑不解，或是愤愤不平，最糟糕的是，他们可能会被读到的最不值得钦佩的东西所激励。
>
> ——西北大学讲师，私人通信（1943）

我在前面提到过，批评运动与将近现代文学作为大学研究对象的运动是关联在一起的。大多数抵制批评进入大学的学者也反对经典的现代化，部分原因是他们憎恨任何未经时间考验而经典化的文学作品的侵入，但同样也是因为他们与其批评家对手所理解的历史方法不可能适用于新近的文学作品。正如兰瑟姆在1938年指出的，当代文学"几乎必须接受批评研究,因为几乎无法对它进行一般的历史评论"。[1]

人们总是倾向于相信自己时代的文学无须借助历史便可理解。正如我在本章引言中所引用的教科书的编辑所言:"青年人更容易理解自身所处时代的文学作品。他可以快速地阅读,而不为历史背景或过时的风格所困扰。"[2]如果真是这样,那么面对漠然的学生,一个显而易见的解决办法就出现了。阅读其自身所处时代的文学作品能唤醒学生的热情,这一期望是消解教授抗拒心理的强大力量。

如今这种抗拒已彻底瓦解,人们甚至很难相信它曾经存在过,尽管它究竟是在哪一刻让步的仍不清楚。早在1925年,弗莱德·路易斯·帕蒂就曾说:"越来越多的当代作家成为大学课程讨论的主题。仅不到一年,'赫格希默的小说'就被允许作为一所顶尖大学的论文题目。哥伦比亚大学至少有一打博士学位论文的主题来自晚近的美国文学。二十五年前,这种针对美国文学的态度是不可想象的。"帕蒂不确定这是不是向着最好方向发展的变化:"长达一千年来固守保守主义的大学,这么快就彻底投降了,这实在令人惊讶。我们不禁想,地基是否被撼动得太粗暴了?难道我们的教授不会让步太多了吗?教育民主化到如此程度是否安全?"[3]

虽然要证实这一点,需要对学校提供的课程和课程注册人数情况做更为系统的调查,但帕蒂似乎夸大了投降的程度。我基于有限证据的印象是,尽管早在19世纪90年代大学就在频繁开设关于晚近文学的**课程**,但直到第二次世界大战之后,才有可能将大部分的研究集中于现代文学。以西北大学为例,据其课程目录记载,早在1895—1996年,他们就开设了"1850年以来的英国文学"课程,包括"现代小说""短篇小说""近代诗人、散文家选读"。这门课后来演变为英语B7,一门在20世纪50年代里平均每年约有一二百人注册的大二学生水平的导论课。但到那时为止,现代文学课程仅限于这门课和另外两门高年级课程,关于《贝奥武甫》以降的英国文学各个主要时段的课程,报名人数保持均匀分布。

直到20世纪60年代初,情形才开始发生转变,尽管有关20世纪文学的课程**数量**只是适度地增加了,但**注册人数**却不成比例地多了起来。例如，从1974年到1975年，在西北大学开设的63门英美文学本科课程中，有18门课程可算是专门研究20世纪文学的。这18门课程的招生人数为783人，而早期**所有**课程的总注册人数仅为789人。换言之，一般学生的文学课程中有一半是20世纪文学，而20世纪文学课程的平均注册人数（43.5）是其他课程平均注册人数（17.5）的2至3倍。[4]

在20世纪50年代以前，即使文学系想增加对现代文学的投入，他们也很难找到有能力教授这门学科的教师，因为博士项目的重心仍是古文物研究。现代文学教师往往是从专攻更早时段的文学研究者当中招募的，他们的博学多才并不总能为他们赢得他们所期望得到的尊重。在西北大学，从1932年开始，大学二年级的导论课和两门现代文学高阶课程都是由一位拥有西北大学中世纪研究博士学位的人负责的，他自愿教授这些课程，希望能在该系获得一个永久的职位。十年过去了，他向系主任抱怨说，导论课"吸干了我所有的兴趣"，让他没有时间"发表由自己的博士课题延伸而来的，以及相关主题的论文"，他向学校提出要求，假如要他回去教授现代文学课程，就要给他"明确的晋升保证"。[5]他最终没有被聘请回来。

古代与现代

有关现代文学在大学中的地位的争论，引人注目的问题不在于是否应该研究现代文学，或研究多少现代文学，而是现代的文学**观念**应该被赋予什么样的地位。20世纪40年代，文学史学家时常抱怨说，新批评家都是依据在历史学家看来倾向性十足且时代错置的现代预设来解释和评判各个时期的文学作品的。在这些年来关于所谓"误说"和"谬误"——例如，个人误说、意释误说、说教误说、意图谬误、信仰问题，等等——的争吵背后，实际上是早期文学作品在何种程度上可以恰当地用后浪漫主义诗学理论来阅读的问题。

换言之，争论的焦点是"文学"的定义。语文学家和文学史学家以科学严谨性的新理想取代了19世纪文学评论的惯例，他们清除了维多利亚时代的道德主义和感伤主义，但没有真正挑战传统主义者的诗学观，即文学是一种崇高的修辞形式。我们已经看到道格拉斯·布什夸口称他的信条是建立在"统治了大约两千五百年的诗歌观"之上的。[6] 诚然，新批评家也声称他们是自己意义上的"传统主义者"，但这是在挑战了布什说教式诗学之充分性的意义上，而不只是就新批评在后浪漫主义文学作品中的应用来说的。如果批评家满足于称赞现代主义作家企图"拧紧修辞的脖子"，写作那些不为"意谓"而只为"存在"的诗歌，他们就已足够可耻了，但这也未必会招致学者的愤怒。问题在于，批评家们并没有把他们的想法局限于自己领域里经过授权的作品，而是自作主张地要对其他所有人的作品指手画脚。

现代主义诗学认为，诗歌既不是修辞性的劝导，也不是自我表达，而是一种自治的话语，它不可还原为构成它的概念和情感。批评家正是以这种眼光对早期文学进行了重新解读和评价。用伊莱西奥·维瓦斯的话来说，一首诗或别的艺术作品必须被视为"一个孤立的实体，对于富有理解力的心灵而言，它能够完全在自身界域之内不及物地呈现自己的话语宇宙"。[7] 这种艺术观时常导致像斯宾塞、弥尔顿、华兹华斯和雪莱这样的诗人因其哲学的或情感充沛的话语模式而遭到拒绝，相比之下，它抬高了玄学诗人的地位，据说他们在使用复杂意象这一点上最接近现代诗人。然而，更糟糕的是，有些早期诗人虽然没有遭到拒绝，但他们被重读的方式令学者们感到他们变得十分陌生。当新批评家挪用锡德尼的名句"诗人不确语，故亦不诳语"，仿佛锡德尼的本意就是诗歌不应有意指而只需存在时，传统主义诗学的痕迹已被完全抹去了。[8]

教学上的附带因素在这里起到了一定作用，因为学生染上了"搜寻信息"式的文学阅读法，这仍是大多数美国人的标准阅读方式，对他们来说，"诗歌"仍然是指詹姆斯·惠特科姆·赖利，以及朗费罗的《人生颂》，如果不是指埃德加·盖斯特的话。克林斯·布鲁克斯回忆道，当他20世纪30年代开始在范德堡大学教书时，那里的学生"实际上是以对待地方报纸上发表的社论或刊登在西尔斯罗巴克目录上的广告一样的心态和预期来阅读济慈的《夜莺颂》的"。[9] 这一说法很大程度上解释了为

什么像布鲁克斯和维瓦斯这样的批评家认为有必要坚持"对于富有理解 198
力的心灵而言，（诗歌）能够完全在自身界域之内不及物地呈现自己的话
语宇宙"。

这种观点在学者身上激起的困惑和愤怒，大多暴露了他们纯粹是拒
绝看到文学、文学文化和批评领域已经发生了根本性变化。他们没有尝
试理解现代主义运动，也没有从自己的主张出发与之辩论，而是将其视
为一场精英主义的阴谋：明显是出于纯粹的任性，"诗人和批评家"，用
布什的话来说，"决定只为彼此写作"，他们背弃了"普通的文学学生，更
不用说科学家或商人了"。[10]布什的指控是有道理的，但我们需要理解
和分析，而不仅仅是谴责。"普通学生"、科学家和商人本身已不再属于
那个对文学和普通读者怀有积极认识的社会了。

并非只有现代批评家和诗人使用专业的词汇说话，并声称其话语具
有"自主权"，事实上，所有其他专业人士也是如此。正如哈罗德·罗森
博格在一篇20世纪50年代后期的论文中指出的那样，"从社会意志中抽
离出来，忽视一切其他思维形式，除非它能被吸纳进自己的技术性装置
中"，这是职业主义的典型特征。"纯粹的艺术、物理、政治，无非就是艺
术、物理、政治，它们依循自身的可能性行进，而不考虑任何其他专业或
整个社会的需求。"罗森博格构想了一部"纯粹主义观念词典"，它可以
合理地"由诗歌转入军事科学，然后转向绘画，涉足城市规划，并从侧面
介入政治骚动和政党生活"。"'纯粹'艺术自其诞生之初，就被攻击为虚
无主义，"罗森伯格说，"然而，如果所有高级职业都在同样的意义上是虚
无主义的，那么这种指责就毫无意义了，尽管它未必是不真实的。"[11]

学者们在复述对于"现代诗歌和批评不负责任"的老调重弹的抱怨
时，几乎是缺乏深度的。但当他们反对对早期文学时代错置的误读时，
他们很可能是头脑清醒的。这一时期的很多学者忙于抵制时代错置的
批评阐释的流传。在一篇接一篇的文章中，他们试图通过重建一种据称
可信的历史语境来反驳（在他们看来）批评家对"含混"和"悖论"的虚
假归因。

在这一文类中，最持久而有力的作品可能要属罗斯蒙德·图夫的 199

《伊丽莎白时代的与形而上学的意象》(1947)。这是一篇言辞异常激烈且富有学识的论辩文章，矛头直指艾略特将17世纪英国诗歌归因于一种现代忧虑，即感性的解离以及由此导致的理性与想象的对立。根据图夫的说法，这种对立对于早期诗人而言是"不可思议的"，"因为他们对诗歌信仰持有完全不同的看法"[12]，而且他们对"理性话语方式侵入诗歌"并不感到尴尬。[13]图夫认为，对于现代诗人而言的艺术真理与科学真理之间至关重要的区别，"在早些时期里并没有引起多少关注"。文艺复兴时期的作家和理论家没有理由拒绝将诗歌视为一种包含"必要的观念性意义内核"的修辞。[14]

图夫似乎并没有意识到，她只是在重述艾略特的观点，即像多恩（或但丁）这样的诗人对感性的统一或形而上学信仰没有太多顾虑，因此无须像现代诗人那样被迫进行自觉的斗争，便可轻易实现它们。但是，图夫的攻击仍然是对当时甚嚣尘上的，关于形而上学诗人可以像"感受玫瑰的气味一样直接地感觉"他们的思想，诸如此类错误看法的纠正。在《阅读乔治·赫伯特》(1952)一书中，图夫对燕卜逊在《朦胧的七种类型》中就赫伯特的《牺牲》一诗的解读提出了反对意见，她认为，辨识出某些段落中可能存在基督教背景，便消除了燕卜逊从中发现的大部分著名的含混。[15]

在《新批评与〈李尔王〉》(1949)一文中，W. R. 基斯特抨击了罗伯特·B. 海尔曼在《这伟大的舞台》(1948)中对《李尔王》的解读，后者认为莎士比亚抓住了"新旧秩序的冲突"这个"现代问题"。[16]在海尔曼的解读中，莎士比亚似乎早已预见了重农主义批评家对北方城市工业主义的工具理性的敌意。因此，贡纳莉和里根成了"计算精神"的象征[17]，仿佛莎士比亚对"计算"怀有同样的敌意，就像后来很多作家将它与技术官僚管理关联起来那样。基斯特认为，海尔曼是将一个异质性的概念强加于莎士比亚的创作方法和主题之上了：他被"卡夫卡、布莱希特和布洛赫等现代作家创作象征性作品的倾向"所误导，认为"任何作品都可以用象征性来解读，这一点是不言而喻的，或者只需稍加恰当的证明"。[18]

1951年，J. V. 坎宁安重新激活了与海尔曼的争论，他质疑后者对 200
《李尔王》中"但等时辰来到就是了"这句话的解读。海尔曼认为这句话
表达了现代视角主义的观点，即"一时一刻的情绪并不会关闭一切可获
得的视角"。[19]坎宁安认为，当人们将埃德加的这句话解读为基督教徒
放弃信仰的陈词滥调时——这可能最接近莎士比亚的本意——埃德加
的这句台词实际上已经关闭了众多视角。"两种意义的差异是毋庸置疑
的，"坎宁安说，"我们的理解指向生命，而莎士比亚的意义指向死亡；我
们的解读在现代心理学中寻找定位，而他的意义则在基督教神学中找寻
自己的位置。"[20]坎宁安在另一篇文章中讨论了纳什和马维尔的诗歌，他
认为艾略特和他的追随者无视为诗歌构建基础的亚里士多德式逻辑阐
述，而只想从中提取一种象征主义的战栗。例如，艾略特曾对《致他娇羞
的女友》中生动的意象颇为赞赏，比如：

> 我这植物般缓慢生长的爱情，
>
> 悠久，超过历代王朝，广阔，越过万国边疆。

坎宁安认为，艾略特将"一些怪物般的、膨胀的卷心菜"视觉化的做法是
不可取的，相反，"蔬菜"可能根本不是一个视觉形象，而是对文艺复兴时
期关于三重灵魂中生成性较低的层级的指涉。[21]

历史化的解释与现代主义的解释最迷人的碰撞发生在对纳什的抒
情诗《瘟疫年代》中"光明从空中坠落"（Brightness falls from the ayre）
一句的解读中。坎宁安引述了纳什的编辑撰写的一段文本注释，后者写
道，尽管人们"希望纳什的意思是'ayre'"，但"正确的解读"似乎更可
能是"hayre，它给人一种更明显，但也更为低层次的感知"。[22]坎宁安推
断，编辑对象征性暗示的嗜好——它让人想起《青年艺术家画像》中斯
蒂芬·德达罗斯对这句诗的狂想——使他在没有任何文本依据的情况
下改写了这首诗。然而，韦斯利·特里姆皮随后指出，倘若人们知道在
文艺复兴时期，"从空中坠落的光明"这一意象常常是指闪电，而闪电被
认为是瘟疫的预兆，那么"ayre"就成了一种更具说服力的历史解读——

特里姆皮通过引用相关的平行段落令人信服地证实了这一系列关联。纳什的抒情诗是伦敦瘟疫期间一出戏剧中的一部分，这一事实更强化了这种解读的可能性。与此同时，特里姆皮在原则上为坎宁安的观点辩护，即无论我们认为纳什的本意是什么，这种意义都不会改变，而且也不应取决于后来的读者是否喜欢纳什的本意。[23]

针对这些攻击，批评家们反驳说，他们质疑作者的"原初意图"是否真的可以还原，或者即使我们可以弄清作者的本意，那些后来产生的意义是否有必要一律摈弃。最近的评论员，比如凯瑟琳·贝尔西，忽视了这一观点，他们假定新批评"自身的逻辑迫使其指出，文本……当下的意义就是它一贯的意义"。[24]韦勒克和沃伦在《文学理论》中主张："艺术作品的意义并不会因作者意图而穷尽，甚至并不等同于作者意图。作为一种价值体系，它的生命是独立的，不能仅仅以它对于作者和同时代人的意义来界定它。它的意义是一个累积的过程，也即在诸多时代里受到众多读者批评的历史结果。"[25]他们怀疑，在解读马维尔的"植物般的爱情"时，"完全摆脱现代内涵是否可取，至少在极端情况下，是否可能"。[26]威姆萨特和比尔兹利持同样的立场，他们说："在诗歌写完**之后**，语词的历史可能会赋予其新的意义，如果这些意义与最初的模式相关，就不应因为对意图的顾虑而将其排除在外。"[27]

若不深究争议尚存的意图问题，我认为总体而言学者们在这场争论中占了上风。诚然，他们对"意图"的理解有时过于狭隘，他们不允许模棱两可和矛盾的意图；或者他们认为意图主义的解释排除了其他类型的意图；或者他们忘记了意图可能如此难以捉摸，以至于在某些情况下，谈论意图不过是一种形式上的或假想的姿态。但历史学家比他们的批评家对手更具有理论上的连贯性，对于支持或反对自身立场的论据也表现出一种更为坚定的意识。批评家常常将反对意图的两种截然不同的观点混同起来（在后来对意图主义理论的攻击中，这两种观点一直混淆不清）：一种观点（让我们称之为"不可知论"）认为作者的意图本质上是不可知的，因此它无法控制或限制文本的意义；另一种观点（让我们称之为"不受欢迎论"）认为，即使可以发现作者的意图，也不应允许它控制或限制解释,因为这样的限制只会使意义变得贫乏。

我们可以从威姆萨特和比尔兹利的陈述中看到这两种观点的混淆："作者的设计或意图既不可知,也不可取,因而无法作为判断文学艺术作品成功与否的标准。"[28]如果作者的意图真的"不可知",那又何必加上"不可取"呢？另一方面,韦勒克和沃伦提出了另一种反对意见："假如我们真的能够重建哈姆雷特对其同时代观众的意义,那么我们只会使其意义变得贫乏。"[29]毕竟,历史学家只负责告诉我们作者的本意,至于那是不是他或她的文字所能蕴含的最丰富、最有趣的意义,却并不是他们所关心的。

事实上,研究这一问题的历史学家完全愿意承认,一部作品在写完之后所获得的意义可能确实如坎宁安所说"是丰富而重要的",大可不必将其舍弃。也就是说,他们承认与当下相关的重要性,E. D. 赫希后来称其为文本的"意义"(significance),以区别于"指意"(meaning)。历史学家唯一的要求是,解释者能够清楚认识到自己论断中的逻辑,明确自己所谈论的是意图还是别的什么东西。这意味着,当人们说意义是一个"累积的过程"时,必须意识到这已预设了原初意图与后来产生的意义之间的区别。因为,从心理学的角度来看,当我们读到马维尔的诗句时,我们不可能"摆脱'vegetable'的现代内涵"。但问题不在于我们能否抹除自己的感受,而在于我们能否意识到这种感受只属于我们自己,这种内涵是现代的。韦勒克和沃伦似乎认为,当他们将某些意义指定为"现代内涵"时,他们能够意识到这种区别。

韦勒克后来(在回应我的批评时)写道,历史学家重建原初意图的理想"排除了过去与现在之间恰当的对话,并假定了一种脱离当下关切的历史概念"(简而言之,这是汉斯-格奥尔格·伽达默尔对E. D. 赫希的现象学回答)。再一次,历史学家的回答可能是,为了连贯一致地谈论"过去与现在之间的对话",人们必须被允许拥有一个假想的机会来如其所是地识别"过去",这并不是说要坐上时光机去重新体验过去。优秀的历史学家从来没有忘记,任何对过去的重建都是可质疑、可挑战的,历史解释不是简单地积累事实,而是对推论和假设的诠释学权衡,其结果是推测

202

203

性的、试探性的和可被推翻的。不幸的是，很少有历史学家像批评家那样孜孜不倦地阐述他们的理论假设，而且，除了后来的 R. S. 克兰，很少有历史学家能作为理论家与批评家平起平坐。克兰的一部未完成的作品原本可能调和批评与历史研究的纷争，但它直到 1967 年才出版。

从评价到合理化

随着批评的体制化，以过去为中心的历史复原主张与以现在为中心的重新阐释主张之间仍然存在着悬而未决的冲突。不过，正如其他冲突一样，这些冲突在部门间机会主义式协作的氛围以及学者与批评家对休战的渴望中被掩盖了。而且，随着新批评在学术上获得了尊重，它的地位也发生了微妙的变化，从而缓和了早年间的传统与现代主义文学趣味之间的差异。据我所知，还有一点没有引起人们的注意。

布鲁克斯的《现代诗歌与传统》（1939）与《精致的瓮》（1947）的出版时间相隔八年，其观点的改变就是一个很好的例证。在前一本书中，布鲁克斯对 17 世纪以降的诗歌史的描述与艾略特并无不同，认为那多少是一段持续衰落的历史：从文艺复兴时期的统一感性的衰落开始的一段漫长的过渡期，直到最近，才在艾略特这一代象征主义者和诗人身上发生了逆转。布鲁克斯书名中的"The"一词大胆地宣告了"那一传统"的独特性，而学院读者们敏锐地捕捉到了这一点。正如道格拉斯·布什所抱怨的："在《现代诗歌与传统》中，布鲁克斯先生给人的印象是，从马维尔到庞德的几乎所有诗歌都是一个错误。"包括赫伯特·J. 穆勒、唐纳德·斯托弗、理查德·福格尔和达雷尔·阿贝尔在内的其他学者也反对布鲁克斯的狭隘，比如，斯托弗指责布鲁克斯"对整体而言的诗歌是不公正的"，因为"他的立场使读者无法欣赏诗歌的大部分内容"。

然而实际上，即使在前一本书中，布鲁克斯也已经弱化了艾略特的很多更为尖锐的判断，而在《精致的瓮》中，他则几乎完全舍弃了这些判断。这后一本书的写作目的似乎是通过一系列解释来消除针对新批评的排他性的诸多反对意见，布鲁克斯指出，如果仔细研究弥尔顿、格雷、蒲柏、华兹华斯、济慈和丁尼生的代表性诗歌，我们会发现其中包含着与多恩、莎士比亚、赫里克和叶芝最优秀的诗歌中同样丰富的反讽和悖论，因此它们同样符合新批评的趣味。

204

也许，布鲁克斯背离艾略特的最戏剧性的标志是他为济慈的诗句"美即是真，真即是美"所做的辩护。布鲁克斯反对艾略特刻薄的评论，后者认为这句诗是"一首美丽诗篇上的严重瑕疵；原因肯定是我没弄明白，或者是因为，这是一个虚假的陈述"。早在《理解诗歌》的第一版中，布鲁克斯和沃伦就曾论述，济慈这句诗"是从一个特殊的语境中生长出来的……它并不是某种让人摸不着头脑的对生活的评论，也不是一句格言"。现在，布鲁克斯详细阐述了这一观点，他认为，如果人们把这句诗理解为"角色口中的"（因而是"戏剧上合宜的"）话语，而不是关于真理和美的断言，那么艾略特的反对意见就是可以消除的。

有趣的是，布鲁克斯将济慈的这句诗与莎士比亚的"但等时辰来到就是了"相提并论，因为后者也是"借戏剧人物之口道出的陈述，因此受到戏剧整体语境的支配和限定。它并不直接挑战对其真实性的检验，因为它的恰当性是由戏剧语境强调和限定的"。对于海尔曼将"但等时辰来到就是了"解释为一个现代视角主义的陈述的做法，坎宁安的质疑如今已变得无足轻重，因为这句话根本不是一个陈述，而是一种戏剧话语，不宜用适用于陈述的准则来衡量它。冲突的文学观曾使传统主义者与现代主义者就信仰问题产生分歧，而如今，这种分歧大大缓和了，因为无论是传统文学还是现代文学都与信仰无关。

《精致的瓮》表明了新批评是如何暗自改变其主张的，这种转变平息了早年间的争端，同时也将文学史扁平化为对相同主题的重复。艾略特确实说过"某种程度的材料的异质性由于诗人心智的作用而被强行整合为一个整体，这在诗歌中随处可见"。但他也澄清，"异质性中的统一"并不是诗歌的定义，而只是特定历史时期的偏好，实际上是对他所谓"贫瘠与无政府状态的全景图"——这正是当代历史——所提供的"现成材料"的一种策略性回应。在后来的一篇文章中，艾略特承认，无论是在他早期的批评"对诗歌的普遍肯定"中，还是在对那些影响过他的作家的

205 　评论中，"我都是在含蓄地捍卫我和我的朋友们写的那种诗"。艾略特对诗歌史上的主要人物发起攻击的前提是，那些重要的诗歌的写作方式与他所推崇的完全不同。他从不把他喜欢的或认为现今时代所需要的诗歌与诗歌本身的定义混同。

因此，当艾略特后来缓和了他早年的严厉态度时，他无须削弱自己的标准，而只需承认其他标准的主张。在他1947年对弥尔顿的重新评价中，他总结道，诗人们如今似乎已从弥尔顿夸夸其谈的风格中"充分解放出来了"，转而从他身上受益。换言之，并非艾略特如今认为弥尔顿不是一个夸夸其谈的文体家，而是一个真正以形而上学方式写作的诗人——他只是说，夸夸其谈的风格如今已不会造成太大的危害；他并没有试图重新解读弥尔顿以便与其他标准协调一致。然而，这正是布鲁克斯在《精致的瓮》中所采取的策略，他通过扩大"悖论"和"反讽"的范畴来为《欢乐颂》与《沉思颂》以及蒲柏、格雷、济慈和丁尼生开脱，以便他们能适用于这一标准。悖论和反讽突然不再是某一学派所推崇的、使一种诗歌优于另一种诗歌的品质，而是成了一般诗歌的定义性特征。

这一"传统"已经扩展到可以囊括几乎所有大学里的任何人都可能会喜欢的诗人，也就是说，人们现在可以接受新批评诗学，而不必放弃自己研究领域中的诗人了。毕竟新旧诗学之间不存在冲突，因为"悖论的语言"维护了古往今来所有真正的诗歌。毫无疑问，它确实证明了它们的正确性；因为"悖论"和"反讽"这类术语富有弹性，可以灵活运用，如果仔细观察，没有多少诗歌不能显示出这些特质。读者可以不必再面对艾略特迫使他们面对的困难抉择。

第二次世界大战后，在关于现代文学的文化争论中，文学系似乎突然改变了立场。一个曾经自视为反对庸俗与不道德的当代性的传统堡垒的机构，如今成了最新潮流的传播与解释者。人们可能会想象，如果没有公开的暴力和对抗，这种转变不可能发生。然而，现代文学的同化是以如此悄无声息的方式完成的，在专门关注这场争论的期刊版面之外，几乎没有任何对其文化或意识形态意涵的公开讨论，以至于大多数学生,或许包括大多数教授都几乎没有注意到发生了什么。

从意识形态上来说,艾略特、乔伊斯和福克纳,与锡德尼、约翰逊和丁尼生相距甚远,但一旦他们被人接受,他们就在另一个"领域"中站稳了脚跟。在相互隔离而平等的课程划分中,约翰逊博士和詹姆斯·乔伊斯各占一席——难道他们不都代表着"文学"吗?——因此,不必对两者之间的意识形态差异小题大做。在文学系里,就像在"但等时辰来到就是了"的例子里一样,人们无须再面对信仰问题。一场运动的制度化是通过消除其更有趣的文化内涵而完成的,这已成为一种常见的模式。

诚然,新旧诗学的倡导者偶尔会在气氛热烈的课余座谈会上当着学生的面针锋相对,比如在约翰·霍普金斯大学的观念史俱乐部或普林斯顿大学的高斯研讨会上。不过这种对抗太过罕见和偶然,无法促成必要的持续性讨论。正如我们看到的,到了20世纪60年代,学生学习现代文学已甚于任何其他类型的文学;然而,由于他们很少将自己的研究与更早时期的文学结合起来,他们未能获得对比的视角,这种视角本可以使他们看到现代文学"现代"在何处。尽管个别教师可能会这样做,但整个体系中并没有什么能鼓励修习现代文学或更早时期的文学的学生提出如下问题:应该如何阅读这两种不同的文学,或者,彼此竞争的阅读方式背后关涉的是什么。

所有这一切都令人束手无策,因为事实并非如那位教科书编辑在1948年所说的,学生感到阅读他们自己时代的文学作品更容易,并且能够"不为历史背景所困扰"。兰瑟姆说,很难对当代文学"做一般性的历史评论",这没有错,但这只是因为"一般性的历史评论"所涉及的历史概念是狭隘的,它将历史简化为"背景"数据,掩盖了更有用的历史语境。毕竟,现代性是一个历史概念,除非与前现代性联系起来研究,否则它没有任何意义。

1960年以后,新一代学院批评家已不再有兴趣争论艾略特和叶芝的诗歌是否值得像弥尔顿的诗歌那样受到关注,这些问题现在已经以一种对各方均有利的方式得到了解决。如今从专业角度来看,弥尔顿学派与多恩学派、丁尼生的拥护者与叶芝的拥护者、那些认为诗歌信仰至关重要的人与那些不相信诗歌信仰的人之间的激烈斗争，只会产生适得其反的效果。既然人们同样能欣赏丁尼生的诗歌与叶芝的诗歌，既然仍有很多推进这两个领域的工作"有待完成"，那么，为什么要强迫任何人在两者之间做出选择呢？可以肯定的是，温特斯和利维斯这样的暴脾气会变本加厉，但甚至已无须屈尊反驳了（尽管利维斯的作品在英国成了公众关注的焦点，而温特斯在美国却没有受到同等重视，这似乎是一种症候）。围绕他们所指摘的作品而做的大量解释，已充分"回应"了这些攻击，因此反驳已是多余。

到了20世纪50年代末，学者和批评家之间的对立似乎已经过时，仿佛那只是一个不太灵活的时代里激情与偏见的表达。围绕意图谬误和信仰问题展开的争论固然很好，但进步的需求要求人们抛开旧时的敌对状态，充分调动学术和批评的资源来开发那些专业领域演讲中时常描绘的"研究机会"。文学经典中的很大一部分仍然没有得到阐释，包括那些被要求重新阐释的作品。

机会已然错失。同早年间通才与研究者的冲突一样，评论家与学者之间的斗争原本可能使文学研究有机会澄清自身的主张，哪怕事实也许证明它未必会比一种在何为"文学"、何为文学的社会功能，以及文学应该如何被阅读等问题上无法达成共识的文学文化更具连贯性。

第十三章　美国文学研究的前景

民族文学在塑造民族认同中扮演的角色再一次成为论辩的主题。

——理查德·鲁兰

美国研究并没有对其他学科产生预期中的影响，随之而来的并非知识的重组，而是一个跨学科子领域的诞生。

——乔纳森·卡勒

由于新批评是第二次世界大战后学术方法论中被讨论得最多，也是对教学法影响最大的一种，我们很容易忘记它不过是众多方法论中的一种。战后学院文学研究的方向既是内在的，也是跨学科的。然而即使是更了解情况的观察者也会说，"几乎没有一场"诞生于20世纪20年代后期至50年代后期的运动"不赞成这样一个信条，即心理学、社会学和哲学等'外在'学科代表着污染严肃文学语境纯洁性的威胁"。[1]但这位评论家对诺斯罗普·弗莱《批评的剖析》(1957)的引述表明这并不完全是事实。弗莱抱怨："批评中的决定论……马克思主义、托马斯主义、自由人文主义、新古典主义、弗洛伊德主义、荣格主义或存在主义……都提议将批评附着在一个文学之外的框架上，而不是在文学内部为批评找到一种概念框架。"[2]

弗莱的陈述从反面表明，尽管"跨学科"是一个后起的术语，但其内涵在20世纪40年代后期便已形成。斯坦利·埃德加·海曼在其1948年的著作《武装的视野》中，将"现代批评"描述为"**有组织地使用非文学技巧和知识体系来获得对文学的洞察**"，尽管这种描述是粗略的，而且不太准确。[3]海曼心中批评家的典范是那些系统地借鉴了文学以外的学科的人：瑞恰慈（语言学和心理学）、莫德·博德金（人类学）、肯尼斯·伯克（社会学和修辞学）、克里斯托弗·考德威尔（马克思主义）；甚至在关于瑞恰慈和燕卜逊的章节中，海曼的兴趣点也在于他们从语言学和心理学中引入的概念。此后不久，弗莱的神话、模式和文类的体系便使文学、宗教、大众娱乐和广告之间的区别变得模糊不清，它们统统被视为神话模式的表达。

至20世纪40年代后期，跨学科的潮流已深深渗入批评之中，以至于那时已经开始出现一股反对力量。一些人被新批评吸引，因为他们担心跨学科方法论变得过于强大，以至于模糊文学本身的整体性，这种担忧最初并非源自对后结构主义或新马克思主义的回应。兰德尔·贾雷尔在1952年表达了自己的担忧：从海曼的《武装的视野》的书名以及书中的其他迹象来看，"现代批评家的典范"大概会"像我们在科幻小说中遇到的机器人，一只眼装着显微镜，另一只眼装着望远镜，心脏则是哈佛大学里的机械脑"。[4]"批评家比过去武装得更好了，他们有了坦克和喷火器，如今也很难再透过他们看到艺术作品了——事实上，他们是如此宏伟的造物，而我们几乎没有**想要**透过他们来观看的愿望。"[5]

人们或许可以理解贾雷尔对"全副武装的"批评的潜在意涵的警觉，但问题无疑并不在于新的武器装备本身，而在于它可能被用来做或不做什么。由海曼所描述的跨学科方法取得的进展，以及迄今为止人们普遍认可的，批评与历史应该尽可能融合的观点来看，或许最终可以将文学系的工作置于更广大的文化史研究中，同时避免将文学简化为对社会学情境或观念史的"反映"。新的跨学科方法中隐含着一种重新定义和重新组织文学研究的可能性，这有望最终直面一些长期存在的问题。

　　然而,这种重新定义和重新组织并没有真正发生,部分原因可以从美国文学研究这一领域的发展轨迹中窥见端倪,后者自其诞生之初就与跨越文学和其社会历史背景之间的鸿沟这一计划有着特殊的关联。乔纳森·卡勒指出,在第一次世界大战后兴起的"美国研究"旨在"围绕人们心中的核心问题进行知识大重组:什么是美国文化,美国文化是如何发展成现在这个样子的?"[6]然而,卡勒正确地观察到,预期中的知识重组并没有发生。为什么当创立一种有望克服旧有区隔与碎片化的文化研究的条件似乎已经成熟时,这样的研究却未能实现呢?

210

美国文学研究

　　在第一次世界大战之前就已经有大学开设美国文学课——事实上还不少——但这些课程零零星星,而且通常侧重于历史而非文学。根据弗莱德·路易斯·帕蒂1925年对大学里的美国文学研究史的研究,第一门"明确标志着'美国文学'"[7]的课程是在1875年,由摩西·科伊特·泰勒在密歇根大学讲授,帕蒂认为,泰勒是"将美国文学史作为美国大学里一个独立的学术课题来研究"以及"在美国历史的背景下研究美国文学的第一人"。然而,在泰勒的课堂上,"据学生说,有时很难确定他们听到的是历史还是文学"。1881年,泰勒去了康奈尔大学,"他一开始就宣布,在他所有的课程中,他打算'将美国文学用作阐释几个美国历史时期的手段'。即使对于时新且激进的康奈尔大学而言,他也已走在了时代的前头。直到1897年,他所在的学院才赶上了他的脚步,并在课程表中增加了一门研究美国文学史的独立课程"。

　　帕蒂将女子学院誉为引介美国文学的先锋——鉴于19世纪80年代在史密斯学院、韦尔斯利学院和蒙特霍利约克学院里涌现了一系列课程。达特茅斯大学和威斯康星大学于1883年在C. F. 理查森(他曾与帕蒂一同学习)和J. C. 弗里曼的领导下开设了美国文学课程。这些课程与同时出现的美国文学教科书和美国文学史激起了一阵抗议,因为在很多人看来,"美国文学"的概念是一个可笑的矛盾。人们认为,准确地说

"并不存在"所谓美国文学，"除非土著人在石头和桦树皮上留下的图画式刮痕也被归为文学生产。每一件英语母语者用英语完成的文学作品，都是我们称之为英国文学的崇高整体的一部分"。

这种学术偏见最终被克服是因为"英语系的一些成员在某种程度上（对美国文学）产生了兴趣，并且有足够的影响力来实现他们的愿望"。据帕蒂说，这种情形时常发生，到了1900年，"作为一门独立学科的美国文学几乎已被引入所有的美国大学"（我在这里略过了一些例外）。他们坚持到了第一次世界大战爆发前夕，那时，"对大学爱国主义教育科目的要求"使得美国文学被添加到各地的课程中。到了1925年，这场战斗"已经完全取得胜利，以至于很多年轻一代的美国文学教师甚至并不知道它曾经存在过"。[8]

早期的美国文学教师倾向于对他们的课题持一种抱歉的观点。正如巴雷特·温德尔在他的《美国文学史》（1900）中所做的，他们或是以虚弱的赞美之词为美国文学辩护，或是为之感到抱歉，但没有人质疑这样一个假设，即任何有价值的东西都是新英格兰的产物，因此在精神上主要是英国的。帕蒂的一句著名的俏皮话是，温德尔著作的标题应该是"偶尔顾及美国小作家的哈佛大学文学史"。[9]在教科书中，美国文学仍被视为传统新英格兰唯心主义的表达，就像鲁弗斯·格里斯沃尔德和克拉伦斯·斯特德曼在19世纪中期的看法一样。

普林斯顿大学的亨利·范·戴克牧师表达了一种典型的态度，他在1910年出版的《美国的精神》一书中指出，美国文学的特点是"从责任的角度看待生活"，并赋予"那些与我们未曾看到的世界有关的，人的本能、欲望和希望以充分的价值"。范·戴克承认，一些美国作家"为反抗某些黑暗而严厉的神学信条的精神所感动"，但他补充道，即使在这种情况下"人们也不是为了逃避宗教，而是为了寻求一种更清晰、更高尚、更富有爱心的宗教表达"。"美国文学的独特音调"，范·戴克说，就是"理所当然地认为上帝存在，人的行为必须向上帝负责，而人身上最耐人寻味的特质之一就是他的道德品质，即使在书中也是如此"。[10]

布里斯·佩里在1912年也表达了类似的观点，认为"我们的美国文学……是一种典型的公民文学，热情地响应着公民的意见"。[11]佩里在库珀和坡身上发现了一种清教徒式的"清瘦或贫血"，并认为最有价值的美国文学不在小说和诗歌中，而是在诸如《联邦党人文集》、镇上的集会演说和布道之类的公共写作中。[12]甚至美国的传教士似乎也比小说家和诗人更值得关注，因为他们"不自觉地履行了文人的职责"，而他们"在美国文学史上得到的尊重太少"。[13]对于佩里和范·戴克来说，詹姆斯·惠特科姆·赖利也是一位重要的美国诗人。

认为美国文学的决定性品质是激发公民精神的观点，起初是由于第一次世界大战及其余波而得到强化的。我曾在前面的章节中引用过帕蒂的话，他说战后出现了"教育的门罗主义"，向美国人宣告美国文学。我还引用了帕蒂1919年的评论："美国的灵魂、美国的民主观念，以及美国精神应该在我们的学校课程中被突出表现，以防范伟大战争之后兴起的实验性的无章法的精神。"[14]类似的教科书仍然像19世纪90年代的布兰德·马修斯那样，将美国文学视为"说英语的种族"行进的例证，"因为这一种族正在全球范围内稳步扩散"。[15]

但是事实上，摆脱这种公然的爱国主义激扬情绪，是将美国文学建构为一个专业领域的条件之一。对于大学之外的批评潮流，学院派美国研究者往往比他们的古文物研究者同行更敏感，他们意识到，爱国主义的激扬情绪在那些圈子里是一种防御性退让的姿态，因为它在专业领域里已变得越来越无足轻重。自从范·怀克·布鲁克斯在战前呼吁要有一段"可用的过去"以来，非学院批评家便一直在发展一种对美国文化的非正统批评，他们攻击朗费罗和赖利的高雅准则，支持自然主义者，使梅尔维尔、狄金森和梭罗这类不受关注的作家重新进入人们的视野，蔑视一切"学院化"的东西。学院美国学者对这种批评感到恼火，但他们往往会相应地调整自己的趣味。以帕蒂为例，他的职业生涯跨越了美国文学研究的前专业化阶段和成熟期，而他的趣味则反映了两者之间的冲突。比如在1925年，他怀疑年轻知识分子攻击的典型的"老教授"是否尚未过时。[16]

到了20世纪30年代末，这种防御性的退让转而变为一种积极的团

213

体使命感，1928年出版的《重释美国文学》最为戏剧性地呈现了这一点。随战争而释放的民族主义者的虔诚为这种使命感提供了源源不断的能量，但其中有一个关键区别。尽管《重释美国文学》的作者们力主重振美国民族文学这一概念，但他们眼下的兴趣并不是支持爱国主义理想，而是要克服学院学科的分裂。值得注意的是，《重释美国文学》的编者诺曼·福尔斯特是一位新人文主义者，也是研究专家的鞭挞者，在此书出版后的第二年，他针对研究行业的檄文《美国学者》也正式发表了。

福尔斯特的序言以及《重释美国文学》的其他作者都表达了对那种仍然认为"任何形式的事实都值得盲目追求"的学术的厌烦，他们明确地将大学里的美国文学研究与批评事业关联起来。[17] 书中的文章并没有将批评与文学史对立起来，而是强调有必要使批评与历史融为一体，将其纳入文化研究这一更大的范畴，从而使文学研究与美国社会发生更密切的联系。正是这种融合的冲动赋予了这一新领域一种偶像破坏式的、民粹主义的光环，这在未来的几十年里始终是其形象的一部分。这些被称为"美国文学研究中心"的大学，与传统的东部以及新英格兰的大学分道扬镳：帕蒂的宾夕法尼亚州立大学；V. L. 帕灵顿的华盛顿大学；以及北卡罗来纳大学，它是最早强调美国文学研究的大学之一，也是福尔斯特、霍华德·芒福德·琼斯、弗洛伊德·斯托瓦尔和 C. 休·霍尔曼等第一代美国研究者的故乡。[18]

在当时，美国爱国主义的力量促使人们重新将民族性视为组织文学研究的一种范畴，然而随着美国文学研究的专业化，重新强调民族性与其说是出于一种对民族精神的绝对虔诚，不如说是为了超越实证主义的专业分工，拥抱多元性并将其视为整体的一部分，甚至是弥合美国高雅文化与通俗文化之间的鸿沟。在一篇令人回想起惠特曼或爱默生的民主目录的文章中，哈里·海登·克拉克预言：

> 未来的文学史学家必须打开视野，适当地考虑各种因素，如轮转印刷机的发明，通识教育和心智启明的状况，印刷费用的持续低廉化，旅行与交流的日益便利，剩余财富和休闲的分配，打字机的引

214

进,书店和流通图书馆的分布,电话、汽车、电影和广播的普及,以及对于审查制度、国际版权和外国图书关税等问题的立法态度。

克拉克强调,"文化现象"在"相互作用与相互依存"之间存在一种"平行",他提醒人们注意,"文学学生太容易紧盯着某个标本仔细端详……以至于时常忘记植物有根、茎以及生命系统,它会受到温度、土壤和其他偶然条件的影响"。于是便导致了一种"真空中的文学研究,文学失去了与其他任何事物的联系"。[19]诸如此类的陈述表明,美国文学研究最初的愿望是紧密地与文化综合的追求联系在一起,正如范·怀克·布鲁克斯和年轻的激进知识分子呼吁的。但不同于布鲁克斯关于"可用的过去"的泛泛而谈,这一计划会将综合的视野与专门的学术结合起来。

最初对这种结合产生了最深刻影响的人物是 V. L. 帕灵顿,他的三卷本《美国思想的主流》(1927—1930)加强了美国文学学院研究与非学院批评家的进步社会观之间的联系。[20]霍华德·芒福德·琼斯回忆起他和他那一代人第一次阅读帕灵顿时那种"激动人心的发现感",他"自信地将一大堆厚重的材料排列好,直到整本书的每一个章节、每一个部分都变得像列队行进的兵团一样井然有序!"[21]根据莱昂内尔·特里林的说法,在20世纪40年代后期,"只要大学里的美国文学是由一位以反对上流社会与学院风格、追求活力与现实自居的教师所教授的,那么帕灵顿的思想便仍是被众人接受的"。[22]

但帕灵顿的影响力刚一确立便受到攻击,很快便成为20世纪30年代末反对进步批评的牺牲品。正如他主要研究的题目所表明的,帕灵顿是一位思想史学家,而不是文学史学家,是格林劳、尼兹和琼斯一代的成员,他们仍然认为学术是一门科学,而批评则天生是主观主义的,或者用帕灵顿最爱用的轻蔑之词,是"纯文学的"。[23]与之相应,20世纪30年代的批评家也反过来攻击帕灵顿的文学"思想",认为那不过是洛夫乔伊思想史的还原论掺入了帕灵顿彻底的经济决定论。[24]

1940年,特里林在一篇具有决定性意义的文章《帕灵顿、史密斯先生与现实》(《自由主义的想象》刊登了其修订版《美国的现实》)中指

215

责，帕灵顿将文化视为一系列"潮流"的观念暴露了他"作为历史学家特有的弱点"，他没有能力看到"文化不是一股潮流，甚至不是潮流的汇合；它的存在形式是斗争，或者至少是论辩——如果它不是一种辩证法，那它就什么也不是了"。帕灵顿很可能会反驳说，"潮流"也可以是辩证的——正如人们可能认为他的历史研究会揭示这一点。但对于特里林来说，争论的焦点在于帕灵顿毫无批判性的"现实"观念，即认为现实"总是物质的现实，坚实、顽固、不成形、无法穿透且令人不快"。正是这种粗俗的唯物主义使帕灵顿将爱伦·坡、梅尔维尔和亨利·詹姆斯斥为逃避现实者，同时为德莱塞等作家糟糕的写作开脱，只要他们恰如其分地，用特里林的话来说，"对资产阶级贫乏的文学文雅感到厌烦"。[25]伊沃·温特斯赞同特里林的判断，他在1943年写道，帕灵顿在区分艺术作品中的思想与其"纯文学"方面"近乎野蛮地粗鲁"。[26]到了20世纪30年代末，那些寻求美国文学与文化的综合的人不得不开始寻找帕灵顿以外的道路。

美国文学理论

他们倾向于寻找另一条研究文化母题与符号的道路，从20世纪30年代末开始，这种研究产生了大量关于美国文学中"美国"元素的理论，这是学院文学研究的独特成就之一。在随后的二十五年里，对于美国文学的理论综合开始作为一种批评流派开花结果。主要作品包括伊沃·温特斯的《莫莱的诅咒》(1938)，F. O. 马蒂森的《美国文艺复兴》(1941)，亨利·纳什·史密斯的《处女地：美国西部的象征与神话》(1950)，小查尔斯·费德尔森的《象征主义与美国文学》(1953)，R. W. B. 刘易斯的《美国亚当》(1955)，理查德·蔡斯的《美国小说及其传统》(1957)，哈里·莱文的《黑人的力量：霍桑、坡与梅尔维尔》(1958)，莱斯利·菲德勒的《美国小说中的爱与死》(1960)，马里厄斯·比利的《古怪的设计》(1963)，A. N. 考尔的《美国视野：19世纪小说中的现实与理想社会》(1964)，利奥·马克思的《花园里的机器》

（1965），以及理查德·普瓦里耶的《别处的世界》（1966）。 216

正是这一代理论家第一次将新批评的方法应用到了美国文学中，在他们的手中——有甚于在其他领域中，我相信——新批评成了一种历史和文化研究方法。这有赖于对有机主义诗学观中潜在的文化维度的重新激活，对于柯勒律治和南方新批评家来说，这种潜在的文化维度将文学与社会有机地联系了起来。美国文学理论家将文学作品的有机结构构想为集体心理或神话的微观世界，从而使新批评成为一种文化分析方法。

然而，他们的第一步是推翻和修正自帕灵顿和门肯以来对美国清教主义过于简单的消极解释。在佩里·米勒和温特斯的作品中，清教徒突然获得了一种与后世美国文学的全新而复杂的关联。米勒在《新英格兰心智：17世纪》（1939）等关于20世纪30年代清教主义的研究中驳斥了帕灵顿关于清教徒的看法，后者认为清教徒是与美国历史最终的进步方向步调不一致的反动派。米勒在乔纳森·爱德华兹的思想中找到了一种启发后世象征主义的空想传统的来源，并勾勒出了一种"从爱德华兹到爱默生"的连续性：他们都处于唯信仰论与亚米纽斯派神学冲动的冲突之中。[27]

在《莫莱的诅咒：美国朦胧主义的七项研究》中，温特斯对米勒的作品做了延伸，尽管相对于思想史家 H. B. 帕克斯而言，米勒对温特斯的影响较小。温特斯认为梅尔维尔、霍桑、狄金森、琼斯和亨利·亚当斯继承了清教徒对寓言意义的痴迷，尽管他们不再完全相信这些意义可以基于经验。这些作家保留了清教徒寓言式的感知习惯，同时他们不再接受可能使其合法化的教条的神学，因此他们不得不退而寻求私人的信仰源泉。温特斯将这一境况比喻为霍桑笔下马修·莫莱对七尖角阁老宅的继承者们的诅咒："上帝会让他喝血。"[28]

温特斯的观点中最引人注目的一点是，他认为美国文学包含了一种观念上的一致性，因而美国文学可以理解为美国作家彼此间的某种论辩。这场论辩不是一种超越或外在于历史的"伟大的对话"，即约翰·厄斯金塑造他的"伟大著作"理念时所用的概念，而是一种试图阐 217
释美国历史经验的集体努力。它认为美国文学向来是一种适应清教徒所遗留的模糊而带有自我毁灭倾向的遗产的努力，直至今日仍是如此。在这样的视野下，民族文学——或者至少是其中的主要部分——作为对于一系列共同问题的生死论辩，是有意义的。这样的想法，布鲁克斯和 D. H. 劳伦斯早已提出过，但并没有深耕。

作为先驱者的温特斯，声誉不及其他人，很可能是因为他的阐释的转向带有十足的轻蔑意味（他在后来的一本书中对其进行了扩展，名为《胡言乱语的剖析》）。在《莫莱的诅咒》中已经充分展开的主题，很快就会用来定义被广泛阐述的对美国文学的"浪漫"阐释：清教徒的核心角色；从清教思想到超验主义再到现代主义的延续性；对象征感知与非社会性经验的强度的培养；二元论首屈一指的地位与美国想象中尚未解决的道德与认识论冲突。后来的理论家则通过对逃避与抽离社会经验的主题的不同组合，为温特斯和米勒强调的道德二元论注入了社会性的维度。

在这里，主要的对立成了"亚当"的纯真与悲剧经验（刘易斯）；边疆与城市（史密斯）；田园"中间景观"与工业机器（马克思）；以及男性友谊与对社会经验和性经验的接受（菲德勒）。这些主题二元论被认为与美国的浪漫文学、象征主义以及对艺术的"别处的世界"（蔡斯、费德尔森、普瓦里耶）的关注和扎根于社会的欧洲现实主义之间的形式二元论相呼应。19世纪的美国作家一再抱怨美国社会经验的贫乏使他们处于不利地位，而美国的象征主义浪漫小说理论却视之为一种美德。库欣·斯特劳特指出，托克维尔在20世纪40年代成为批评家心中的核心权威，其中一个原因便是他为这种美国特有的社会经验贫乏的神话提供了支持，例如他预言在民主国家中，文学会"使想象从一切外在的事物中转移到人身上，且仅仅聚焦于人"，这里说的人，是指人本身，而非置身于特定社会中的人。[29] 正如斯特劳特观察到的，托克维尔关于"一种从社会中抽身而出的诗歌主题"的构想吸引了一批已然认为美国文学是"对世界和社会的逃离"的批评家。浪漫小说的观念让评论家得以"解释美国小说区别于英国社会现实主义的特质"，并"从美国小说社会密度的匮乏（对比于英国的社会阶层）中读出了一些积极的东西"。[30]

象征主义浪漫小说理论强调美国叙事无法在任何社会生活形式中解决冲突，它表达了20世纪30年代以来对于一个未能实现自身理想图景却显然无法通过社会行动加以纠正的社会的失望情绪。美国文学中的"悲剧性视野"流露出一种纯真遭遇背叛以及田园希望落空之感，一种如利奥·马克思在《花园里的机器》结尾总结的信念，"一度以理想景观的象征呈现的渴望并没有，或许也无法在我们的传统制度中实现"。[31]正如欧文·豪后来指出的，"非政治的政治"岌岌可危，"它不是通常的彼此竞争的阶级之间的斗争，也不是权力的相互作用和机制，而是一种关乎社会本身的**理念**的政治，一种敢于思考社会是否善好以及——更有意思的问题——社会是否有必要存在的政治"。[32]将美国正典读作一部悲剧性的浪漫小说，不仅是将其视为对"传统"制度的批判（就像对利奥·马克思而言），也是将其视为对任何制度的批判。

在这群人中，有一位理论家最为引人注目地采取了一种并非无涉政治的立场，那就是F. O. 马蒂森，他的《美国文艺复兴》成功地将艾略特与重农派的有机社会保守主义转化为对民主精神的颂扬。此书将文化批评和学院文学史，与新批评的解释方法及其复杂、悖论和悲剧视野等主题进行了全面融合。它将对民族文学身份的感受与对具体文本一丝不苟的全面（有时是不必要的冗长）解释结合在了一起。就像米勒和温特斯的作品一样，《美国文艺复兴》超越了当时的常规研究，它并不仅仅将美国文学研究当作一个学术领域，更是视其为关乎文化命运的问题。马蒂森开始着手克服"事实与理论之间异乎寻常的鸿沟"，这一鸿沟曾令早期的学院与非学院批评人士深感困扰，并对"我们学院人士对政治或社会责任通常表现出来的自私的冷漠"发起了挑战。马蒂森说，美国文化最大的弱点"仍然是，我们所谓受过教育的阶层对这个国家以及名义上属于它的人民知之甚少"。[33]

不幸的是，正是马蒂森这本书的面面俱到使他意图实现的融合受到了限制，并在此过程中戏剧化了将学术环境作为复兴文化批评的基础所遭遇的阻碍。在马蒂森之后，任何批判性的概括似乎都不值得认真对待，除非有连篇累牍的文本阐释作为支撑，而马蒂森试图复兴的往昔具

219

有公共精神的批评，看似不过是学界可以坦然无视的不专业的时代错置。正如乔纳森·阿拉克指出的，马蒂森的研究成果立即被学院批评家以一种与他的民主社会主义意图背道而驰的方式盗用："回想一下，他的作品培养出了一种他自认为'有望被淘汰的'专家，这是一种讽刺。"[34]

成就与局限

历史学者很快便抗议说，美国文学理论家大张旗鼓地引用的"美国文化"和"美国历史"，常常被如此带有倾向性地描述，以至于变得难以辨识。这里所说的历史往往只是建立在大胆的断言之上，不时引用托克维尔、劳伦斯或弗雷德里克·杰克逊·特纳的话作为佐证。华纳·伯特霍夫在1967年对普瓦里耶的《别处的世界》的评论，可以说是针对整个批评文类的评论："美国"，伯特霍夫说，被描绘为"一个几乎完全未经分析的历史整体"。[35]大约在同一时期，霍华德·芒福德·琼斯抱怨说，"一旦人们承认，20世纪中叶的美国人唯一可利用的过去，就是那些与20世纪的价值观和焦虑完全相似的部分"，那么显然，"历史研究的文化目的就弱化或消失了"。[36]这不过是旧时学院派的"时代错置"指控的老调重弹，而这一指控也再次具有一定的正当性。新批评家归因于**真正意义上的**诗歌的二元性和悖论（这种归因是有些问题的），以一种可疑的方式作为**美国**文学和文化的独有特征，重现于美国学者笔下。一部又一部美国文学作品，因其悲剧性视野、道德模糊性、心理层面的表里不一，以及新批评家赋予（无论哪个国家的）伟大文学作品的其他"存在主义"特质，而被视为独具美国风格。似乎一切文学都是新批评式的，而美国文学尤甚。鲁兰在范·怀克·布鲁克斯的著作中注意到的危险，在学院理论家那里得到了印证，他们似乎能够随心所欲地创造神话般的可供利用的过去。[37]

220　　人们也注意到，理论家们对"美国文学"的概括是建立在数量非常有限的作品之上的。正如伯特霍夫指出的，几乎所有的理论都是基于"同样数量有限的作者和书名——一学年的美国经典课程的内容"。[38]

琼斯批评道，大多数理论文章都"忽视或天真地误解"了那些不符合其预设的美国文学——例如，"革命时代和开国元老们的显然是非象征主义的散文"。[39]他还指出："那些从无意识的想象过程、种族记忆、象征表达，以及隐匿的**焦虑**等方面来阅读美国文学的人，在很多情况下编造出了一种语言，介于迷信和空洞的行话之间。"[40]

正如伯特霍夫所言，美国文学理论家没有充分考虑到一种可能，即"美国文学**并不是**一个有机或辩证的整体"。伯特霍夫尖锐地提出，为兜售某些无所不包的观念包袱而夸大有限的证据、回避真正的历史原因与历史可比性，这正是"大多数大学里美国文学研究与其他课程相互分离"，以及使"一个专业研究和进步的领域"合法化的需求所导致的结果。伯特霍夫指出，这种需求与前学院时代的范·怀克·布鲁克斯以及康斯坦斯·鲁尔克的心灵相去甚远，那一代人对美国文学的重新诠释受到了"极端现代主义全盛期的艺术与文学新运动，以及与之相应的政治和社会行动中进步主义者高扬的希望"的启迪。[41]在伯特霍夫看来，正如大学将新批评变成了一种狭隘的内在解释形式，它也使美国文学的历史研究转变为一种同样简化的理论化形式。

在更近一些的时候，20世纪40—50年代的理论家已经成为"新历史主义"批评的对象，这种"新历史主义"对美国文学史进行了修正性的重新阐释。美国官方认可的文学经典[42]的意识形态含义被暴露出来，浪漫文学与现实主义之间的对立被解构了，将浪漫文学当作一种超越政治的手段的"评估"让位于另一种分析，即认为浪漫文学是政治冲突得以展开的场所。[43]举例来说，在针对梅尔维尔的研究《颠覆性的谱系》(1983)中，迈克尔·保罗·罗金认为，"那些对美国小说的象征力量最为敏感的评论家，仍然把它与美国的历史经验分隔得太远。他们仍然在保护美国文学不受美国社会中的'小利益'污染"。罗金试图通过从梅尔维尔的浪漫小说中读出与"流动、大陆扩张以及种族冲突等鲜明的美国社会事实"的关联来纠正这种错误。[44]

对主流理论模式的新历史主义挑战部分来自女性主义批评家，后者与尼娜·贝姆论辩道："如果一个人接受现行的美国文学理论，那么他就

221

接受了一种基本上是男性的文学。"除此之外，他还接受这样一个神话，即文学是一部"受困的男子汉气概的情节剧"，男性主人公永远在逃离一个认同女性的、过度文明的人造社会带来的毁灭性压力。贝姆正确地提醒我们，同样的神话也被女性作家以倒置的形式运用，主角是一位女性，是"社会化者及驯化者……一位男性"。但在这种情形下，这些女作家会被认为"不忠于她们的性别职责，比如婚姻、生育和家庭事务。这些小说与其说是作为女性神话而被阅读，不如说是作为女性天性受挫的故事而被阅读。女性受挫的故事并不被认为是对我们文化的评价，或是包含着我们文化的精髓，因此我们无法在经典中找到它们"。[45]

这些挑战与那些反对将美国通俗文学排除在主流理论之外的人有关。在提倡浪漫文学而非现实主义的过程中，第二次世界大战后的理论家们悄悄地用一种学术传统取代了流行的（民粹主义的）传统，站在"高雅"艺术而不是"大众崇拜"一边。他们推翻了20世纪20—30年代的自然主义经典，这种经典在不久前曾取代了布里斯·佩里和亨利·范·戴克的优雅经典。战后理论家提到通俗文学，不过是为了将其所代表的浪漫文学和田园主义的"感伤"版本（如《乱世佳人》和《风流世家》）与其高雅传统中的"复杂"版本进行对比。当他们接受库珀、霍桑和吐温等流行传统中的作家时，他们的做法是使其作品去流行化，强调其中的含混以及未解决的冲突等因素。理查德·布罗德海德很好地说明了这一点，他说："20世纪美国文学的学院化是通过取消早前经典中受欢迎部分的合法性，并将一部完全不流行的作品建构为新经典来实现的（因此最终出现了没有受众的作家，如梅尔维尔、狄金森，以及梭罗）。"[46]

在这一过程中，爱默生和惠特曼经历了一次贬值，奇怪的是，这一贬值反而提升了他们的重要性，因为尽管这些作家因其"天真"和缺乏"悲剧性视野"而遭受批评，他们仍是值得认真对待的人物，而自然主义者则没有这样的待遇。可以将他们与象征主义者的观点联系起来，后者如今被视为主要是美国的观念，而前者仍是后世作家不得不与之交锋的存在。相比之下，关注特定社会形式而非某种社会"理念"的德莱塞的作品可以安心地予以忽视。尽管马蒂森出版了一本关于德莱塞的书[47]，而

222

他也仍是一个"研究领域"，但德莱塞在一些院系的地位如此之低，以至于（我可以以经验证明）研究生哪怕只是承认读过他的作品，也要冒着被某些教员蔑视的风险。[48]菲德勒和蔡斯在他们的理论中为德莱塞和其他自然主义者保留了一席之地，但也只是通过挖掘他们身上所能找到的象征主义浪漫文学的痕迹方能如此。

　　尽管这些批评是正确的，但我们应该正确地看待它们。这些理论家所反对的美国文学的进步主义观点，相较于它所取代的文雅的观点，还算差强人意。正如莱斯利·菲德勒在20世纪50年代后期观察到的，对美国文学的象征主义浪漫文学阐释提供了"一种姗姗来迟的平衡，用来对抗我们从未令人满意的文学史观：从黑暗向现实主义进发的缓慢斗争"。[49]

　　无论其政治失误是什么，近来将第二次世界大战后的美国文学理论以及同一时期的很多其他批评思想比作"社会控制"模式的倾向中有一种明显的错置（后者使冷战意识形态、"纪律力量"与"监视"变得如此普遍），以至于清空了这些概念有用的内涵。在一种奇特的学术竞争中，每个批评家都试图通过"超越"其他所有人来确立自己的地位，"美国文艺复兴"的概念被重新解读为纯粹是对冷战的合理化，特定的经典著作也相应地被重新解读。以对《白鲸记》的解读为例，"以实玛利的自由与亚哈的极权主义是对立的"被解读为对美国反对共产主义的辩护——一份关于"'我们的'自由与'他们的'极权主义"的声明。[50]

　　不可否认，尽管美国文学理论家对所谓美国文学的社会生产性质缺乏兴趣，他们的确表现出了从特定作品的阐释转向对整个美国文化做宏大论述的意愿，这一点使他们有别于当时的很多其他学者和阐释者。将美国文学当作一种逃避社会的方式来谈论，至少重新提出了文学与社会的关系问题，而很少有学院学者和评论家这样做。而提出的这类问题——尽管是伯特霍夫提出的——其意义确实超出了学术领域的范围。战后理论家将历史和解释融合在一起，虽然可能并没有形成一种令人信服的"可用的过去"，却为研究美国文学的学生提供了一个或许可用的背景。虽然铺天盖地的关于纯真的丧失、关于机器与花园的论断可能会成为考试中的陈词滥调，就像细读孤立的作品一样廉价，但有些陈词滥

223

调比其他的更富有生产力，尤其是当人们想要舍弃过分简化的概述，却往往找不到任何替代性的概述的时候。

我们只需比较美国文学的理论综合与罗伯特·E. 斯皮勒、威拉德·索普、托马斯·H. 约翰逊和亨利·塞德尔·坎比主编的《美国文学史》就能看到这一点，后者的初版发行于1948年，并数次再版。正如斯皮勒的序言《致读者》显示的，这部文学史的要旨是重提民族文学身份的问题。斯皮勒在将美国文学描述为"[美国]经验的有机表达"[51]时，又回到了泰纳。但韦勒克或许正确地指出，斯皮勒的著作不过表明了"文学史在我们这个时代已经陷入了怎样的僵局"。[52]这本书试图做到主题连贯（马蒂森和亨利·纳什·史密斯是撰稿人之二，他们撰写的章节意在做出概述），但整部作品零碎的结构——这或许是任何此类合著的历史著述都难以避免的——违背了其所声称的对美国经验的有机理解。一个为美国文学研究寻找背景的学生从少数理论研究中获得的，可能比从这部文学史中收获的更多。

那么，回到最初的问题上来，为什么如此有望重新激活民族文化问题的尝试却未能产生预期中的影响呢？为什么，用乔纳森·卡勒的话来说，它催生了"一个跨学科的子领域，却没有导致知识的重组"呢？[53]也许除了少数几个适逢其时的美国研究项目（也就是说，英语系的文学教学甚至也受到美国研究项目影响的少数情形）之外，在过去三十年中，即使是美国文学课堂上最优秀的学生，可能也很少有人听说过美国文学理论家提出的问题，更不用说将它们作为自己研究的背景。这些问题至多构成了一类"特殊话题"，供那些可能对特定主题感兴趣的人研究。它们至今仍然如此，与之一道的还有新政治批评，尽管后者有种种过激之处，但至少是一种使宏大问题保持活力的努力。关于民族文学的旧有争论并没有消停，它在几乎所有人（除了那些认为它是一个研究领域的人）背后潜滋暗长。

这种情况的发生，仍与本书前面关注的"分隔模式"相关。这种模式欢迎创新，却又将它们孤立起来，致使它们对整个机制的影响几乎被抵消了。美国文学与文化研究只是被**添加**到现有的院系和领域中，后者无须自我调整以适应它们，无须与它们争吵，也不必在任何程度上承认它们的存在。它们的影响最终是以一种无声无息、毫无争议的方式被吸收的。

但这一命运与第二次世界大战后其他孕育着活跃论辩的文学研究领域的命运几乎没有什么不同——比如，在文艺复兴研究领域，中世纪基督教与现代世俗解释之间的论辩成为一个核心议题，而在浪漫主义研究领域，如何使用"浪漫主义"这一术语，或这一术语能否被定义，以及这一时期与现代主义时期的断续关系，引发了富有启发的争议。战后围绕文化史组织的其他项目也遭遇了类似的边缘化，如芝加哥大学的社会思想委员会、斯坦福大学的现代思想课程和圣克鲁斯大学的意识史课程。所有这些课程都令人兴奋不已，培养出了优异的学生，但其教学方法中隐含的"知识重组"尚未成为大学的核心。

文化史未能成为一种中心化的背景，导致这里成了一片真空，很容易被一种一心只为解释而解释的新批评填补。这就解释了为什么在第二次世界大战后，批评一旦在大学中取得胜利，就开始成为惯例。

225

第十四章　从白手起家到成为惯例

在很多美国艺术史系中，[威廉·布莱克]仍然不是一个可接受的博士学位论文或是评定终身教职的论文的主题。如果体制化的艺术界想要将布莱克揽入怀中，就必须转变上述观念。

这种限定结构的敞开，超越了比喻意义上的创造性，深入到了语言的最基本元素，应能为那些建立在语言学和符号学基础上的现代批评流派提供研究的机会。

我很高兴承认这一点：我们已经掌握了大部分我们需要的学术工具，它们能够支持我们从现在到下个世纪，为做出可信的阐释而付出的一些严肃的努力。

——"在布莱克行业之内"研讨会供稿人

1943年，克林斯·布鲁克斯称，新批评"几乎没有在大学里产生任何影响"。[1] 十年后，当勒内·韦勒克再次引述布鲁克斯的这句话时，他指出这种情形"看来已经过时了"，因为"在年轻的教员当中，批评引起了如此广泛的兴趣，以至于研究生的文学教学何时（而不是是否）会落入那些打破主流方法的人手中,似乎只是一个时间问题"。[2]但仅仅又过了十年,韦勒克便评论说,新批评"毫无疑问已经变得枯竭……它未能避免僵化和机械模仿的危险"。[3]1962年,布鲁克斯针对"某些批评方法"的"机械化"表达了不满,"对文学作品笨拙的、毫无灵气的分析常常荒谬至极,有时甚至成为一种无节制的'符号兜售'"。[4]新批评在大学里以惊人的速度白手起家,成为一种惯例。

1961年,韦勒克开始怀疑,"在制度化的学术生活的本质中,是否有某种东西会再次导致机械化、僵化和坏的意义上的亚历山大主义"。[5]正如我们所见,将问题归咎于制度化本身,是这一行业传统长期以来的倾向。这可以解释为何教学问题常常不被视为体制结构问题,而是可以通过引进新课程或改进激励措施,在个别课程层面上解决的技术问题。最后,人们倾向于认为,批评方法用得富于创造性还是机械生硬,更多取决于教师的好坏,而不是体制结构的问题。

或许没有一种批评方法能避免程式化的命运,但照此分析下去只会助长一种宿命论,反而免除了本应承担的责任——韦勒克在上述评论中肯定无意如此。将程式化问题归咎于个别教学(或批评),不仅引出了一个问题,即什么是好的和坏的教学,同时也让人思考,是否有可能在塑造教学的体制形式之外公正地衡量教学的效果。体制上的成功可能不仅仅是不同个体行动的简单相加,因为个体以何种方式被系统地联结在一起,或是并不彼此相连,产生的结果并不相同。教学法和批评领域中的"程式化"几乎还没有得到分析,而本章和下一章可视为对此的初步努力。

解释作为一种保护手段

解释的拥护者希望,通过将教学的重心转向批评性解释,弥合历史与文学、专业发表与本科教学之间旧有的严重分歧。解释法自称与语文学或历史学的任何一种方法一样严格地"专业化",然而与这些方法不同的是,它还声称能满足学生的基本需求,学生终于能接触到文学文本本身,而不是它们的背景和生成条件。这些都是韦勒克在敦促批评家们发展出"一种可教授、可传播、可应用于任何以及所有文学作品的技术和方法"时曾考虑的目标。[6]但是，在一种人们对于应当主要关注什么问题存在分歧的文化中，如何才能使智性的关切变得系统化、可教授和可传播呢？相对容易系统化、可教授和可传播的，不是这些有争议的关切，而是解释的技术。

我们看到，在战前，不满的声音针对的是学者拒绝解释，他们只是一味地积累"事实，更多的事实"，却并没有"在此之上的目标"。[7]而随着批评革命的到来，批评家可以积攒各种各样的解释，而不必关心它们背后的任何目的。很快，这一点就变得显而易见：批评与曾经的旧学术有同样的被滥用的危险。它也不免成为一个产业，在这个产业中，生产的成规掩盖了生产理应服务的人文目的。以下是第二次世界大战后不久开始出现的种种抱怨的主旨。F. O. 马蒂森在1949年指出："问题在于，新批评的术语，包括它的手段、策略和语义练习，如果不把它们当作新发现的手段，而是作为一场陈腐游戏中的筹码，它们就会变得和其他术语一样迂腐。"[8]在这些担忧中，最著名的是1952年的文章《批评的时代》，兰德尔·贾雷尔写道，新批评家"不过是大写的旧学者……过去用来证明巴斯的妻子实际上是乔叟的一位名叫艾丽丝·佩尔斯的姑妈的天赋，现在被用来证明亨利·詹姆斯的所有作品实际上是斯维登堡教义的寓言"。贾雷尔预言："批评很快就会获得学术地位，而在他的同事看来，最明显的荒谬理论——如果被集中地、竭力地、专业地维护下去——也不会对理论家本人造成任何伤害。"[9]

批评不像很多解释那样明显是牵强附会的，而从长远来看，它可能更具有去道德化的作用，并由此微妙而不经意地保护文学作品免受批评。如果说有什么区别的话，批评性的解释甚至比旧学术更倾向于一种团体心态，在这种心态下，人们假定任何一个作家或一个时期的专家自然会是这个作家或这个时期的**鼓吹者**(本章的题词表明了这种假说)。学术上积累的来源、影响和其他信息起到了一种无声的背书作用，而解释似乎是更具权威性的担保，它声称能揭示作品最深层的结构。同样，收集各种彼此对立的解释，似乎成了证实一部作品具有复杂性和价值的

证据。毫无疑问，在某些情况下，这是一种确实的证据，但这可能会让那
些不太自信的学生和教师畏畏缩缩地陷入被动。

传统的修辞学和道德美学长期以来严格运用预先确立的风格与内
容标准，妨碍了文学作品分析的发展，而假设诗歌天然地具有有机性，无
疑为文学作品分析取得进展提供了条件。一旦批评家开始将诗歌视为
一个独立的实体，对由其自身结构产生的规则负责，而不是对审美或趣
味的固定准则负责，那么未曾为人注意的模式就开始显现出来。然而，
一个领域内的方法论进展可能要由另一个领域内的盲目来买单。人们
很快便发现，一个使用新批评发展出来的分析惯例的解释者可以假定性
地证明，文学作品的几乎任何特征都是整个结构的有机和谐的一部分。
早些时候，我们看到克林斯·布鲁克斯是如何使埃德蒙·威尔逊在《阿
克瑟尔的城堡》中对现代主义诗歌中的某些意识形态的批评失灵的，他
辩论道，诗歌的"符号组织"限制了诗歌"传达"内容的责任，将其转变
为某种并非命题陈述的东西。[10]20世纪30年代后期，布鲁克斯的有限责
任诗学理论仍处于守势，但在第二次世界大战后情形已有所改变。

1948年，埃兹拉·庞德的《比萨诗章》被授予博林根奖引起了争议，
使得这一问题最为迫切地呈现出来。在一项对庞德的反犹主义的研究
中，罗伯特·卡西略指出，博林根奖的评委能够通过新批评的原则，即诗
歌无涉断言，将诗中的法西斯主义和反犹主义视为在诗意上无关紧要
的。卡西略说，当艾伦·泰特说这些诗章"并不是关于任何事物的"时，
他的意思可能是"它们不是命题或教条，作为'戏剧化'的经验，它们没
有提出任何可以单独拿出来的真理主张或断言，而那些确实提出了这类
主张的章节因此被认为不够有诗味，因而不那么受重视"。在这种假设
下很难提出，更不用说讨论现代文学造成的核心意识形态问题了。正如
卡西略所说，"在新批评家与欧文·豪和卡尔·夏皮罗一类的批评家之
间几乎不会形成什么有意义的辩论"，他借用夏皮罗的话说，庞德的"政
治与道德哲学最终损害了他的诗歌，降低了它作为文学作品的水平"。[11]

庞德的案例仅仅是学院文学解释倾向于消解教条问题的最引人注
目的例子。[12]如果说诗歌是需要严格按照内在标准来评判的"符号组

229　织"，那么原则上诗歌犯错的可能性就减少了。因为根据这一原则，可能的评估者将在逻辑上仅仅局限于形式的融贯性问题。既然形式的标准是诗歌本身有机地试图成为什么，那么即使是形式批评，原则上（如果不是在实践中）也被缴械了。正如欧文·埃伦普瑞斯后来评论的："现代批评还不至于笨拙到无法鉴别一首坏诗。有两种被认可的技巧可以用来压制文学上的吹毛求疵者。首先，可以说作者本意如此。其次，可以说这种风格是模仿性的或表现性的，与意义十分契合。"[13]

　　布鲁克斯和沃伦从来没有走得那么远，但第二次世界大战后以《理解诗歌》为范本的教科书，有时会为学生制定回避的策略。它指出，运用"主题"和"角色"这样的术语，便能不为人注意地声称诗人或诗歌确实说出了一些什么。有一篇文章警告说，不要将空洞的**断言**，比如"城市与乡村一样美丽"加诸华兹华斯的《威斯敏斯特桥上的沉吟》，这句话"几乎是在给人忠告"。相反，给高明的学生的建议是，要以"**城市的自然美**"来谈论这首诗的主题，仿佛这样的拐弯抹角便能保持诗歌完好的整体性。用编者的话来说："用一个带有恰当修饰语的名词代替完整的句子，就会降低将主题视同信息或道德的危险。"[14]

　　更近一些的时候，类似的文本合理化手段被打包塞进很多手册里供人使用，这些手册旨在帮助学生撰写文学论文。其中一篇题为《学写文学主题》的文章告诉学生，"根据你所研究的特定作品，[文学作品中]看起来成问题的地方，往往可以作为一种正常的特质来处理"。例如，"你可能会发现作品中一个'不真实'事件的问题。但是，如果你能说明这部作品是以幻想或梦境呈现的，而不是对日常现实的忠实再现，那么你就可以说'不真实'事件**对于这部作品来说**是正常的"。[15]就目前而言，这当然是非常明智的建议，对于那些以优秀的文学总是现实主义的为由反对"不真实事件"的学生来说，是绝对必要的。然而，作者没有提到的是，在某些情况下，学生朴实的怀疑主义可能是合理的：与作品目的不协调的不真实事件，或是仅适用于幼稚目的的不真实事件。读者在没有找

230　到相反意图的证据之前，尽可以假设一篇文章的连贯性意图，但是，预先假设作品总能实现连贯性，或是像解构主义解读那样假设作品总是不具

有连贯性，都是傲慢的态度。

就像《克利夫笔记》学习指南（这一现象应引起批评社会学家的关注），这些手册很容易被斥为出卖了文学研究的价值。但毫无疑问，由于这些指南是严格意义上的商业项目，因此，它们往往是基于对学生所经历的文学教育的实际情况更为现实的评估，而不是教育工作者的官方声明。学习指南认识到，文学教育通常预设了一个它无法清晰阐述的讨论背景。此外，学生通常不懂得如何按照一般文学作业要求的方式说话，因此他们需要最快地学会模仿这种言谈方式。"好"学生很快掌握了一种多少带有教授风格的说话方式，而无须知道他们为何这样做，但不那么能干的学生就需要学习指南为他们提供现成的模式。就像很多学生永远都在问文学教师"想要什么"，这些学生是学校未能成功传授其仪式的鲜活证据。

论文写作指南是建立在一个假设之上的，这一假设自高中英语开始就潜移默化地渗透进了学生心中；即当你在文学作品中遇到一个明显的异常——尤其如果这是一部经典作品——那么你可以相当肯定那不会是一个真正的异常。学生很快便意识到，文学课堂上提出的"关键问题"主要是为了让解释者能够消除它们，而目前文学教育的弊病，大多可归结为两种情形：学生没有学会如何指出文学作品的连贯性，或是学生没有学会如何**不去**指出文学作品的连贯性。两者都是将阅读窄化为在真空中解读文本而带来的症候。

当然，谈到现代文学，这种对文学作品的保护性处理方式最初是由一种无视、轻视，乃至迫害文学的文化氛围造就的。然而，现代文学轻易地被纳入课程当中，表明文化氛围的转变可能使保护变得不再那么必要。当学院批评家正打磨他们的武器准备对抗庸人的敌意时，那种敌意正在被面对专家时的默许态度，或是消费者一般的接受态度取代。

1961年，莱昂内尔·特里林发表的一篇题为《论现代文学教学》的文章最能说明这种转变对教学的影响，他描述了一种怪异的感受：作为一位教授现代经典文学的教师，他实际上是一个获得授权的陌生化代理人，他的工作就是打破学生继承下来的每一个不加质疑的假设。他

231

接着描述了一种更为怪异的感受，即他的计划没有遇到预想中的阻力。他发现自己处于这样的境地：必须**使**学生**知晓**那些现代文学理应使他们摆脱的自负的虔诚。如果自负是个问题的话，那也是在一种新的意义上。"我让他们望向深渊，"特里林写道，"他们都尽职尽责地、高高兴兴地望向深渊，而深渊以一切严肃研究对象的庄严礼节迎接他们：'我很有趣，不是吗？而且**令人兴奋**，假如你想象一下我有多深，想象一下有什么可怕的野兽躺在我的深处。请记住，了解我实质上有助于你成为一个整全的人。'"[16]

特里林所描述的经历发生在20世纪50年代后期的哥伦比亚大学，人们可能会猜测，如果特里林当时在密西西比州，或是在如今的任何一个地方任教，他也许就不会对深渊受到这般尊敬的关注有这么多不满。20世纪60年代以来，一些城市中产阶级不加批判地接受现代主义艺术和思想，而与此同时，传统的地方偏见与审查压力也在回归。无论是过去还是现在，对现代主义意识形态的热心阐述正是密西西比州所需要的，而在哥伦比亚，这些阐述已经太多。在一些大学或社区，合理化策略可能是对抗好斗的庸俗主义的正当手段，但在那些一开始就没有强烈文学偏见的地方，这种策略只会被恰当地记录在学生的笔记本上，并在期末考试时被背诵出来。

有机的统一或破裂

随着解释成为大学文学系的一项主要事业，一系列惯例开始发展起来，呈现出竞技运动的仪式化特征。先前的评论者认为某些文本特征是瑕疵，这一事实对那些试图证明该特征与文本内部结构相和谐的解释者提出了挑战。在《有瑕的文本与文字符号》中，赫谢尔·帕克处理了几个引人入胜的案例，在这些案例中——如果帕克对于这些文本创作的研究是正确的——美国小说的阐释者将主题的统一性赋予了一些因作者粗心修改或编辑缺乏敏感性而变得几乎不连贯的文本。帕克以不同寻常的视角指出了学术批评景象的诸多奇怪特征，其中最显著的是对合理化的绝对决心,而这似乎深植于解释行业的动力之中。

　　用帕克的话来说:"批评家们确信他们的审美战栗都在作者计划之中(或者可能根本不在意那是不是作者的计划),当他们读到的文章中包含无稽之谈时,就会被引诱着去看向作者权威。"[17]帕克展示的作品之一是马克·吐温的《傻瓜威尔逊》,帕克认为,由于马克·吐温在修改时太粗心大意,导致这篇文章非常糟糕,它显然无法作为一个主题连贯的整体来阅读。然而,小说的诠释者们"将它视为新批评家最信赖的文本,他们发现的是统一性"。他们发现这是一部"比很多评论家所愿意承认的更为统一、更为平衡的小说",他们看到了"主题与总体组织的统一"、来自主题与形象的统一、来自"对特质的关注"的统一、"艺术性与哲学性的统一"、"视觉的统一",以及"隐喻的统一"。《傻瓜威尔逊》的阐释者认为,"奴隶制主题"以及"遗传与教育的主题"渗透了"马克·吐温将这些主题纳入手稿前所写作的简短段落或较长的单元(此后没有修改以包含这些主题)"。他们谈论"贯穿"小说始终的人物塑造,其中"有些章节是从一个角色是白人的不同时期,以及他部分是黑人的一个时期中幸存下来的",有些章节"在那个角色还没有被创造出来时就开始了"。他们看到了吐温单独创作,随后又"多少是随意地放在各章开头"的愤世嫉俗的"断言"中的"主要结构手法"。真正的秩序于偶然中产生,或是一个作家在修改过程中注意到了一种先前未曾注意的秩序,并将其维持下去,这并非不可能。然而,帕克的观点是,吐温的批评者并没有把证明文本统一性的责任视为他们自己的事情。他们"将自己的角色定义为在混乱中找出秩序,他们坚持认为那只是表面的而不是真正的混乱。秩序**必须**在那里,等待足够细心而公正的阅读,而当今的批评家总能率先提供这样一种阅读"。[18]

克兰与高度先验的道路

　　学院解释倾向于成为一种自我证成的提升自身地位的操作,这在R. S. 克兰后期的写作中得到了最为犀利的分析。克兰不是社会学家,

233 但是回顾他在战后的工作，以及他在所谓芝加哥学派中产生的影响，我们可以将他的批评视为这一时期的程式化批评的典型。我们之前看到，克兰在20世纪30年代是较为激进的批评倡导者之一，兰瑟姆称赞他为"第一个主张将［批评］作为英语系的主要政策的伟大教授"。[19]但在50年代中期，克兰有了另外的想法。在1957年的一篇文章中，他对"批评的政治胜利来得如此轻松"表示惊讶，并怀疑这是否意味着出了什么问题。令克兰遗憾的是，批评家们仍然保持着批评和历史之间的对立，"这在二十年前或许有一些修辞或政治上的理由，但无论是那时还是之后，肯定没有其他的理由"。他坦言，勒内·韦勒克和奥斯汀·沃伦盛赞芝加哥大学英语系"'大胆地'将整个研究生课程的方向'从历史转向了批评'"，令他感到尴尬。

并不是说克兰改变了对于旧文学史的不足的看法，他重申，旧文学史最适于"那些聚焦于文学作品的素材内容和历史环境，而非它们作为艺术作品的特质的问题"。[20]克兰后来最具颠覆性的一篇文章是他1961年对D. W. 罗伯逊学派的"历史批评"的攻击，后者是对中世纪文学的教父式解释。但克兰与罗伯逊学派的历史主义的争论，和他与新批评派的争论大不相同——事实上，克兰指责批评家和学者在解释问题上持有几乎同样的错误态度，在一篇从未完成，直至他生命的最后才发表的长文中，克兰提出了一套"文学史的批评与历史原则"，它比当时的任何理论都更为深入地走向了批评与历史方法的理论综合。[21]

在克兰看来，当时的学者和批评家都在一种先验的解释方法中投入了大量精力——他称之为"高度先验的道路"——这种方法采用批评概念，并不是将它们当作有待文本事实检验的"工作假说"，而是将它们当作只能被事实"确证"的、囊括一切的命题或"特权假说"，因为这些假说已经同义反复地预先决定了"事实"。克兰并没有解决解释循环的困难，这些困难随后会出现在关于解释理论的争论中，如果再晚几年，他将

234 不得不捍卫他认为理所当然的"给定案例（或文本）的事实"（他称其为"独立于理论的"[22]）与对事实的解释性假说之间的区别。他还必须更充分地为他借自卡尔·波普尔的解释性假说的可证伪性这一概念进行辩

护。[23]即便如此,克兰的论点仍拥有强大的纠正潜力。

克兰注意到,罗伯逊学派首先提出了"'作为整体的'中世纪思想"的概念,而后将其作为"适用于所有中世纪诗歌文本的解释原则"加以运用。[24]他们认为中世纪诗人"会有意地以一种呼唤……寓言性或象征性解读的方式来创作他们的作品,作为基督徒,他们只会以字面的或寓言的方式书写一个伟大的主题——基督教仁爱的福音"。例如,罗伯逊认为:"中世纪基督教诗歌,我指的是所有由基督教作者写作的严肃诗歌,哪怕是那些通常被称为'世俗的'诗歌,总是寓言性的,即使仁爱的福音或它的某些必然结果在表面上并不明显。"[25]这些陈述中绝对的"总是"让克兰感到困扰,这意味着,即使是"表面上"的"仁爱的福音"的**缺席**,也会被视为福音存在的"证据",因为中世纪的读者和作家大概会认为这是理所当然的。原则上,罗伯逊的做法与欧内斯特·琼斯等弗洛伊德学派的解释者"证明"哈姆雷特一定想报复他的父亲,恰恰因为他没有表现出想要报复的迹象,并无不同。

克兰承认,罗伯逊的假说作为工作假说可能足够可靠,因为纯粹统计上的概率表明,任何中世纪诗歌都试图召唤基督教寓言式的解释。但克兰认为,从基于对一个时期的假说的期待出发,尽可能严格地检验这一假说,与用这一期待来保障关于文本意义的预先决定的结论,有至关重要的区别。因为即使历史解释者对这一时期的一般特征的估计是正确的,他们也有责任证明,手头的文本确实反映了这些特征。换言之,除非历史解释者能够举出独立于他们关于那个时期的概念的证据,否则"历史批评"就是一种琐碎的循环。在这里,克兰已经预示了后来对历史主义的循环论证的批评,但他并没有得出结论说,这种循环一定程度上是无法克服的。

从逻辑上讲,克兰与新批评派的争论同他与罗伯逊学派的争论很相似,只不过涉及不同的先验假说。罗伯逊学派运用"中世纪世界"的特权概念,而新批评派则运用"一切文学"或"一切现在、过去和未来的诗歌"的特权理论。可以肯定的是,有时克兰自己言语间仿佛承认(就像新批评家所说的)存在某种自治的诗歌功能,这就是为什么他与芝加哥

235

学派会被贴上"形式主义"的标签。他指出"诗人之为诗人的职责，不是表达他的自我或他的时代，不是解决心理或道德上的难题，不是传达关于世界的看法，也不是以这样或那样的方式运用词语，等等——尽管这些可能都与他的工作有关——而是通过他的艺术，将语言与经验材料构建成各种各样的整体，而当我们体验这样的整体时，我们会倾向于赋予它们终极价值，而不仅仅是工具价值"。[26]然而，克兰的作品并没有回答这样一个问题，即是否存在任何可以区别于其他（如社会、伦理、心理）目的的，独特的诗歌或艺术的目的。有时克兰似乎暗示，也许并不存在一种超越了诗歌已经或可能服务的各种迥然不同的、历史上偶然的、最终无法预期的目的的"诗人之为诗人的职责"，正是在此基础上，他抨击批评家们武断地将"诗"的概念局限于那些他们恰巧重视的目的上。

克兰指出：

> 说起"诗"或"一首诗"，仿佛它们是永恒的观念或是本质上同质的元素的名称……它们立下了诸如此类无所不包的命题："文学归根结底是隐喻性和象征性的"；"诗歌的语言是悖论的语言"，或者换一种表述，是一种"非逻辑的"或"反逻辑的"语言，不是基于"离散性原则"，而是基于与之截然相反的创造性互动原则。所有这些都远远超出一个文学史专业学生所能假装知晓的，即使他倾向于理论化。他一定会问，怎么能如此轻易地将他在过去和现在在"文学"或"诗歌"名下遇到的作品中纷繁复杂的目的、主题、情绪、人生观、形式、方法、语言使用，简化成一个公式呢，人们怎能如此确定将来这些名目下会囊括什么呢？[27]

我详尽地引用了这一段落，因为克兰的问题在我看来是根本性的，而且据我所知，这些问题从未得到回答。

这部分是克兰的原因，因为他的核心观点常常被笨拙而学究气（以至于成了戏仿对象）的风格所掩盖。[28]但是即使他把这些观点解释得更236 透彻，它们也可能出于几个原因而被忽视。首先，当大多数文学理论家仍然专注于文学的真理问题时，克兰关于文学的可阐释性问题的思考已经走在了时代的前面。直到20世纪70年代中期，争论的焦点一直是诗人（而不是阐释者）是否说出了真理。直到后来，在欧陆理论的影响下，人们的注意力才从文学权威的问题转移到批评权威的问题上。克兰先于大多数其他理论家认识到"文本的问题"和"解释的冲突"的紧迫性，他看到"文学"和"文本"这样的概念无法再被认为是理所当然的，它们是理论问题，有待讨论。

其次，当时学院文学研究终于赢得了体制上的自治权，并且达成了韦勒克所呼吁的"可教授、可传播、适用于任何以及所有文学作品的技术和方法"，而克兰却提出了一些几乎没有人愿意听到的问题。批评家们几乎不愿被告知，没有一种方法能先验地"适用于任何以及所有文学作品"，事实上，可能并不存在"文学"或"诗歌"这样的东西，有的只是"纷繁多样的"、不可预测的、历史上偶然的活动。在具备了空前的学术和批评生产力之后，各学院都不愿听到这样的说法：可能并不存在一种能在一个又一个文本中无止尽地得到验证的独特的文学语言模式。一个不断发展并产生了"卓有成效的新方法"的行业，不希望别人告诉它，它的主要成功可能是被操控的。在一个几乎为每一种可能的批评谬误创造了流行语的时代里，"高度先验的道路"这一说法并不引人瞩目。

克兰的观点既太过时又太超前，在他那个时代并不容易得到理解。克兰对批评"方法"这个概念的怀疑当然是过时的，倘若这个词指的是一种告诉阐释者在他尚未阅读文学作品时应该如何谈论这部作品的方法论。[29]克兰认为，阐释者应该试图**反驳**而不是证明他们的阐释，因为只有经得住严格反驳的阐释才值得发表。[30]但是克兰也走在了他的时代（或许也是我们的时代）前面，他认识到，一种阐释的失败，可能并不是因为它被驳倒了，而是因为它对反驳具有无可争议的免疫力——一种阐释性假说的有效性悖谬地取决于其被驳斥的能力。如果没有任何可以想见的条件表明一种阐释是错误的，那么它的结论就几乎没有什么价值。一种阐释性的方法需要有"刹车"的机制，在生产例证的同时也生产反

237

例——否则它就会把所有的文本都变成证明这种方法之正确性的乏味例证。一种自明地假设所有诗歌都是"悖论的语言"的方法，想要囊括数量令人满意的例子并不难，尤其是当这样做会有制度上的回报时。

批评的伦理正在发生微妙的变化，因为格林劳一代，以及克兰的老对手尼兹的科学实证主义，在人们眼中已变得像它早先取代的道德印象主义一样迷信。克兰认为批评家有义务试着摧毁他们自己最喜爱的假说，这一观点似乎回归了实证主义，一个更为严苛的时代的受虐狂幸存者。事实上，克兰的观点无疑反映了早年批评的匮乏，在如今学术繁荣、学科扩张的年代里，它正让位于一个生产加速且内在地具有方法论退化的时代。这并不是说教授们开始寻求出版书籍、发表文章的捷径，枉顾对事实和证据的责任。阐释者之间日益激烈的竞争或许产生了相互矛盾的影响，导致阐释性证据的标准在某些层面上变得更加严格，而在另一些层面上则变得更为宽松。我们只能说，关于什么是有效证据的新的不确定性使证明的问题看起来更富有争议，这为与提高了的生产要求相符的新的批评标准开辟了道路。

阐释性"假说"的正确性或认知合理性（克兰术语的科学光晕很快就会显得古怪），相较于"有趣""富有挑衅意味""多产"——在专业行话中，这些词指示着生产更多的批评是否有用——变得不那么重要了。批评的关键不再是减法而是加法，其目的是生产更多的批评，而不是相反。这很好地吻合了一种日益崭露头角的观点，即文学意义就其本身而言是美学上值得追求的，因此，可以赋予文学作品的意义越多，其价值就越可能得到提升，因此也越能服务于文学与人文主义的利益。表现出对可能意义之最大丰富性的感知的阅读，是最敏锐的阅读。（这一观点后来呈现为准政治的形式，即认为不受限制的符号阐释过程是人文主义的"越界"，因而是一种社会解放。）

人们心照不宣地认为，当涉及文学时，理智的读者自然地**希望**尽可能将含混最大化，正如在非文学交流中，他们自然地希望尽可能减少含混。这一观点几乎很少得到详尽的陈述，尽管菲利普·惠尔赖特在《燃烧的喷泉》（1954）一书中指出遵循"多义原则"是文学的本质时，已接近了这一点。[31]但没有必要明确阐述这一点，因为多义原则已经不言而喻地定义了什么才是"文学"看待世界的方式，从而区分了复杂与天真或倒退的批评实践。在这一意义上，批评家与那些抨击他们的解读不合时宜的历史学家之间不再有真正的争论，因为他们追求的是不同的目标。令学者们愤怒的不是批评家们的误读，而是他们对整个问题的漠视，即他们所发现的含混是不是作者有意为之。

我认为理查德·莱文至少在一定程度上是正确的：

> 如今，批评舞台上流行的态度似乎是"自己活，也让别人活"——一种智识上的自由放任，每一个解释者都自顾自地做出新的解读，并期望他的竞争对手也同样如此，这样，他们之间的任何争端都将被限制在狭小的范围内，不会引发可能阻碍批评生产的基本问题。[32]

尽管莱文所描述的态度自认为是一种"颠覆性"的立场，但它也是一种实用的态度，相当于保护主义的悬搁或是对市场"解除控制"。这就是克兰论点的问题所在，正如它将成为 E. D. 赫希的阐释有效性理论严重的绊脚石——克兰活了足够长的时间来支持这种理论。[33]赫希的论点可能具有哲学上的困难，但我怀疑这是否足以解释针对它们的敌意，这种敌意似乎扎根于一种根深蒂固的，对于那些认为无法从文学作品中提取任何意义的观点的抵制。另一方面，那些认为阐释正被无节制的放任一扫而空的警告似乎言过其实。不仅阐释者之间竞争加剧、标准放宽，越界释义的流行也是一种意义不明的现象。这些解读不仅是对常识性的文学阅读的攻击，也是对它们（通常是预先假定的）安全性的证明。

239

克兰的工作并没有试图成为社会学，而是揭示了支配新的解释市场的阐释逻辑。在这一意义上，它从内部提出了迄今为止对新批评的程式化最好的评论之一。克兰分析了新批评的逻辑手段，通过这些逻辑手段，新批评预先解除了可能施加于其上的各种批判性检视，从而使世界可以安全地被它解释。但在更具建设性的方面，克兰的工作也预示了此后"理论"的发展，后者将进一步研究这些问题所提出的阐释性议题。

到了20世纪60年代初，人们感到批评的英雄时代，事实上是学院文学研究的第二个英雄时代，已经结束了。[34] 然后，整个60年代，文学系和大学突然因为与政治共谋或无涉政治而受到攻击。新批评被嘲讽为技术统治的延伸，解释如今被视为介乎逃避与操纵之间，其推理模式与技术官僚的相似绝非巧合。然而，尽管要求批评关涉政治的呼声通常是粗鲁的，而且对于批评与政治共谋的谴责近乎偏执，但它们确实指向了真正的问题。

事实上，20世纪60年代的抗议活动背后的诸多教育问题与半个世纪以前欧文·白璧德等保守主义者指出的问题是一样的。文学系批评家的政治立场发生了变化，但批评家所抗议的很多事情却没有发生改变。新人文主义者和新左翼所要求的"关涉政治"可能并没有共同之处，但这两个群体都对大学未能明辨其自身与社会环境的关系，或者说未能证明其生产惯例的合理性做出了回应。

批评程式化的一个明显症候是，从20世纪60年代末直至今天，对阐释的攻击层出不穷。它们始于倍感压抑的本科生的抱怨，即永远必须在文学作品中寻找"隐藏的意义"，尔后演变为代表了一种"艺术色情学"的"反对阐释"的时髦论战[35]，最终在对那些阐释性闭环的惯例的解构式僭越中达到高潮，根据德里达的说法，"警察"时刻准备着"伺机"执行那些惯例。[36] 从另一个角度来看，有人说阐释行为是一种内含权力意志的"文本策略"，在"暴力与血腥行为"的意义上，"一切批评都是策略性的"[37]，因此新批评的阐释技术并非无辜，它从属于更大的控制技术。

新评论家如今成了所有人的替罪羊，包括一些真正读过他们作品的人。仍然在世的旧历史学家曾谴责新批评家玩弄作者意图，把莎士比亚当作卡夫卡来读，而如今他们面对的理论和阐释使那些新批评家的理论和阐释相比之下显得温顺可敬。正是在这个节骨眼上，旧历史学家与新批评家放下了彼此对立的姿态，共同反对解构主义和其他新的理论和方法。新批评不仅成为惯例，而且突然间成了"传统文学研究"的一个分支。

　　然而，新批评家们很快就要复仇了：因为不确定性、僭越的阐释，甚至对话语权力的分析正以惊人的速度成为惯例，成了又一套自我保护的方法论，彻底规避了错误，有行内黑话、自己的期刊和会议，以及大哥/大姐的关系网作为后盾，他们对外界的批评有了免疫。保罗·德曼甚至预言，"整个文学都会回应"解构主义的解读技巧，因为没有理由认为，德曼用于普鲁斯特的技巧"经过适当修正后，无法适用于弥尔顿、但丁或荷尔德林。事实上，这将是未来几年内文学批评的任务"。[38] 尽管对于德曼及其追随者来说，这样的声明只能表明整个文学是解构主义的，但对于那些已经厌烦了这个行业的历史的观察者来说，他们不过是再次证明，"整个文学"都太容易"回应"那些只是同义反复地证明自身有效性的技巧了。

　　正如新批评家所谓一切文学都是悖论性的先验知识一样，解构主义者对于所有文本都是其自身之不可解读性的寓言（或者说，它们必定将表征的问题推至前台，掩盖和揭示实现其可能性的修辞条件，通过具象性、隐喻性等瓦解自身的指称）的预设，也因其单调贫乏的普适性而受到怀疑。这并不是说解构主义的解读比新批评解读（无论是过去还是现在）更没有根据。但是，需要有一些标准来区分那些在修辞上自我消解表征过程的有趣而非凡的例子，以及那些纯粹是作为所谓"一切话语的条件"的证据的例子。假定由于话语或欲望的某种结构必然性，一切文学或所有文本瓦解其赖以运作的意指逻辑，只会倾向于使在任何特定文本中揭示这一过程成为必然。毫无疑问，这就是为什么来自解构主义阵营内部的声音开始抱怨，解构主义成了另一种生产解释的花招。

　　然而，一个不太引人注意的影响是，解构主义的文本僭越已间接地为文学提供了庇护，并将其保持在文化的高台上，就像新批评的"有机统一"解读曾经做过的那样，这不只是因为解构主义者倾向于处理经典文本。解构主义解读使文本摆脱作者控制的举动近乎亵渎，但是后弗洛伊德文化发现，一种丰富的解除控制的状态比严厉刻板的控制更有趣。文学崇拜仍然存在，尽管崇拜的对象不再是永恒、静态的完美，而是恐怖、陌生化、僭越的他者性，即德曼所谓"指涉性偏差令人眩晕的可能性"。[39]

241

由于这种眩晕早已成为一种受人尊敬的文化价值，在文本中暴露它的存在（或是它缺失的痕迹），正如有机性解读曾经使文本规范化而成为一个超级复杂的对象，可以使文本免于遭受批评。新批评对统一性的崇拜被一种对非统一性、自相矛盾，以及"与自身相异"的文本的崇拜所取代，但是批评仍然维持着这种复杂性，而不是对其做出理性的重新阐述，后者是20世纪40年代以来备受尊崇的准则。事实上，在复杂性的记分牌上，一种分解为自我瓦解的异质性的表面统一性，自然要比任何纯粹的复杂统一性更胜一筹。

　　如果这种描述看起来过于悲观，那么也应当注意到，就像新批评一样，这些倾向已经形成了它们自己的自我批判，一种在其哲学和制度上的最终方向尚不明晰时，对于自身的理论自觉。看似正在取代批评时代的理论时代激发人们对其自身的程式化倾向展开一种富有希望的批评。理论自觉在程式化的过程中产生，其术语和概念本身也是程式化的，却反过来催生了进一步的理论自觉，构成一种循环。能否打破这种循环，最大限度地提升理论自觉、减少程式化，完全取决于制度组织。因为，正如我一直暗示并将在最后一章中论证的，批评话语的程式化是制度安排的一种功能，它不需要这些话语彼此面对面。

242

243

理论的问题：1965—

第十五章　传统与理论

现代语言在取代希腊语和拉丁语方面取得了诸多实际的成功，以至于它们迄今尚未感到有必要在理论上自证合理性。

——欧文·白璧德（1908）

理论，也就是预期，总是决定着批评，而且永远没有比在无意识的情况下产生的影响更大的。评论家所说的无理论状态是一种幻觉。

——约翰·克罗·兰瑟姆（1938）

文学理论作为一种方法工具，是在当今取得文学学术成就极其需要的。

——韦勒克与沃伦（1949）

很明显，对现有课程的胡乱修补，尽管看起来实用，但实际上已经不再实用了。当下唯一切实可行的，是取得一种新的理论性的文学观念。

——诺思洛普·弗莱（1963）

以上这些杰出的人文主义者的言论应该有助于说明，"文学理论"一词只是在最近才与对传统的攻击关联起来的。在19世纪与20世纪之交，像欧文·白璧德这样的传统主义者提出，需要用理论来对抗学术研究中缺乏反思的经验主义。后来的新批评家也是这样主张的，原因大体相同。今天，理论的捍卫者倾向于将新批评本身等同于不加反思的经验主义，然而在新批评兴起的时代，这场运动恰恰代表着对原始的材料堆积的理论反思。[1] 在1941年的研究著作《美国文学学术》的序言中，诺曼·福尔斯特、勒内·韦勒克以及其他几位作者抱怨，大多数学者"实际上并没有对其实践所依据的理论细加审察"，或是"就像理论是适用于任何时候的绝对的好东西"那样运用它。[2]

另一方面，毫无疑问，传统的人文主义者对理论感到矛盾，他们担心理论抽象会对文学本身构成威胁。今天，理论与传统人文主义不仅分道扬镳，而且分别界定了文学批评光谱的两极。就像我们在本书中考察过的早期学科冲突，这一冲突并没有得到彻底解决，而是倾向于通过停战和相应的课程平衡来化解。因此，人们认为文学理论可以是研究生和高年级本科生的一个有用的可选项，但一般学生需与之保持距离。这种理论与传统之间的战利品瓜分不仅抹除了两个术语的历史，还阻碍了理论冲动发挥其协调作用，使其走向自身的孤立主义。

入会仪式

按照本书中所考察的这段历史的观点，我们可以看到，当下的传统主义者对理论家的指责，与早先一代人对现在认为的传统文学史的指责类似。早在1931年，埃德温·格林劳就在《文学史的领地》中，针对"（文学史）效颦科学方法，违背了古老的标准，沉浸在毫无用处的学科中，破坏了教学能力。它忽视了文化。它扼杀了创造性的艺术。它关注的是事实，而不是灵魂"这样的断言，为文学史做了辩护。[3] 只需对词汇稍加更新，格林劳五十多年前所描述的针对研究的攻击，便可适用于任何新近的对文学理论的攻击。道格拉斯·布什1948年对新批评的抨击亦是如此:它"超然的理智"、它"对道德价值的回避"、它对科学的"效颦",它将文学评论简化为"自我限定的目的",它"拒绝普通读者",而他们仍然幻想着"用诗歌处理现实生活"。[4]

在格林劳看来,对历史研究的抵制是对"美好旧时代"之无能的回归。[5]这表明在当时,研究仍处于其英雄阶段,仍然自视为启蒙、进步与教养的先锋,抵抗着形形色色的道德家、乡巴佬、绅士和业余爱好者所组成的后卫。他没有看到一个新的先锋队正出现在地平线上,很快就会让格林劳这样的历史学者看上去仿佛**他们**才是盲目抵制变革、固守美好旧时代的人。当这种情形发生时,研究型学者在其初创阶段所受到的颠覆传统与人文主义的指控,便被重新指向了新兴的批评家。

现在,批评家终于在学院里占据了重要位置,似乎轮到他们当替罪羊了——人们一直都在抱怨文学研究没有实现其人文主义目标——而长期以来为此受到谴责的"学术"终于可以与被背叛的传统打成一片了。布什这样的学者所指责的新批评家的罪过,恰与新人文主义者及其他通才早年对研究型学者(科学主义)的攻击相同,后者偏爱吹毛求疵的分析甚于对文学本身的直接体验,并且更倾向于专业群体的特殊兴趣而非普通读者和学生的兴趣。

现在,当"学术"和"批评"这两个词不再表示互不相容,甚至必然有区别的活动时,批评解释转而成了一种"传统"方法,而人们也忘了,在不远的过去,解释还被认为是对传统文学研究的威胁,就像今天的文学理论一样。当如今的传统主义者敦促我们将理论抛诸脑后,重新研究和教授文学本身时,他们的计划听起来奇怪地令人想起布什这样的学者在20世纪40年代谴责的反人文主义创新。

很明显,在一种记忆短暂的体制里,昨天的革命性创新就是今天的人文传统。似乎发出反人文主义、理智主义、精英主义的指控,离间文学与学生,是一种入会仪式,行业模式必须经由这种仪式才能被认定为传统人文主义。尽管行业定义反人文主义的术语从未改变,但这些术语所指代的活动在每一代人那里都是不同的。这并不是说历史会重演,而只是说,如果人们没有认识到并且改变鼓励重复性模式的体制,历史就可能重演。

248

如果历史真的再次成为现实，那么可以预料文学理论将失去爆炸性——不是通过被压抑，而是通过被接受和悄然同化，或是被放逐到边缘地带，不再构成麻烦。类似的事情似乎已经发生，因为有远见的学院正争相聘请理论家，这些理论家在几年前聘用的黑人研究人员与昨天聘用的妇女研究人员的聚居区旁边形成了一个新的聚居区。（然而，边缘化对妇女研究和黑人研究的影响可能较小，因为他们有外部的政治关系。）一旦文学理论被纳入该学院的研究领域表中，其他教员就可以自由地无视理论家提出的问题——尽管有一部分人可能会在理论的领域开拓殖民地，把陈旧的方法论擦得锃亮。文学理论的功能不再是使文学系与大学的不同思想和方法产生富有成果的关系和对立，而是成了另一个特殊的研究领域——这样的地位促使文学理论成为它的敌人所诟病的那种自我宣传和排他的活动。

问题的关键不在于创新总是不可避免地被孤立，无法影响既定的方法论，而是在于，即使创新产生了这种影响，其引发的冲突所具有的教育潜力也往往会丧失。每当有爆发派系间冲突的危险时，往往会有一种权宜之计来抑制这种倾向，即在一个恒定不变或默默适应的集合中再**增加**一个单元。无论在哪种情况下，压力都会得到缓解：创新者成了拥有自己职位或课程的内部人士，得到了安抚，大学则可以为自己的与时俱进和宽容感到庆幸，而不必要求已经站稳脚跟的内部人士显著地改变他们的行为或是面对批评。

我们不应忽视这一事实，即这样一个系统在某种层面上、就某些目的而言运作得非常好。毫无疑问，它避免了因拒绝创新而导致的长期停滞，正如19世纪的学院那样；它使大学成为一个拥有大量智识资源的中心；它赋予学者一种振奋人心的独立性，这种独立性在短期内有利于提高专业生产力。不幸的是，这些收获在智识共同体、教育效率和行业士气方面付出了高昂的代价。近来人们对各式各样的人文学科会议的浓厚兴趣就是一种症候：这些会议明显是学院里不会产生的一般性讨论的替代物。

造成这种情况的一个主要原因是，在选择教师时避免重复的需要会不经意地导致共性也被系统地筛除了。如果候选人X的兴趣与教员Y的兴趣有太多重叠，这就是不雇用X的理由："我们已经有Y来做这件事情了。"因此，学院的组织原则倾向于预先选择那些最不具备相互交流基础的人。对于大多数学院来说，聘请具有相同兴趣的教员并不是解决之道（尽管一群心性相投的人可能会引起争议，从而获得更多的关注），但学院在评估自身的优势和劣势时，仍然可以考虑领域覆盖原则之外的标准。除了考虑覆盖的时期、文类和方法，一个学院也许应该自问它包含了什么潜在的冲突和关联，然后思考什么样的课程调整或许可以利用这些冲突和关联。

理论可以为这种关联提供概念词汇，但前提是，它不再是一个孤立的领域，其与学院内其他领域的关系都留待学生自己去思考。很大程度上，是文学理论作为一个特殊领域的体制化，使人们有理由抱怨文学理论已成为一块私人飞地，理论家们在里面彼此交谈。但在这方面，文学理论只是在很大程度上表明了这样一种倾向，即所有的专业文学领域都褊狭地界定自己的兴趣，团结一致反对外人。人们很容易因为理论家是内向的和深奥的而贬低他们，但是如果从外行的角度来看，很难想象从乔叟研究到品钦研究的哪个领域不是内向的和深奥的。对于大多数外行观察者来说，解构主义者与正统历史学者和解释者的出版物之间的区别可能几乎难以辨别。理论家们的争论只是一长串专业争论中最新的一个，这些争论潜在的文化意义仍然为外人所忽视。这是一种症候：当文学研究经历了其历史上最根本的原则冲突时期，这一冲突对普通学生的学习影响甚微，仍然被普遍认为不过是茶壶里的风暴。

想要取得任何进展，就要改变讨论的措辞。问题不再是我们是打算成为解构主义者还是人文主义者，理论专家还是乔叟学者或品钦的解释者，因为并不存在一个作为统一体的、做着同一件事情的"我们"。问题是，文学教授们做的很多不同的事情可以怎样组织起来，以便为彼此提供一种背景，并在世界眼中呈现为一定程度上的共同存在。

不要将课程抬升至学院内部的政治权衡与讨价还价之上，后者是体制生活中不可避免的方面。与其试图将课程与政治冲突隔离开来，更现实的策略是认识到这些冲突的存在，并尝试在课程中突出其中任何可能富有教益的东西。如果课程总是要由权衡决定，那么为什么不尝试让学生了解其中关涉的原则问题呢？

作为理论的人文主义

正如我在这里对这个术语的使用，"文学理论"是一种关乎文学和文学批评的合法化原则、假设以及前提的话语。与近来实用主义"反对理论"论点的规定相反，文学理论可能但并不必然是一种旨在从某种形而上学的外部立场来"支配"批评实践的**系统**或**基础话语**。[6]当文学理论受到攻击时，无论反对者是不满的人文主义者、解构主义者还是实用主义者，他们攻击的对象都是这种系统的或基础性的理论概念。但是，不把文学理论看作一套系统的原则，或是一种基础性哲学，而仅仅将其视为对假设、前提以及合法性原则与概念的探讨，至少是合理的，且更符合通常的用法。

因此，描述文学理论的另一种方式是，它在某种程度上将文学当作一个问题，并试图用一般术语来表述这个问题。理论是当文学的某些方面，比如文学的性质、文学的历史、文学在社会中的地位、文学的生产和接受条件、文学的一般意义或特定作品的意义，不再自明且成为一个问题、需要进行一般性辩论时，所诞生的事物。当曾经视为理所当然的文学惯例和批评定义成为一般性讨论和争论的对象时，理论就不可避免地出现了。

当我们以这种方式来理解文学理论时，就更容易看到"传统人文主义"批评是理论性的，即使是，或者尤其是当它公开敌视理论时——它常常如此。现代对理论的敌视首先来源于浪漫主义对工业社会的批判，这种批判将抽象的思维模式与虚无主义和腐蚀性的理性主义联系起来，认为后者破坏了早先文化的有机统一。在过去的一百五十年里，大多数主要的文化批评家都曾质疑抽象原则的价值，并避免明确阐述那些在他们自己的作品中运作的原则。

　　然而，统一的文化已不复存在，这一事实将这些文化批评家置于矛盾的境地。他们唯一能指望的恢复统一文化的办法就是宣扬这种文化的可取性；也就是说，将其理论化。所有浪漫派与后浪漫派的，以标举前工业社会作为现代科学和工业主义的出路的努力，背后都暗含着这样的矛盾；例如，卡莱尔与罗斯金的中世纪、阿诺德的希腊化时期、艾略特的感性分离之前的欧洲、劳伦斯的墨西哥、利维斯的"技术−边沁主义文明"之前的英国，等等。所有这些概念都提出或预设了现代文明的理论，以及文学与日常社会交流之间的连续性的瓦解。

　　艾略特非常清楚地看到了现代文化日益理论化的趋势，尽管他拒绝接受这种趋势，他说："批评出现的重要时刻，似乎是诗歌不再是整个民族心灵的表达之时。"对艾略特来说，这种共识的丧失源于政治权威的瓦解：

　　　　当诗人发现自己处在一个没有知识贵族的时代，当权力掌握在一个如此民主化的阶级手中——它仍然是一个阶级，却自视为整个国家的代表；当仅有的选择似乎是与小圈子交谈或自言自语时，诗人的困难和批评的必要性就大大增加了。[7]

艾略特所说的"批评"就是我们现在所说的"理论"——当共识被打破时产生的自觉。沿循艾略特的观点，即贵族文化的瓦解迫使诗人"与小圈子交谈或自言自语"，我们就会进入近来与学院文学理论关联在一起的交流理论和阐释学问题。

　　我的观点是，传统文化批评不可避免地具有理论性，因为它的出发点与存在条件就是："文化"、文学与交流已经成为一个必须理论化的问题。文化批评几乎不可避免地要将自己理论化，尽管它可以拒绝使自己的理论系统化甚至明晰化。阿诺德可以通过重复诸如"高度的严肃性""对生活的批评"等口头禅来避免明确的理论化，并诉诸显而易见的"试金石"段落，以便不必定义"是什么在抽象中构成了高质量诗歌的特质"。[8]而当韦勒克要求利维斯阐明他的批评原则时，利维斯可以当场拒

252

绝说，批评家还是不要阐明他们的原则为好。[9]然而，使阿诺德和利维斯保持在当前讨论的最前列的，当然不是他们对理解特定作者和文本所做的贡献，而是他们对于诗歌与文化和教育的关系的理论阐述。

"文学本身"的回归

在一个没有太多共识的文化中，关于理论问题的辩论是不可避免的；它所能做的只是防止后者走到外人有机会知悉的前台。然而今天，很多人文主义者认为，文学系只有停止理论性的喋喋不休，将文学本身重新置于其关注的中心，才能纠正自身的错误。正如当下的历史试图表明的，这些人文主义者正在附和一种思维方式，这种思维方式自专业化时代肇始时就激励着心怀不满的教师：让文学为自己说话，这样我们就不需要一种关于如何在体制上将其组织起来的理论。当然，今天那些重提"文学本身"的人并没有声称，不应该有文学研究的组织。只是他们诉诸文学本身，仿佛这种组织将会是什么样的这一问题会自行解决。

例如，海伦·文德勒1980年发表的美国现代语言协会主席演讲，便以一种传统的方式展开，她劝导全体成员回顾一下引导他们走上研究之路的原初文学经验，而与学术和批评这类二级话语的纠缠使他们忘记了这一初衷。文德勒敦促她的听众回忆那种"面对文本时完全接纳的、可塑而天真的早期态度……在我们知道什么是图书版本之前，在我们听到任何批评术语之前，在我们看到有脚注的文本之前"。文德勒宣称："我们珍视的不是我们称之为'文艺复兴文学'的东西，而是《李尔王》；不是'维多利亚时代的性情'，而是《悼念集》；不是现代主义，而是《尤利西斯》。"她总结道，"波洛尼厄斯式的宗教－历史－哲学－文化概览，将永远不会再重现那种风味，那种霍普金斯所说的，像明矾一样与众不同的个人风格"，因此她敦促文学学者保持"我们自身相对于其他学科的独立性"。

我们只能与文德勒一样希望，新批评家反对以文艺复兴时期的图景取代《李尔王》的斗争没有枉费。但是，文德勒为我们提供的选择，即应当就文学本身还是就其历史背景来评估文学，是具有误导性的。诚然，跨学科的"宗教-历史-哲学-文化概览"**可能**会扼杀文学作品的"风味"，但最近的经验表明，与作品本身赤裸而无中介的接触也未必能灌输那种味道。

254

文德勒自己也承认，"对于一篇文学作品可能会产生不同的见解，这取决于对它提出的问题"，"我们都喜爱文学中不同的事物，或是因为不同的原因而喜爱文学"，"文学是一个文化与语言意义浓密的巢穴，漫不经心的路人无法进入"。[10] 在我看来，一旦承认了这一点，对文学进行语境和文化研究的必要性也就得到承认了，而假装我们可以回到先于一切语境的文学至福的核心体验是没有意义的。文德勒可以将文化"概览"贬低为"波洛尼厄斯式的"，因为她把这种概览当作理所当然的故而不予重视。学生们却无法这样奢侈，尤其是那些不确定谁是波洛尼厄斯的学生。

当文德勒诉诸她所理解的文学使命感背后的"前批评式"文学经验时，她一定低估了对于文学与文化的预先认知的作用，只有先拥有这些认知，她才可能获得最初的（与其他任何人一样的）文学兴奋，它们并不清晰呈现于她阅读的作品中，相反，她必须把它们带到作品中，作品才会变得有趣或容易理解。当前理论的一个教益是，虽然阅读文本的体验可能**感觉上**像是一种前理论、前批评式的活动，但这种感觉只有在读者已经掌握了理解文本所需的语境和前提条件的情况下才会产生。

体验过"风味"可能是教授文学不可或缺的条件，但它不能左右教师对文学作品的**评论**，后者取决于那些无论是在文学作品，还是在我们对它们的体验中，都没有预先给出的目的、语境和情境。如果文学作品"为自己说话"，那也只能在一定程度上如此，因为它们的作者没有意识到，也不可能意识到，他们的作品后来会在什么样的情境下被阅读和教授，以及在这些情境下可能会出现哪些不同的理解和欣赏问题。在教授文学作品时，我们首先想问的问题，那些界定我们将要对它发表什么观点的问题，某种程度上总是由我们时代的压力、我们的文化，以及我们的历史感所决定的：像我们这样的时代——"像我们这样的时代"意味着什么,也是必须思考的一部分——应该从莎士比亚、济慈或贝克特身上重新学习、富有想象地思考,或是反抗些什么?假设这些有争议的问题可以留待其自行解决,作为一系列课程的偶然结果,那就是假设文学教育不得不失去掌控。正如我在本书开头指出的,对文学语境化之不足的补救方法必须是更好地语境化,而不是不提供语境或随意地语境化。

教授文化文本

通过援引文学本身的效力来对抗波洛尼厄斯式的文化概览,文德勒复活了一种受到轻视的历史观,它构成了新批评对历史还原论的批判的底色。当前的文学理论构成了一种持续的努力,以克服文本与其文化语境之间的对立,而这种对立正是伴随上述批判而生的。如果说解构主义者、结构主义者、读者反应批评家、实用主义者、现象学者、言语行为理论家和有理论头脑的人文主义者之间有什么共识的话,那就是文本毕竟不是自治的、自成一体的,对任何文本本身的意义的理解都取决于其他文本和文本化的参照系。当前的批评流派在是否可能对任何文本的相关语境进行客观重建的问题上存在分歧,正如他们在如下问题上存在分歧:有多少现实世界的指涉和作者能动性可归于任何文本,以及"相关语境"的定义应该有多宽泛——是否应该包括流行的和未被奉为经典的文本。然而,尽管有这些实质性的重要分歧,他们至少在一点上有相当大的共识:意义不是存在于文本词语中的自治本质,对意义的理解有赖于先前的文本和情境。

例如,乔纳森·卡勒写道:"解读一首诗的问题本质上是,判断这首诗对它指定为前提的先前的话语采取了什么样的态度。"[11]罗伯特·斯科尔斯说:"所谓阅读技巧的基础,实际上是基于对在任何给定文本的组织及其诞生的语境中发挥作用的符码的通晓。"[12]罗斯·钱伯斯认为:"意义不是话语及其结构所固有的,而是语境的,是话语发生时的语用情境的功能。"[13]卡勒、斯科尔斯和钱伯斯都是结构主义或后结构主义立场的代言人,但E. D.赫希也提出了大致相同的观点,他写道:"每一位作家对这一点都有清醒的意识，即写作中所能传达的微妙和复杂性，取决于我们能够假定读者具有多少相关的隐性知识。"[14]

如此看来，结构主义者和后结构主义者比完全拒绝理论的传统主义者更"传统"：他们对一些最优秀的旧文学史家心知肚明但不知如何充分表述的东西给出了合理的解释，即为了理解任何文本而必须推断出的历史情境，并不像实证主义历史学家和新批评家所认为的那样仅仅是外在背景，相反，它们是这部作品所预设的，因此对于内在地理解该作品是不可或缺的。

从另一个角度看，近来受米哈伊尔·巴赫金启发的，关于"对话理论"的作品也表达了同样的观点。正如唐·H. 比亚罗斯托斯基注意到的，"对话理论将每一个话语视为对其他话语的实际或潜在的反应"。他指出，所有的叙事都指涉着彼此对立的声音，无论这些声音在叙事中是否清晰可辨，"无论它们是否有针对性地忽略了对立的声音，选中它们，减少它们，或是回应它们，我这里所说的叙事是在叙事之间的虚拟空间中，在彼此回应中形成的，而它们也通过自己的回应改变着这个空间本身"，形式主义最大的罪过，他补充道，"就是想象没有出现在文本中的东西不会影响到它"。[15]院系组织和课程切断了文本间的对话关系，以便将它们分隔开来仔细研究，它们消除了文本之间的、使文本得以被理解的"虚拟空间"，从而使形式主义之过变得体制化。而对话理论的教学法意蕴似乎是，研究的单位应当不再是孤立的文本（或作者），而应当是文本预设的虚拟空间或文化对话。

如果正如钱伯斯所言，文本对"与之相称的叙事情境"的"暗示"取决于读者识别相关"情境现象"的能力，那么这就确立了"如下社会事实，即叙事沟通协调着人类的各种关系，并从中获得其'意义'；因此，它基于社会性协议与不明言的约定或契约，而后者本身是欲望、目的和规约的一种功能"。[16]倘若学生未能继承文本所默认的必要的"社会性协议"和"不明言的约定或契约"，或是出于各种目的不断重新语境化和挪用文本的、知识分子共同体所默认的其他符码，他们就会遇到麻烦。正如斯科尔斯的总结所说，"为了教授如何阐释文学文本，我们也必须做好教授文化文本的准备"。[17]但是，教授文化文本需要一所大学对其自身的自我分化的历史有清晰的认识。

257 大学是由那些被系统地遗忘了的历史冲突层层累积而成的奇异成果。它的每一分支都反映了一段与其所传授的内容同样重要的意识形态冲突的历史，但后者却由于这种分化而未能彰显。那些标志着文学研究与创意写作、作文、修辞学、交流、语言学和电影之区别的界限，那些将艺术史与工作室实践，或是将历史与哲学、文学与社会学区分开来的界限，无不讲述着冲突的历史，这些历史对于创建和界定这些学科至关重要，却从未成为它们的研究背景的核心部分。科学与人文的区分亦是如此，它对两者都起到了形塑作用，却从未成为它们必要的背景。正如我前面提到的，科学与人文的冲突，或是由于它不属于任何人的研究领域而得不到关注，或者，当它**确实是**某些人的研究领域时，它也只是（作为一种备选项而）被提出。学生可能并未觉察到学科间的冲突，他们自然而然地将每一门学科视为需要吸收掌握的凝固对象，而不是一种可能与他们休戚相关的、具有历史性的社会产物。

那么，在文学教学和文学课程构成中，学生需要预先熟知多少"文化文本"才能理解文学作品，以及这些文化文本如何能成为教学的背景，是一个有待讨论的问题。对于如何理解文化文本，或者文化文本是否应该在文学教学中发挥作用，尚未形成共识，这在我看来是一种支持而非反对就文学进行更明确的历史与文化研究的论据，而这种研究也会将上述分歧纳入自己的考察范围。无论如何，重要的是，要把问题从"谁的概览将统领全局？"——它无法回答——转变为"我们如何使阐释和概览的冲突本身体制化？"强调冲突高于共识并不是要把冲突当作一种价值，当然也不是要拒绝我们所能达到的共识——就像近来将共识等同于压制性政治的愚蠢观点一样——而只是将已然存在的事态作为我们的出发点。

目前已经有了一系列沿循这一思路，将文学研究置于文化史之内的项目，之后也将有更多项目在这本书问世之际出现。这些研究机构包括但不限于明尼苏达大学、布兰迪斯大学、杜克大学、西北大学、斯坦福大学、约翰·霍普金斯大学、康奈尔大学、匹兹堡大学、卡内基·梅隆大学、耶鲁大学、哥伦比亚大学、加州大学伯克利和圣克鲁兹分校以及纽约州立大学的奥尔巴尼和布法罗分校，这个名单数目增长得如此之快，以至于一个完整的列表会长得多。其中大多数是研究生课程，但很难说它们关心的问题对于本科学习而言就不那么重要和必需。通常，这些课程的组织架构很简单，由教授文学和文化理论、方法论及典范性问题的少量核心课程组成，还有大约六至八门选修课，将核心课程所涉及的原则、方法和问题付诸实践。

这些项目的有效性很大程度上取决于核心课程能否为学生提供他们在其他课程中能够实际运用的语境，而这并不会自然发生。除非精心规划，否则这些核心课程以及整个项目都很容易陷入跨学科的混乱，当人们理所当然地认为，只需将来自不同学院的各种主题和语汇混合在一起就能产生具有建设性的结果时，这种混乱便会发生。跨学科研究也难免受到诱惑，转而相信一种未经协调的个人主义体系的最终结果，这种体系在短期内比协调的体系更容易管理。一种有所控制的、有用的"文化–历史"教学，需要经过深思熟虑，可能还需要反复试验，涉及的学院和教员越多，就越需要周全的协调。我提到的一些项目对文学系来说太过边缘化，无法产生普遍的影响，也许在它们被赋予更核心的角色之前，它们必须先证明自己。无论问题是什么，似乎没有理由说，这样的项目只取得了有限的成功，就不能被视为对文学教育的改进。

为了更具体地理解这里的问题，可以考虑一个简单的例子。众所周知，女性主义批评对传统的人文主义经典提出了挑战。例如，新近出版的一本选集的编辑断言："女性主义批评家并不接受这样一种观点，即经典反映了历史和后世的客观价值判断，而是将其视为一种与文化息息相关的政治性建构。事实上，'后世'指的是一群有出版和评论渠道的人，他们因此能强化自己的'文学'观点，并定义一组超越时代的'经典'。"[18]另一些女性主义者则更进一步，认为逻辑和理性的基本框架不是普遍的，而是与特定性别相关的，即传统观念中的话语是男性的。

显然，女性主义批评挑战了那些自称人文主义者的人的一些（如果

259 不是全部的话）最基本的假设，不出意料，反击十分激烈。仅举最近的两个例子，盖尔·戈德温在最近一期《纽约时报书评》中评论了《诺顿女性文学选集》，他反对说，编辑桑德拉·吉尔伯特和苏珊·古巴尔通过对文本的拣选试图阐明一种贯穿各个时代的文学姐妹情谊的理论，这抬高了"女性主义阐释的价值……却牺牲了文学艺术和个人才能"。戈德温不满地指出，编辑们的拣选原则是"出于一种明确的愿望，即记录和联系女性的文学体验，而不是展现最杰出的女性英语写作"。[19] 与此类似，丹尼斯·多诺霍在《新共和》上写道："[选集]编辑采用的标准根本不是批评的，而是政治的和社会的。"他们搁置了"文学批评所关心的核心问题，而更倾向于文献记录价值和主题上的意义"。[20]

显然，女性主义的争议，正如这里典型地呈现的，强迫教师面对一种根本性的选择：文学价值还是社会意义？已确立的伟大传统还是假定的姐妹传统？戈德温的不满之一是，当她试图想象自己是"在一门采用这本书的课程中学习文学的学徒"时，她意识到，作为这样一个学生，她会仅凭她在这本书里找到的东西来评判女性写作的英语文学作品。例如，她不会依据《傲慢与偏见》或《爱玛》来评判简·奥斯汀的作品，而是依据奥斯汀青年时期的作品《爱情与友谊》，吉尔伯特和古巴尔收录了这篇作品，不仅因为它的简洁，还因为它表现了"一些女性在抵制英国摄政时期女性所受的情感教育时采取的戏仿姿态"。[21]

的确，女性主义批评迫使作为知识分子和批评家的我们在对立的标准中做出选择。但这是否就意味着，这个选择必然如此严峻地摆在教师面前呢？为实现通识教育的目的，教师在继续履行他们的职责之前，是否必须先**解决**这一争议呢？我们可以想象这样一种教学情景：人们不必决定女性主义争议中的哪一方是正确的，因为人们可以将争议本身带入课堂，并将其作为自己课题的一部分。我甚至可以想象这样一种情况：教师不确定应该站在争论的哪一边，因此他辩证地安排课程，以便形成一种观点。在我的印象中，这样的课程已经存在，并被证明是成功的。

260 为了教授文学，我们不得不在人文主义立场和女性主义立场之间做出选择，这种感觉也源于这样一种假设，即应该只允许学生接触到教师们争论的**结果**,而避免使他们面对争论本身。这种假设还认为,既然不同的课程不可能相互关联,那么每门课程都需要以同样的方式解决这个问题。戈德温设想的最糟糕情况是,入门级学生接触文学的唯一机会是聆听一门以《诺顿女性文学选集》为指南的课程。如果这门课程同时也搬出传统的文学选集,来渲染彼此冲突的标准,情形会是怎样呢?或者,如果参加这门课程的学生也参加了另一门课程,后者不仅在阅读清单里包括了《傲慢与偏见》,而且还提出了阅读女性主义文本和非女性主义文本,或是将文本"当作文学"来阅读与从女性主义政治角度来阅读的相关主张,情形又会是怎样?布鲁克·托马斯曾建议采用这种方式组配课程,以突显意识形态与方法之间的主要冲突和关联,假如各学院着手完成这项工作,这一想法似乎并非不可能实现。[22]

当然,一些强硬派认为,哪怕只是给予女性主义经典一些(令其糟糕的观点声名败坏所需的)课堂承认,也将构成对人文价值的背叛,或者至少是偏离了文学教师本应做的事情。也许在他们看来,将意识形态上可接受的课程与挑战他们前提的课程组配起来,同样是一种背叛或偏离。这些教育者实际上想说,保护伟大传统的整全比将它与同时代的文化争论联系起来更重要。从策略的角度来看,这似乎是一个错误,因为将传统经典与对它的挑战隔离开来,能否使它受益,是值得怀疑的。营造一种使传统主义者与他们的敌人的争吵变得戏剧化的氛围,似乎最终对传统主义者有利。一方面,他们的传统主义会突然开始在学生眼中变得**有意味**,而倘若代表对立立场的教师一直在结构上为领域覆盖体系所隔绝,情形就不会是这样。另一方面,如果传统主义者坚持在体制上保持现状,他们肯定会像文学研究史上早期的保守派一样,在消耗或默许中输掉战斗。当然,这些传统主义者可以像他们的前辈那样,通过构建一个文化与教育衰落的故事来安慰自己,从而将他们的失败合理化,但这种安慰可能无法再像以前那样带来快乐了。

无论如何,尽管前卫和后卫在意识形态层面的怨恨情绪都很高涨(初级教员和高级教员的分工更强化了这种怨恨),但我的预感是,改变的最大障碍是结构上的,而不是意识形态上的。与任何试图组配课程并 261

将不同观点联系起来进行对比的系统相比，目前模式化的分隔体系最大的优势，从短期来看，是它更容易管理。因为它不要求学生学习很多共同的课程，不要求教师考虑他们的同事在做什么，除了闲聊和委员会工作之外，也不要求不同的群体相互交谈或谈论彼此。即便如此，长远来看，一种更为协调的结构才会真正更容易管理，因为假如它能实现，它将消除重复劳动（人们可能认为院长们会觉得这一点很有吸引力），而且，相较于目前体制所造成的无聊和孤独感，它能带来合作的兴奋感。

一位前院系主任詹姆斯·金凯雄辩地描述了正在浮现的文学研究的新观念：

> 放弃领域覆盖这一贫乏的理想，我们可以从想象一门理想的课程开始……难道它不会尝试对我们的论题——文学——做出定义，并讨论我们对于文本、语言、意义、文化、读者等所做的种种相互竞争的假设？难道它不会表明这些假设本身就是一种建构——在诸如文本、意义之所在、性别的重要性，以及它们与历史情境的关系问题上不是有相当多的讨论吗？它难道不是也会表明，这些假设本身并不纯粹，它们承载着价值、利益和意识形态？你开始怀疑这是一门理论中的课程。它确实是。但所有课程都是理论中的课程。你要么把它偷渡进来，要么公然带着它通过海关……我们要教授的不是文本本身，而是我们如何参照这些文本来定位自己。[23]

这种模式最具前景之处在于，它将重点直接放在了当前立场的分歧点上，即我们如何参照文学文本来定位自己。尽管这一框架的基础是新近的理论，但它需要持不同意见者，无论是传统主义者还是激进派的共同参与，才能发挥作用。无人能确保这种文学研究模式能够摆脱先前的所有模式所陷入的那种程式化循环，但我认为它的运气会更好。

262

注 释

二十周年版序言

1 其中最重要的包括Robert Scholes, "Three Views of Education: Nostalgia, History, and Voodoo", *College English* 50 (1988): 323—332; George Levine, "Graff Revisited", Raritan 8, no. 4 (Spring 1989): 121—133; Francis Oakley, *Community of Learning: The American College and the Liberal Arts Tradition* (New York: Oxford University Press, 1992), pp. 68—70, 159—161; Jeffrey Williams, "Gerald Graff", editor's headnote, *The Norton Anthology of Theory and Criticism* (New York: W. W. Norton, 2001), pp. 2056—2059。亦见 "Only Connect: An Interview with Gerald Graff", in Williams, ed., *Critics at Work: Interviews, 1993—2003* (New York: New York University Press, 2004), pp. 55—71。

2 在我的 *Beyond the Culture Wars: How Teaching the Conflicts Can Revitalize American Education* (New York: W. W. Norton, 1992) 中可以看到这一论点的最全面的版本；另外的讨论，见William Cain, ed., *Teaching the Conflicts: Gerald Graff, Curricular Reform, and the Culture Wars* (New York: Garland Press, 1993)，以及 "Symposium: Teaching the Conflicts at Twenty Years", *Pedagogy* 3, no. 2 (Spring, 2003): 245—275。

3 我的观点绝不是贬低领域覆盖本身，强调这一点是因为，有的读者可能会将我与某种对大学的批评联系起来，这种批评攻击职业主义、专业化、院系以及劳动领域的划分。我个人的观点是，职业化、专业化和劳动分工是任何复杂的现代组织的必要特征。我不是反对领域覆盖模型中专业领域的形成本身，而是反对将这些领域相互隔开。

4 *A Test of Leadership: Charting the Future of U.S. Higher Education*, A Report of the Commission Appointed by Secretary of Education Margaret Spellings, pre-

publication copy (September 2006)，p. 1.

5 参见 *Beyond the Culture Wars*, pp. 171—196; *Clueless in Academe: How Schooling Obscures the Life of the Mind* (New Haven: Yale University Press, 2003), pp. 62—80; 以及 Graff and Jane Tompkins, "Can We Talk?" in Donald E. Hall, ed., *Professions: Conversations on the Future of Literary and Cultural Studies* (Urbana, IL: University of Illinois Press, 2001), pp. 21—36。

6 Frank Smith, *Joining the Literacy Club: Further Essays into Education* (Portsmouth, NH: Heinemann, 1988).

7 John Guillory, *Cultural Capital: The Problem of Literary Canon Formation* (Chicago: University of Chicago Press, 1993).

8 Robert Scholes, *Textual Power: Literary Theory and the Teaching of English* (New Haven: Yale University Press, 1985), p. 33.

9 Bill Readings, *The University in Ruins* (Cambridge, MA.: Harvard University Press, 1996).

10 Graff, *Clueless in Academe*, p. 3.

11 John Stuart Mill, "On Liberty", in *Utilitarianism, Liberty, Representative Government* (London: Dent & Sons, 1951), p. 129.

12 Gerald Graff and Cathy Birkenstein, *"They Say / I Say": The Moves That Matter in Academic Writing* (New York: W. W. Norton, 2006).

13 Chris Baldick, *The Social Mission of English Criticism, 1848—1932* (New York: Oxford University Press, 1983), pp. 4—5; 转引自 Graff, *Clueless in Academe*, p. 175。

14 John Searle, letter to the editor, *New York Review of Books* 38, no. 4 (February 14, 1991): p. 49. 塞尔是在回复我写给编辑的关于他的文章 "The Storm Over the University" [*New York Review of Books* 37, no.19 (December 6, 1990): pp. 34—42] 的信。

15 Stanley Fish, "Anti-Professionalism", in *Doing What Comes Naturally: Change, Rhetoric, and the Practice of Theory in Literary and Legal Studies* (Durham, NC: Duke University Press, 1989), pp. 215—246; Bruce Robbins, *Secular Vocations: Intellectualism, Professionalism, Culture* (London: Verso, 1993).

16 Michael Bérubé, *What's Liberal About the Liberal Arts?: Classroom Politics and "Bias" in Higher Education* (New York: W. W. Norton), p. 87.

17 Bérubé, p. 125.

第一章

1 关于文学研究对写作课的依赖，见 Richard Ohmann, *English in America: A Radical View of the Profession* (New York: Oxford University Press, 1976)，以及该书中华莱士·道格拉斯的一章，"Rhetoric for the Meritocracy"。

2　Robert Scholes, *Textual Power: Literary Theory and the Teaching of English* (New Haven: Yale University Press, 1985), p. 33; William E. Cain 在 *The Crisis in Criticism: Theory, Literature, and Reform in English Studies* (Baltimore: Johns Hopkins University Press, 1984) 中有类似的分析。

3　Terry Eagleton, *Literary Theory: An Introduction* (Minneapolis: University of Minnesota Press, 1983), p. 213.

4　关于大学之逻各斯中心主义的指控，见 Jacques Derrida, "Living on/Border Lines", trans. James Hulbert, in *Deconstruction and Criticism* (New York: Seabury Press, 1979), pp. 94—95。其他对学院文学研究的后结构主义批判有：Derrida, "The Principle of Reason: The University in the Eyes of Its Pupils", trans. Catherine Porter and Edward P. Morris, *Diacritics* (Fall 1983): 3—20; the special issue of *Yale French Studies* entitled "The Pedagogical Imperative", ed. Barbara Johnson, 63 (1982); William V. Spanos, "The Apollonian Investment of Modern Humanist Education: The Examples of Matthew Arnold, Irving Babbit, and I. A. Richards" (part 1) *Cultural Critique* 1, no. 1 (Fall 1985): 7—72; Paul A. Bové, *Intellectuals in Power: A Genealogy of Critical Humanism* (New Haven: Yale University Press, 1986)。 263

5　Jane Tompkins, *Sensational Designs: The Cultural Work of American Fiction, 1790—1860* (New York: Oxford University Press, 1985), p. 199.

第二章

1　William Charvat, *The Origins of American Critical Thought: 1810—1835* (Philadelphia: University of Pennsylvania Press, 1936), p. 23.

2　奥利弗·马西主席，转引自 Harold F. Williamson and Payson S. Wild, *Northwestern University: A History, 1850—1975* (Evanston, Ill.: Northwestern University Press, 1976), p. 55。

3　Charles Williams Eliot, *A Turning Point in Higher Education* (Cambridge: Harvard University Press, 1969), pp. 14—15.

4　Noah Porter, "The Ideal Scholar", in *The Philips Exeter Lectures, 1885—1886* (Boston: Houghton, Mifflin, 1887), p. 170.

5　Laurence R. Veysey, *The Emergence of the American University* (Chicago: University of Chicago Press, 1965), p. 188.

6　卡尔·贝克尔，转引自 Morris Bishop, *A History of Cornell* (Ithaca: Cornell University Press, 1962), p. 37。

7　Ernest Earnest, *Academic Procession: An Informal History of the American College, 1636—1953* (New York: Bobbs, Merrill, 1953), pp. 127—128.

8　Frederick Rudolph, *Curriculum: A History of the American Undergraduate Course of Study since 1636* (San Francisco: Jossey-Bass, 1977), p. 90.

9　Edmund Wilson, *The Triple Thinkers: Twelve Essays on Literary Subjects* (New

York: McGraw-Hill, 1948), p. 162.

10 Richard Hofstadter and Walter P. Metzger, *The Development of Academic Freedom in the United States* (New York: Columbia University Press, 1955), p. 226.

11 Francis Wayland, *Thoughts on the Present College System in the United States* (Boston: Gould, Kendall and Lincoln, 1842), pp. 153—154.

12 Wayland, p. 41.

13 Noah Porter, *The American Colleges and the American Public* (New Haven, Conn.: Charles C. Chatfield, 1870), p. 180.

14 William T. Foster, *Administration of the College Curriculum* (Boston: Houghton Mifflin, 1911), pp. 108—109.

264　15 Wayland, *Thoughts on the Present College System*, p. 90.

16 John W. Burgess, *Reminiscences of an American Scholar* (New York: Columbia University Press, 1934), p. 58.

17 Burgess, p. 180.

18 Earnest, *Academic Procession*, p. 207.

19 Hofstadter and Metzger, *Development of Academic Freedom*, pp. 235—236.

20 Thomas S. Harding, *College Literary Societies: Their Contribution to Higher Education in the United States, 1815—1876* (New York: Pageant Press International, 1971), p. 32; 另见 Frederick Rudolph, *The American College and University* (New York: Alfred Knopf, 1962), pp. 164—167。

21 Veysey, *Emergence of the American University*, p. 48; 另见 Hofstadter and Metzger, *Development of Academic Freedom*, pp. 209—274。

22 Andrew D. White, in Edward E. Hale, ed., *The How I Was Educated Papers* (New York: D. Appleton, 1896), p. 111.

23 Bishop, *History of Cornell*, p. 82.

24 Wayland, *Thoughts on the Present College System*, p. 136.

25 Wayland, pp. 69—73.

26 William Riley Parker, "Where Do English Departments Come From?" *College English* 28, no. 5 (February 1967): 345.

27 Williamson and Wild, *Northwestern University*, p. 103.

28 Douglas MacMillan, *English at Chapel Hill: 1795—1969* (Chapel Hill: Department of English, University of North Carolina, n.d.), pp. 53—54.

29 Burgess, Reminiscences, p. 170; 对比布兰德·马修斯，查尔斯·穆雷·奈恩对这位教授有类似的回忆，见 *These Many Years: Recollections of a New Yorker* (New York: Charles Scribner's Sons, 1919), pp. 109—110。

30 Wayland, *Thoughts on the Present College System*, p. 145.

31 Kermit Vanderbilt, *Charles Eliot Norton: Apostle of Culture in a Democracy* (Cambridge: Harvard University Press, 1959), p. 26.

32 Earnest, *Academic Procession*, pp. 102—104. 关于早期学院中的不规矩行为和暴力，见 Burton J. Bledstein, *The Culture of Professionalism: The Middle Class and the Development of Higher Education in America* (New York: W. W. Norton, 1976), pp. 228—236; 又见 Edwin E. Slosson, *Great American Universities* (New York: Macmillan, 1910), p. 492。在1882年，一位西北大学的本科生写道，兄弟会的社团大会"不宣称对提高文学修养有任何作用，而是狂欢和消遣的场所，时不时夹杂着鸡尾酒带来的振奋"，见 Williamson and Wild, *Northwestern University*, p. 60。

33 Andrew D. White, *Autobiography* (New York: Century, 1905), 1: 19.

34 MacMillan, English at Chapel Hill, p. 4.

35 Lyman Bagg ["A Graduate of '69'"], *Four Years at Yale* (New Haven: Charles C. Chatfield, 1871), p. 657.

36 Bagg, p. 650.

37 Bagg, p. 702.

38 Bagg, p. 697.

39 Veysey, "Stability and Experiment in the American Undergraduate Curriculum", in *Content and Context: Essays on College Education*, Carnegie Commission on Higher Education Report (New York: McGraw-Hill, 1973), p. 2.

40 Oliver Farrar Emerson, 转引自 Ira Remsen, "The American Scholar and the Modern Languages", *PMLA* 24, no.4, appendix (1909): lxxvii—lxxix。

41 Emerson, xc.

42 Bishop, *History of Cornell*, p. 108.

43 见 Burgess, *Reminiscences*, p. 175。

44 Bishop, *History of Cornell*, p. 108.

45 见 Burgess, *Reminiscences*, p. 175。

46 Rudolph, *Curriculum*, p. 69.

47 Porter, "Ideal Scholar", pp. 157—158; 强调为原文所加。

48 Porter, *American Colleges and the American Public*, p. 181.

49 Porter, pp. 191—192.

50 James Morgan Hart, *German Universities: A Narrative of Personal Experience* (New York: G. P. Putnam's Sons, 1874), p. 45.

51 Abraham Flexner, *Daniel Coit Gilman: Creator of the American Type of University* (New York: Harcourt, Brace, 1946), pp. 61 ff.

52 Timothy Dwight, *Memories of Yale Life and Men, 1845—1899* (New York: Dodd, Mead, 1903), p. 62.

53 Porter, *American Colleges and the American Public*, p. 139.

54 Fred Lewis Pattee, "The Old Professor of English: An Autopsy", in *Tradition and Jazz* (New York: Century, 1925), pp. 202—203.

55 Francis A. March, "Recollections of Language Teaching" (summary of talk), *PMLA*

7, no.2（1893）：xix.

56 Fred Lewis Pattee, *Penn State Yankee* (State College: Pennsylvania State University Press, 1953), pp. 84—85.

57 William Lyon Phelps, *Autobiography with Letters* (New York: Oxford University Press, 1939), pp. 136—137.

58 G. W. F. Hegel, "On Classical Studies", excerpted in *German Aesthetics and Literary Criticism: Kant, Fichte, Schelling, Schopenhauer, Hegel*, ed. David Simpson (New York: Cambridge University Press, 1984), pp. 202—204.

59 Hegel, p. 204；强调为原文所加。

60 Hans Aarsleff, *From Locke to Saussure: Essays on the Study of Language and Intellectual History* (Minnesota: University of Minnesota Press, 1982), pp. 36—39.

61 Hegel, "On Classical Studies", p. 205. 尼采在对语文学的可能性的期待与对其实际成就的失望，在这一点上十分类似："［尼采写道］语文学领域缺乏伟大的思想，因此，对语文学的研究也缺乏动力。在该领域工作的人们已变成了工厂工人——他们缺乏对整体的感知。"转引自 Hendrik Birus 的未发表的论文。

62 Charles Francis Adams, Jr., *A College Fetich* (Boston: Lea and Shepherd, 1884), pp. 20—21.

63 转引自 Rudolph, *Curriculum*, p. 71。

64 Bagg, *Four years at Yale*, p. 696.

65 E. H. Babbitt, "How to Use Modern Languages as a Means of Mental Discipline", *PMLA* 6, no. 1 (1891): 53.

66 Porter, 转引自 Veysey, *Emergence of the American University*, p. 24。

67 Edward E. Hale, in Hale, ed., *How I Was Educated Papers*, p. 7.

68 James B. Angell, in Hale, *How I Was Educated Papers*, p. 96.

69 White, *Autobiography*, 1: 362.

70 Charles Francis Adams, *An Autobiography* (Boston: Houghton Mifflin, 1916), p. 26.

71 Bagg, *Four Years at Yale*, pp. 550—552.

72 Vanderbilt, *Charles Eliot Norton*, p. 26.

73 Angell, in Hale, *How I Was Educated Papers*, p. 100.

74 Wayland, *Thoughts on the Present College System*, p. 83.

75 Porter, *American Colleges*, p. 127.

76 Porter, p. 139.

77 White, in Hale, *How I Was Educated Papers*, p. 111.

78 Porter, "Ideal Scholar", p. 158.

79 Rudolph, *Curriculum*, pp. 89—90.

80 Phelps, *Autobiography*, p. 137.

81 Adams, *College Fetich*, p. 21.

82 Adams, p. 17.

83　Adams，p. 8.

84　Adams，p. 16.

85　Adams，p. 19.

86　Adams，p. 12.

87　Richard Hofstadter, *Anti-intellectualism in American Life*（New York：Alfred Knopf，1963），pp. 400—401；另见Hofstadter, *The Age of Reform: From Bryan to F. D. R.*（New York：Alfred A. Knopf, 1955），pp. 135 ff.；以及Martin Green, *The Problem of Boston: Some Readings in Cultural History*（New York：W. W. Norton, 1966）。

88　在本书付印后，我读到了麦伦·图门的文章，"From Astor Place to Kenyon Road: The NCTE and the Origins of English Studies"，*College English* 48，no. 4（April 1986）：339—349。图门称，对写作的修辞式理解以及"浪漫主义诗学"的影响在学院里的式微，在1819年爱德华·钱宁就任哈佛的博尔斯顿教授时就已经很明显了。如果图门的说法是对的，那么我在本章和下一章中的论点就需要修正。

第三章

1　转引自Rudolph，*Curriculum*，p. 72。

2　T. R. Lounsbury，转引自"Extra Session"，*PMLA* 11，no. 4（1896）：x。

3　March，"Recollections of Language Teaching"，p. xx.

4　John F. Genung, in William Morton Payne, ed., *English in American Universities*（Boston：D. C. Heath，1895），p. 110.

5　Ann Douglas, *The Feminization of American Culture*（New York：Alfred Knopf，1977），p. 67.

6　Earnest, *Academic Procession*，p. 194.

7　Rudolph, *American College and University*，pp. 317—318.

8　转引自Albert H. Tolman in Payne, *English in American Universities*，p. 89。

9　March，"Recollections of Language Teaching"，p. xx.

10　March，in Payne, *English in American Universities*，p. 76.

11　Arthur N. Applebee, *Tradition and Reform in the Teaching of English: A History*（Urbana, Ill.：National Council of Teachers of English, 1974），p. 40, n. 23. 关于马奇和其他美国学者的先驱人物如乔治·马士、乔治·提克诺尔、弗朗西斯·詹姆斯·柴尔德，见Phyllis Franklin, "English Studies: The World of Scholarship in 1883"，*PMLA* 99，no. 3（May 1984）：356—370。

12　March，"Recollections of Language Teaching"，p. xx.

13　March，p. xx.

14　March, *Method of Philological Study of the English Language*（New York：Harper and Brothers，1879），p. 8.

15　Brander Matthews, *These Many Years*，p. 108. 马修斯在这里提到的教科书指的是托马斯·肖的 *A Complete Manual of English Literature*（New York：Sheldon，1873）。

16 Charles D. Cleveland, *A Compendium of English Literature* (Philadelphia: E. C. and J. Biddle, 1857), p. 765.

17 Applebee, *Tradition and Reform*, p. 34.

18 Horace E. Scudder, *James Russel Lowell: A Biography* (Boston: Houghton, Mifflin, 1901), 1: 395; 关于洛威尔的教学，另见巴雷特·温德尔的回忆文章，"Mr. Lowell as a Teacher", in *Stelligeri and Other Essays concerning America* (New York: Charles Scribner's Sons, 1893), pp. 203—217。

19 Scudder, p. 398.

20 Scudder, pp. 393—394.

21 Henry James, *Charles W. Eliot* (Boston: Houghton Mifflin, 1930), 2: 14—15.

22 Charles H. Grandgent, "The Modern Languages: 1869—1929", in *The Development of Harvard University*, ed. Samuel Eliot Morison (Cambridge: Harvard University Press, 1930), p. 66.

23 Hugh Blair, *Lectures on Rhetoric and Belles Lettres* (Philadelphia: Hayes and Zell, 1854), p. 394. 关于布莱尔在19世纪"作为用文学教授写作的典范"的重要性，见 James A. Berlin, *Writing Instruction in Nineteenth Century American Colleges* (Carbondale: Southern Illinois University Press, 1984), pp. 25—28。

24 Blair, p. 421.

25 Blair, p. 378.

26 Blair, p. 15.

27 Blair, p. 421.

28 Blair, p. 422.

29 Editor's Note, Blair, p. 4.

30 Walter P. Rogers, *Andrew D. White and the Modern University* (Ithaca: Cornell University Press, 1942), p. 31.

31 Hiram Corson, *The Voice and Spiritual Education* (New York: Macmillan, 1896), p. 22.

32 White, in Hale, *How I Was Educated Papers*, p. 105.

33 Bagg, *Four Years at Yale*, pp. 559—562.

34 Bagg, pp. 567—568.

35 Bagg, p. 615.

36 Bagg, pp. 608—609.

37 Applebee, *Tradition and Reform*, p. 30.

38 Earnest, *Academic Procession*, p. 87.

39 Thomas S. Harding, *College Literary Societies*, pp. 8—9; 另见 Ernest Samuels, *The Young Henry Adams* (Cambridge: Belknap Press, 1967), p. 36。

40 Rudolph, *Curriculum*, p. 96.

41 Rudolph, *American College and University*, p. 143.

42 Earnest, *Academic Procession*, p. 94.

269

43 Bishop, *History of Cornell*, pp. 138—139.

44 Earnest, *Academic Procession*, pp. 96—97.

45 White, *Autobiography*, 1: 268—269.

46 Bliss Perry, *And Gladly Teach* (Boston: Houghton Mifflin, 1935), p. 79.

47 Earnest, *Academic Procession*, pp. 92—95.

48 Bledstein, pp. 250—251.

49 Angell, in *Hale, How I Was Educated Papers*, p. 102.

50 Perry, *And Gladly Teach*, pp. 48—49.

51 Lynn Miller Rein, Northwestern University School of Speech: A History (Evanston, Ill.: Northwestern University Press, 1981), p. 1.

52 Bagg, *Four Years at Yale*, p. 619.

53 Grandgent, "Modern Languages", p. 75.

54 Rein, *Northwestern University School of Speech*, p. 1.

55 Adams, *College Fetich*, p. 11.

56 Bishop, *History of Cornell*, p. 115.

57 Bishop, p. 116.

58 White, *Autobiography*, 1: 429.

59 Hiram Corson, *The Aims of Literary Study* (New York: Macmillan, 1895), pp. 42—44.

60 Corson, Voice and Spiritual Education, p. 6.

61 Corson, p. 107.

62 Corson, p. 23.

63 Corson, p. 53.

64 Bishop, *History of Cornell*, pp. 117—118.

65 Rein, *Northwestern University School of Speech*, pp. 8—22.

第四章

1 Stanley Fish, "Profession Despise Thyself: Fear and Self-Loathing in Literary Studies", *Critical Inquiry* 10, no. 2 (1984): 349—364.

2 Applebee, *Tradition and Reform*, p. 28.

3 Flexner, *Daniel Coit Gilman*, p. 54.

4 Flexner, p. 9.

5 Daniel Coit Gilman, "Fundamental Principles", in *The Launching of a University, and Other Papers* (New York: Dodd, Mead, 1906), p. 41.

6 Flexner, pp. 63—64.

7 Gilman, in Richard Hofstadter and Wilson Smith, *American Higher Education: A Documentary History* (Chicago: University of Chicago Press, 1961), 2: 646.   270

8 Flexner, *Daniel Coit Gilman*, pp. 50, 55—56.

9 Eliot, 转引自 Flexner, pp. 108—109。

10 Henry Wade Rogers，转引自 William Albert Locy in Arthur Herbert Wilde, ed., *Northwestern University: A History: 1855—1905* (Evanston, Ill.: Northwestern University, 1905)，1：343。

11 Bishop, *History of Cornell*, p. 239.

12 Parker, "Where Do English Departments Come From?" p. 348.

13 Flexner, *Daniel Coit Gilman*, pp. 89—90.

14 René Wellek, "American Literary Scholarship", in *Concepts of Criticism* (New Haven: Yale University Press, 1963)，p. 299；最初发表时题为 "Literary Scholarship", in Merle Curti, ed., *American Scholarship in the Twentieth Century* (Cambridge: Harvard University Press, 1953)。

15 Pattee, "Old Professor of English", p. 185.

16 Grandgent, "Modern Languages", p. 99.

17 Veysey, "Stability and Experiment in the American Undergraduate Curriculum", p. 36. 维斯称，到1910年，院系专业已经基本被广泛采用。

18 Earnest, *Academic Procession*, p. 310.

19 Veysey, *Emergence of the American University*, p. 311.

20 Veysey, p. 258.

21 Veysey, p. 315.

22 Veysey, p. 311.

23 Veysey, p. 308.

24 Veysey, pp. 337—338.

25 Rudolph, *Curriculum*, p. 117.

26 Bledstein, *Culture of Professionalism*, p. 327.

27 关于巴特勒，见 Horace Coon, *Columbia: Colosus on the Hudson* (E. P. Dutton, 1947)，pp. 93—133；另见 Hofstadter and Metzger, *Development of Academic Freedom*, pp. 468—506；关于校园中的压迫富有启发性的记载，见 James Wechsler, *Revolt on the Campus* (New York: Covici Friede, 1935)。

28 Hofstadter and Metzger, *Development of Academic Freedom*, pp. 468—506.

29 Thorstein Veblen, *The Higher Learning in America: A Memorandum on the Conduct of Universities by Businessmen* (New York: Hill and Wang, 1975; first published 1918)，p. 7.

30 T. Atkins Jenkins, "Scholarship and Public Spirit", PMLA 24, no. 4, appendix (1914): cv.

31 Ludwig Lewisohn, *Up Stream: An American Chronicle* (New York: Boni and Liveright, 1922)，p. 125. 路易逊于1910年在威斯康星大学的德语系获得教职，1911年去了俄亥俄州立大学，1919年离开大学去《国家》杂志工作。

32 George Santayana, *Character and Opinion in the United States* (New York: Norton Library, 1967; first published 1921)，pp. 142—145.

271

33　Santayana, p. 144.

34　James McCosh, *The New Departure in American Education: Being a Reply to President Eliot's Defense of It in New York, Feb. 24 1885* (New York: Charles Scribner's Sons, 1885), p. 22.

35　James Morgan Hart, *German Universities*, p. 264.

36　Hart, p. 268.

37　Porter, *American Colleges and the American Public*, pp. 129—130.

38　Hart, *German Universities*, p. 43.

39　Hart, pp. 260—261.

40　Fred M. Fling, "The German Historical Seminar", *Academy* 4, no. 3 (April 1889): 219; 另见 Felix Schelling, "The Unscientific Method", *Academy* 4, no. 9 (December 1899): 594—601。

41　Mattoon M. Curtis, "The Present Condition of German Universities", *Educational Review* 2 (June 1981): 39.

42　Hart, *German Universities*, p. 260.

43　G. Stanley Hall in Hofstadter and Smith, *American Higher Education*, pp. 649—650.

44　Bledstein, *Culture of Professionalism*, p. 87.

45　Bledstein, p. 88.

46　Bledstein, p. 90.

47　Richard Ohmann, "Reading and Writing, Work and Leisure", 未发表的论文。

第五章

1　Grandgent, "Modern Languages", p. 73.

2　Jo McMurtry, *English Language, English Literature: The Creation of an Academic Discipline* (Hamden, Conn.: Archon Books, 1985), p. 78.

3　Robert Morss Lovett, *All Our Years* (New York: Viking Press, 1948), p. 37.

4　J. Donald Adams, *Copey of Harvard: A Biography of Charles Townsend Copeland* (Boston: Houghton Mifflin, 1960), pp. 227—228.

5　Wellek, "American Literary Scholarship", p. 304; 另见 Applebee, *Tradition and Reform*, p. 41, n. 27。

6　Lovett, *All Our Years*, p. 32.

7　Grandgent, "Modern Languages", p. 69.

8　关于这个时期哈佛写作课程的大致情况, 我找到的最详尽的资料是 Adams, Copey of *Harvard*; Walter Rollo Brown, *Dean Briggs* (New York: Harper and Brothers, 1926), pp. 49—94; Paul Cohen, "Barrett Wendell: A Study of Harvard Culture" (Ph. D. diss., Northwestern University, 1974)。

9　Richard Ohmann, *English in America*, pp. 245—246. 欧曼的材料来自 Donald J. Gray et al., *The Department of English at Indiana University Bloomington: 1869—1970*

272

(Bloomington: Indiana University, n.d.)。

10 Applebee, *Tradition and Reform*, p. 28.

11 H. C. G. Brandt, "How Far Should Our Teaching and Text-books Have a Scientific Basis?" *PMLA* 1 (1884—1885): 57—60.

12 转引自 William Riley Parker, "The MLA, 1883—1953", *PMLA* 68, no. 4, part 2 (September 1953): 21。

13 Theodore H. Hunt, "The Place of English in the College Curriculum", *PMLA* 1 (1884—1885): 126. 这篇重要的文章在以下作品中得到了讨论: Michael Warner, "Professionalization and the Rewards of Literature: 1875—1900", *Criticism* 27 (Winter 1985): 4 ff.; Wallace Douglas, "Accidental Institution: On the Origins of Modern Language Study", in *Criticism in the University*, ed. Gerald Graff and Reginald Gibbons (Evanston, Ill.: Northwestern University Press, 1985), pp. 41 ff.。见本书边码, 77—78。

14 Warner, "Professionalization and the Rewards of Literature", pp. 2—4.

15 转引自 Warner, p. 25, n. 8。

16 Wellek, "American Literary Scholarship", p. 299.

17 Wellek, p. 298.

18 Applebee, *Tradition and Reform*, p. 25.

19 Albert S. Cook, "The Province of English Philology", PMLA 13 (1898): 200.

20 Richard Macksey, ed., *Velocities of Change: Critical Essays from MLN* (Baltimore: John Hopkins University Press, 1974), pp. xviii—xx.

21 August Boeckh, 转引自 Macksey, p. xix。

22 McMurtry, English Language, *English Literature*, p. 150.

23 Friedrich Max Müller, *Three Lecture on the Science of Language* (Chicago: Open Court, 1895), pp. 53, 55.

24 Max Müller, *My Autobiography: A Fragment* (New York: Charles Scribner's Sons, 1901), p. 104. 缪勒将德国的反犹主义"解释"为对犹太人购买职称和赚钱的情有可原的反应 (pp. 69—70); 他为"控制得当"的"帝国统治"辩护 (*Three Lectures on the Science of Language*, p. 55)。关于"雅利安假说", 见 Issac Taylor 的批判性记述, *The Origins of the Aryans: An Account of the Prehistoric Ethnology and Civilization of Europe* (New York: Humboldt, 1889)。

25 Hans Aarsleff, *The Study of Language in England: 1780—1860* (Minneapolis, University of Minnesota Press, 1983), p. 195.

26 Frederic E. Faverty, *Matthew Arnold the Ethnologist*, Northwestern University Studies no. 27 (Evanston, Ill.: Northwestern University Press, 1951); 另见 Michael S. Helfand and Philip E. Smith II, "Anarchy and Culture: The Evolutionary Turn of Cultural Criticism in the Work of Oscar Wilde", *Texas Studies in Literature and Language* 20, no. 2 (Summer 1978): 200; David Lloyd, "Arnold, Ferguson,

273

Schiller: Aesthetic Culture and the Politics of Aesthetics", *Cultural Critique* 1, no. 2 (Winter 1985): 137—169。

27 Hippolyte Taine, *History of English Literature*, trans. H. Van Luan (London: Chatto and Windus, 1897; first published 1863), 1: 2.

28 Taine, 1: 7.

29 Taine, 1: 34.

30 John W. Burgess, 转引自 Hofstadter, *Social Darwinism in American Thought*, rev. ed. (Boston: Beacon Press, 1955), p. 175; 伯吉斯"将条顿民族指定……为现代政治文明的传播者"(Reminiscences, p. 248)。

31 Theodore Roosevelt, 转引自 Alan Trachtenberg, *The Incorporation of America: Culture and Society in the Gilded Age* (New York: Hill and Wang, 1982), p. 13; 伯吉斯对罗斯福在哥伦比亚的学生时代的回忆出现在伯吉斯的 *Reminiscences*, pp. 211—214。

32 Brander Matthews, *An Introduction to the Study of American Literature*, rev. ed. (New York: American Book Company, 1896), pp. 10—11; 又见马修斯在1910年现代语言协会年会上的主席致辞,《文学史的经济学阐释》(*The Economic Interpretation of Literary History*),为"泰纳振奋人心的著作"辩护,称其在那种将文学发展理解为"传记批评按时间顺序排列的集合,仅仅偶尔考虑到作为一个整体的文学的运动"的"有缺陷"的认识之外提供了另一种可能(*PMLA* 26, appendix, 1911: lxi)。

33 Paul Lauter, "Race and Gender in the Shaping of the American Literary Canon: A Case Study from the Twenties", *Feminist Studies* 9, no. 3 (Fall 1983): 442.

34 John Churton Collins, *The Study of English Literature: A Plea for Its Recognition and Reorganization at the Universities* (London and New York: Macmillan, 1891), pp. 11—12.

35 Albert H. Smyth, "American Literature in the Classroom", *PMLA* 3 (1887): 239.   274

36 Adams, *College Fetich*, pp. 18—19.

37 Brandt, "How Far Should Our Teaching and Textbooks Have a Scientific Basis?" p. 61.

38 Porter, *American Colleges and the American Public*, pp. 81—82; 波特为现代"对文学的阐释和判断"的实践辩护,见他的文章"The New Criticism", *New Englander* 29, no. 111 (April 1870): 295—316。

39 Brandt, "How Far Should Our Teaching and Text-books Have a Scientific Basis?" pp. 61—62.

40 March, "Recollections of Language Teaching", p. xxi.

41 Norman Foerster, "The Study of Letters", in *Literary Scholarship: Its Aims and Methods*, ed. Norman Foerster et al. (Chapel Hill: University of North Carolina Press, 1941), pp. 11—12.

42 Wellek, "American Literary Scholarship", 300; 亦见韦勒克的文章 "The Concept

of Evolution in Literary History", in *Concepts of Criticism*, pp. 37—53。

43 这样的结论在我看来暗含在史蒂芬·特纳那篇材料丰富的文章中，见"The Prussian Universities and the Concept of Research", *Internationales Archiv für Sozialgeschichte der Deutschen Literatur* 5 (1980): 68—93。

44 Wellek,"American Literary Scholarship", p. 301.

45 Taine, *History of English Literature*, 1: 25.

46 Edmund Wilson, *To the Finland Station: A Study in the Writing and Acting of History* (New York: Doubleday, 1940), pp. 51—52.

47 W. W. Skeat, 转引自 McMurty, *English Language, English Literature*, p. 151。

48 Taine, *History of English Literature*, 1: 4.

49 Jefferson Fletcher,"Our Opportunity", *PMLA* 31, no. 4, appendix (1916): li.

50 MacMillan, *English at Chapel Hill*, p. 17.

51 C. Alphonso Smith,"Interpretive Syntax", *PMLA* 15, no. 1 (1900): 97—101.

52 Smith, pp. 101—102.

53 Warner,"Professionalization and the Rewards of Literature", p. 4.

54 Morton W. Easton, "The Rhetorical Tendency in Undergraduate Courses", *PMLA* 4, no. 1 (1889): 20—21.

275

55 E. H. Magill,"Remarks upon the Work of the Pedagogical Section", *PMLA* 8, no. 4, appendix (1893): li—lii.

56 Hunt,"Place of English in the College Curriculum", p. 125.

57 Hunt, p. 127.

58 Theodore H. Hunt, *Studies in Literature and Style* (New York: A. C. Armstrong, 1891), p. 19.

59 Warner,"Professionalization and the Rewards of Literature", p. 2.

60 Warner, p. 17.

61 Albert S. Cook, *The Higher Study of English* (Boston: Houghton, Mifflin, 1906), p. 117.

62 Cook, "The Province of English Philology", *Presidential Address*, *PMLA* 13, no. 1 (1898): 203—204; reprinted in Cook, *Higher Study of English*.

63 Henry Seidel Canby, *Alma Mater: The Gothic Age of the American College* (New York: Farrar and Rinehart, 1936), p. 182.

64 Albert S. Cook, *The Artistic Ordering of Life* (Ithaca: Cornell University Press, 1957), p. 13; 库克的演讲做于 1898 年。

65 Canby, *Alma Mater*, p. 184.

66 Cook,"Province of English Philology", p. 200.

67 Cook, p. 200.

68 华莱士·道格拉斯在《意外的机构》("Accidental Institution", pp. 35—61) 中通过对早期材料的细致分析阐述了这一观点。

69 Wellek,"American Literary Scholarship", p. 300.

第六章

1 见本书边码,56。

2 Lionel Trilling, "Some Notes for an Autobiographical Lecture", in *The Last Decade: Essays and Reviews, 1965—1975* (New York: Harcourt Brace Jovanovich, 1979), p. 233.

3 Norton,转引自 Alan Trachtenberg, *The Incorporation of America*, p. 155。

4 Lovett, *All Our Years*, p. 38.

5 Vanderbilt, *Charles Eliot Norton*, p. 138.

6 Frank W. Noxon, "College Professors Who Are Men of Letters", *Critic 42*, no. 1 (January 1903): 126.

7 Barrett Wendell, *A Literary History of America* (New York: Charles Scribner's Sons, 1900), p. 356.

8 Wendell, p. 342; 在 *The Privileged Classes* (New York: Charles Scribner's Sons, 1908) 一书中,温德尔称民主社会里称得上特权阶级的是工人阶级。 276

9 James Russel Lowell, "Address", *PMLA 5*, no. 1 (1890): 157.

10 "Hiram Corson", *Dictionary of American Biography* (New York: Charles Scribner's Sons, 1930), 4: 454.

11 Henry Van Dyke, *Essays in Application* (New York: Charles Scribner's Sons, 1913), p. 57.

12 Trachtenberg, *Incorporation of America*, p. 155.

13 Van Dyke, *The Van Dyke Book: Selected from the Writings of Henry Van Dyke*, ed. Edwin Mims (New York: Charles Scribner's Sons, 1921), p. 181.

14 Adams, *Copey of Harvard*, p. 144.

15 George Santayana, *The Middle Span* (New York: Charles Scribner's Sons, 1945), 2: 177.

16 Vida Duton Scudder, *On Journey* (New York: E. P. Dutton, 1937), pp. 127 ff. 斯库德以自己的课堂讲义为基础出版的书籍题为 *Social Ideals in English Letters* (Chautauqua, N. Y.: Chautauqua Press, 1898)。

17 Trilling, "Notes for an Autobiographical Lecture", p. 233.

18 John Henry Raleigh, *Matthew Arnold and American Culture* (Berkeley: University of California Press, 1957), p. 174.

19 Van Dyke, *The Spirit of America* (New York: Macmillan, 1922), p. 227.

20 Scudder, *On Journey*, p. 114.

21 John Erskine, *The Memory of Certain Persons* (Philadelphia: J. B. Lippincott, 1947), p. 164.

22 Erskine, *My Life as a Teacher* (Philadelphia: J. B. Lippincott, 1948), p. 171.

23 Bliss Perry, *The Amateur Spirit* (Boston: Houghton, Mifflin, 1904), p. 31.

24 Erskine, *My Life as a Teacher*, pp. 24—25.

25 Woodrow Wilson, "Mere Literature", in *The Papers of Woodrow Wilson*, ed. Arthur S. Link (Princeton: Princeton University Press, 1970), 8: 244.

26 这一说法来自弗莱德·路易斯·帕蒂；见本书边码，110。

27 Edwin Mims, Introduction, *Van Dyke Book*, pp. xvii—xix.

28 Warner, "Professionalization and the Rewards of Literature", pp. 22—23.

29 Irving Babbitt, *Literature and the American College: Essays in Defense of the Humanities* (Boston: Houghton, Mifflin, 1908), p. 130.

30 Babbitt, p. 119.

277 31 Wellek, "American Literary Scholarship", p. 304.

32 Warner, "Professionalization and the Rewards of Literature", p. 17.

33 Babbit, *Literature and the American College*, p. 131.

34 Babbit, *letter to William Roscoe Thayer*, 转引自 Arthur Dakin, *Paul Elmer More* (Princeton: Princeton University Press, 1960), p. 113。

35 Erskine, *My Life as a Teacher*, p. 112.

36 Wilson, "Mere Literature", p. 252.

37 Lowell, "Address", p. 36.

38 见本书边码，30。

39 Erskine, "The Moral Obligation to Be Intelligent", in *The Moral Obligation to Be Intelligent and Other Essays* (New York: Duffield, 1915), p. 15.

40 Babbit, *Literature and the American College*, p. 181.

41 Lowell, "Address", p. 21.

42 Lowell, p. 19.

43 Franklin Carter, "The Study of Modern Languages in Our Higher Institutions", *PMLA* 2 (1886): 14—15.

44 Carter, pp. 12—13.

45 Lowell, "Address", p. 21.

46 Thomas Henry Huxley, 转引自 Flexner, *Daniel Coit Gilman*, p. 86, n. 71。

47 Felix E. Schelling, "The American Professor", *PMLA* 30 no. 4, appendix (1915): lxviii.

48 Harry Gideonse, "Inaugural Address", *Bulletin of the Association of American Colleges* 25, no. 4 (December 1939): 494.

49 John K. Winkler, *Woodrow Wilson: The Man Who Lives On* (New York: Vanguard Press, 1933), p. 85.

50 Winkler, p. 84.

51 Winkler, p. 97.

52 The Morrill Act, in Hofstadter and Smith, *American Higher Education*, p. 568.

53 Pattee, *Penn State Yankee*, pp. 156—167.

54 Magali Sarfatti Larson, *The Rise of Professionalism: A Sociological Analysis*

（Berkeley：University of California Press，1977），p. 152.

55 Erskine，*Memory of Certain Persons*，p. 151.

56 Randolph Bourne，"The Professor"，in *The History of a Literary Radical and Other Essays*，ed. Van Wyck Brooks（New York：B. W. Heubsch，1920），p. 94.

278

57 Bourne，"Professor"，p. 97.

58 Bourne；见本书边码，108。

59 Calvin Thomas，"Literature and Personliaty"，*PMLA* 12，no. 3（1897）：301；类似的评论见1899年阿尔方索·史密斯："援引那些关于语文学的漂亮定义是徒劳无益的；这种疏远存在于实践当中，它确实地损害着文学研究者以及语法研究者。由于缺乏语言研究的扎实基础，文学批评已失去了其权威性，变得造作而随意；而由于离开了文学的生命力，语法研究的方法已变得机械化，其成果则变得统计化。"（"Interpretive Syntax"，p. 97）

60 Babbit，*Literature and the American College*，p. 130.

61 Jefferson Fletcher，"Our Opportunity"，p. xliii.

62 Fletcher，p. xl.

63 Fletcher，pp. xliii—xliv. 关于英语博士口试同样有趣的、更站在研究生角度的描绘，见乔治·斯图尔特的小说 *Doctor's Oral*（New York：Random House，1939）。

第七章

1 见本书边码，74。

2 Applebee，*Tradition and Reform*，pp. 30—34.

3 Foster，*Administration of the College Curriculum*，p. 174.

4 Francis A. March，转引自 Payne，*English in American Universities*，p. 76。

5 James W. Bright，转引自 Payne，*English in American Universities*，p. 150。

6 George E. MacLean，转引自 Payne，*English in American Universities*，pp. 156—157。

7 Daniel Kilham Dodge，转引自 Payne，*English in American Universities*，p. 72。

8 Albert H. Tolman，转引自 Payne，*English in American Universities*，p. 89。

9 Hiram Corson，转引自 Payne，*English in American Universities*，p. 60。

10 Martin Wright Sampson，转引自 Payne，*English in American Universities*，p. 96。

11 Charles Mills Gayley，转引自 Payne，*English in American Universities*，pp. 107—108。

12 Sampson，转引自 Payne，*English in American Universities*，p. 97。

13 Dodge，转引自 Payne，*English in American Universities*，p. 71。

279

14 Katharine Lee Bates，转引自 Payne，*English in American Universities*，pp. 146—147。

15 关于当时芝加哥大学英语教学的大致原则，见 *Literary Criticism and Theory of Interpretation: Syllabus of a Course of Six Lectures*（New York：D. C. Heath，1893）。

16 Lovett，*All Our Years*，p. 92.

17 Gayley，转引自 Payne，*English in American Universities*，p. 104。

18 Gayley，p. 105.

19 Benjamin P. Kurtz, *Charles Mills Gayley* (Berkeley：University of California Press，1943)，pp. 98—101.

20 转引自 Kurtz, p. 122。

21 Gayley，转引自 Payne，*English in American Universities*，p. 109。

22 Frank Norris，"The 'English' Classes of the University of California"，in *The Literary Criticism of Frank Norris*, ed. Donald Pizer (Austin：University of Texas Press，1964)，pp. 6—8；first published in *Wave* 15 (28 November，1896).

23 Norris, p. 8.

24 关于诺里斯上哈佛英语课的记录，见 James D. Hart, *Frank Norris: A Novelist in the Making* (Cambridge：Harvard University Press，1970)，pp. 12—19。

25 Kurtz，*Charles Mills Gayley*，p. 152；见本书边码，129。

26 Alexander Hohlfield，"The Teaching of the History of a Foreign Literature"，*PMLA* 20, no. 4, appendix (1905)：xxxvi—xxxvii.

27 Hohlfield, p. xxxvii；关于霍菲尔德的重复评论，见"Light from Goethe on Our Problems"，*PMLA* 29, no. 4, appendix (1914)：lxxii ff.。

28 Frank Gaylord Hubbard，"The Chairman's Address"，*PMLA* 28, no. 4, appendix (1913)：lxxxi.

29 E. H. Magill；见本书边码，77。

30 Waitman Barbe，*Going to College* (New York：Hinds and Noble，1899)，pp. 20—21.

31 Earnest，*Academic Procession*，p. 204.

32 Bourne, *Youth and Life* (Boston：Houghton Mifflin，1913)，p. 318.

33 Owen Wister, *Philosophy Four: A Story of Harvard University* (New York：Macmillan，1903)，p. 36.

34 Wister, p. 93.

35 Wister, pp. 94—95.

36 Owen Johnson, *Stover at Yale* (New York：Frederick A. Stokes，1912)，p. 323.

37 Johnson, p. 325.

38 F. Scott Fitzgerald, *This Side of Paradise* (New York：Charles Scribner's Sons，1920)，pp. 38，40.

39 John Peale Bishop，"Princeton"，in *The Collected Essays of John Peale Bishop*, ed. Edmund Wilson (New York：Charles Scribner's Sons，1948)，pp. 394—395；毕晓普的文章最早发表在 1921 年 11 月号的 *The Smart Set* 上。

40 Earnest，*Academic Procession*，pp. 219—222.

41 Babbitt，*Literature and the American College*，pp. 118—119.

42 Pattee，"Old Professor of English"，p. 183.

43 同上。

44 Lewisohn，*Up Stream*，pp. 155—156.

45 Lewisohn，pp. 163—164.

280

46 Edwin E. Slosson, *Great American Universities* (New York: Macmillan, 1910), p. 162.

47 Bourne, "Medievalism in Our Colleges", in *The History of a Literary Radical and Other Papers* (New York: S. A. Russell, 1956), p. 157.

48 Bourne, pp. 156—157.

49 Oliver Farrar Emerson, "The American Scholar and the Modern Languages", *PMLA* 24, no. 4, appendix (1909): xcviii—cxix.

50 Perry, *And Gladly Teach*, pp. 244—246.

51 Hohlfield, "The Teaching of the History of a Foreign Literature", xxxi—xxxiii.

52 Hohlfield, p. xxxvii.

53 Stuart P. Sherman, "Professor Kittredge", in *Shaping Men and Women: Essays on Literature and Life* (New York: Doubleday, 1928), p. 81. 我对这篇文章的解读驳斥了舍尔曼的传记作者雅克布·蔡特林和荷马·伍德布里奇的观点，即舍尔曼对基特里奇的批评是出于一种崇拜和喜爱之情 (*Life and Letters of Stuart P. Sherman* [New York: Farrar and Rinehart, 1929], 1: 106)。舍尔曼不是一个绝对的"新人文主义者"。他从来没有认同过白璧德和摩尔对民主的怀疑，在其生涯的后期，他成了德莱塞的崇拜者。

54 Sherman, pp. 82—83.

55 Sherman, p. 40.

56 Pattee, *Penn State Yankee*, 268；关于这个时期学生的被动，见 Edwin Slosson, Great American Universities, p. 520。

57 Emerson, "American Scholar and the Modern Languages", p. xcviii.

58 Perry, *Amateur Spirit*, p. 29.

59 Perry, *And Gladly Teach*, p. 243.

60 Hohlfield, "Summary of Central Division Proceedings", *PMLA* 18, no. 1 (1903): cvi.

61 Hubbard, "Chairman's Address", p. ixxxv.

62 Perry, *And Gladly Teach*, p. 243.

63 Erskine, *My Life as a Teacher*, pp. 11—12.

64 Canby, *Alma Mater*, p. 157.

65 Canby, p. 183.

66 Pattee, "Old Professor of English", p. 183；见本书边码，107。

67 George Herbert Palmer, 转引自 Veysey, *Emergence of the American University*, p. 231；关于哈佛哲学系及其在这一时期的专业化情况，见 Bruce Kuklick, *The Rise of American Philosophy: Cambridge, Massachusetts, 1860—1930* (New Haven: Yale University Press, 1977)。

68 Palmer, 转引自 Veysey, pp. 232—233。

69 James Wilson Bright, "Concerning the Unwritten History of the Modern Language Association of America", *PMLA* 18, appendix 1 (1903): lxii.

70 James Taft Hatfield, "Scholarship and the Commonwealth", *PMLA* 17, no. 3

281

(1902)：391—394.

71 哈特菲尔德于1889年任西北大学德国语言文学系教授后，回应了当时埃文斯顿新闻界对西北大学教员"把自己的活动局限在极小的范围内"，以及对埃文斯顿的公民社会生活漠不关心的批评。他说，"西北大学是这座城市里少数可以弥补其缺陷的特色之一"，自然"比所谓'埃文斯顿社会'里的蛋奶糕、高杯酒和乒乓球对我们的社群更有价值"。他最后说，"我一直以来都相信，隔阂的来由并非大学的排外和自私，而是本地居民内部的某种粗鄙"（转引自 Williamson and Wild，*Northwestern University*，p. 103）。

72 Hatfield,"Scholarship and the Commonwealth",pp. 394—395.

73 Hatfield,"Scholarship and the Commonwealth",p. 395.

74 Hatfield,p. 408.

75 Grandgent,"The Dark Ages",*PMLA* 28,no. 4,appendix（1912）：li.

76 Grandgent,p. li.

77 Lewis Freeman Mott,"Disrespect for Language",*PMLA* 27,no. 4,appendix（1912）：liii—liv.

78 Mott,p. li.

79 Emerson,"American Scholar and the Modern Languages",p. xcvi.

80 Emerson,p. xcv.

81 Emerson,p. c.

82 Emerson,pp. xcv—c.

83 Grandgent,"Dark Ages",p. xlix.

84 Grandgent,p. lxvi.

85 Grandgent,p. l.

86 Grandgent,pp. liii—lv.

87 E. C. Armstrong,"Taking Council with Candide",*PMLA* 35,no. 4（1920）：xxxix.

88 Grandgent,"Dark Ages",p. lviii.

89 Armstrong,"Taking Council with Candide",p. xxxix.

90 Hubbard,"Chairman's Address",p. lxxxix.

91 T. Atkinson Jenkins,"Scholarship and Public Spirit",*PMLA* 29,no. 4,appendix（1914）：cii—ciii.

92 Jenkins,p.xxxix.

93 Armstrong,"Taking Council with Candide",p. xxxix.

94 Hubbard,p. lxxiii.

95 Hubbard,p. lxxxi.

96 Jenkins,p. ciii.

第八章

1 Parker,"MLA, 1883—1953",p. 32.

2　"Constitution of the Modern Language Association of America", *PMLA* 32, no. 4, appendix (1917)：ci. 1951年，美国现代语言协会章程再次修订，其目标是"促进现代语言及其文学的研习、**批评**和研究"（我加的强调）。"Constitution", *PMLA* 67, no. I (1952)：107.

3　William A. Nitze, "Horizons", *PMLA* 44, supplement (1930)：iv.

4　John P. Fruit, "A Plea for the Study of Literature from the Aesthetic Standpoint", *PMLA* 6, no. I (1891)：29.

5　Henry E. Shepherd, "Some Phases of Tennyson's *In Memoriam*", *PMLA* 6, no. I (1891)：41.

6　Shepherd, p. 44.

7　Martin Wright Sampson, in Payne, *English in American Universities*, pp. 94—97.

8　W. E. Mead, "The Graduate Study of Rhetoric", *PMLA* 16, no. 4 (1901)：xxi—xxii.

9　Phelps, *Autobiography with Letters*, pp. 297—298.

10　Phelps, p. 323.

11　Matthews, *These Many Years*, p. 393.

12　Albert H. Smyth, "American Literature in the Classroom", *PMLA* 3, no. I (1887)：241.　　283

13　John Fruit, "Plea for the Study of Literature from the Aesthetic Standpoint", p. 38.

14　Bliss Perry, "Fiction as a College Study", *PMLA* 11 (1896)：84.

15　Cook, *Higher Study of English*, p. 110.

16　Grandgent, "Dark Ages", p. lv.

17　见本书边码，87。

18　Thomas R. Price, "The New Function of Modern Language Teaching", *PMLA* 16, no. I (1901)：86.

19　Fletcher, "Our Opportunity", p. li.

20　Joel E. Spingarn, 转引自 Marshall Van Deusen, *J. E. Spingarn*, Twayne's United States Authors Series, no. 182 (New York: Twayne, 1971), p. 165, no. 3。

21　Van Deusen, *J. E. Spingarn*, p. 22.

22　Lewis Mumford, 转引自 Van Deusen, p. 32。

23　Spingarn, 转引自 Van Deusen, p. 46。

24　Van Deusen, p. 52. 凡·杜森讲述了巴特勒因佩克案而解雇斯宾加恩的故事，pp. 47—57。亦见 Coon, *Columbia*, p. 125。

25　Erskine, *My Life as a Teacher*, pp. 106—107.

26　Van Deusen, *J. E. Spingarn*, p. 105.

27　J. E. Spingarn, *Creative Criticism and Other Essays* (New York: Harcourt Brace, 1931; first published 1917), p. 130.

28　Spingarn, p. 28. 门肯在 *Criticism of Criticism of Criticism* 一文中称赞了这句话，见 *Prejudices* (New York: Alfred A. Knopf, 1919), p. 28。

29　Spingarn, p. 123.

30 Spingarn, p. 127.

31 关于新人文主义者及其争议，我找到的最有用的资料是J. David Hoeveler, Jr.,
The New Humanism: A Critique of Modern America, 1900—1940 (Charlottesville:
University Press of Virginia, 1977)，以及Richard Ruland, *The Rediscovery of
American Literature: Premises of Critical Taste, 1900—1940* (Cambridge: Harvard
University Press, 1967)，尤其是chaps. 1—4。

32 Van Deusen, *J. E. Spingarn*, p. 104.

33 Erskine, *My Life as a Teacher*, pp. 24—25.

34 Carol S. Gruber, *Mars and Minerva: World War I and the Uses of the Higher
Learning in America* (Baton Rouge: Louisiana State University Press, 1975), p. 255.

35 Fred Lewis Pattee, *Penn State Yankee*, pp. 311—312.

36 Mark Sullivan, *Our Times* (New York: Charles Scribner's Sons, 1933), 5: 468.

37 Thomas Daniel Young, *Gentleman in a Dustcoat: A Biography of John Crowe
Ransom* (Baton Rouge: Louisiana State University Press, 1976), pp. 88, 93.

38 Malcolm Cowley, *Exile's Return: A Literary Odyssey of the 1920s*, rev. ed. (New
York: Viking Press, 1951), p. 36.

39 Lovett, *All Our Years*, p. 143.

40 Kurtz, *Charles Mills Gayley*, p. 219.

41 Jacob Zeitlin and Homer Woodbridge, *Life and Letters of Stuart P. Sherman*, 1: 362.

42 转引自Gruber, *Mars and Minerva*, p. 241。

43 Kurtz, *Charles Mills Gayley*, pp. 219—220.

44 Erskine, *My Life as a Teacher*, p. 111.

45 Coon, *Columbia*, p. 127.

46 Thomas Edward Oliver, "The Menace to Our Ideals", *PMLA* 33, no. 4, appendix
(1918): xcvii—xcviii.

47 Fred Lewis Pattee, *Tradition and Jazz*, p. 206.

48 Pattee, *Penn State Yankee*, p. 314.

49 Edwin Greenlaw and James Holly Hanford, eds., *The Great Tradition: Selections
from English and American Prose and Poetry, Illustrating the National Ideals of
Freedom, Faith, and Conduct* (Chicago: Scott, Foresman, 1919), p. xiii.

50 Edwin Greenlaw, William H. Elson, and Christine M. Keck, eds., *Literature and Life*
(Chicago: Scott, Foresman, 1922), 2: v.

51 Greenlaw, Elson, and Keck, 1: iii.

52 Greenlaw, Elson, and Keck, 2: iv.

53 在第二次世界大战期间和冷战结束后，爱国主义文本重新开始流行。例如见美
国军事学院英国上校克莱顿·E. 惠特教授1943年编纂的文集 *The Democratic
Tradition in America* (Boston: Ginn, 1943)。感谢哈里森·M. 海福德让我注意到
这本书和其他美国文学文本。全面研究大学和高中的美国文学教科书将是最有

284

帮助的。我想，这样的研究将揭示一种类似于弗朗西斯·菲茨杰拉德在她关于美国历史文本的著作 *America Revised: A History of Schoolbooks in the Twentieth Century*（New York: Atlantic Monthly Press，1979）中所描述的模式：明确的爱国主义，在某一点上让位于多元主义的不一致性。

54　Perry，*The American Mind*（Boston: Houghton Mifflin，1912），pp. 82—84.

55　Erskine，"Moral Obligation to Be Intelligent"，p. 15.

56　Erskine，p. 22.

57　William Henry Hulme，"Scholarship as a Bond of International Union"，*PMLA* 32，no. 4，appendix（1917）: xcix.

58　Julius Goebel，"The New Problems of American Scholarshim"，*PMLA* 30. no. 4. amendix（1915）: lxxx.

59　Kuno Francke，"The Idea of Progress from Leibniz to Goethe"，*PMLA* 33，no. 4，appendix（1918）: lxxxv. 朱利叶斯·戈贝尔（见前面的注释）很晚才有这类普遍主义情绪，可能是为了补偿他早期对威廉式民族主义的热烈赞美。关于这一时期德国各部门政治观点的转变，亨利·J. 施密特的讨论很有启发性，见 "The Rhetoric of Survival: The Germanist in America from 1900—1925"，in *The Grip Report*，unpublished papers of the Group for Interdisciplinary Study of the Professions，second draft，vol. 1。

60　Oliver，"The Menace to Our Ideals"，p. cxii；亦见亚历山大·R. 霍菲尔德的演讲 "Light from Goethe on Our Problems"，*PMLA* 29，no. 4，appendix（1914）: lxv.；Felix E. Schelling，"The American Professor"，*PMLA* 30，no. 4，appendix（1915）: lv.；以及文学教授在战时对美国国际和解协会的期刊《国际和解》频繁的贡献。

61　Fletcher，"Our Opportunity"，p. lii.

62　Arthur Applebee，*Tradition and Reform*，p. 157.

63　见本书边码，76。

64　Fletcher，"Our Opportunity"，p. li.

65　Lionel Trilling，"Notes for an Autobiographical Lecture"，p. 232. 亦见特里林详尽的论文 "The Van Amringe and Keppel Eras"，in *A History of Columbia College on Morningside*（New York: Columbia University Press，1954），pp. 44—47。

66　Erskine，*Memory of Certain Persons*，p. 343；亦见 *My Life as a Teacher*，pp. 165—175。

67　Erskine，*Memory of Certain Persons*，pp. 342—343.

68　Trilling，"Van Amringe and Keppel Eras"，p. 44.

69　库尔兹在 *Charles Mills Gayley* 中说，盖利的"伟大著作"课程于 1901 年 1 月第一次开设（p. 152）。

70　Trilling，"Notes for an Autobiographical Lecture"，p. 232.

71　James Sloan Allen，*The Romance of Commerce and Culture: Capitalism, Modernism, and the Chicago-Aspen Crusade for Cultural Reform*（Chicago: University of Chicago Press，1983），p. 81.

285

72 Erskine, *Memory of Certain Persons*, p. 343.

73 Trilling, "Notes for an Autobiographical Lecture", p. 232.

74 见本书边码, 32—33。

75 转引自 Gruber, *Mars and Minerva*, p. 241。

76 见本书边码, 94。

77 Daniel Bell, *The Reforming of General Education: The Columbia College Experience in its National Setting* (New York: Columbia University Press, 1966), p. 211. 了解哥伦比亚大学"当代文明"课程的完整历史, 请参阅贾斯特斯·布赫勒的 "Reconstruction in the Liberal Arts", in *History of Columbia College on Morningside*, pp. 48—135。

78 Allen, *Romance of Commerce and Culture*, p. 80.

79 见本书边码, 154—155。对特里林的批评、教学与教育观之间的紧密联系的富有启发性的讨论, 见 Mark Krupnick, *Lionel Trilling and the Fate of Cultural Criticism in America* (Evanston, Ill.: Northwestern University Press, 1986)。

80 Foerster, *The American Scholar: A Study in "Litterae Inhumaniores"* (Chapel Hill: University of North Carolina Press, 1929), p. 20.

81 André Morize, *Problems and Methods of Literary History* (Boston: Ginn, 1922), p. 1.

82 Morize, pp. 2—3.

83 Morize, pp. 283—287.

84 Morize, p. 130.

85 Morize, p. 287.

86 Morize, p. 3.

87 René Wellek, "Literary History", in *Literary Scholarship: Its Aims and Methods*, ed. Norman Foerster et al. (Chapel Hill: University of North Carolina Press, 1941), pp. 94—95; reprinted (with revisions) in René Wellek and Austin Warren, *Theory of Literature*, 1st ed. (New York: Harcourt Brace, 1948).

88 Foerster, *American Scholar*, p. 54, n. 1.

89 D. G. Myers, "Creative Writing as an Academic Discipline", 一篇正在写作中的西北大学毕业论文中未发表的章节, 我在此处和其他地方都从中受益。

90 Foerster, *American Scholar*, pp. 7—8.

91 Foerster, p. 12.

92 Foerster, pp. 16—17.

93 Foerster, p. 42.

94 Foerster, p. 13.

95 Myers, "Creative Writing as an Academic Discipline".

96 Foerster, *American Scholar*, p. 59.

97 Foerster, *American Scholar*, p. 21.

98 关于福尔斯特与格林劳的友谊, 见 "Norman Foerster's Recollections of Edwin

Greenlaw", in MacMillan, *English at Chapel Hill*, pp. 44—46。

99　Greenlaw, *The Province of Literary History*, Johns Hopkins Monographs in Literary History no. 1 (Baltimore: Johns Hopkins Press, 1931), pp. 145—146.

100　Greenlaw, p. 110.

101　Greenlaw, p. 152.

102　Greenlaw, p. 176.

103　Greenlaw, p. 126.

104　Greenlaw, p. 4.

105　见格林劳的遗作集, *Studies in Spenser's Historical Allegory*, Johns Hopkins Monographs in Literary History no. 2 (Baltimore: Johns Hopkins Press, 1932)。

106　见本书边码, 130—131。福尔斯特与他人合编了一本爱国主义文集, *American Ideals* (New York: Houghton Mifflin, 1917), 类似于格林劳与汉福德的 *The Great Tradition*。

107　Greenlaw, *Province of Literary History*, p. 8.

108　Greenlaw, p. 21.

109　Greenlaw, p. 8.

110　Greenlaw, p. 30.

111　Howard Mumford Jones, "Graduate English Study: Its Rational[e]", *Sewanee Review* 38 (October-December 1930) and part 2, 39 (January-March 1931): 205.

112　Albert Feuillerat, "Scholarship and Literary Criticism", *Yale Review* 14, no. 2 (January 1925): 312.

113　Feuillerat, p. 320.

114　Feuillerat, p. 316.

115　Feuillerat, pp. 317—320.

116　James Luther and J. Bryan Allin, *Irving Babbitt: Man and Teacher*, ed. Frederick Manchester and Odell Shepard (New York: G. P. Putnam's Sons,), 1941, pp. 274 ff.

117　John Livingston Lowes, "The Modern Language Association and Humane Scholarship", *PMLA* 48, suppl. (1933): 1402.

118　Lowes, p. 1404.

119　Nitze, "Horizons", pp. vii—xi.

第九章

1　Gerald Graff, *Literature against Itself: Literary Ideas in Modern Society* (Chicago: University of Chicago Press, 1979), p. 140.

2　Greenlaw, p. 4.

3　Nitze, "Horizons", p. v.

4　R. D. Stock, *The New Humanists in Nebraska: A Study of the Mid-West Quarterly (1913—1918)*, University of Nebraska Studies, new series no. 61 (Lincoln:

University of Nebraska Press, 1979）.

5 Yvor Winters, "Problems for the Modern Critic of Literature", in *The Function of Criticism: Problems and Exercises* (Denver: Alan Swallow, 1957), pp. 11—12.

6 关于德瓦托的职业生涯，见 Wallace Stegner, *The Uneasy Chair: A Biography of Bernard De Voto* (New York: Doubleday, 1974)。

7 R. S. Crane, "History versus Criticism in the Study of Literature", in *The Idea of the Humanities and Other Essays Critical and Historical*, ed. Wayne C. Booth (Chicago: University of Chicago Press, 1967), 2: 23.

8 John Crowe Ransom, "Criticism, Inc.", in *The World's Body* (New York: Charles Scribner's Sons, 1938), pp. 33—36.

9 Ransom, p. 346.

10 见 Graff, *Poetic Statement and Critical Dogma* (Evanston, Ill.: Northwestern University Press, 1970; reprinted, Chicago: University of Chicago Press, 1980)，以及 Graff, *Literature against Itself*。对于新批评的社会语境的研究，见 John Fekete, *The Critical Twilight: Explorations in the Ideology of Anglo-American Literary Theory from Eliot to McLuhan* (London: Routledge and Kegan Paul, 1977); Grant Webster, *The Republic of Letters: A History of Postwar American Literary Opinion* (Baltimore: Johns Hopkins University Press, 1979); 以及 Frank Lentricchia, *After the New Criticism* (Chicago: University of Chicago Press, 1980)。

11 Van Wyck Brooks, "On Certain Critics", in *The Writer in America* (New York: E. P. Dutton, 1953), pp. 9—28.

12 Alan Tate, "The Man of Letters in the Modern World", in *The Man of Letters in the Modern World: Selected Essays, 1928—1955* (New York: Meridian Books, 1955), p. 12.

13 T. S. Eliot, "The Frontiers of Criticism", in *On Poetry and Poets* (New York: Farrar, Straw and Giroux, 1957), p. 125.

14 见本书边码，133。

15 Reuben Brower, *The Fields of Light: An Experiment in Critical Reading* (New York: Oxford University Press, 1951).

16 Ohmann, *English in America*, p. 71.

17 一位即将退休的教授（那年秋天还是一名研究生），描述了他当时的感受：这个条约是标志着文学政治"终结"的事件。毕竟，你可以从空气中感觉到——"同路人"和重农主义者都感到尴尬，他们默契地决定取消这一切。那些以往从左或右的立场谈论文学的沿着绳索向上攀爬，而后撤走了绳索，声称人们必须专注于诗歌本身（哈里森·海福德，西北大学，私下交流）。

18 Blackmur, "A Critic's Job of Work", in *Language as Gesture: Essays in Poetry* (New York: Columbia University Press, 1980), pp. 384—385.

19 R. P. Blackmur, letter to Malcolm Cowley, 转引自 Daniel Aaron, *Writers on the Left*

288

(New York: Avon Books, 1965), p. 274n。

20　Blackmur,"Critic's Job of Work", p. 385.　　　　　　　　　　　　　　289

21　Granville Hicks, *The Great Tradition: An Interpretation of American Literature since the Civil War* (Chicago: Quadrangle Books, 1969; first published 1933), p. 121.

22　Cowley, *Exile's Return: A Narrative of Ideas* (New York: W. W. Norton, 1934).

23　Christian Gauss, letter to Edmund Wilson, January 31, 1931, in *Papers of Christian Gauss*, ed. Katherine Gauss Jackson and Hiram Haydn. (New York: Random House, 1957), pp. 273—274.

24　Edmund Wilson, *Axel's Castle: A Study in the Imaginative Literature of 1870—1939* (New York: Charles Scribner's Sons, 1931), p. 119.

25　Wilson, p. 136.

26　Wilson, p. 119.

27　Cleanth Brooks, *Modern Poetry and the Tradition* (Chapel Hill: University of North Carolina Press, 1939), p. 58.

28　Brooks, p. 59.

29　Russell Fraser, *A Mingled Yarn: The Life of R. P. Blackmur* (New York: Harcourt Brace Jovanovich, 1981), pp. 188—189.

30　Winters,"Problems for the Modern Critic of Literature", p. 13.

31　John Berryman, 转引自 James Atlas in *Dehore Schwartz: The Life of an American Poet* (New York: Farrar, Straus and Giroux, 1977), p. 209。

32　Delmore Schwartz, letter to Karl Shapiro, in *Letters of Delmore Schwartz*, ed. Robert Phillips (Princeton, N.J.: Ontario Review Press, 1984), p. 157.

33　Karl Shapiro, Foreword, in *Letters of Delmore Schwartz*, p. xii.

34　关于列维森, 见本书边码, 61。

35　"From the Notebooks of Lionel Trilling", *Partisan Review* 51 (1984): 500; 亦见 Diana Trilling,"Lionel Trilling: A Jew at Columbia", Commentary 67, no. 3 (March 1979): 40—46。

36　Trilling,"From the Notebooks", pp. 499—450.

37　Edward Le Comte, "Dinner with Butler and Eisenhower: A Columbia Memoir", *Commentary* 81, no. I (January 1986): 59.

38　Veysey,"Stability and Experiment in the American Undergraduate Curriculum", p. 15.

39　Veysey, p. 15.

40　Gray et al., *Department of English at Indiana University*, pp. 248—264; Macrnillan, *Department of English at the University of North Carolina*, pp. 75—82.

41　Robert Fitzgerald, Enlarging the Change: *The Princeton Seminars in Literary Criticism*, 1949—1951 (Boston: Northeastern University Press, 1985), p. 11.　　290

42　Kenneth Lynn, "F. O. Matthiessen", in *Masters: Portraits of Great Teachers*, ed. Joseph Epstein, (New York: Basic Books, 1981), p. 110.

43 Young, *John Crowe Ransom*, p. 85.

44 Young, p. 72.

45 Young, p. 85.

46 Young, p. 241.

47 Anthony Hecht, "John Crowe Ransom", in Epstein, *Masters*, p. 181.

48 Young, p. 267.

49 Young, p. 302.

50 Ransom to Tate, 转引自 Young, pp. 299—301。

51 Young, pp. 298—300.

52 Young, p. 386.

53 George Lanning, 转引自 Young, p. 388。

54 Fitzgerald, *Enlarging the Change*, p. 121.

55 Fitzgerald, p. 11.

56 Fraser, *Mingled Yarn*, p. 260.

57 Fraser, p. 260.

58 Wellek, "American Literary Scholarship", p. 311.

第十章

1 Allen, *Romance of Commerce and Culture*, p. 106.

2 Allen, p. 102; 我在这一章中对芝加哥大学通识教育的讨论深深得益于艾伦的观点。

3 Allen, pp. 83—84.

4 Mortimer J. Adler, 转引自 Allen, p. 82。

5 Allen, p. 85.

6 Robert Maynard Hutchins, *The Higher Learning in America* (New Haven: Yale University Press, 1936), pp. 85—87.

7 Hutchins, pp. 117—118.

8 Harry Gideonse, *The Higher Learning in a Democracy* (New York: Holt, Reinhart and Winston, 1937), p. 3.

9 Gideonse, "Inaugural Address", *Bulletin of the Association of American Colleges 25*, no. 4 (December 1939): 493—496.

10 Dewey, "President Hutchins' Proposals to Remake Higher Education", in Hofstadter and Smith, *American Higher Education*, pp. 951—953; first published in 1937.

11 Allen, *Romance of Commerce and Culture*, pp. 99, 104; 在 *Chicago: The Second City* 中，A. J. 列布林指出，20世纪50年代初，"伟大著作"小组似乎无处不在："你遇到的每个人都属于伟大著作讨论小组……在芝加哥知识界，一个无法在两杯马提尼酒的间歇完成一次心理分析的人将被视为与不会换轮胎的人同一个水平。"见 Leibling, *Chicago: The Second City* (New York: Alfred A. Knopf, 1952), p. 108。

12 Allen, *Romance of Commerce and Culture*, pp. 106ff.

13 Allen, p. 88.

14 James Bryant Conant, *Education in a Divided World: The Function of the Public Schools in Our Unique Society* (Cambridge: Harvard University Press, 1949), pp. 108—109.

15 Conant, p. 5.

16 Conant, Introduction, in Harvard Committee, *General Education in a Free Society* (Cambridge: Harvard University Press, 1945), p. v.

17 Harvard Committee, *General Education in a Free Society*, p. 5.

18 Harvard Committee, p. 32.

19 Harvard Committee, p. 4.

20 Harvard Committee, p. 14.

21 Harvard Committee, p. 32.

22 Harvard Committee, p. 206.

23 Harvard Committee, pp. 205—207.

24 Harvard Committee, p. 110.

25 Harvard Committee, p. 208.

26 Harvard Committee, p. 113.

27 Harvard Committee, p. 111.

28 Harvard Committee, p. 207.

29 Harvard Committee, p. 108; 这些建议关涉的是中学文学教育, 但我认为它们与对大学课程的建议在哲学上并没有什么不同。

30 Harvard Committee, p. 108.

31 Harvard Committee, pp. 108—109; 我再次将针对中学文学教育和针对大学文学教育的建议相提并论。

32 Bell, *Reforming of General Education*, p. 213.

33 Thomas W. Wilcox, *The Anatomy of College English* (San Francisco: Jossey-Bass, 1973), p. 139.

34 Bell, *Reforming of General Education*, p. 213.

35 Bell, p. 210.

36 "相关课程" 理论在20世纪30年代中期被提出, 并在诸多中学和大学中进行了实验, 直到40年代初它才被明显地抛弃了。见the NCTE volume *A Correlated Curriculum: A Report of the Committee of the National Council of Teachers of English*, ed. Ruth Mary Weeks (New York: Appleton Century, 1936)。这一实验值得研究。

37 Trilling, "The Uncertain Future of the Humanistic Educational Ideal", in *Last Decade*, p. 166.

38 Wilcox, *Anatomy of College English*, pp. 107—109.

39 René Wellek and Austin Warren, *Theory of Literature*, 3d ed. (New York: Harcourt

Brace Jovanovich, 1956）, pp. 21—22.

40 I. A. Richards, *Practical Criticism: A Study of Literary Judgment* (New York: Harcourt, Brace, n.d.; first published 1929）, p. 41.

41 Richards, p. 82（强调为原文所加）。

42 Richards, p. 45.

43 Marilyn M. Cooper, "Context as Vehicle: Implicatures in Writing", in *What Writers Know: The Language, Process and Structure of Written Discourse*, ed. Martin Nystrand (New York: Academic Press, 1982）, pp. 107—108.

44 Richards, *Practical Criticism*, p. 83.

45 Richards, p. 296.

46 Paul Bové, *Intellectuals in Power: A Genealogy of Critical Humanism*, p. 53；他对"全景式监狱"的明确谴责出现在第69页。

47 Bové, p. 76.

48 Bové, p. 51.

49 Bové, p. 55.

50 Bové, p. 54.

51 见本书边码, 170。

52 Bell, *Reforming of General Education*, pp. 23—31.

53 Irving Howe, *A Margin of Hope: An Intellectual Autobiography* (New York: Harcourt Brace Jovanovich, 1982）, p. 179.

54 Howe, p. 179.

第十一章

1 Wellek, "Literary History", pp. 115—116.

2 A. O. Lovejoy, *The Great Chain of Being: A Study in the History of an Idea* (Cambridge: Harvard University Press, 1936）, pp. 16—17.

3 A. O. Lovejoy, *Essays in the History of Ideas* (Baltimore: Johns Hopkins University Press, 1948）, p. 6.

4 Lovejoy, *Great Chain of Being*, pp. 16—17.

5 Wellek, "American Literary Scholarship", p. 306; "Literary History", p. 109; *Theory of Literature*, 1st ed., p. 111.

6 R. S. Crane, "Philosophy, Literature, and the History of Ideas", in *Idea of the Humanities*, 1: 173—187.

7 Lovejoy, *Essays in the History of Ideas*, p. 4.

8 Douglas Bush, "The New Criticism: Some Old-Fashioned Queries", *PMLA* 64, suppl., part 2 (March 1949): 18—21.

9 Frederick C. Crews, *The Pooh Perplex: A Freshman Casebook* (New York: E. P. Dutton, 1965）, pp. 138—150.

293

10　Bush，pp. 13—14.

11　Eliseo Vivas，"Criticism and the Little Mags"，*Western Humanities Review* 16，no. 1 (Autumn 1951)：9—11.

12　Cleanth Brooks and Robert Penn Warren，*Understanding Poetry: An Anthology for College Students*，rev. ed. (New York: Henry Holt, 1950)，pp. xxi—xxii；强调为原文所加。

13　Howe，*Margin of Hope*，p. 177.

14　Cleanth Brooks，"The Poem as Organism: Modern Critical Procedure"，in *English Institute Annual, 1940* (New York: Columbia University Press, 1941)，pp. 35—36.

15　Wellek，"Literary Scholarship"，p. 131.

16　Wellek，"Literary History"，pp. 94—95.

17　W. K. Wimsatt and Monroe Beardsley，"The Intentional Fallacy"，in *The Verbal Icon: Studies in the Meaning of Poetry* (Lexington: University of Kentucky Press, 1954)，p. 10.

18　Cleanth Brooks，"Literary Criticism: Poet，Poem，and Reader"，in *Varieties of Literary Experience: Eighteen Essays in World Literature*，ed. Stanley Burnshaw (New York: New York University Press, 1962)，p. 105.

19　Wellek，"Literary History"，p. 109.

20　Wellek，p. 130.

21　John Crowe Ransom，"Criticism as Pure Speculation"，in *The Intent of the Critic*，ed. Donald Stauffer (Princeton: Princeton University Press, 1941)，pp. 101—102.

22　Wellek，pp. 117—118.

23　Wellek，*A History of Modern Criticism: 1750—1950* (New Haven: Yale University Press, 1955)，1: 8.

24　Martha Woodmansee，"Deconstructing Deconstruction: Toward a History of Modern Criticism"，in *Erkennen und Deuten: Essays zur Literatur und Literaturtheorie: Edgar Lohner in Memoriam* (Erich Schmidt, 1983)，p. 25.

25　见 Graff，"Literary Criticism as Social Diagnosis"，in *At the Boundaries: Proceedings of the Northeastern University Center for Literary Studies*，ed. Herbert L. Sussman (Boston: Northeastern University Press, 1984)，1: 1—16。

26　Brooks，"Literary Criticism"，p. 114.

27　Wimsatt and Beardsley，"Intentional Fallacy"，p. 14.

28　Brooks，"Literary Criticism"，pp. 106—107.

29　R. S. Crane，"The Critical Monism of Cleanth Brooks"，in *Critics and Criticism*，ed. R. S. Crane (Chicago: University of Chicago Press, 1951)，pp. 104—105. 克兰此文更早的版本见1948年版的《现代语文学》(*Modern Philology*)。

30　Jonathan Culler，"Literary Criticism and the University"，即将刊于美国艺术与科学院出版的 *The Organization of Knowledge in American Society, 1920—1970*。感　294

谢卡勒教授为我提供了此文的打印稿。

第十二章

1 Ransom,"Criticism, Inc.", p. 336.

2 Rewley Belle Inglis, Mary Ries Bowman, John Gehlmann, and Wilbur Schramm, eds., *Adventures in American Literature*, 4th ed. (New York: Harcourt, Brace, 1948), p. iii.

3 Pattee,"Old Professor of English", p. 220.

4 Northwestern University Archives；这些注册数字不包括选修了一门以上课程的学生，以及难以归类为"现代"或"非现代"的课程，等等。

5 L . S. Wright, letter of August 21, 1943, Northwestern University Archives.

6 见本书边码，186。

7 Vivas,"Criticism and the Little Mags", p. 6.

8 我对这一（至今仍偶尔会听到的）错误观念的讨论，见"The Poet Nothing Affirmeth", in *Poetic Statement and Critical Dogma*, pp. 18—83。

9 Brooks,"The New Criticism", *Sewanee Review*, 87, no. 4 (Fall 1979): 593.

10 Bush,"New Criticism", p. 20.

11 Harold Rosenberg, "Everyman a Professional", in *The Tradition of the New* (New York: Horizon Press, 1960), pp. 69—70.

12 Rosemond Tuve, *Elizabethan and Metaphysical Imagery* (Chicago: University of Chicago Press, 1947), p. 47.

13 Tuve, p. 19.

14 Tuve, p. 415, n. G.

15 Rosemond Tuve, *A Reading of George Herbert* (Chicago: University of Chicago Press, 1952), pp. 23—99. 见芭芭拉·利娅·哈蒙在 *Costly Monuments: Representations of the Self in George Herbert's Poetry* (Cambridge: Harvard University Press, 1982), pp. 1—38中对富有争议的赫伯特批评史的讨论。

16 Robert B. Heilman, 转引自 W. R. Keast, "The New Criticism and King Lear", in *Critics and Criticism*, 118; first published in *Modern Philology* (August 1949)。

17 Robert B. Heilman, *This Great Stage: Image and Structure in 'King Lear'* (Baton Rouge: Louisiana State University Press, 1948), p. 35.

18 Keast,"The New Criticism and King Lear", pp. 136—137. 在 *The Business of Criticism* (Oxford: Clarendon Press, 1959) 中，海伦·加德纳也持类似观点，她反对布鲁克斯对《麦克白》中"赤裸的婴儿与男子的斗篷"意象的解释 (pp. 53—75)。

19 J. V. Cunningham, "Ripeness is All", in *Tradition and Poetic Structure* (Denver: Alan Swallow, 1960; first published 1951), p. 136.

20 Cunningham, p. 141.

21 J. V. Cunningham, "Logic and Lyric: Marvell, Dunbar, Nashe", in *Tradition and*

Poetic Structure，p. 45.

22　R. B. McKerrow，转引自 Cunningham，p. 57。

23　Wesley Trimpi，"The Practice of Historical Interpretation and Nashe's 'Brightnesse Falls from the Ayre' "，*JEGP* 66 (October 1967): 501—518.

24　Catherine Belsey，*Critical Practice* (London: Methuen, 1980)，p. 18.

25　Wellek and Warren，*Theory of Literature*，p. 42.

26　Wellek and Warren，pp. 177—178；他们引用了路易·梯特 1938 年的文章 (Louis Teeter，"Scholarship and the Art of Criticism"，*ELH* 5: 173—193)，这篇文章先于坎宁安的文章提出关于"植物般的爱情"的问题。

27　Wimsatt and Beardsley，"The Intentional Fallacy"，in *Verbal Icon*，p. 281，n. 7.

28　Wimsatt and Beardsley，"Intentional Fallacy"，p. 3.

29　Wellek and Warren，*Theory of Literature*，p. 42.

296

第十三章

1　Edward Wasiolek，"Wanted: A New Contextualism"，*Critical Inquiry* I, no. 3 (March 1975): 623.

2　Northrop Frye，转引自 Wasiolek，p. 625。

3　Stanley Edgar Hyman，*The Armed Vision: A Study in the Methods of Modern Literary Criticism*，rev. ed. (New York: Vintage Books, 1955; first published 1948)，p. 3（强调为原文所加）。

4　Randall Jarrell，"The Age of Criticism"，in *Poetry and the Age* (New York: Vintage Books, 1959)，p. 81.

5　Jarrell，p. 85.

6　Culler，"Literary Criticism and the University".

7　Pattee，"Old Professor of English"，p. 210.

8　Pattee，pp. 214—218.

9　Pattee，"A Call for a History of American Literature"，in *Tradition and Jazz*，p. 233.

10　Van Dyke，*Spirit of America*，pp. 265—266.

11　Perry，*American Mind*，p. 82.

12　Perry，p. 108.

13　Perry，pp. 96—97.

14　见本书边码，130。

15　见本书边码，71。

16　Pattee，"Old Professor of English"，p. 221.

17　Norman Foerster，ed.，*The Reinterpretation of American Literature: Some Contributions toward the Understanding of Its Development* (New York: Harcourt, Brace, 1928)，p. xiv.

18　MacMillan，*English at Chapel Hill*，pp. 48—49.

19 Harry Hayden Clark, "American Literary History and American Literature", in *Reinterpretation of American Literature*, pp. 170—171.

20 V. L. Parrington, *Main Currents in American Thought*, 3 vols. (New York: Harcourt, Brace, 1927—1930); 关于帕灵顿的力量与薄弱之处, 见 Ruland, *Rediscovery of American Literature*, pp. 186—191。

21 Howard Mumford Jones, *The Theory of American Literature* (Ithaca: Cornell University Press, 1965; first published 1948), p. 141.

297 22 Lionel Trilling, "Reality in America", in *The Liberal Imagination: Essays on Literature and Society* (New York: Viking Press, 1950), p. 1; 这篇文章更早的版本是 "Parrington, Mr. Smith, and Reality", 以两部分分别发表于 *Partisan Review* no. 1 (January-February 1940) 与 *Nation* (April 20, 1946); 乔纳森·阿拉克删减了特里林的论述, 相较于文章原先对帕灵顿持续的主导性的描述, 显得过于绝对; 见 Arac, "F. O. Matthiessen: Authorizing an American Renaissance", in *The American Renaissance Reconsidered*, ed. Walter Benn Michaels and Donald E. Pease, *English Institute Essays, 1982—1983* (Baltimore: Johns Hopkins University Press, 1985), p. 110, n. 20。

23 琼斯针对批评的攻击, 为文学-历史正统观念做出的辩护, 见本书边码, 142。琼斯后来写了一部娱乐性质的回忆录, *An Autobiography* (Madison: University of Wisconsin Press, 1979)。

24 见本书边码, 184—185。

25 Trilling, "Realty in America", pp. 7—11.

26 Yvor Winters, "Post Scripta" to *The Anatomy of Nonsense* (New York: New Directions, 1943); reprinted in *In Defense of Reason* (Denver: Alan Swallow, 1947), p. 559.

27 Perry Miller, *The New England Mind: The Seventeenth Century* (Boston: Beacon Press, 1953); Perry Miller, "From Edwards to Emerson", in *Errand into the Wilderness* (Cambridge: Belknap Press, 1956), pp. 184—203; first appeared in *New England Quarterly* 13 (December 1940); 其他米勒早期的重要文章有 "Thomas Hooker and the Democracy of Connecticut" (1931), "The Marrow of Puritan Divinity" (1935), 以及 "From Edwards to Emerson" (1940), 均收录于 *Errand into the Wilderness*; 亦见米勒和托马斯·约翰森编的两卷本 *The Puritans* (1938) 的序言。

28 Winters, *In Defense of Reason*, p. 157.

29 Alexis de Tocqueville, *Democracy in America*, trans. Henry Reeve (New York: Random House, 1945), 2: 77.

30 Cushing Strout, "Tocqueville and the Idea of an American Literature", forthcoming in *New Literary History*; Strout, "Politics and the American Literary Imagination", in *The Veracious Imagination: Essays on American History, Literature, and Biography* (Middletown, Conn.: Wesleyan University Press, 1981), pp. 92—116.

31　Marx, *The Machine in the Garden: Technology and the Pastoral Ideal in America*
　　(New York: Oxford University Press, 1965), p. 364.

32　Irving Howe, *Celebrations and Attacks: Thirty Years of Literary and Cultural*
　　Commentary (New York: Harcourt Brace Jovanovitch, 1979), p. 248.

33　F. O. Matthiessen, *American Renaissance: Art and Expression in the Age of Emerson*
　　and Whitman (New York: Oxford University Press, 1968; first published, 1941),　　298
　　p. 475; 关于作为文化批评家的马蒂森, 见Ruland, *Rediscovery of American*
　　Literature, pp. 257, 283; Giles Gunn, *F. O. Matthiessen: The Critical Achievement*
　　(Seattle: University of Washington Press, 1975); Frederick C. Stern, *F. O.*
　　Matthiessen: Christian Socialist as Critic (Chapel Hill: University of North
　　Carolina Press, 1981); Jonathan Arac, "F. O. Matthiessen: Authorizing an American
　　Renaissance"; 关于作为教师的马蒂森, 见Kenneth Lynn, "F. O. Matthiessen"。

34　Arac, "F. O. Matthiessen", p. 93.

35　Warner Berthoff, "Ambitious Scheme", *Commentary* 44, no. 4 (October 1967): 111.

36　Howard Mumford Jones, *Postscript in Theory of American Literature*, p. 204.

37　Ruland, *Rediscovery of American Literature*, pp. 5—6; 另一个以不同方式表
　　达的有力评论是约翰·西利的戏仿小说*The True Adventures of Huckleberry*
　　Finn (Evanston, Ill.: Northwestern University Press, 1970), 一部符合批评家或
　　"crickits"(西耶笔下的哈克如此称呼他们)规定的吐温作品的"改良版"(实际上
　　简直是重写)。西耶以一种不带个人情感的风格塑造了一个深陷存在主义焦虑
　　的哈克, 他没有飞奔向印第安人的领地, 而只是悲剧性地、无可奈何地总结道:
　　"尽管黑夜是令人孤独的, 我并不希望白日来临。事实上, 我不太在乎该死的太
　　阳是否不再升起。"(p. 339) 西耶的讽刺针对的是学院批评家一本正经的吹毛求
　　疵, 而不是专门针对美国文学理论家, 但他讽刺中暗含的一点是, "美国性"已被
　　简化为了一些俗套。

38　Berthoff, "Ambitious Scheme", p. 111.

39　Jones, *Theory of American Literature*, p. 203.

40　Jones, p. 205.

41　Berthoff, "Ambitious Scheme", pp. 110—111.

42　见Paul Lauter, ed., *Reconstructing American Literature: Courses, Syllabi, Issues*
　　(Old Westbury, N.Y.: Feminist Press, 1983); 亦见我上文对劳特和简·汤普金
　　斯著作的讨论, 见本书边码13, 71; 一份对于美国文学的理论化杰出而全面的
　　研 究, 见Russell Reising, *The Unusable Past: Theory and the Study of American*
　　Literature (New York and London: Methuen, 1986)。

43　见, 比如Carolyn Porter, *Seeing and Being: The Plight of the Participant Observer*
　　in Emerson, lames, Adams and Faulkner (Middletown, Conn.: Wesleyan University
　　Press, 1981); Eric J. Sundquist, ed, *American Realism: New Essays* (Baltimore:
　　John Hopkins University Press, 1982) 中收录的论文; 亦见萨克凡·伯克维奇编的

299   *Reconstructing American Literary History*, Harvard English Studies 13 (Cambridge: Harvard University Press, 1986)，以及 *Ideology and American Literature* (Cambridge: Cambridge University Press, 1986)。

44 Michael Paul Rogin, *Subversive Genealogy: The Politics and Art of Herman Melville* (New York: Alfred Knopf, 1983)，p. 16.

45 Nina Baym, "Melodramas of Beset Manhood: How Theories of American Fiction Exclude Women Authors", in Elaine Showalter, ed., *Feminist Criticism: Women, Literature and Theory* (New York: Pantheon Books, 1985)，pp. 74—75；朱迪斯·费特丽在 *The Resisting Reader: A Feminist Approach to American Fiction* (Bloomington: Indiana University Press, 1977) 中有类似的论述。

46 Richard Brodhead, *The School of Hawthorne*, forthcoming. 感谢布罗德海德教授给我阅读他的文稿。

47 F. O. Matthiessen, *Theodore Dreiser*, American Men of Letters Series (New York: Sloane, 1951).

48 在 *Two Dreisers* (New York: Viking, 1969)，p. vii 中，埃伦·莫尔斯提到，她这一代人不被鼓励阅读德莱塞。

49 Leslie Fiedler, quoted by Strout, "Tocqueville and the Idea of an American Literature", forthcoming.

50 Donald E. Pease, "Moby Dick and the Cold War", in *The American Renaissance Reconsidered*, p. 116. 关于当下文学批评中"比你更左"的倾向（米歇尔·伯恩斯坦的用语），见我的论文 "The Pseudo-Politics of Interpretation", Critical Inquiry 9, no. 3 (March, 1983): 597—610, 以及 "American Criticism, Left and Right", in Bercovitch, *Ideology and American Literature*。

51 Robert E. Spiller, "Address to the Reader", in *The Literary History of the United States*, ed. Robert E. Spiller, Willard Thorp, Thomas H. Johnson, and Henry Seidel Canby (New York: Macmillan, 1948)，p. xix.

52 Wellek, "Literary Scholarship", p. 145.

53 Culler, "Literary Criticism and the University".

第十四章

1 Cleanth Brooks, "Mr. Kazin's America", *Sewanee Review* 51 (1943): 59.

2 Wellek, "Literary Scholarship", p. 123；在此文后来的修订版本 (1963) 中，韦勒克将"看来已经过时了"改为"显然已经过时了"。

3 Wellek, "The Main Trends of TwentiethCentury Criticism", pp. 359—360.

4 Cleanth Brooks, "Literary Criticism: Poet, Poem, and Reader", in *Varieties of Literary Experience*, p. 95.

5 Wellek, "American Literary Scholarship", p. 314.

300 6 见本书边码，161。

7 见本书边码，143。

8 F. O. Matthiessen, *The Responsibilities of the Critic: Essays and Reviews*, ed.
  John Rackliffe (New York: Oxford University Press, 1952), p. 19; title essay first
  published in 1949.

9 Jarrell, "The Age of Criticism", p. 75. 贾雷尔本可以选择一个更贴切的例子：他提
  到了昆汀·安德森的《美国人亨利·詹姆斯》(1957)，这既是一部"学术"作品，
  也是一部批评作品，尽管其观点存在争议，但绝不是"荒谬"的。贾雷尔最近出版
  的书信表明，他担心《凯尼恩评论》(他的文章初次发表的地方) 的评论家们"可
  能会认为这是一篇或多或少针对他们的不友善的文章——事实就是如此"。见
  Randall Jarrell's Letters, ed. Mary Jarrell (Boston: Houghton Mifflin, 1985), p. 270。

10 见本书边码，151—152。

11 Robert Casillo, *The Genealogy of Demons: Anti-Semitism, Fascism, and the Myths
   of Ezra Pound*, forthcoming.

12 比如，盖里·索尔·莫尔森已经表明，斯拉夫研究中关于陀思妥耶夫斯基的
   反犹主义也出现了同样的模式。见 Morson, "Dostoevskij's Anti-Semitism and
   the Critics: A Review Article", *Slavic and East European Journal* 27, no. 3 (Fall
   1983): 302—317。

13 Irvin Ehrenpreis, *Literary Meaning and Augustan Values* (Charlottesville: University
   Press of Virginia, 1974), p. 106.

14 C. F. Main and Peter J. Seng, eds., *Poems* (Belmont, Calif.: Wadsworth, 1961),
   p. 66; 见我早先在 *Poetic Statement and Critical Dogma*, p. xii 中对这篇文章的评论。

15 Edgar V. Roberts, *Writing Themes about Literature* (Englewood Cliffs, N.J.:
   Prentice-Hall, 1982), pp. 89—90.

16 Lionel Trilling, "On the Teaching of Modern Literature", in *Beyond Culture: Essays
   on Literature and Learning* (New York: Viking, 1968), p. 27; essay first published
   in 1961.

17 Hershel Parker, *Flawed Texts and Verbal Icons: Literary Authority in American
   Fiction* (Evanston, Ill.: Northwestern University Press, 1984), p. 11.

18 Parker, pp. 139—143.

19 见本书边码，148。

20 R. S. Crane, "Criticism as Inquiry; or, The Perils of the 'High Piori Road' ", in
   Idea of the Humanities, 2: 25—27.

21 "Critical and Historical Principles of Literary History", in *Idea of the Humanities*,
   2: 45—156.

22 Crane, "Criticism as Inquiry", p. 29.

23 Crane, "On Hypotheses in 'Historical Criticism': Apropos of Certain Contemporary
   Medievalists", in *Idea of the Humanities*, 2: 245—246.

24 Crane, "On Hypotheses in 'Historical Criticism' ", p. 251.

301

25 D. W. Robertson, Jr., "Historical Criticism", in *English Institute Essays*, 1950, ed. Alan S. Downer (New York: Columbia University Press, 1951), p. 14.

26 Crane, Introduction, in *Critics and Criticism*, p. 13.

27 Crane, "Criticism as Inquiry", pp. 31—33.

28 见弗雷德里克·C. 克鲁斯的戏仿"A Complete Analysis of Winnie-the-Pooh", in *Pooh Perplex*, pp. 87—99；以及 W. B. 斯科特的"The Problem of Tragedy", in *Chicago Letter and Other Parodies*, ed. Gerald Graff and Barbara Heldt (Ann Arbor, Mich.: Ardis Publications, 1978), reprinted as *Parodies, Etcetera and Stuff* (Evanston, 111.: Northwestern University Press, 1985), pp. 13—16。

29 Crane, "On Hypotheses in 'Historical Criticism' ", p. 248.

30 Crane, "Every Man His Own Critic", in *Idea of the Humanities*, 2: 193—214.

31 Philip Wheelwright, *The Burning Fountain* (Bloomington: Indiana University Press, 1954), pp. 52—75.

32 Richard Levin, *New Readings vs. Old Plays: Recent Trends in the Reinterpretation of English Renaissance Drama* (Chicago: University of Chicago Press, 1979), p. 7.

33 克兰引用了赫希的论文, "Objective Interpretation", *PMLA* 75 (1960), reprinted as appendix I in *Validity in Interpretation*, pp. 209—244，作为一个"我在此假定的，对阐释概念十分合理的辩护"("On Hypotheses in 'Historical Criticism' ", p. 247)。

34 见 Richard Foster, *The New Romantics: A Reappraisal of the New Criticism* (Bloomington: Indiana University Press, 1962)。

35 Susan Sontag, *Against Interpretation* (New York: Farrar Straus and Giroux, 1967), p. 14.

36 Jacques Derrida, "Limited Inc., abc", in *Glyph*, Johns Hopkins Textual Studies no. 2 (Baltimore: Johns Hopkins University Press, 1977), p. 250；德里达说"警察总是伺机"执行约翰·塞尔等言语-行为理论家编码的语言常规。

37 Josué Harari, Preface, in *Textual Strategies: Perspectives in Post-Structuralist Criticism*, ed. Josut Harari (Ithaca: Cornell University Press, 1979), p. 72.

38 Paul de Man, "Semiology and Rhetoric", in Harari, *Textual Strategies*, p. 138；关于德曼论述中的同义反复，见我的 *Literature against Itself*, pp. 173 ff.。

39 de Man, p. 129；已有相当多的文献论述解释工业对解构主义的吸收，其中最精彩的论述见 Jonathan Culler, "Beyond Interpretation", in *The Pursuit of Signs: Semiotics, Literature, Deconstruction* (Ithaca, N.Y.: Cornell University Press), pp. 3—17；Cain, *Crisis in Criticism*, pp. 31—50；Michael Fischer, *Does Deconstruction Make Any Difference? Poststructuralism and the Defense of Poetry in Modern Criticism* (Bloomington: Indiana University Press, 1985), pp. 104 ff.。

302

第十五章

1 见 Geoffrey Hartman *Criticism in the Wilderness: The Study of Literature Today*

（New Haven：Yale University Press，1980）；他在整本书中，都在做这种等同。

2 Foerster et al.，Preface，in *Literary SchoLarship: Its Aims and Methods*，p. v.

3 Greenlaw，*Province of Literary History*，p. 4.

4 见本书边码，186。

5 见本书边码，140。

6 见 Walter Benn Michaels and Steven Knapp，"Against Theory"，in *Against Theory: Literary Studies and the New Pragmatism*，ed. W. J. T. Mitchell（Chicago：University of Chicago Press，1985），pp. 11—30；originally published in *Critical Inquiry*（Summer 1982）。我的理论构想与史蒂文·梅洛和阿德娜·罗斯玛林在回应迈克尔和纳普时提出的理论构想非常接近。

7 T. S. Eliot，*The Use of Poetry and the Use of Criticism: Studies in the Relation of Criticism to Poetry in England*（London：Faber and Faber，1933），p. 22.

8 Matthew Arnold，"The Study of Poetry"，in *Works*（London：Macmillan，1903），4：15.

9 F. R. Leavis，*The Common Pursuit*（London：Chatto and Windus，1952），pp. 211—222；韦勒克的评论参见 *Scrutiny*（March 1937）。

10 Helen Vendler，"Presidential Address 1980"，*PMLA* 96，no. 3（May 1981）：344—348.

11 Jonathan Culler，"Presupposition and Intertextuality"，in *Pursuit of Signs*，p. 114.

12 Robert Scholes，*Textual Power*，p. 21.

13 Ross Chambers，*Story and Situation: Narrative Seduction and the Power of Fiction*（Minneapolis：University of Minnesota Press，1984），p. 3.

14 E. D. Hirsch，"Cultural Literacy"，*American Scholar* 53，no. 2（Spring 1983）：165.

15 Don H. Bialostosky，"Dialogic Narration and Narrative Theory"，unpublished paper. 正如巴赫金自己所言，我们应该"把作品想象成给定对话中的一个异见者，其风格是由他与同一对话中（在整个对话中）的其他异见者之间的相互关系决定的"。"Discourse in the Novel"，in *The Dialogic Imagination*，ed. Michael Holquist（Austin：University of Texas Press，1981），p. 274.   303

16 Chambers，*Story and Situation*，p. 4.

17 Scholes，*Textual Power*，p. 33.

18 Elaine Showalter，"Introduction"，in *The New Feminist Criticism*，p. 11.

19 Gail Godwin，"One Woman Leads to Another"，*New York Times Sunday Book Review*，April 28，1985，pp. 13—14.

20 Denis Donoghue，"A Criticism of One's Own"，*New Republic* 194，no. 10（March 1986）：31.

21 Godwin，"One Woman Leads to Another"，p. 13.

22 Brook Thomas，"The Historical Necessity for-and Difficulties with-a New Historical Approach to Teaching Introductory Literature Courses"，unpublished essay.

23 James R. Kincaid，"The Challenge to Specialization：A Clarion Call or a Nostalgic Wheeze?" Unpublished essay.   304

索 引

（条目后的数字为原书页码，见本书边码）

艺术与社会译丛

第一批书目

1.《艺术界》,［美］霍华德·S.贝克尔著,卢文超译　　　　　　48.00元

2.《寻找如画美》,［英］马尔科姆·安德鲁斯著,
　　张箭飞、韦照周译　　　　　　　　　　　　　　　　　48.00元

3.《创造乡村音乐:本真性之制造》,
　　［美］理查德·A.彼得森著,卢文超译　　　　　　　　　58.00元

4.《艺术品如何定价:价格在当代艺术市场中的象征意义》,
　　［荷］奥拉夫·维尔苏斯著,何国卿译　　　　　　　　　58.00元

5.《爵士乐如何思考:无限的即兴演奏艺术》,
　　［美］保罗·F.伯利纳著,任达敏译　　　　　　　　　188.00元

6.《文学法兰西:一种文化的诞生》,
　　［美］普利西拉·帕克赫斯特·克拉克著,施清婧译　　　48.00元

7.《日常天才:自学艺术和本真性文化》,
　　［美］盖瑞·阿兰·法恩著,卢文超、王夏歌译　　　　　68.00元

8.《建构艺术社会学》,［美］维拉·佐尔伯格著,原百玲译　　48.00元

9.《外乡的高雅艺术:地方艺术市场的经济民族志》,
　　［美］斯图尔特·普拉特纳著,郭欣然译　　　　　　　　58.00元

10.《班吉的管号乐队:一位民族音乐学家的迷人之旅》,
　　［以］西玛·阿罗姆著,秦思远译　　　　　　　　　　　45.00元

第二批书目

11.《先锋派的转型：1940—1985年的纽约艺术界》，
　　［美］戴安娜·克兰著，常培杰、卢文超译　　　　　　　　55.00元

12.《阅读浪漫小说：女性，父权制和通俗文学》，
　　［美］珍妮斯·A.拉德威著，胡淑陈译　　　　　　　　　69.00元

13.《高雅好莱坞：从娱乐到艺术》，
　　［加］施恩·鲍曼著，车致新译　　　　　　　　　　　　59.00元

14.《艺术与国家：比较视野中的视觉艺术》，
　　［英］维多利亚·D.亚历山大、［美］玛里林·鲁施迈耶著，
　　赵卿译　　　　　　　　　　　　　　　　　　　　　　59.00元

15.《时尚及其社会议题：服装中的阶级、性别与认同》，
　　［美］戴安娜·克兰著，熊亦冉译　　　　　　　　　　　68.00元

16.《以文学为业：一种体制史》，
　　［美］杰拉尔德·格拉夫著，童可依、蒋思婷译　　　　　78.00元

17.《绘画文化：原住民高雅艺术的创造》，
　　［美］弗雷德·R.迈尔斯著，卢文超、窦笑智译　　　　　78.00元

18.《齐美尔论艺术》，［德］格奥尔格·齐美尔著，张丹编译　（即出）

19.《阿多诺之后：音乐社会学的再思考》，
　　［英］提亚·德诺拉著，陆道夫译　　　　　　　　　　　（即出）

20.《贝多芬和天才的建构：1792年到1803年维也纳的音乐政治》，
　　［英］提亚·德诺拉著，邹迪译　　　　　　　　　　　　（即出）